海外小説 永遠の本棚

# エバ・ルーナのお話

イサベル・アジェンデ

木村榮一・窪田典子＝訳



白水uブックス

一緒に時を分かちあった
ウィリアム・ゴードンに捧げる
Ｉ・Ａ

エバ・ルーナのお話＊目次

# エバ・ルーナのお話

国王は大臣に、毎晩若い娘をひとりずつつれてくるように命じた。そして夜が明けると、その娘を殺すように言った。そうして三年の歳月が経ち、町には王様に仕えることのできる娘がひとりもいなくなった。しかし、大臣にはシェヘラザードというこの上もなく美しい娘がおり……この娘はお話がとても上手で、聞く者をうっとりさせた。

——千一夜物語より——

君は腰のベルトをはずし、サンダルを脱ぎ捨て、部屋の片隅にコットン製と思われる裾《すそ》の広がったスカートを投げ捨てると、ポニーテールにしてあった髪の毛をほどいた。笑っている君の肌には鳥肌が立っていた。ぼくたちは顔も見分けられないほど間近に寄り添い、愛の営みという儀礼にのめり込んでいった。相手の身体の温《ぬく》もりと体臭が伝わってきた。ぼくは君の身体を押し開き、君が浮かしている腰に手をあてるが、君は君でぼくの身体を苛立《いらだ》たしげに抱きしめた。君は悶《もだ》え、身をよじり、あがきながらそのたくましい脚をぼくの身体に巻きつけて、何度も何度もキスをしてと言った。絶頂に達した瞬間、ぼくたちは燃えるような深淵の中に落下しながら絶対的な孤独を垣間みたが、すぐに炎に包まれた向こう側から蘇ってきて、白い蚊帳《かや》の下の乱れたクッションの上で抱き合っている自分たちを見いだした。ぼくは君の髪の毛を掻き分けて、その目をのぞき込んだ。君は時々はじまったばかりの静かな夜に、肩から絹のショールをかけ、ぼくのそばにあぐらを組んで座った。おとなしくじっとしていたそんな君のことをぼくはよく覚えている。

君は言葉でものを考える。君にとって言葉は、果てしなく続く糸のようなもので、それを使ってお話を織りあげ、さまざまな人生を語って行く。ぼくは写真の凝固したイメージでものを考える。ただ、ぼくの写真は感光紙に写し出されたものではなく、細い筆で描いてあるような感じがする。それはざらざらした紙、あるいは布の上に、ある意図にもとづいて描かれた、ルネサンス風の柔らかな質感と熱っぽい色彩を備えた、細密で完璧な追憶なのだ。それは瞬間でありながら未来を予言してもいる。それは来し方だけでなく行く末も含み、はじまりも終わりもないすべての時代を同時に包み込んでいる。つまりは、ぼくたちの全存在なのだ。一定の距離を置いてそのデッサンを眺めるが、その絵の中にはぼくも含まれている。ぼくは傍観者であると同時に主人公でもあるのだ。ぼくはいま透明なカーテンのせいで靄《もや》がかかったようになっている薄闇の中にいる。自分がそこにいることは分かっているが、同時に外側から観察してもいる。乱れたベッドの上にいる男の姿が描かれている。大聖堂のように天井が高く、黒い梁《はり》が走っている部屋の中では、古い儀式の一部のような情景が描かれているが、その中にいる男が何を感じているのかぼくには分かっている。ぼくはあそこにいるが、同時に意識という別の時間の中でひとりきりになってもいる。絵の中のカップルは、愛し合った後なのか、肌が汗で光っている。男は目を閉じ、片方の手を胸の上にのせ、もう一方の手を、心を許している女性の太腿の上に置いている。ぼくにとって、その映像はまったく変わることなくたえず繰り返される。男の顔にはいつもと同じ満ち足りたような笑みが浮かび、女はいつもの物憂げな表情を浮かべている。シーツの皺《しわ》や部屋の薄暗い片隅もいつもと変わらない。ランプの光がいつもと同じ角度で彼女の胸と頬を照らし、絹のショールと黒い髪の毛がいつものように危うげに垂れている。

君のことを考えると、カンバスの上に描かれた永遠に変わることのない君の姿が、ぼくたちの姿が目に浮かんでくるが、それは当てにならない記憶のせいでぼやけたりすることはない。心行くまでその情景を楽しんだ後、ぼくは自分が絵の中の世界に入り込んで行くのを感じる。ぼくはもう傍観者ではなく、その女性のそばに横たわる。そのとき絵のシメトリカルな静けさが壊れ、間近にぼくたちの声が聞こえる。

「お話をしてほしいんだ」とぼくが言う。

「どんなのがいい？」

「まだ誰にも話したことのないのがいいな」

# 二つの言葉

名前は暁のベリーサ、洗礼でつけられたものでも、母親がつけたのでもなく、彼女が自分で探し出して決めた名前だった。彼女は言葉を売って生計を立てていた。凍りつくように寒い高地から灼けつくような海岸まで国中をまわり、祭りや市場があると地面に四本の棒を立ててその上に布を張り、日射しや雨を避けながら客の相手をした。あちこち歩きまわったおかげで、大声で触れ歩かなくても皆が彼女を知っていた。なかには一年越しで待っている人もいて、彼女が腕の下に包みを抱えて村にやって来ると、テントの前にはたちまち長い行列ができた。五センターボですぐに覚えられる詩、六センターボでいい夢を見ることのできる言葉、九センターボ出すと恋文、十二センターボだと仇敵をののしる言葉といった具合に、値段はきちんと決まっていた。それから、彼女はお話も売っていた。といってもそれはお伽話《とぎ》ではなく、真実を語る長い物語だった。流れるように朗読されるそのお話にはありとあらゆることが盛り込まれていた。そんな風にして彼女は村から村へ新しい知らせを伝えてまわった。たとえば、子供が産まれた、誰それが死んだ、自分たちの子供が結婚した、収穫したものが燃えてしまった、といったことを一行、二行と付け加えてもらったが、そのたびに人々はお金を払った。どこへいっても、彼女が話しはじめると、耳を傾ける人々が周りに集まってきてちょっとした人だかりができた。彼女の話を通して、人々は他人の人生や遠くの親戚、あるいは内乱の詳しい様子などを知ることができた。彼女は五十センターボ払った人には憂鬱を追い払う秘密の言葉を教えてやった。もちろん、お客さんがペテンにかけられたと思ってはいけないので、ひとりひとりに違う言葉を教えたが、買った人はこの世の終わりまで、いや、あの世でもその言葉を知っているのは自分だけだと信じきって彼女の言葉を受け取った。

暁のベリーサは貧しい家に生まれた。あまりにも貧しかったので、子供たちを呼ぶ名前もないほどだった。彼女はこの上もなく住みづらい土地で生まれ育った。年によっては大雨が降り続いて、すべてを押し流してしまうこともあれば、一滴の雨も降らず、太陽が地平線いっぱいに広がって、その地方全体を砂漠に変えてしまう年もあった。十二歳になるまで彼女は何世紀にもわたって続いてきた飢えと疲労感にひたすら耐え続けた。果てしなく続く旱魃《かんばつ》の間に四人の弟たちを埋葬する羽目になり、次は自分の番だと悟った彼女は、平原を海に向かってどんどん歩いていくことにした。そうすれば死神をうまく出し抜けるかもしれないと考えたのだ。大きな亀裂の走っている荒れ果てた大地には石ころや木の化石、とげだらけの灌木や熱気で白くさらされたようになった動物の骨などがあちこちに転がっていた。時々、彼女は自分と同じように蜃気楼の水を追って南へ向かう家族連れと出会った。彼らは身の回りのものを肩にかついだり荷車に積んで歩きはじめるのだが、すぐに自分の身体を動かすこともままならなくなって泣く泣く荷物を捨てていくのだった。肌はトカゲの皮のようにがさがさに荒れ、太陽の照り返しで目を焼かれた彼らは身体を引きずるようにしてのろのろ歩いていた。そばを通るとき、ベリーサは身振りで挨拶したが、立ち止まりはしなかった。人に同情している余裕などなかったのだ。多くの者が途中で倒れていったが、彼女はひたすら歩き続けて、ついに地獄のような土地を越え、目に見えないぐらい細い湧き水が流れているところにたどり着いた。一握りの草をやっとうるおしているこの湧き水は、やがて、一つの流れになり、低湿地を作っていた。

暁のベリーサは危ういところで死神をかわし、しかも運のいいことに文字を覚えることができた。海岸近くのある村にたどり着いたとき、一枚の新聞紙が風に運ばれて、足元に飛んできた。彼女は、その脆《もろ》くて黄ばんだ紙を手にとってしばらく眺めていたが、何に使うものなのか見当もつかなかった。内気な彼女も好奇心には勝てず、一人の男に近づいていった。男は彼女が喉の渇きをいやした濁った水のたまっている池で馬を洗っていた。

「これは何なの」

「新聞のスポーツ欄だ」彼女がものを知らないのに驚いた様子も見せず男はそう答えた。

男の答えを聞いても何のことだか分からなかったが、図々しいと思われるのがいやだったので、紙の上に印刷されたハエの脚のようなものの意味を詮索するのは控えた。

「これは言葉ってもんだ、お嬢ちゃん。フルヘンシオ・バルバが第三ラウンドでネグロ・ティスナオをノックアウトしたと書いてあるんだよ」

その日暁のベリーサは、言葉には特定の所有者がおらず、少しばかりの知恵と才覚があれば、誰でも言葉を使って商売ができることを知った。今のままでは身を売るか金持ちの家で女中にでもなるしかないが、言葉を売るというのはそう恥ずかしくない仕事のように思われた。それからは言葉を売って生計をたてるようになり、ほかの仕事には見向きもしなくなった。最初のうちは書いた文字を使えるのは新聞だけだと思い込んでいたが、そうでないことが分かると、これを種にすればどんなことでもできると考えて、貯えから二十ペソをはたいてある僧侶に読み書きを習い、残りの三ペソで辞書を買った。AからZまで目を通すと、辞書は海に投げ捨てた。本の中の出来合いの言葉で客を騙《だま》す気になれなかったのだ。

数年後の八月の朝、暁のベリーサはある広場の真ん中でいつものようにテントの下に腰をおろし、十七年前から年金を請求しつづけている老人に裁判のときに言う言葉を売っていた。その日は市《いち》の立つ日で、周りはひどく騒がしかった。突然、馬の蹄の音と叫び声が聞こえたので、書き物をしていた彼女は顔を上げた。雲のような土煙がもうもうと立ちのぼるのが見えたかと思うと、次の瞬間、その中から馬に乗った男たちの一隊が現れた。エル・ムラートに率いられた大佐の部下だった。エル・ムラートというのは、あのあたりでは素早いナイフさばきと大佐への忠誠心で知られる大男で、彼と大佐は長年内戦に関わっていたせいで、今では破壊と災厄の代名詞のように見なされていた。汗にまみれた兵隊たちは暴走する家畜の群のようにすさまじい喧騒とともに姿を現すと、ハリケーンのようにあたりを荒らしまわった。鶏はどこかへ飛んでゆき、犬は姿をくらまし、女たちは子供を抱えて逃げ去った。広場に残されたのは暁のベリーサだけだった。彼女はエル・ムラートを見たことがなかったので、どうして自分の方へやってくるのだろうかと不思議に思っただけだった。

「あんたに用がある」エル・ムラートが短く巻いた鞭で彼女を指し示しながらそう言い終わらないうちに、二人の男がテントを押し倒しインク壺をこわして彼女に襲いかかると、両手両足をしばり上げ、まるで水夫のかついでいる頭陀《ずだ》袋のようにムラートの馬の尻に横ざまにのせた。そしてそのあと、丘陵地帯に向かって馬を走らせた。

何時間も馬に揺られたせいで暁のベリーサは今にも心臓が止まり、死にそうになったが、そのときになってようやく馬が足を止めた。彼女は力強い四本の腕で地面に降ろされた。二本の脚でしっかり立ち、毅然と顔をあげようとしたが、身体に力が入らず、ふーっと大きな息をつくと同時に倒れ込み、そのまま気を失って、混乱した夢の世界に引き込まれていった。何時間かたって目が覚めると夜の野営地のざわめきが聞こえてきたが、それが何の音か考えている余裕はなかった。というのも目を開けると、そばにひざまずいて心配そうに自分を見つめているエル・ムラートの姿が目に入ったからだ。

「やっと目を覚ましたな」そう言うと、彼は元気が出るようにと強い酒の入った水筒を差し出した。

彼女がどうしてこんなひどい扱いをするのかと尋ねると、彼は、すべては大佐の命令だと説明した。顔を洗うと、そのまま野営地のはずれまで連れていかれた。そこにはこの国で最も恐れられている男が二本の木の間に吊るしたハンモックの上で横になっていた。彼の顔は木の陰になっていた上に、それまで危ない橋を渡ってきた人間特有の陰もあって、彼女にはよく見えなかった。部下のあの大男がひどくへり下っているところを見ると、きっとひどく恐ろしい顔をしているにちがいないと考えた。しかし、大佐の声を聞いて彼女はびっくりした。耳に快い声で流暢《りゅうちょう》にしゃべるその話し方は大学教授のようだった。

「言葉を売っているというのはお前か」

「はい」相手の顔をよく見ようと薄暗がりの中で目を凝らしながら彼女は小さな声で答えた。

大佐が立ち上がると、エル・ムラートが手にもった松明《たいまつ》の光が正面から彼を照らしだした。彼女は、浅黒い肌とピューマのような猛々しい目を見て、この人はきっと誰よりも孤独な人にちがいないと考えた。

「おれは大統領になりたいんだ」と彼は言った。

彼はそれまであの土地を駆けまわって空《むな》しい戦いに明け暮れ、どう言いのがれをしても勝利とは言いがたい敗北を喫してきた。だが、そういうことにもう疲れ果てていたのだ。長年野外で寝起きし、蚊にさされ、イグアナの肉と蛇のスープを口にしてきた。けれども、彼が自分の運命を変えようと心に決めたのはそんな些細なことが原因ではなかった。彼の姿を見ただけで人々の目に恐怖の色が浮かぶ、そうしたことにつくづく嫌気がさしていたのだ。勝利のアーチの下を花や万国旗に迎えられて町々に凱旋し、人々から喝采され、新鮮な卵や焼き立てのパンを贈り物としてもらいたかったのだ。彼が現れたとたんに、男たちは逃げまどい、女たちは恐怖のあまり流産し、子供たちはふるえ上がったが、そういうことにうんざりしていた。大統領になろうと決心したのはそのせいだった。エル・ムラートはこれまでやってきたように一気に首都に攻め込み、馬に乗ったまま宮殿に押し入って政権を奪い取ってしまえばいいんですよと言った。しかし大佐はそれなら今までの独裁者と同じになってしまう、そういう手合は腐るほどいたが、自分は民衆に愛される為政者になりたいんだ。この十二月に選挙が行われるが、それで大統領に選出されたいのだと言った。

「そのために大統領として皆の前で演説しなければならないが、それを考えてもらいたい」大佐は暁のベリーサにそう言った。

彼女はそれまでいろいろな仕事を引き受けてきたが、今回のような依頼は初めてだった。けれども断るわけにはゆかなかった。というのもエル・ムラートに眉間を撃ち抜かれるかもしれないし、それ以上に大佐が急に泣きだしそうに思えて不安だったのだ。彼女は一方で何としても彼を助けてやりたいと思っていた。肌が急に熱くなり、彼の身体を愛撫し、両腕で力いっぱい抱きしめてやりたい衝動に駆られた。

暁のベリーサはその日の夜と次の日を使って、自分の手持ちの言葉を選びに選んで大統領候補にふさわしい演説を作成した。その間エル・ムラートはずっとそばにつきっきりだった。そして、あちこちを旅してきたせいで引き締まっている彼女の脚といかにも処女らしい胸から目を離さずじっと見張っていた。彼女は耳ざわりでぎすぎすした言葉やあまりにもけばけばしい言葉、使い古され手垢にまみれた言葉、できもしないことを約束する言葉、真実味を欠き、混乱した言葉をすべて削除し、男の理性と女の直感に訴えるものだけを残した。僧侶から二十ペソで買った知識を生かして一枚の紙に演説を書き上げると、エル・ムラートに合図をして、くるぶしを木にしばりつけていた縄をほどいてもらった。彼女は、ふたたび大佐のもとに連れていかれた。彼と会うとまたしても初めて会ったときのあの激しい動悸に襲われた。大佐に原稿を渡すと、彼がその紙を指で押さえながら読んでいる間じっと待っていた。

「何て書いてあるんだ」ようやく大佐は訊ねた。

「字が読めないんですか」

「おれが知っているのは戦いだけだ」と彼は言い返した。

彼女は大声でその原稿を朗読したが、買い手の記憶にしっかり刻み込まれるよう三回繰り返して読み上げた。読み終えたとき彼女は、演説を聞こうと集まってきた兵士たちが一様に感動したような表情を浮かべ、大佐もこれで大統領の椅子が約束されたも同然だと考えて、その黄色い目をきらきら輝かせているのに気がついた。

「三回聞いても、こいつらまだ口を開けたまんまだ。こいつはいけますよ」エル・ムラートが請《う》けあった。

「いくらだ?」

「一ペソです、大佐」

「悪くない買い物だ」そう言いながら彼は新しい戦利品と一緒にベルトにさげていた袋を開いた。

「それから、おまけがあります。大佐の場合だと秘密の言葉が二つ付きます」

「なんだ、それは」

彼女は五十センターボに対して特別な言葉をひとつおまけとして付けることになっていると説明した。大佐は肩をすくめた。その申し出には興味がなかったが、こんなによくしてくれた人間に礼儀しらずな真似をしたくなかった。彼女は彼が腰掛けている革張りのスツールにゆっくり近づいておまけの言葉を伝えるためにかがみ込んだ。そのとき彼は、女の身体から山の獣のような匂いが立ちのぼり、腰が熱く燃えているのに気づいた。彼女の髪に触れたとたんに身体が総毛立ち、耳元で彼しか使えない二つの言葉をささやきかけられたときに、ミントの香ぐわしい薫りが彼の鼻をくすぐった。

「この二つの言葉は大佐のものです」そう言いながら彼女はうしろに身を引いた。

「どうか好きなようにお使いください」

エル・ムラートはベリーサを街道の近くまで送っていった。その間、彼はずっと迷い犬が憐れみを乞うような目で彼女を見つめていたが、その身体に触れようと手を伸ばしたとたんに彼女から激しいののしりの言葉をあびせられ、たちまちしゅんとなってしまった。その言葉が恐ろしい呪文のように思えたのだ。


九月、十月、十一月の三ヵ月間、大佐は例の演説を何度も繰り返し行った。もしあの演説が輝くように美しくて腰の強い言葉で書かれていなかったら、たちまち使い古されてぼろぼろになっていただろう。彼は国中あちこち駆けめぐった。勝利者然とした態度で町を訪れるかと思えば、ごみが捨ててあるせいでかろうじて人間が住んでいると分かる、誰からも忘れさられた村にも足を止めて、有権者に票を入れてくれるように訴えた。彼が広場の真ん中にしつらえられた壇上で演説をぶっているあいだ、エル・ムラートと部下のものたちはキャンディーを配ったり、金のスプレーで彼の名前を壁に書いたりしていた。けれどもそうした商人まがいのやり方は必要なかった。人々は、演説でうたわれている公約がじつにはっきりしており、論旨も詩のように明晰だったのでそちらに心を奪われていたのだ。彼がぶち上げる歴史の犯したあやまちを正そうという言葉に動かされて、彼らは生まれてはじめて笑みを浮かべた。候補者の演説が終わると、兵士たちは空にむかって銃を撃ち、爆竹を派手に鳴らした。彼らが立ち去った後には、夜空を美しく彩る彗星の記憶のように、希望の余韻が何日も空気中に漂っていた。まもなく大佐は国内でもっとも人気のある政治家になったが、こんなことははじめてだった。内乱の中から突然現れた全身傷だらけでしかも大学教授のようなしゃべり方をする彼の名は、人々の間に知れわたり、その愛国心をゆり動かした。新聞は彼の記事で埋め尽くされるようになった。新聞記者は彼のインタビューを取り、その言葉を紙面に掲載しようと遠い土地からはるばるやって来た。こうして彼の味方はもちろん、敵の数も増えていった。

「この分ならいけますね、大佐」十二週間にわたる大成功を目のあたりにして、エル・ムラートはそう言った。

しかし、大佐は彼の言葉を聞いていなかった。大佐はあの秘密の二つの言葉を繰り返していたが、日を追うごとにその回数が増えていった。昔を思い出して弱気になったとき口にし、馬に乗っているときは心の中で反芻《はんすう》し、あの有名な演説をする前に思い浮かべ、ふと気のゆるんだときに嚙みしめていたが、そんな自分に気づいて驚くことがよくあった。そして、その言葉が思い浮かぶたびに、暁のベリーサが心の中で甦り、彼を惑わせた。山の獣の匂い、髪の毛が触れたときの総毛立つ感じ、ミントの薫りのする息。大佐が夢遊病者のようになって歩きまわっているのを見て、部下の者たちは、大統領になる前に大佐は死んでしまうかもしれないと考えた。

「いったいどうなさったんです、大佐」エル・ムラートは何度もそう尋ねた。ある日、とうとう耐えきれなくなった大佐が、じつはあの二つの言葉が腹に重くのしかかっていて、元気が出ないのだと打ち明けた。

「その言葉を教えてください。そうすれば魔力が消えるかもしれませんから」忠実な部下が頼んだ。

「いや、だめだ。これはおれのものなんだ」と大佐は答えた。

死を目前に控えた人のように憔悴《しょうすい》していく大佐を見かねてエル・ムラートは、ライフルを肩にかつぐと、暁のベリーサを探しにでかけた。彼女の行方を追って広大な土地を駆けめぐり、南部のある村でとうとう、いつものようにテントの下で客に新しい知らせを伝えている彼女を見つけ出した。彼は、彼女の前に仁王立ちになって立ちはだかると銃を構えて命令した。

「おれと一緒に来るんだ」

彼女はこの時が来るのを待っていた。インク壺を持ち、店のテントをたたみ、肩にショールを羽織ると黙って馬に乗った。道中彼らは一言も口をきかなかった。彼女に対する欲望はいまや激しい怒りに変わっていたが、彼女の口をついて出てくる言葉が恐ろしくてエル・ムラートは鞭をふるうことができなかった。彼はまた、長年戦火の中をくぐり抜けてきても顔色ひとつ変えなかった大佐が、耳もとで囁《ささや》かれたわずかばかりの魔法の言葉で腑《ふ》抜け同然の人間になってしまっていたことも黙っていた。三日後、野営地に着くとすぐに彼は兵士たちが見守る中、候補者のもとへ彼女を連行した。

「この魔女があなたの耳もとに囁きかけた言葉を返し、もとの男らしい人間に戻ってください、大佐」彼女の首筋に銃口を押しつけて彼はそう言った。

大佐と暁のベリーサは離れたところから互いにさぐるようにじっと見つめあっていたが、その様子を見ていた男たちは、自分たちの指揮官はもはやあの呪われた二つの言葉の呪縛から逃れることはできないだろうと悟った。というのも、彼女が前に進みでて大佐の手をとったとたんに、獰猛《どうもう》なピューマのような目が急に柔らかに和んだのに気がついたのだ。

# 悪い娘

十一歳のエレーナ・メヒーアスはひょろひょろに痩せていた上に血色が悪く、友達もいなかった。歯はまだ完全に生え揃っておらず、髪の毛はネズミみたいな色をしていた。身体は細く、妙に骨ばっていて、肘や膝の骨が今にも飛び出しそうな感じがした。本当は熱っぽい夢を心に秘めた情熱的な女の子だったのだが、外見はそう見えなかった。彼女は母親が経営している下宿屋のありふれた家具や色褪せたカーテンの陰に身をひそめるようにして生きていた。埃《ほこり》にまみれたゼラニウムや中庭の大きな羊歯《しだ》の下で遊んだり、調理場と食堂との間を夕食の皿をもって行き来している彼女を見ると、ふさぎこんだ猫のような感じがした。下宿人が彼女に目を向けるのはゴキブリの巣に殺虫剤を撒いてくれとか、キーキー音を立てるポンプの調子が悪くて三階まで水が上がらないので、浴槽に水を張ってくれと頼むときだけだった。母親は暑さと仕事に疲れて、娘のことを気にかけたり、やさしい言葉をかけてやる余裕はなかった。だからエレーナの変化に少しも気づかなかったのだ。幼い頃は引っ込み思案のおとなしい子で、物陰で指をしゃぶりながらひとり言を言ってわけのわからない遊びを楽しんでいた。外に出るのは学校か市場へ行くときだけで、通りでわいわい騒いでいる同じ年頃の子供たちにはまったく興味を示さなかった。

エレーナ・メヒーアスが変わりはじめたのはフアン・ホセ・ベルナルがやってきてからのことだった。彼はナイチンゲールと名のり、部屋の壁に貼ってあるポスターにもそう書いてあった。それまで下宿人といえば、学生かお役所の目立たない部署で働いている人が大半で、どこの馬の骨か分からないような人間は入れないというのが自慢の種だった。母親は、うちのお客さんはみんなどこへ出しても恥ずかしくない紳士淑女ばかりだよと言っていた。彼女に言わせると、下宿人はひとり残らず定職をもち、躾《しつけ》がよく、下宿代を一ヵ月分前払いするだけの経済力があり、規則もきちんと守る人ばかりとのことだった。けれども、規則というのはホテルというよりもむしろ神学校のそれを思わせた。母親は後家というのは、とかく妙な噂をたてられがちだから、人から後指を指されないよう気をつけないとね、それにこの家を浮浪者や同性愛者の巣にしたくないんだよとよく言っていたが、これはほかでもないエレーナに聞かせるための言葉だった。エレーナにとっては、下宿人の行動に目を光らせ、少しでもおかしいところがあれば、どんなささいなことでも母親に知らせるというのも仕事のうちだった。そんなふうにスパイもどきの仕事をしているうちに、彼女はますます影が薄くなり、ついには部屋の物陰の中に溶け込んでひっそり姿を消し、そのあと突然異次元から舞いもどってきたように姿を現すようになった。下宿屋というのは目が回るほど忙しいが、母娘はべつに口をきくでもなく、それぞれが黙ったまま自分の仕事をこなしていた。ふだんも二人はめったに口をきかず、たまにしゃべることがあってもたいていは昼寝時の暇なときで、話題といえば、いつも下宿人のことだった。エレーナはしばらく滞在しただけで思い出ひとつ残さず去ってゆく人たちの灰色の生活を彩るような、秘めた恋や悲劇の物語を勝手に作り上げて話したが、勘の鋭い母親はそんな娘の嘘をたちまち見破ってしまった。娘が何か隠し事をしていても同じようにたちまち見抜いてしまう。彼女は恐ろしいほど気のまわる女性で、今誰が何をしているのか、食料貯蔵庫には砂糖がどれぐらい残っているのか、今の電話は誰にかかってきたのか、ハサミはどこにあるのかといった具合に、下宿のことなら何から何までお見通しだった。もともと陽気な性格で、なかなかの美人だったし、地味な服を着てはいたが、その上からでも満たされない若い身体の苛立《いらだ》ちが伝わってきた。長年、細々とした家事に追われてきたせいで、精神的に老いこみ、生きる喜びを見失っていた。けれども、ファン・ホセ・ベルナルが部屋を借りにやってきた日から、すべてが一変した。それは、エレーナにとっても同じことだった。母親はナイチンゲールの気取ったしゃべり方とポスターに出るほど有名な人間だというのにだまされて、どうみても理想の下宿人とは言えない彼を、自分の決めたきまりに目をつむって泊めることにした。ベルナルは夜に歌の仕事をするので昼間は休ませてもらいたい、今は仕事が入ってないので一ヵ月分の前払いは勘弁してほしい、食べ物にうるさくてきれい好きだし、菜食主義者で一日二度シャワーを使うといったことを並べ立てた。母親は何も言わず宿帳に新しい下宿人の名前を書き込むと、うんうん言いながらひどく重い彼のトランクをひきずって部屋まで案内したが、彼の方はギターとポスターをいれたカートン筒しか持っていなかった。エレーナはそんな二人の姿を目を丸くして見つめていた。彼女は壁に貼りつくようにして二人のあとについて階段をのぼった。彼女はこの新しい下宿人が母親の汗ばんだお尻にぴったり貼りついている薄い綿のエプロンをじっと見つめているのに気がついた。エレーナは部屋に入るとすぐにスイッチをいれた。とたんに天井の大きな扇風機の羽根が錆《さ》びついた鉄の音をきしませながら回りだした。

その瞬間から、毎日の生活が大きく変わることになった。仕事が急に増えはじめたのだ。ほかの下宿人がとっくに仕事に出かけて行ったというのに、ベルナルはまだ眠っていたし、浴室は長時間ひとり占めにする、食べるのはウサギのエサみたいなもので、量ときたらこれまた信じられないぐらい多い上に、特別に料理しなければならないし、電話はしょっちゅうかける、暇さえあれば自分の派手なシャツにアイロンがけをするという具合だった。しかし、下宿屋の女将《おかみ》から割増料金を請求されることはなかった。エレーナは陽が少し傾いてはいるもののまだ強い陽射しがかっと照りつけている昼寝の時間に学校から戻ってきたが、そのときもまだ彼はすやすや眠っていた。ふだんから母親にきつく言われていたので、彼女は昼寝時のいかにもわざとらしい静けさを乱さないようにと靴を脱ぐことにしていた。母親が日一日と変わっていることに彼女は気がついていた。最初のうちは彼女だけだったが、そのうち下宿人たちも陰でひそひそ噂するようになった。ことのはじめは香水の薫りだった。母親の身体から立ちのぼる花の強い薫りが、行く先々の部屋に残っていたのだ。あの家は隅から隅まで知り尽くしていたし、それまで長い間人の行動をそっとうかがってきたので、食料貯蔵庫の保存食を入れた瓶と米の袋のうしろに香水が隠してあるのを見つけ出すのは簡単だった。母親は近頃アイラインをひき、口紅を塗り、新しい下着まで買い込んでいた。夕方になるとシャワーを浴びたベルナルが濡れた髪のまま下に降りてくるが、その姿を見ただけで母親の顔がぱっと明るくなった。ベルナルは台所のテーブルに座ると、ヒンズー教の苦行僧が口にするようなおかしな食べものをむさぼるように食べた。母親が前に座ると、彼はさもおかしそうに芸術家の暮らしにまつわるエピソードや自分がやってのけたいたずらを話して聞かせながら、腹を抱えて笑っていた。

最初の数週間、エレーナは、我がもの顔で家の中を歩きまわり、母親の心をとらえてしまったあの男が憎らしくてならなかった。ポマードをこってり塗り、爪にマニキュアをし、しきりに楊枝《ようじ》で歯をほじり、ひどく気取った態度をとり、図々しく人に給仕させる彼がどうしても好きになれなかった。あんな男の一体どこがいいんだろう、ただの女蕩《たら》し、聞いたこともないようなしけた酒場で歌を歌っているだけ、ひょっとすると、古くからの下宿人のソフィアさんがそっと耳うちしてくれたように、ならず者かもしれないわ。けれども、むせかえるように暑いある日曜日の午後、用事はすべて片付き、四方を壁に囲まれたあの家の時間が止まってしまったように思われた頃に、フアン・ホセ・ベルナルはギターを持って中庭に現れると、イチジクの樹の下のベンチに腰をおろしてギターを弾きはじめた。その音を聞きつけて下宿人がひとり残らず窓から顔をのぞかせたが、どうしてギターを弾いているのか理由がわからず、最初はおずおずと様子をうかがっていた。けれどもギターの音に心を奪われた人たちはナイチンゲールのまわりに腰をおろしはじめた。古いボレロやメキシコの民謡はもちろん、女たちが思わず顔を赤らめるような卑語やののしりの言葉が頻出するゲリラの歌まで知っていた。下宿屋であのようなお祭り騒ぎがあったのは、エレーナの記憶にあるかぎりでは今回がはじめてだった。日が暮れると二個のパラフィン・ランプに灯がともされ、樹の枝に吊るされた。そして、風邪をひいたときのためにとっておいたラム酒の瓶とビールが運ばれてきた。かなわぬ恋をうたった歌詞とむせび泣くようなギターの調べが彼女の全身を包みこんだが、そのせいでグラスを運ぶ間も熱病にかかったように身体が震えた。母親は片方の足でリズムをとっていたが、突然立ち上がると、娘の手をとって踊りだした。それを見てほかの下宿人たちも踊りだしたが、その中には、セニョリータ・ソフィアも含まれていた。彼女はいかにも気取った様子で神経質そうな笑い声を立てていた。エレーナはベルナルの歌声に合わせて長い時間踊っていた。寄り添っている母親の身体から花の薫りの新しい香水の匂いがし、幸せな気分にひたっていた。けれども、母親は急に彼女をそっと押しのけると、自分ひとりで踊りだした。目を閉じ、頭をそらせ、風に吹かれるシーツのように身体を揺らしていた。エレーナが踊りの輪から離れると、ほかの人たちも次々に腰をおろしはじめた。中庭の真ん中では、下宿屋の女主人だけがひとり夢見るようにダンスを踊っていた。

その夜からエレーナのベルナルをみる目が変化した。彼の髪につけたポマードや爪楊枝、人を見下したような態度を嫌っていたことも忘れてしまった。彼の姿を見かけたり、声を聞いただけで、あの夜、即興で催されたお祭り騒ぎのときに聞いた歌が記憶に蘇ってきて、身体がかっと熱くなり、心が乱れたが、その熱病のような感じはうまく言葉にできなかった。そっと彼の様子をうかがっているうちに彼の肩や太くてたくましい首、肉感的な厚い唇、輝くように白い歯、長くてしなやかな指のついた優雅な手に目がゆくようになった。彼に近づいてその浅黒い胸に顔を埋め、空気が肺を通る音や心臓の鼓動を聞きながら、タバコやなめし革を思わせるそのつんと鼻をつく乾燥した体臭を嗅いでみたいと思ったが、そう考えはじめるといてもたってもいられなくなった。彼の髪の毛をもてあそんだり、背中や脚の筋肉にさわったり、足先を見つめたり、自分が煙になり、口から彼の身体の中に入りこんで全身隈《くま》なく広がってゆくところを思い浮かべたりした。けれども、彼が顔を上げて、目が合うと、エレーナは中庭の奥にある茂みまで走っていって震えながらそこに身を隠した。ベルナルに心を奪われた少女は、彼がそばにいないと時間が停止したように思えて耐えられなかった。学校へ行っても目に浮かぶのは彼の姿、耳に聞こえてくるのは彼の声という有様で悪夢を見ているようだった。今頃何をしているのかしら。きっとブラインドをおろした薄暗い部屋でベッドにうつぶせになって寝ているのね。扇風機の羽根が熱い空気をかき回し、背骨を伝って汗が一すじ流れ、そしてあの人はクッションに顔を埋めているんだわ。下校の鐘が鳴ると同時に駆け出し、大急ぎで家に帰ったが、その間、どうか彼がまだ起きていませんように、シャワーを浴び、きれいな服に着替えて台所に座り、彼を待つだけの時間がありますようにと祈っていた。台所に座ると、母親から用事を言いつけられないよう、宿題に精を出しているふりをした。やがて彼が口笛をふきながらバスルームから出てくるが、その音が聞こえたとたんに恐怖でいたたまれない気持ちになるのだった。もし彼に触られたり、話しかけられたりしたら、きっと嬉しさのあまり死んでしまうだろう。けれども、それなら死んでもいいと思っていた。彼なしでは生きて行けなかったが、そのくせ目の前にいるとまぶしさに耐えきれなかったので、家具の間にそっと身をひそめるようにしていた。目立たないように気をつけて、彼の行くところにはどこへでもついてゆき、彼がしてほしいことがあれば、口に出して言う前にしてあげようと待ちかまえていた。しかし、そんなときも自分のいることを気取られないよう、影のように動いていた。

夜になると彼がいなくなるので、エレーナは眠れなかった。彼女はハンモックから抜けだすと、亡霊のように二階をうろうろ歩きまわり、ついには勇気を出してこっそりベルナルの部屋に入り込んだ。

後手でドアを閉めると、ブラインドを少し開けて通りの光が部屋に入るようにし、その光が彼女の考え出した儀式、持ち物に残っている彼の心の一部を自分のものにするための儀式を照らし出すようにした。泥水のように黒く輝く鏡の表面をじっと見つめた。この鏡に彼が自分の姿を写していたのなら、ぴったり寄り添えばその影と抱き合うことができるかもしれない。彼女は目を大きく見開いて鏡に近づいてゆくと、彼になったつもりで鏡に映る自分の姿を見た。硬くて冷たい鏡に自分の唇を押しつけたが、それは男性の唇のように熱く感じられた。鏡に胸がふれたとたんに、小さな二つの乳首が固くなった。そこから鈍い痛みが下に向かって走り、ちょうど両脚の間でとまった。一、二度彼女は痛む場所をさぐってみた。タンスからベルナルのワイシャツとブーツをとり出し、それを身につけると、音をたてないよう用心しながら、部屋の中を二、三歩あるいてみた。その姿のままあちこちの引きだしをかきまわしたあと、彼の櫛《くし》で髪をとき、彼の歯ブラシを口に入れ、ひげそりクリームを舐め、汚れた彼の服を撫でまわした。自分でもどうしてだか分からなかったが、シャツとブーツ、それにネグリジェを脱ぎすて、裸のままベルナルのベッドに横たわると、熱い彼の身体に抱きしめられるところを想像しながら、貪《むさぼ》るようにその体臭を嗅いだ。彼女は奇妙な形をした頭蓋骨から向こうが透けて見えそうな耳たぶ、目のくぼみ、口の中といったように全身を撫でまわし、さらに骨格やひだ、角ばった部分、柔らかな曲線に手を走らせた。自分のまだ幼い全身を愛撫しながら、どうして鯨のように大きくて、ずっしりと重い肉体になれないのかしらと考えた。さらに、自分の身体が蜜のように甘くて、べたべたした液体で満たされるところを空想した。身体はどんどんふくれ上がって巨大な人形のようになり、ベッドいっぱいに、部屋いっぱいに、ついには家全体の大きさにまでふくれ上がってゆく……。時々彼女は疲れきってほんの二、三分の間だが、泣きながら眠りこむことがあった。

ある土曜日の朝、彼女が窓から外をみていると、ベルナルが、洗濯桶にかがみこんで服を洗っている母親に後ろから近づいていくのがみえた。男は母親の腰に手をまわしたが、母親はその手をまるで自分の身体の一部のように思っているのか、べつに驚いた素振りも見せなかった。遠くから見ていたエレーナは、その様子から彼が母親を所有しており、母親も相手にすべてをまかせきっているのを感じ取った。二人はひどくうちとけた態度で接していた。二人の間にある大きな内緒事が彼らを結びつけていたのだ。その様子を見ているうちに、急に汗が吹き出し、息が苦しくなった。肋骨にはさまれた心臓は怯えた小鳥のように激しく鼓動し、今にも指先から血が吹き出してきそうな感じがして、手足がしびれた。その日から彼女は母親の様子をこっそりうかがうようになった。

最初はじっと見ていただけだが、それでもいろいろと思い当たることが出てきた。挨拶は長すぎたし、微笑みも何やら意味ありげだったし、テーブルの下で脚がぶつかるのは、どうやら後で二人きりになろうという合図のように思われた。ある夜、いつもの愛の儀式を終えてベルナルの部屋からもどってきた彼女は、母親の部屋から地下水の流れるような音を耳にした。そのとき彼女は、それまでベルナルは生活費を稼ぐために、夜、歌を歌っているものだとばかり思っていたが、じつはこれまでずっと廊下の向こう側にいたのだということに気がついた。自分が鏡に映った彼の残像にキスをし、シーツに残った体臭を嗅いでいるとき、彼は母親のところにいたのだ。長年人目につかないように心がけてきたおかげで、彼女は閉めたドアからするりと中に入り、歓びに身をまかせている二人を目にすることが出来た。房飾りのついたランプのシェードが熱い光を投げかけ、ベッドの上の愛人たちを照らし出していた。母親はふくよかでむっちりとした薔薇色の生き物に変わっていた。呻《うめ》きながらゆらめくイソギンチャクのように身体全体が触手と吸盤になり、口、手、脚、身体の孔《あな》でベルナルの大きな身体にからみついていた。一方ベルナルの方は身体が強張り、思いもよらない突風にあおられている板切れのように身体を痙攣させていた。生まれて初めて裸の男性を見た少女は身体のつくりがまったく違うのにびっくりした。男の本性が野獣と少しも変わらないように思え、恐怖にとりつかれたが、しばらくしてようやく二人の姿を見ることができるようになった。そして、その光景に魅了されて、食い入るように見つめた。心に秘めた愛、祈り、夢、声にならない呼びかけ、そんなものではとうてい母親に太刀打ちできない。母親はあの身体の動きで、彼女からベルナルを奪い取ったのだ。そして、その秘密の鍵はどうやらあの愛撫と囁き声にあるようだった。あれさえ自分のものにすればフアン・ホセ・ベルナルは、タンスを置いてある部屋のフックに毎晩吊るしているハンモックで彼女と一緒に寝てくれるにちがいなかった。

それからしばらくの間、エレーナはぼんやりうつけたようになっていた。まわりのことはもちろん、あのベルナルにもまったく興味を示さなくなったが、彼女の心の中で彼は特別な場所を与えられていたのだ。彼女は生きた人間の世界をのがれて、幻想の中に生きていた。毎日の仕事は身についた習慣のおかげでなんとかこなしていたが、何をしていてもうわの空だった。急に食が細くなったのに気づいた母親は、きっと思春期を迎えたのだろうと考えた。けれども、それにはまだ彼女は幼すぎた。母親は暇をみては娘と二人きりで座るようにし、冗談めかして女の心得を教えてやった。少女はむっつり押し黙ったまま聖書の中にでてくるイヴの呪わしい話や月経のことを聞いていたが、心の中では自分には関係のないことだと思っていた。

エレーナは水曜日に空腹を覚えたが、それはこの一週間ではじめてのことだった。彼女は缶切りとスプーンを持って食料貯蔵庫にもぐりこむと壺三つ分のエンドウ豆をむさぼるように食べ、次に赤い封蠟《ふうろう》を剝がしてまるでリンゴをかじるみたいにオランダチーズをむしゃむしゃ食べた。そのあと中庭に走ってゆき身体を二つに折ると、緑色の吐瀉物をゼラニウムの上にもどした。お腹がひどく痛み、口の中が苦くなったが、それでようやく現実の世界に戻ることができた。その夜、彼女はハンモックにくるまって赤ん坊のように指を吸いながらぐっすり眠った。木曜日、元気に目を覚ますと、母親を手伝って下宿人のコーヒーをいれ、学校へ行く前に台所で母親と一緒に朝食をとった。しかし、学校に着くと激しい胃痙攣に襲われ、身体をよじりながらトイレへ行かせてほしいと頼んだ。先生がそんな彼女を見かねて、昼前に家へ帰ってもよろしいと言ってくれた。

エレーナはいつもの道を避けて大きく回り道すると、崖に面した裏手から家に近づいた。思ったより簡単に壁をよじ登り、庭に飛び降りた。今頃母親は市場へ行っていて、しかも今日は新鮮な魚の出る日だから戻ってくるのは遅くなるはずだった。家にはフアン・ホセ・ベルナルと、関節炎がひどくて一週間仕事を休んでいるセニョリータ・ソフィアしかいなかった。

彼女は本と靴を茂みに隠すと家の中にすべりこんだ。息をひそめ、壁に貼りつくようにして階段を登っていった。セニョリータ・ソフィアの部屋でラジオががんがん鳴っているのが聞こえて、ほっと胸を撫でおろした。ベルナルの部屋のドアは軽く押しただけで開いた。中が薄暗かったので、昼前の明るい陽射しの照りつける通りを歩いていた彼女には何も見えなかったが、何度も中に入ったことがあるので、中の様子は手に取るように分かった。どこに何があり、どこを歩くと床がきしみ、ドアから何歩あるけばベッドにたどり着けるかちゃんと分かっていた。それでも彼女は、暗闇に目が慣れて、家具がぼんやり見えるまで待つことにした。しばらくすると、ベッドに横たわっている男の姿が見えた。それまで何度も頭の中で思い描いていたのと違って、彼はうつぶせではなく、パンツ一枚でシーツの上に仰向けになり、片方の腕をのばし、もう一方の腕を胸の上においていた。髪の毛が目の上にかかっていた。ここ数日間、恐怖と不安が高まっていた。それが嘘のように消えて心が洗われたようになり、義務を果たす人間のように平静な気持ちになっているのに気がついた。これまで何度もこういう場面を経験したような気がしてならなかった。以前と少しちがう儀式をするだけだから、何も怖がらなくていいと自分に言ってきかせた。彼女はゆっくり制服を脱いだ。けれども、綿のパンティーまでは脱げなかった。そのあとベッドに近づくと、ベルナルの姿がよく見えた。自分の重みでシーツに皺《しわ》が寄らないように用心しながら、ベッドの端の男の手のすぐそばに腰をおろした。身をかがめ、彼のそばに顔を近づけると、その熱い息と甘ったるい体臭が感じられた。彼女は用心しながらそろそろと隣に横たわると、彼を起こさないよう気を配りながら両脚を伸ばした。静寂の中で耳を澄ましてじっと待ったが、やがて片方の手を彼のお腹の上にのせるとそれと分からないほどやさしく愛撫しようとした。けれども、彼の身体に触れたとたんに心臓の鼓動が早くなり、息が詰まりそうになった。自分の心臓の鼓動が家中に響きわたって彼を起こしてしまうのではないかと不安になった。数分たっても彼が動かなかったので、ほっと胸を撫でおろして緊張を解くと、腕全体を彼の身体の上にのせた。といっても、羽根のように軽い腕だったので彼が目を覚ますことはなかった。エレーナはこの前見た母親の動作を思い出し、指をパンツのゴムの下にすべらせながら、鏡を相手に何度も練習したとおり彼の口にキスをした。ベルナルは半ば眠ったままうめき声をあげると、片方の手を彼女の身体にまわし、もう一方の手で彼女を導きながら口を開いて彼女のキスに応えた。エレーナは彼が母親の名前を呼ぶのを聞いたが、逃げるどころかいっそう強く彼に抱きついた。ベルナルは彼女の腰に腕をまわし、自分の上に彼女をのせて愛の営みに取りかかろうとした。けれども自分の上になっているのが小鳥のように華奢な骨格の人間だということに気づいて、深い眠りから、一瞬にして我に返った。彼の身体に緊張が走り、エレーナは脇腹のところをつかまれて荒々しく跳ねのけられ、ベッドから床に落ちた。けれども彼女はさっと立ち上がると、もう一度ベッドに戻って彼を抱きしめようとした。ベルナルは彼女の顔をひっぱたくと、太古の昔からのタブーを犯す悪夢をみたように恐怖でふるえながら、ベッドから飛び出した。

「なんて、悪い娘だ」と彼は叫んだ。

ドアが開き、敷居のところにセニョリータ・ソフィアが立っていた。

エレーナはその後七年間修道院の寄宿舎で過ごし、さらに三年間首都の大学に通ったあと、ある銀行に就職した。一方、母親はその間に愛人と結婚して二人で下宿屋を続けていたが、なんとかやっていけるだけの貯金がたまると下宿屋をやめて、小さな家を買って田舎に引きこもり、カーネーションと菊を栽培し、それを町で売って収入を得ていた。ナイチンゲールは自分のポスターを金色の額にいれて壁に飾っていたが、夜、二度と下宿人の前で歌うことはなかったし、彼が歌手をやめたからといって残念がる人間もいなかった。彼は妻と一緒に義理の娘に会いに行くこともなければ、娘のことを尋ねもしなかった。自分の心が揺れ動きそうで不安でならなかったのだ。けれども、彼女のことはしょっちゅう考えていた。あの少女のイメージは時が流れてもそのまま変わることなく保たれていた。今も彼の心の中には、恋に狂って我を忘れ、彼にはねつけられた少女が生き続けていた。それどころか、年が経つにつれてあの華奢な骨とお腹の上におかれた幼い手、彼の口の中に差しこまれた赤ん坊のような舌の思い出がどんどんふくれ上がって、頭から離れなくなっていた。妻のずっしり重い身体を抱いても、もはやあまり歓びを感じなくなっていたせいで、彼女の姿を思い浮かべ、あのときの様子をこと細かに思い返して自分を掻きたてるようになった。中年になると、子供服の店に足を向け、綿のパンティーを買ってそれを愛撫して楽しむようになった。そのうち自分のばかげた行為が恥ずかしくなり、何もかも忘れてしまおうと、パンティーを焼き捨てたり、中庭に深い穴を掘って埋めたりしたが、うまく行かなかった。彼は学校や公園をうろついて、遠くから小さな女の子を観察するようになった。すると、ほんのつかの間ではあるが、彼の中にあの忘れることのできない木曜日が蘇ってくるのだった。

エレーナは二十七歳のときにはじめて婚約者を紹介するために、母親の家を訪れた。婚約者というのは陸軍大尉で、長年の間ずっと彼女にプロポーズしていた。若い二人は十一月の爽やかな夕暮れに到着した。婚約者は威張っているように見られたくないと考えて、軍服ではなく民間人の服装をし、彼女は山のようなお土産を抱えていた。ベルナルは若い頃のようにそわそわ落ち着かずに二人の訪れを待っていた。彼はたえず鏡をのぞいては自分の姿をじっと見つめながら、エレーナはおれを見て歳をとったと思うだろうか、それとも彼女の心の中には昔のナイチンゲールの姿が時の作用を受けずにそのまま残っているだろうかと考えた。彼女に会ったらこんなことを言おうとか、こういうふうに答えようと考えて、心の準備をしていた。けれども、目の前に現れたのは、意外なことに長年彼を苦しめてきた火のように激しい少女ではなく、内気でぎすぎすした感じの女性だったので、彼は裏切られたような気がした。

日が暮れると、最初の興奮もようやくおさまった。母と娘は近況を語り合ったあと、涼しい風にあたろうと、中庭に椅子をもち出した。あたりにはカーネーションの薫りが漂っていた。ベルナルがワインをとってくると言うと、エレーナは彼の後についてグラスを探しにいった。ほんの二、三分の間だが、狭い台所で二人は向かい合った。この機会を長い間待ちわびていた男は、彼女の腕をつかんで引きとめるとこう言った。おれはひどい思い違いをしていたんだ。あの朝、まだ寝ぼけていたものだから、自分でも何をしているか分からなかったんだ。あんなふうに床に突き飛ばして、ののしるつもりはなかったんだ、こうして謝っているんだから、あのときのことは許してくれ。ここ何年もの間、お前が欲しくて欲しくて血が騒ぎ心が乱れて仕方なかった、おかげで心の安まる間がなかったが、お前に許してもらえば、きっと気持ちも落ち着くはずだ。エレーナは何と返事をしていいか分からず、目を丸くしてじっと彼の顔を見つめた。この人の言っている悪い娘って誰のことなのかしら？　彼女にとって少女時代はもはや遠い昔のことになっていて、はねつけられた初恋の痛みも記憶の奥底にしまい込まれていた。彼女の記憶にははるか昔の木曜日のことなど何ひとつ残ってはいなかった。

# クラリーサ

クラリーサは町にまだ電灯がともっていない時代に生まれたが、長生きしたおかげでテレビの画面を通して最初の宇宙飛行士が月面をふわふわ遊泳するところを見ることができた。しかし、ローマ法王が来訪したときに、ゲイの男たちが尼僧に扮して法王を出迎えたのを見たが、そのショックがもとであの世へ旅立つことになった。彼女はシダが生い茂り、灯油ランプのともっている回廊で少女時代を過ごした。当時はゆっくりと時間が流れていた。クラリーサは決してめまぐるしい現代社会になじもうとせず、つねに前世紀の肖像写真のようなセピア色の雰囲気をたたえていた。きっと昔は腰も細く物腰も優雅で、メダルに刻まれている女性のような横顔をしていたのだろう。けれどもわたしが彼女と知り合った頃は、すでにいく分風変わりなおばあさんになっていて、両肩は猫背気味に曲がり、品のよい頭部には鳩の卵ほどの大きさの脂肪腫があって、すでに白くなっている髪の毛をそのまわりに巻きつけていた。いたずらっぽくて鋭いその視線は人の心の奥深くに秘められている悪をたちまち見抜いてしまうが、自分の心がその悪に影響されることはなかった。歳をとるにつれていつしか、聖女だという評判が立つようになり、死後も大勢の人が他の聖人像と一緒に彼女の写真を家の祭壇に飾るようになった。何か困ったことが起こると、人々は彼女に助けを求めたものだった。もっともヴァチカンは彼女が奇跡を起こせるとは考えていなかったし、これから先もそうなることはないだろう。というのも彼女がもたらしてくれる御利益というのは少し変わっていて、聖ルチアのように盲人を癒したり、聖アントニウスのように独身女性に相手を見つけてやるのとちがって、飲みすぎからくる不快感や兵役に取られる苦しみ、ひとりぼっちの寂しさに耐える力を与えてくれるといったものだったからだ。大聖堂に鎮座する聖人たちが起こしたこれぞ奇跡といったものももちろん必要だったが、慎ましやかであまり当てにならない彼女の奇跡も必要とされていた。

わたしは少女時代、女将《おかみ》の家で女中をしていたが（クラリーサはあの手の商売をしている人のことを夜の貴婦人と呼んでいた）、その頃に彼女と知り合った。当時からすでに精霊のような感じがして、今にも床からふわりと浮き上がって窓から飛びだしてゆきそうな雰囲気があった。彼女の手には病気を治す力が備わっており、治療費のない人たちや伝統的な医学に失望した人たちが痛みをやわらげてもらったり、不幸な運命がもたらす苦しみをとりのぞいてもらおうと、列を作って待っていた。わたしの女主人は背中に手を押し当ててもらうためにしょっちゅう彼女を呼んでいた。クラリーサはその機会を利用して、魂の問題をもち出し、女将に心を入れかえて神の教えにかなった道を歩むようにと説得したが、女将の方はそんなことをすればたちまち商売ができなくなると分かっていたので、耳を貸そうとしなかった。痛みの度合いに応じて、十分から十五分の間クラリーサは掌《てのひら》の温《ぬく》もりで治療したが、そのお礼にいつもフルーツジュースを一杯ごちそうになった。二人の女は台所で向かい合って座ると、人間と神についてあれこれ話し合った。わたしの女主人はもっぱら人間を話題にし、クラリーサは神の話をしたが、二人は礼儀正しく相手の言うことに耳を傾けながらも、自分の考えを譲ろうとはしなかった。その後わたしが勤めを代えた関係でクラリーサと会えなくなったが、二十年後に再会してからは今も彼女と親しくしている。その間にはいろいろな障害があった。彼女の死もそのひとつで、さすがにその後は前ほどうまく彼女と意志の疎通がはかれなくなってしまった。

クラリーサも寄る年波には勝てず、以前のように伝道僧も顔負けするほど熱心にあちこち歩きまわることができなくなったが、それでも人助けをやめようとしなかった。しかし、人助けもときには行きすぎになることがあった。共和国通りをうろついている女のヒモが彼女につかまると、彼らを救いたいという熱意に燃えているこの善良な婦人が、衆人環視の中で延々と説教をし、おかげでとんでもない大恥をかかされる羽目になった。困っている人を見ると、持ちものを惜しげもなく分かち与えた。おかげで自分の物といえば身に着けている服だけという有様だった。晩年には、彼女よりも貧しい人間が見当たらなくなり、どちらが与える方でどちらがもらう方なのか分からないというおかしなことになってしまった。

彼女が住んでいたのは三階建ての大きなボロ家で、空き部屋がいくつかあり、残りの部屋は酒造会社の倉庫に貸していた。そのせいで、酒のすえたような臭いが家中に立ちこめていた。彼女は両親から遺産として受け継いだその家から引っ越そうとしなかった。というのも、一族の過去の思い出がこもっていた上に、四十年以上も前から夫が中庭の奥の部屋にずっと閉じこもっていたからだ。彼女の夫は以前遠い地方で判事をしていたが、二人目の子供が生まれるまでは立派にその務めを果たしていた。しかし、二人目の子供が生まれたときに絶望感に襲われ、自分の運命に立ち向かう気力を失くして、悪臭の立ちこめる穴ぐらのような部屋の中でモグラのような生活をするようになった。とらえがたい影のように部屋から出ることはめったになかった。ドアを開けるのは便器を出すときと妻が毎日差し入れてくれる食べ物を受けとるときだけだった。妻とはみごとな書体で書かれたメモで連絡をとり、何か返事をするときは、ドアを二回叩けばイエス、三回ならノーと取り決めていた。部屋の中からは喘息《ぜんそく》の咳と、誰に向けて言っているのか分からない下品なののしりの言葉が壁越しに聞こえてきた。

「可哀そうな人なのよ。一日も早く神様があの人をお召しになって、天使たちの合唱隊の一員に加えてくだされぱいいんだけどね」クラリーサは溜め息をつきながらそう言ったが、そこには皮肉っぽい調子はみじんもなかった。夫の死は神の摂理によって定められた恩寵のようなものだったが、そううまく訪れてはこなかった。彼がすでに死んでいて、今でも聞こえる咳込む声と口汚くののしる言葉が昔のこだまでなければ、おそらく百歳は越えているはずだが、未だにしぶとく生きている。

彼が最初の求婚者で、しかも、両親が判事なら結婚相手としては申し分ないと考えたので、クラリーサは彼と結婚した。慎ましやかではあるが幸せな生活を送っていた彼女は、両親の家を出て、欲が深い上にどうしようもない俗物の夫と暮らすことになったが、それ以上幸せになりたいとは思っていなかった。一度だけ、結婚前の楽しかった日々のことを懐かしそうにしゃべったことがあるが、そのときにグランド・ピアノの話が出て、幼い頃はそれをよく弾いたものだと言った。その話をきいて、わたしたちは彼女が音楽好きだということを知った。ずっとのち、彼女がすっかりいいおばあさんになってから、友人たちとお金を出し合って、小さなピアノを一台買うと、それを彼女に贈った。それまで六十年近くピアノを触ったことがなかったのに彼女は椅子に座ると、昔習い覚えたショパンのノクターンをすらすらと弾いてみせた。

結婚して二年ほど経つと、女の子が生まれたが、その子はアルビノだった。よちよち歩きをはじめるようになると、母親の後について教会へ行くようになった。典礼のときに使うきらびやかな祭具や礼服に目を奪われたその子は、家に帰るとカーテンを引きちぎって身体にまきつけ、司教に扮装した。そして、ミサの真似をし、自分が勝手に考えだしたあやしげなラテン語で賛美歌を歌うというのがたったひとつの遊びになった。その子は治癒の見込みのない知的障害者で、訳の分からない言葉をしゃべり、たえずよだれをくり、病気のせいで激しい発作に襲われることがあった。そのときは、家具に嚙みついたり誰かを傷つけたりしてはいけないというので、縁日などで見かける動物のように紐でしばっておかなければならなかった。大きくなるにつれて性格が穏やかになり、母親の家事を手伝うようになった。二人目は男の子で、アジア系の人間のように穏やかな顔をしていたが、何に対してもまったく興味を示さなかった。唯一の特技は自転車に乗ることだったが、母親が家から出さなかったので、自転車を乗りまわすことはできなかった。中庭に車輪をはずしてイーゼルに固定した自転車が置いてあったが、その子は日がな一日ペダルをこいでいた。

生まれてきた子供は二人とも障害のある子供だったが、楽天的なクラリーサはそれくらいのことでくじけたりしなかった。彼女は、自分の子供たちは悪に染まることのない無垢な心の持ち主だと考え、話しかけるときは、いつもやさしい言葉をかけるよう心がけていた。子供たちを俗世間の苦しみから守るにはどうすればいいかというのが彼女にとっては一番の悩みの種で、自分がいなくなったらいったい誰が子供たちの面倒をみてくれるのだろうと考えたものだった。父親は逆に子供たちのことを一切話題にしなかった。子供が二人とも障害児だというのをいいことに何もしなくなり、仕事をやめ、友人とも付き合わず、外気を嫌って部屋の中に閉じこもり、中世の修道僧のように辛抱強く新聞記事を公証人の使うノートに書き写していた。そうこうするうちに妻は持参金と遺産を残らず使い果たしてしまい、生計を立てるために内職まがいのこまごまとした仕事をして日銭を稼ぐようになった。しかし、自分がどれほど貧しくても人助けだけはやめようとせず、生活苦にあえいでいるときでさえ、慈善行為を続けた。

人間の弱さに関しては、クラリーサはほかの誰よりも理解があった。ある夜、歳老いて髪も白くなった彼女が部屋で縫い物をしていると、家の中で耳慣れない音がした。彼女は立ち上がって、いったい何だろうと思って部屋を出ようとしたところで見知らぬ男と鉢あわせした。男は首筋にナイフをつきつけた。

「しずかにしろ、さもないとこいつで喉を掻き切るぞ」男が脅した。

「あら、お門違いですよ、入るんなら音楽が賑々《にぎにぎ》しく鳴っている、お向かいの夜の貴婦人たちのところになさい」

「ふざけるんじゃない、おれは強盗だ」

「なんですって」クラリーサは自分の耳が信じられなくて思わず微笑みを浮かべた。「このわたしからいったい何を盗るつもりなの」

「そこの椅子に座るんだ。今からあんたを縛る」

「なんてことを言うんです。わたしはあなたの母親といってもいい歳ですよ。年寄りをもっと大切にしなさい」

「いいから座るんだ！」

「大声をださないで。主人がびっくりするじゃありませんか、あの人は病弱なんですよ。そうそうその物騒なナイフもしまいなさい。怪我でもしたらどうするんです」とクラリーサが言った。

「おい、ばあさん、いいか、おれは泥棒なんだぞ」当惑した強盗は口の中でそう呟《つぶや》いた。

「いいえ、泥棒なんかじゃありません。あなたに罪を犯させるわけには行きませんよ。わたしは自分の意志であなたにお金を差しあげるんです。あなたが奪うんじゃなくて、わたしが差しあげるんです。いいですね」財布をとってくると、中からその週の家計費を取り出した。「なにしろ貧乏なものだから、これだけしかないんですよ。さあ、台所へいらっしゃい、お茶をいれてあげますから」

男はナイフをしまうと、手に紙幣を握りしめたままあとについていった。クラリーサは二人分のお茶をいれ、残りもののビスケットを出して、男に座るように言った。

「どうしてまたこんな貧乏なおばあさんからお金を盗もうなんて思ったんです」

盗みにはいった男は、何日かこの家を見張っていて、どうやら女の一人暮らしのようだし、これだけの家なら多少金目のものはあるだろうと踏んで押し入ったのだが、押し込みをしたのはこれが初めてだと打ち明けた。家には子供が四人もいるのに、このところ仕事がなくて困っている、毎日手ぶらで帰るわけにはゆかなかったのだと言った。彼女はそんなばかなことをするものじゃありませんと諭《さと》した。ひとつ間違えば縄つきになる上に、地獄に堕とされるかもしれないのよ、きっと神様はそこまで厳しくあなたを罰したりしないでしょうけど、煉獄行きは間違いないわ、そこで前非を悔い、二度とあのような過ちを犯さないと悔悟することになるのよと言った。そして、自分の作った困窮者の名簿に名前を書くように言ったあと、今度のことは警察には言わないと約束した。二人は、お互いの頬にキスをして別れた。以後、クラリーサが亡くなるまでの十年間、男は郵便でささやかなクリスマス・プレゼントを贈り続けた。

クラリーサがかかわりを持っていたのはそうした人たちばかりではなかった。中には名士連や名家の夫人、裕福な商人、銀行家、政府の要人といった人たちも含まれていたが、彼女は自分がどういう扱いを受けるかまったく気にかけず、人助けのためにそうした人たちのもとを訪れた。ある日、彼女は国会議員のディエゴ・シエンフエゴスのオフィスを訪れた。彼はその煽動的な演説とこの国では数少ない腐敗していない政治家のひとりとして知られていた。にもかかわらず首相の地位までのぼりつめ、歴史の教科書に出てくる平和協定の知的指導者としてその名前を残すことになった。当時、クラリーサはまだ若くて、多少おどおどしたところがあったが、歳を取ってから顕著になる決然とした態度はその頃からすでにうかがえた。国会議員のオフィスに乗り込んだ彼女は、彼の力でマザー・テレサ教会の修道女たちが新しい冷蔵庫を買えるようにしてほしいと頼んだ。男はどうして思想的に対立する人たちを助けなくてはならないのか理解できず、呆れたような顔をして彼女を見た。

「シスターたちが食堂で毎日無料で食べさせている百人の子供たちは、みんな共産主義者やプロテスタントの子供たちなんですけど、あの子たちはいずれ全員あなたに票を入れることになるんですよ」クラリーサは穏やかな口調でそう説明した。

それがきっかけになって、二人の間には人に知られることのない友情が生まれた。もっともそのおかげで、政治家は以後彼女のためにあれこれ便宜をはかったり、いろいろ苦労する羽目になった。それと同じ反論しようのない理屈をふりまわして、彼女はイエズス会からは無神論者の若者への奨学金を、カトリック婦人連盟からは地域の売春婦のための古着を、ドイツ協会からはヘブライ教徒の聖歌隊が使う楽器を、そして、ぶどう農園の経営者からはアルコール中毒患者を治療するための資金を調達した。

夫は墓所のような部屋に閉じこもっていたし、クラリーサはクラリーサで毎日が目の回るほど忙しくて疲れ切っていたが、それでも彼女のお腹はまた大きくなった。産婆が、今度も障害のあるお子さんが生まれてくるかもしれませんよと言ったが、彼女は神様はこの世の釣り合いというものを考えておられるから、心配しなくていいのよと言って、産婆を説き伏せた。神様は歪んだものをお作りになる一方、まっすぐなものも作られるの、ひとつひとつの徳行の背後には悪徳があり、喜びの陰には不幸が、悪の背後には善があるの、そうして何百年もの間人生の車輪が止まることなく回り続けているうちに、一切は釣り合いが取れるようになっているの、振子が右に揺れると、きっちりその分だけ左に揺れるでしょう、それと同じなのよ、と彼女は説明した。

お腹が大きい間休んでいたクラリーサは、やがて三番目の子供を生んだ。産婆の助けと、成長は遅いけれど、おとなしくていつもにこにこしている二人の子供に元気づけられて彼女は自分の家でお産をした。二人の子供はそれぞれ自分の遊びに夢中になって毎日を過ごしていた。ひとりは司教様の恰好をして訳の分からない言葉を呟きつづけていたし、もうひとりはあの自転車ではどこへも行けないのに、一日中ペダルをこぎつづけていた。創造が調和のとれたものになるようにと神が考えられたのか、今度は秤《はかり》の針が良い方に傾いた。つまり、賢そうな目と大きな手をした男の子が生まれたのだ。母親は神に感謝してその子を胸に抱いた。十四ヵ月後、クラリーサは先の子と同じ元気な男の子をもうひとり生んだ。

「きっとこの子たちは丈夫な子に育って、上の二人の世話を手伝ってくれるわ」彼女はそう言ったが、言葉どおり、下の二人の男の子は竹のようにまっすぐで、心根の優しい性格に育った。クラリーサは夫の助けを借りず女手ひとつで何とか四人の子供を育ててあげたが、人に施しを乞うときも、貴婦人らしい誇りを失うことはなかった。彼女が経済的に困窮していることを知っているものはほとんどいなかった。生活費を稼ぐために徹夜で頑張ってぬいぐるみの人形を作り、ウェディングケーキを焼き、その一方で、傷みが激しく壁に緑色の黴《かび》が生えはじめた家の修復も行った。また、下の二人の息子にはどのようなときでも明るさと寛大さを失わないようにと躾《しつ》けたが、その甲斐あって下の二人はその後何十年もの間、いつも彼女のそばに寄り添って、上の二人の重荷を支えつづけた。上の二人はある日、バスルームの中に閉じ込められたが、そのときにガス管から漏れたガスが原因で苦しむことなくあの世へ旅立っていった。

ローマ法王がやってきたとき、クラリーサはまだ八十歳になっていなかった。もっとも彼女の正確な歳は分からなかった。人からそのお歳にしては本当にお元気ですねと言われるのが嬉しいものだから、彼女はいつも歳を多めに言っていたのだ。気力は衰えていなかったが、身体がだんだん言うことをきかなくなっていった。歩くのが大儀になり、外に出ると道に迷った。食欲もなくなり、しまいには花と蜂蜜しか口にしなくなった。背中に翼が生えはじめるとともに彼女の魂はその肉体から離脱しはじめた。けれども、ローマ法王の歓迎祝賀式典の準備が行われているのを見て、ふたたび地上の出来事に関心を示すようになった。ただ、テレビという文明の利器に対して根深い不信感を抱いていたので、テレビで式典を見るのを嫌がった。宇宙飛行士が月面に降り立った映像を見て、あれはペテンですよ、どうせハリウッドのどこかのスタジオで撮影したに決まっていますと言ってきかなかった。考えてもごらん、テレビの中でヒーローとヒロインが愛し合ったり、死んだりしているけれど、次の週になると同じ役者がまた違った運命を生きてゆくでしょう、あれと同じでみんな作り事なのよと言っていた。画面に映るのは法王の礼服で美々しく着飾った役者に決まっています、同じ見るのなら、この目でそのお姿を拝みたいのと言い張った。わたしは仕方なく彼女を連れて街頭をパレードする法王を見るために出かけていった。信者や蠟燭売り、聖人像をプリントした派手なTシャツ、プラスチック製の聖人像の売り子たちにもみくちゃにされながら、二時間ほど待たされて、ようやくローマ法王の姿を見ることができた。防弾ガラスの入った大型車に鎮座しているローマ法王は、水族館にいる白いネズミイルカのような感じがした。そのとき突然クラリーサが跪《ひざまず》いたので、狂信的な信者や警官たちにあやうく踏みつぶされそうになった。一行がわたしたちの目の前を通りかかったとき、横の通りから突然尼僧の恰好をして顔に厚化粧した一団の男たちが現れたが、その手には中絶と離婚、同性愛の容認、女性が僧職につく権利を要求するプラカードが掲げられていた。クラリーサは震える手でバッグを掻きまわし、眼鏡をとりだすと、自分が夢を見ているのでないことを確かめるように目を凝らした。

「もう帰りましょう。いろいろなことがありすぎて……」蒼ざめた顔で彼女はそう言った。ひどいショックを受けていたので、わたしはローマ法王の髪の毛を買って気を紛らしてあげようとした。けれども彼女は、本物かどうか分からないから、いらないわと言った。ローマ法王の髪の毛を聖遺物として売っている人間はゴマンといたが、ある左翼のジャーナリストの計算では、その量はマットレス二枚に詰められるほどあるとのことだった。

「もう歳ね、この世のことが理解できなくなってしまったわ。家でじっとしているのがいちばんみたい」

家に戻ってもまだ頭の中で鐘の音と歓呼の声が鳴り響いているような感じがして、彼女は疲れきっていた。わたしは台所へ行くと、元判事の夫のためにスープをあたため、カモミールのハーブティーを飲ませてあげれば少しは気持ちも落ち着くだろうと考えて、彼女のためにお湯を沸かした。その間、クラリーサは何とも言えず悲しそうな顔をして身の回りを整理すると、夫のために最後の食事を盛った皿を運んだ。ドアの前にお盆を置くと、四十数年ぶりに初めてドアをノックした。

「そっとしておいてくれと言ってるだろう、何度言ったら分かるんだ」判事が弱々しい声でそう噛みついた。

「ごめんなさい。でも、まもなくわたしは死にます。ですから、そのことをお伝えしようと思って」

「いつだ?」

「今度の金曜日です」

「分かった」ドアは閉まったままだった。

クラリーサは子供たちを呼んで、死期が近いことを伝えると、ベッドに横になった。そこは薄暗い大きな部屋で、彫刻の施してある重いマホガニーの家具が置いてあった。それらの家具も家と同様傷みが激しくて骨董的な価値はなかった。チェストの上に置いてあるガラス製の骨壺には、たった今お湯から上がったばかりのような感じのする、蠟で作った本物そっくりの幼いキリスト像がおさめてあった。

「このキリスト様はあなたにあげるわ、あなたなら、きっと大切にしてくれるでしょう」

「まだ死んだりしないわ、お願いだからそんな悲しいことを言わないで」

「陽に当たると溶けるから、日陰に置いてやってね。百年近く溶けずにもったんだから、陽射しに当てさえしなければあと百年は大丈夫よ」

わたしはメレンゲのようにふわふわした彼女の髪を高く結い上げて、リボンを飾ってあげた。そしてそばに腰をかけると、どういうことか事情がよく呑み込めないまま心の準備をした。あのときは、彼女の臨終の場にのぞんでいるのではなく、軽い風邪をひいただけのように思えて少しも悲しくはなかった。

「やはり告解をしたほうがいいようね、あなたもそう思うでしょう」

「その必要はないわ、クラリーサ、あなたが一体どんな罪を犯したっていうの」

「人生は長いのよ、だから罪を犯す時間もたっぷりあるわ、これも神様の御心なのね」

「あの世に天国があるのなら、あなたはまっすぐそこへ行くはずよ」

「天国はもちろんあるわ。でも、わたしを迎え入れてくれるかどうかは分からないわ、とても厳しいそうだから」と呟くように言った。そのあとしばらく沈黙が続き、こう付け加えた。「これまで犯した過ちを振り返ってみたんだけど、その中にひとつ重大なものがあるの」

わたしは身震いした。聖女として誉れ高いこの老婦人が、神が裁きを下しやすいようにと考えて、成長の遅れた二人の子供を意図的に死に到らしめたとか、自分は神様など信じてはいない、これまで善行を積んできたのは、他人が犯した悪の埋め合わせをするためであって、たまたまそういう巡り合わせになったにすぎない、一切は無限に続く過程の一部でしかなく、悪といっても本当は大したことではないのだと言い出しそうな気がして不安になった。けれども、クラリーサはそういうドラマティックな告白はしなかった。彼女は窓の方を向くと、頰を赤らめて、夫婦としてのつとめを拒んだことがあるのと言った。

「どういうこと?」とわたしは尋ねた。

「つまり……夫が身体を求めてきたのに、応えてあげなかったの。分かるでしょう」

「いいえ」

「妻が夫の求めに応じなかったために、夫が心の安らぎを求めてほかの女性のもとに走った場合、妻にも道義的な責任があるはずよね」

「そういうことなの。判事さんが浮気をしたとしたら、それはあなたのせいってわけなのね」

「違うの、そうじゃないの。二人の責任だったのよ。二人で話し合わなければならなかったんだわ」

「それなら、夫も妻に対して同じような義務があるわけでしょう」

「えっ?」

「つまり、あなたがよそに愛人をつくったとすると、その場合は夫にも責任があるってことでしょう」

「まあ、なんてことを言うの」呆気にとられて彼女がわたしを見た。

「心配することはないわ、判事さんの求めに応じなかったことがいちばんの罪だとしたら、神様はきっとそれを冗談ととってくださるわよ」

「神様にそのようなユーモアのセンスがあるとは思えないけれど」

「クラリーサ、神の完璧さを疑うなんて大罪よ」

彼女は見るからに元気そうだったので、とても死期が近いとは思えなかった。けれども聖女には恐怖のあまり気がおかしくなることもなく平然と死をうけいれるだけの力が備わっていて、そこが凡人とちがうところなのだろうとわたしは考えた。彼女の頭に後光が射すのを見たとか、彼女のそばにいるときに天上の妙なる音楽が聞こえたという人が大勢いたが、それほどまでに彼女は人々の信仰を集めていた。だから、寝間着を着せようとして服を脱がせたときに、肩のところに今にも天使の翼が生えてきそうな赤い色の瘤《こぶ》がふたつあるのを見ても、べつに驚かなかった。

クラリーサがまもなく死を迎えるという噂はあっという間に広まった。天上に昇ったときに、自分たちのことをどうかよしなに取りなしてほしいと頼みにくる人やお別れを言うためにだけやってきた人が引きも切らずに押しかけてきたので、わたしは彼女の子供たちと一緒にその応対に追われた。多くの人が最後の瞬間に奇跡が起こるのではないか、たとえば、家中に漂っている酒瓶の悪臭が椿の香ぐわしい匂いに変わったり、彼女の身体が天上からの光線を浴びて光り輝くといったようなことがあるのではないかと期待していた。そこにクラリーサの友人で危ない橋を渡っている男が現れた。男は彼女にいさめられても考えを変えず、今では本物の泥棒になっていた。彼は死期の近い彼女のベッドに腰を掛けると、反省の色も見せずに自分の所業を語りはじめた。

「仕事はうまくいっているんだ。近頃は高級住宅地を専門に狙っているんだが、金持ち連中から金品を巻き上げても罪にはならないだろう。手荒な真似など一度もしたことがない。紳士よろしくきれいな仕事をしているんだ」彼はいささか誇らしげにそう言った。

「あなたのためにお祈りをしなくてはいけないわ」

「頼んだぜ、いくら祈ってもらっても害はないからな」

女将も親しい友達に別れを告げようと悲しそうな顔をしてやってきたが、花の冠と通夜のときに出すアーモンド菓子を忘れなかった。彼女はわたしに気づかなかったが、わたしは一目で以前の女主人だと分かった。金色の星をちりばめた派手なプラスチック製の靴をはき、かつらをつけ、以前に比べてかなり脂肪がついていたが、昔とあまり変わっていなかったし、元気そうに見えた。盗みを生業《なりわい》にしているあの男と違って彼女は、いろいろと忠告してもらったことが実をむすんで、今ではキリスト教徒として恥ずかしくない人間になっていると伝えにきたのだ。

「天上で聖ペテロに会ったら、黒い本からわたしの名前を消すように伝えてくださらない」と彼女は頼んだ。

「わたしが天国へ昇らずに、地獄の釜で煮られるようなことになったら、あの善良な人たちはきっと大騒ぎするでしょうね」彼女を少し休ませてあげようと思って、やっとのことでドアを閉めたが、そのときに彼女がそう言った。

「心配しなくても、天上の出来事は下界の人間には分からないわよ」

「そうだといいんだけど」

金曜日の夜明け頃から、通りには大勢の人が集まりはじめた。信者たちは壁紙の切れ端から彼女の身につけたわずかな衣服にいたるまで、何でもいいから聖遺物をもって帰ろうとしたが、二人の息子はその連中を必死になって押し止めていた。クラリーサは目に見えて弱りはじめ、いよいよ死期が近いように思われた。十時頃、国会議員用の公用車のプレートをつけた青い車が家の前に停まった。ひとりの老人が運転手に助けられて後部座席から降り立ったが、それは何十年にもわたって政治家として活躍し、すっかり有名人になっていたドン・ディエゴ・シエンフエゴスで、人々は一目見て、彼だということに気がついた。クラリーサの息子たちは彼を出迎えると、大儀そうに足を運んでいる彼に付き添って三階まで登っていった。ドアのところに彼の姿が見えたとたんに、クラリーサの頬に赤味がさし、目が輝き、急に生気を取りもどした。

「お願いだから、みんなをこの部屋から出して、二人きりにしてほしいの」と耳元で彼女がささやいた。

二十分後にドアが開き、ドン・ディエゴ・シエンフエゴスが足をひきずりながら出てきた。目が潤《うる》み、疲れてがっくり肩を落としていたが、その顔には微笑みが浮かんでいた。廊下で待っていたクラリーサの息子たちはふたたび彼の腕をとった。一緒に並んでいる三人を目にしたとたんに、以前から心にかかっていた何かが突然閃《ひらめ》いた。あの三人は身体つきから横顔、自信にあふれた落ち着いた物腰、さらには思慮深そうな目とがっしりした手にいたるまで、何もかもそっくりだった。

三人が階段を降りてゆくのを見送ったあと、わたしは友人のところに戻った。クッションをあててやろうとしてかがみこむと、彼女の目もやはり、あの来客と同じように喜びで潤んでいた。

「あなたの言っていた一番重い罪というのは、ディエゴ氏のことだったのね」とわたしは彼女にささやいた。

「罪じゃないのよ。神様が運命の釣り合いをうまくとることができるように、手助けをしただけなの。結果は申し分なかったでしょう。知的障害をもつ子供たちの世話をするために、二人の子供が生まれてきたんですものね」

その夜、クラリーサは安らかにあの世へ旅立っていった。癌《がん》だ、背中の翼が生えはじめていたところを見て医者はそう診断を下した。聖女として死んでゆかれたんだ、蠟燭と花を手にもち、通りでひしめきあっている人々はそう叫んだ。父なるローマ法王がわたしたちの国を訪れたときに彼女と一緒に出迎えたわたしは、あのときのショックがもとで亡くなったのだと考えている。

# ヒキガエルの口

南部にとっては辛く厳しい時代だった。南部といっても、この国ではなく、四季がまったく逆になっている南半球のことで、そこでは文明国のようにクリスマスとともに冬が訪れるのではなく、野蛮な地方によく見られるように、一年の真ん中に冬の訪れがある。石ころ、スゲ、氷に覆われた平原が目路はるかどこまでも続いているが、やがてその平原が粉々に砕けて無数の島々になるかと思えば、地平線の彼方にそびえる雪をいただいた山並みに変わっている。時間の生まれたときからそこは沈黙の支配する土地で、ゆるやかな歩みで海へと落ちてゆく氷河の漏らす鈍《にぶ》いため息のような音だけが時々その沈黙を破っていた。そこはあらくれ男の住む荒涼とした土地だった。今世紀の初めにイギリス人がやってきたが、持ち帰るものが何もなかったので、彼らはそこで羊を飼育する許可を手に入れた。わずか数年で羊の数は驚くほど増え、遠くから見るとまるで雲が地表を覆っているように見えた。羊たちは草木を食べ尽くし、先住民文明《インディオ》が残した最後の祭壇まで踏みにじった。エルメリンダがファンタスティックな遊びで日々の糧をかせいでいたのはそんな土地だった。

芝地の真中に、牧畜会社の大きな建物が、投げ捨てられたケーキのようにぽつんと建っており、そのまわりをわずかばかりの芝生が取り囲んでいたが、それは経営者の妻が厳しい気候と戦いながら大切に育てたものだった。経営者の妻はいまだに大英帝国の中心に住むという夢を捨てきれず、その土地でも、夫と二人きりのときでさえ正装して夕食をとっていた。一方、夫の方はいまだに古めかしい伝統にこだわりつづけている粘液質の男だった。人夫たちは野外に建てられた掘っ立て小屋で寝起きしていたが、その掘っ立て小屋と主人夫婦の住む建物はとげのある灌木と野イバラの垣根で仕切られていた。その垣根によって、果てしなく広がる大草原《パンパ》の侵入を食い止め、イギリスの穏やかな田園にいるような錯覚をこの土地の人間に味わわせようとしていたのだが、その目論見はみごとに破れていた。

厳しい監視のもと、労働者たちは何ヵ月も寒さに震え、温かいスープを口にすることもできず辛い仕事に耐えていたが、その点では彼らが育てている羊と変わるところはなかった。午後になるときまって誰かがギターを弾き出すが、とたんにあたりは感傷的な歌声で満たされた。そんな彼らの高ぶる感情を鎮めてやろうと、料理人は自分の作った料理に欲情を抑えると言われる硝石をこっそり混ぜ込んだが効果はなく、愛に飢えた彼らは羊をはじめ、海岸でつかまえてきたアザラシと添い寝したものだった。アザラシには母親の胸のように大きな乳房がついていて、生きているうちにその生皮を剝ぎ、まだ温《ぬく》もりの残っているどくどく脈打つその身体を抱いて目をつむると、まるでセイレーンを抱いているような気持ちになった。そんな不自由な生活を強いられてはいたが、労働者たちは、エルメリンダの禁じられた遊びのおかげで雇い主よりもずっと人生を楽しんでいた。

あの広漠とした土地に住む若い女といえば、彼女しかいなかった。もうひとりいるにはいたが、その婦人が垣根を越えるのは猟銃で野ウサギを撃ちにゆくときだけだった。そんなときも、もうもうたる土埃と猟犬がうるさく吠え立てる中で帽子のヴェールがちらりと見えるだけだった。それにひきかえ、エルメリンダの方はごく身近な存在で、手で触れることのできる女だったし、しかも嬉しいことにその血管には向こう見ずな人間の血が流れ、大のお祭り好きときていた。彼女は男たちを慰め、救ってやるのが自分の天職だと考えてその仕事を選んだ。もともと男好きな性格で、しかも特にお気に入りの男が大勢いたが、その男たちの上に彼女は女王蜂のように君臨していた。男たちから漂ってくる仕事と欲望の匂い、しゃがれた声、二日間剃っていない髭、頑健ではあるが彼女の手にかかるとたちまちぐにゃぐにゃになる身体、気性は荒いが根は子供のように無邪気なその心を愛していた。自分のもとにやってくる男たちは一見恐ろしそうに見えて、その実ひどくもろいところがあった。彼女はそういう男の弱みにつけ込んだりせず、そのふたつを合わせもった男に対してやさしい感情を抱いていた。彼女は激しい気性をしていたが、母親のようなところもあり、夜中にシャツの繕《つくろ》いをしたり、病気になった人夫のために鶏の料理を作ったり、恋人と遠く離れて暮らしている男のためにラブレターを代筆してやったりした。羊毛をつめこんだマットレスの上でひと財産築き上げたが、そのベッドの上のトタン屋根は穴だらけで、風が吹くたびにフルートやオーボエのような音を立てた。身体は引きしまり、肌もきれいだった。ころころと楽しそうによく笑ったし、怯えきっている羊や生皮を剝がれたあわれなアザラシとちがって、弾むような手応えがあった。短い時間ではあったが、男に抱かれている間、彼女は情熱的でいたずらっぽい女という役どころを上手に演じた。乗馬好きの女性のように脚は引きしまり、大勢の男を相手にしているにしては胸も形が崩れていないという評判が荒れ果てたあのあたり六百キロ四方にわたって広まり、噂を耳にした男たちがわずかな時間でも彼女と過ごしたいと考えて遠くから押しかけてきた。彼らは泡を吹いてぶったおれるほど激しく馬を駆って地の果てから駆けつけた。イギリス人の経営者は飲酒を禁じていたが、エルメリンダはこっそり密造酒を作って客にふるまっていた。酒のおかげで座も賑わったが、その一方で肝臓も悪くなった。また、お楽しみの時間にはその酒でランプに明かりをともした。酒が三回りしたところで賭けがはじまるのだが、その頃になると、男たちは視点が定まらず頭もぼんやりしていた。

エルメリンダは客を騙《だま》したりせずにしっかりもうける方法を考え出した。カードやサイコロを使った手なぐさみのほかにもいろいろな遊びをして楽しんだが、勝者が手にするのはやはり彼女と相場が決まっていた。勝負に負けた男はもちろん勝った男も金を払ったが、勝者はその金で短時間ではあったが彼女と二人きりで過ごすことができた。そんなとき、彼女はあれこれ言い逃れをしたり、気をもたせるようなことは一切しなかった。彼女としては全員の相手をしてやりたかったのだが、一人ひとりに心のこもったサービスをするだけの時間がなかったのだ。鬼ごっこをするものは皆ズボンを脱いだ。けれども板張りの間から吹き込む凍てつくような冷気から身を守るために、チョッキと縁なし帽、それに子羊の皮で裏張りしたブーツは着けたままだった。彼女が男たちに目隠しをすると、鬼ごっこがはじまった。時々騒ぎが大きくなりすぎて、笑い声や喘《あえ》ぎ声が夜の闇に包まれた野イバラの垣根を越えてイギリス人夫妻の耳にまで届くことがあった。しかし、夫妻は大草原《パンパ》を吹き抜ける気まぐれな風の音だというような顔をして聞き流し、ベッドに入る前に飲む最後のセイロン産の紅茶をゆったり楽しんでいた。エルメリンダを最初につかまえた男は嬉しそうに鶏のようなときの声をあげると、両腕で彼女を抱きしめたまま自分の幸運に感謝するのだった。ほかに〈ブランコ〉という遊びもあった。二本のロープで天井から吊り下げられた板の上に座った彼女が、目を血走らせている男たちの前で脚を曲げたり伸ばしたりするのだが、黄色いペチコートの下には何も着けていなかった。そのゲームに加わるものは一列に並んで待ち、一度だけ彼女に飛びつくことができた。うまく行くと、ひるがえるペチコートに包まれた美女の太腿にはさまれて、ゆらゆら揺れながら天上にのぼるような喜びを味わうことができたが、そういう幸運にめぐまれる人間はめったにおらず、たいていのものは無様に床に這《は》いつくばってみんなの笑いものになった。

ヒキガエル遊びをすると、時には十五分間で一ヵ月分の給料を棒に振ることもあった。エルメリンダは床にチョークで線を引くと、四歩離れたところに大きな円を描き、その中で両膝を立て、アルコール・ランプの光を受けて金色にかがやく両脚をひらいた。すると、身体の中心の暗い部分が果実のようにぱっくり口を開き、にんまり笑っているヒキガエルの口のようになった。とたんに部屋の空気は息苦しいほど熱っぽくなった。その遊びをするものはチョークの線の向こうに立ち、的をめがけてお金を投げた。恐怖のあまり狂ったように走りまわっている家畜に、両端に重りのついた投げ縄を投げ、脚にからみつかせて倒す技術があるが、彼らのなかにはそれを扱わせたらかなうものはいないという名手が何人かいた。しかし、エルメリンダはそれと分からないほどかすかに身体をずらし、あわやという瞬間にお金を的からそらせるこつを心得ていた。チョークで描いた円の中に落ちたお金はすべて彼女のものになった。うまく的に当たると、その人はサルタンの宝物にも劣らない彼女の身体を自分のものにすることができた。カーテンの向こうで彼女と二人きりになって、それまでの苦しみを癒し、天上の至福感を味わいながら、めくるめく歓びを味わった。そうした何ものにも換えがたい二時間を体験した男たちは口をそろえて、いったん死の淵まで連れてゆかれたあと、ふたたびこの地上に戻ってくると、悟りを開いたような気持ちになるのだと言った。

スペインのアストゥリアス地方出身の男、パブロがやってくるまでその夢のような思いを体験したものはほとんどいなかった。何人かの男はそういう思いを味わうことができたが、そのために給料の半分ばかりをつぎ込んでいた。彼女はその頃にはちょっとした財産を築いていたが、商売をやめてかたぎの生活をしようとは考えもしなかった。彼女は仕事を心から楽しんでいたし、人夫たちに束の間でも輝くような喜びを与えてやれることを誇らしく思っていたのだ。パブロは若鳥のように華奢な骨格をして、手も子供のように小さい瘦せた男だった。しかし、その外見とは裏腹にしたたかな根性を持ち合わせていた。肉づきがよくて陽気なエルメリンダと並ぶと、仏頂面をしたすね者といった感じがした。そんなパブロを見て、男たちは笑いものにしてやろうと考えたが、そのためにひどいしっぺ返しを食う羽目になった。彼はちょっとからかわれただけで毒蛇のように反応し、おれをからかうやつは誰であれ容赦しないという態度を示した。さいわい、エルメリンダが、この店じゃ喧嘩は御法度だよと言ったので、その場は無事に収まった。彼女の一言で騒ぎがおさまると彼も平静さを取り戻した。パブロは思いつめたような暗い顔をしており、口数は少なかったが、たまに口をひらくと、スペイン風のアクセントが耳についた。彼は警察に追われて祖国を捨て、アンデスの山奥で密輸をしながら生計を立てていたが、この土地の厳しい気候や羊、イギリス人をまったく気にしていなかった。喧嘩っ早くて人間嫌いの彼は、世捨て人同然の生活をしていた。一匹狼として生き、人を愛したり義務にしばられたりすることはなかった。しかし、もう若いとは言えない歳になって孤独が骨身にこたえるようになっていた。カスティーリヤ製の黒い毛布にくるまり、鞍を枕にして凍てついた地面で眠り、明け方目を覚ますと、時々身体の節々が痛んだ。筋肉がこわばったせいではなく、長年にわたる孤独感と寂しさのせいだった。一匹狼のようにあちこち歩きまわるのに飽き飽きしていたが、かといっておとなしく家庭におさまる気は毛頭なかった。この土地にやってきたのは、世界の果てに風の向きでも変えかねない女がいるという噂を聞き、ひとつ自分の目で確かめてやろうと思ったのだ。そこは気の遠くなるほど遠いところにあり、街道には危険が待ち受けていたが、彼はものともしなかった。そして、酒場に腰を落ち着け、すぐそばからエルメリンダを眺めることになった。ひと目見て、彼女も自分と同じ硬い金属で出来ていることに気がつき、こうしてはるばる長旅をしてきたが、これからはこの女なしでは生きてゆけないと思った。彼は部屋の隅に陣取ると、彼女をじっくり観察し、これからの可能性についてあれこれ考えた。

アストゥリアス出身の男は鋼鉄の胃袋をしていて、エルメリンダの酒を何杯飲んでも目が潤《うる》むことはなかった。〈サン・ミゲルの夜回り〉や〈マンダンディールム・ディルム・ダン〉をはじめいろいろな遊びをしたが、いかにも子供っぽい遊びのように思えたので、彼は服を脱ごうとしなかった。しかし、夜も更け、いよいよクライマックスを迎えて〈ヒキガエル〉をすることになったのを見て、彼は酒の酔いをふり払い、チョークで描いた円のまわりに集まっている男たちの輪に加わった。エルメリンダは山の中にいる雌ライオンのように美しく猛々しかった。彼はここへ来るまでの間、言いようのない不安をおぼえ、それが骨にこたえて鈍い痛みになっていたが、その痛みがふたたび蘇り、狩猟本能が掻き立てられた。彼はそれを喜ばしい前兆と考えた。彼女の履いているショートブーツ、膝の下でゴムで留められているニットのストッキング、すらりとしたすねの骨と、黄色いペチコートに包まれた金色に輝く脚の引きしまった筋肉を見ながら、彼女をものにするチャンスは一度だけだと自分に言いきかせた。位置を決め、床の上で足場を固めると、上体を揺らしながら重心を定めた。そして、ナイフのように鋭い視線で彼女を釘づけにして、軽業師まがいのトリックを使わせないようにした。いや、実際はそうではなかったのだろう。彼女が数ある男の中から彼を選び出し、二人きりになって喜ばせてやろうと考えたのかもしれない。パブロは目を細めると大きく息を吐きだした。数秒間、全神経を集中させ、さっとコインを投げた。コインは完璧な弧を描いて飛び、すっぽり的におさまった。男たちは嫉妬に駆られながらも拍手をし、口笛を吹いてあざやかな手並みを褒めたたえた。密輸業者は表情一つ変えずにベルトを締めなおすと、まっすぐ大股で三歩進み、女の手をつかんで立ち上がらせたが、心の中ではこの二時間のあいだに自分のことをどうしても忘れることができないようにしてやると考えていた。彼女をひきずるようにして彼が部屋を出てゆくと、残された男たちは酒を飲みながら時計をにらみ、何ものにも換えがたい時間が終わるのを待った。しかし、その時間がやってきても、よそ者とエルメリンダは出てこなかった。三時間経ち、四時間経った。とうとう夜が明けて、始業を告げる会社の鐘が鳴り響いても、まだドアは開かなかった。

正午になって、ようやく恋人たちが部屋から出てきた。パブロは誰とも目を合わさず外に出ると、馬に鞍をつけ、エルメリンダの乗る馬と荷物を運ばせるラバを用意した。彼女は旅行用のズボンとジャケットを身につけ、お金の詰まっている布袋を腰から下げていた。彼女の目は今までにないほどきらきら輝き、堂々としたそのお尻を満足げに揺すっていた。彼らはゆっくりと慌てる様子もなく馬とラバの背中に荷物を積むと、馬に乗り、立ち去っていった。がっくり肩を落としている崇拝者にむかって、エルメリンダはさりげなくお別れの挨拶をすると、あとを振り返ることもなくアストゥリアス生まれのパブロの後を追って草一本生えていない平原を進んでいった。そして、二度と彼女は戻ってこなかった。

エルメリンダがいなくなって人夫たちがひどく気落ちしてしまったので、牧畜会社は男たちの気を紛らすためにブランコを設置し、ダーツや矢で的当てをするようにと道具も買ってやった。また、人夫たちがコインを投げて的に当てる練習ができるようにと、ロンドンから口を開けた色付きの大きな陶器のヒキガエルもとりよせた。けれども、誰もそうしたおもちゃに見向きもしなかったので、結局、経営者の住んでいる家のテラスに飾りとして置かれるようになった。イギリス人夫妻は退屈しのぎに今でも夕方になると時々それで遊んでいる。

# トマス・バルガスの黄金

世の中の進歩が途方もない混乱を引き起こす前は、多少とも貯えのある人はそれを地中に埋めていた。金を隠す方法としてはそのやり方しか知らなかったせいだが、時が経つにつれて人々は銀行を信用するようになった。ハイウェイができて町までバスで簡単に行けるようになると、人々は金貨と銀貨を色刷りの紙に替えて、金庫の中に宝物のように大切にしまいこんだ。紙幣を信じていなかったトマス・バルガスはそんな人たちを見てあざ笑ったものだが、やがて彼の方が正しかったことが判明した。三十年間続いたと言われる〈慈善者〉の政府が倒れると、紙幣は紙屑同然になり、人々はそういうものを子供のように信じた自分の愚かしさを思い出すよすがとして、壁紙がわりに壁に貼りつけた。新しい大統領と新聞社には、新通貨によって国民はペテンにかけられたという抗議の手紙が山のように届いたが、トマス・バルガスだけは自分の金塊を安全な場所にこっそり隠していた。だからといって生来の吝嗇で強欲な性格が変わったわけではない。もともと恥知らずな人間だったので、返す気もないのに人から金を借りたり、女房がぼろを着て子供が腹を空かせているというのに、自分は立派なパナマ帽をかぶり、金持ちが喫う高級な葉巻をふかして平気な顔をしていた。子供の通っている学校の授業料さえ払わなかったが、そのせいで妻が生んだ子供たちは無料で教育を受けていた。というのもイネス先生が、自分の頭がまだしっかりしていて元気に働けるうちは、村の子供たち全員を字が読めるようにしてやると心に決めていたからだった。歳をとってもあの男の喧嘩っ早さと酒好きと女癖の悪さは直らなかった。酔っぱらって理性を失くすたびに、広場へ行ってこれまでに手をつけた女や彼の血をひく子供たちの名前を大声でわめき散らしていたが、その言い草では、あの地方一番の男らしい男だということを誇りに思っているようだった。毎回ちがう子供の名前を叫んでいたので、彼の言葉を信用するとすれば、その数は三百人近くになる。警察は何度も彼をしょっぴいて、中尉も自ら剣で尻に峰打ちを喰らわせて改心させようとしたが、神父の説教ほどの効き目もなかった。実際のところ彼が尊敬しているのは雑貨屋の主人リアド・アラビーだけだったので、彼が酔った勢いで女房、子供に手を上げているようなときは、近所の人がリアド・アラビーのもとに駆けつけた。アラブ人のリアド・アラビーは話を聞くと、店を閉めるのも忘れてカウンターの向こうから飛び出し、ひどく腹を立て、息せききって走って行くと、騒ぎを静めた。あれこれうるさく言うまでもなく、老人が姿を見せただけで、男はおとなしくなった。さすがのごろつきもリアド・アラビーが姿を現すと、急にしゅんとなるのだった。

バルガスの妻アントニア・シエラは、夫よりも二十六歳年下だったが、四十にさしかかったばかりだというのに、すっかり老け込んでいた。白人と黒人の混血で、もとは丈夫だった身体も過酷な労働と度重なる出産と流産のせいですっかり悪くなっていた。歯もまともなものが一本もなかった。けれども、かつての人を見下したような態度は今も消えておらず、歩くときは胸を張り、腰を揺すっていた。昔の美貌はその名残りをとどめていたし、ひどく誇り高いところがあったので、人から同情されそうになってもぴしゃりと撥ねつけた。子供だけでなく、野菜畑や鶏の世話もしなければならず、その上、警官に昼食を作ったり、他人の着替えの洗濯や学校の掃除をしたりしてわずかばかりの金を稼いでいたので、目のまわるほど忙しい毎日を送っていた。時々身体じゅうに青痣《あざ》のできていることがあった。誰もわけを尋ねなかったが、夫に棒で殴られた跡だということはアグア・サンタの住民全員が知っていた。リアド・アラビーとイネス先生は彼女を怒らせないようあれこれ理由をつけて、子供たちのために衣類や食べ物、ノート、ビタミン剤を彼女に渡していたが、そんなことができるのはあの二人しかいなかった。

アントニア・シエラは亭主の度重なるひどい仕打ちに耐え、さらには自分の家に夫の愛人を引き取る羽目になった。

コンチャ・ディアスは、石油会社のトラックに乗ってアグア・サンタにやってきたが、悲嘆にくれ、絶望したその姿は亡霊を思わせた。彼女は背中に荷物を背負い、大きなお腹をかかえて国道を裸足で歩いていたが、そんな彼女を見かねて、運転手が乗せてやったのだ。村を通過するトラックは必ずあの雑貨屋に立ち寄った。おかげでリアド・アラビーは事件に真っ先にかかわる羽目になった。彼女が戸口に姿を現し、カウンターの前で荷物をおろすのを見て、通りがかりに立ち寄ったのではなく、ここに腰を落ち着けるつもりでやってきたのだということに気がついた。まだ少女といってもおかしくない年頃で、色は浅黒く、背が低かった。髪は日に焼けた縮れ毛で、長い間櫛《くし》を通していないせいで、もつれからみ合っていた。彼女に椅子をすすめ、パイナップルジュースを出したが、人が来ると彼はいつもそうしていた。これまでの波瀾に富んだ人生か不幸な身の上話をはじめるだろうと思って耳を澄ましたが、若い娘はひどく口が少なく、床をじっと見つめたまま洟《はな》をすするばかりだった。涙が頬をつたってゆっくり流れ、口からうらみごとや愚痴が漏れていた。その話からアラブ人はようやく彼女がトマス・バルガスに会いたがっていることに気がつき、人をやって居酒屋まで彼を呼びにいかせた。ドアのところで待ちうけていたリアド・アラビーは、バルガスがやってくると、その腕をつかんで有無を言わせずその見知らぬ少女と対面させた。

「この娘さんが、お腹の赤ん坊はお前の子供だと言っているんだ」リアド・アラビーは穏やかな口調でそう言ったが、本当に怒っているときの彼は、いつもそういう口調になった。

「証拠がないだろう。母親なら逃げも隠れもできないが、父親となると誰だか分からんよ」バルガスはそうやり返した。ひどく戸惑っていたが、それでもいかにもこすっからそうに片目をつむってみせるだけの余裕はあった。だが、彼のウィンクは評判が悪かった。

それを聞いて若い娘はわっと泣き出し、父親が誰だか分かっているからはるばるこんな遠いところまで来たのだと呟《つぶや》いた。リアド・アラビーはバルガスに向かって、恥を知れ恥を、孫といってもおかしくない年頃の娘に手をだして、いったいどういうつもりなんだ、今回も村の連中が許してくれると思ったら大間違いだぞ、いったい何を考えているんだと言った。少女の泣き声が大きくなると、リアド・アラビーは村中の人たちが予想した通りこう付け加えた。

「よし、よし、もう泣くんじゃない。しばらくこの家にいるといい。少なくとも子供が生まれるまではここにいてもいいんだよ」

コンチャ・ディアスは、それを聞くといっそう激しく泣きじゃくって、トマス・バルガスと一緒に暮らすつもりでここに来たのだと言い張った。店の中の空気が凍りついたようになり、長い沈黙が流れた。天井で回っている扇風機の音と少女の泣き声だけが響いていた。そうなるともうあの老人に妻と六人の子供がいるとは誰も言い出せなくなってしまった。結局バルガスは若い娘の荷物を持ち、立ちあがるよう促した。

「負けたよ、コンチータ。お前がそうしたいっていうんなら、そうすればいい。いますぐわしの家へいこう」と彼は言った。

アントニア・シエラが仕事から戻ってみると、見知らぬ女が自分のハンモックに寝そべっていた。誇り高い彼女もさすがに今回ばかりは我慢できなかった。彼女ののしり声は大通りを通って広場まで届き、そこで反響して村中の人たちの耳に入った。彼女は、コンチャ・ディアスをうす汚い小ネズミとののしったあと、あんたみたいな女は早くおっかさんのお腹に戻ることだ、さもないとただではすまないよ、うちの息子たちがこんな山出しの女と一つ屋根の下で暮らさなきゃいけないかと思うと虫酸が走るね、あたしをこんな百姓女と一緒にしないどくれ、うちの人もうちの人だ、いったい何を考えているんだか、これまで罪のない子供たちのことを思ってひどい仕打ちに耐え、煮え湯を飲まされるような思いをしてきたけど、もう沢山だ、あたしがどういう女か思い知らせてやるよとわめき散らした。一週間のあいだ彼女は怒り狂っていたが、それが過ぎるとわめき声もおさまって口の中でぶつぶつ言うようになった。かつての美貌の名残りも消え、以前のように胸を張って歩くこともなくなり、棒で叩かれた雌犬のように肩を落として歩くようになった。近所の人たちが、今度の騒ぎはコンチャが原因ではなく、もとはと言えばバルガスのせいだよと言ってきかせた。けれども彼女は、気持ちを鎮めるようにとか、冷静に考えなさいといくら言われても、耳を貸そうとしなかった。

あの一家はもともと楽しい家庭生活を送っていたわけではないが、愛人の出現によって毎日が絶え間ない拷問に変わってしまった。毎晩アントニアは子供たちのベッドにもぐりこんで身体を丸くし、口の中でぶつぶつ悪態を吐いていたが、夫の方はそのそばで若い娘を抱いて高いびきをかいて眠っていた。夜明けとともにアントニアは起き出して、コーヒーをいれ、トウモロコシのパンをこね、子供たちを学校へやり、畑の世話をし、警官の食事の用意をし、洗濯とアイロンがけをした。毎日の仕事に追われ、ロボットのように働いていたが、その間も口惜しさと情けなさが、とめようもなく湧き上がってきた。アントニアが夫の食事を作ろうとしなかったので、コンチャが作ったが、台所で顔を合わせなくてもいいようにアントニアが出かけたあと台所に入った。アントニア・シエラがひどくコンチャを憎んでいたので、村人の中には、今に自分から夫を奪い取った若い娘を殺してしまうのではないかと心配して、リアド・アラビーとイネス先生のところに行って、手遅れになる前になんとかできないだろうかと相談するものもいた。

しかし、そういう心配は取り越し苦労だった。二ヵ月経つと、コンチャのお腹はカボチャのようにぽこんと突き出し、脚は血管がいまにも破裂しそうなほど腫《は》れ上がった。そして、ひとりぼっちになって不安なのか、ぐずぐず泣いてばかりいた。トマス・バルガスはいつまで経っても泣きやまない彼女にうんざりしてしまい、家に帰っても寝るだけになった。アントニアのいない隙をねらって台所に立つ必要はなくなったが、その頃になるとコンチャは起きて着替える気力も失い、コーヒー一杯いれる元気もなくして、一日中ハンモックに横になって天井をにらんでいた。初めのうちは知らん顔をしていたアントニアも、さすがに夜になると、あの子を飢え死にさせたなんて噂を立てられるのはいやだからねと言って、子供のひとりにスープと温かいミルクを持っていかせた。何日か同じことを繰り返しているうちに、コンチャは起き上がってほかのものと一緒に食事をするようになった。アントニアは見て見ぬふりをしていたし、彼女がそばを通りかかったときも、ののしりの言葉を吐かなくなった。だんだんとその若い娘があわれに思えはじめた。日毎に痩せ細り、今ではお腹だけが異様に大きく、目のまわりに隈《くま》のできたかかしのようになっているのを見て、こってりしたスープを作るために鶏を一羽ずつ締めていった。鶏を食べてしまうと、それまでの彼女では考えられないことだが、リアド・アラビーのところへ助けを求めに行った。

「これまで子供を六人もうけたし、何度か流産したこともあるけど、妊娠であんなに具合が悪くなったのを見たのはこれが初めてなもんだから」と彼女は赤くなりながら説明した。「骨と皮に痩せ細ってしまって。食べ物は喉を通らない上に食べたものをもどしてしまうし。あたしにはかかわりのないことだから、どうだっていいんだけど、もしあの子が死ぬようなことになったら、母親にどう釈明していいか。あとでごたごたするのはごめんですからね」

リアド・アラビーが自分のトラックで彼女を病院へ運び、アントニアが二人に同行した。彼らはいろいろな色の錠剤の入った袋をもらい、服が合わなくなっていたコンチャのために新しい服を一着買って戻ってきた。あわれな若い娘を見ているうちに、若い頃のこと、初めて妊娠したときのこと、自分が耐えしのんできたひどい仕打ちのことなどがアントニアの脳裏に蘇ってきた。自分ではそんなつもりはなかったのだが、いつしかこの娘には自分と同じような苦しみを味わわせたくないと考えるようになった。もう腹を立ててはいなかった。口にこそ出さなかったが、彼女があわれでならなかった。母親が、過ちを犯した実の娘に対するように、ときには厳しい態度をとることがあっても、その奥にはやさしさが秘められていた。自分の身体の形が妙に歪み、どんどんお腹がふくれ上がってゆくのを見て、娘はひどく怯えていた。ちょっとしたことで失禁し、ガチョウのようにヨタヨタとしか歩けないのが恥ずかしくて、そういう自分がいやになり、死にたいとさえ思っていた。日によっては身体の具合が悪くてベッドから起き上がれないことがあったが、そんな日はアントニアが子供たちに言いつけて交代で彼女の看護をさせ、自分は自分で大急ぎでその日の仕事を済ませると、いつもより早く家に駆けもどった。コンチャの体調のいい日は、アントニアが疲れて戻ると、家の掃除が済んでいる上に夕食の支度まで出来ていた。若い娘は彼女のためにコーヒーをいれ、目に涙を浮かべ、犬のようにおとなしくそばに立って彼女が飲み終わるのを待っていた。

赤ん坊がこの世に生まれ出るのをいやがったので、お産は町の病院ですることになった。子供を取り上げるために帝王切開をしなければならなかったのだ。アントニアは彼女のそばに八日間付き添い、その間、イネス先生が子供たちの面倒をみた。二人の女が雑貨屋のトラックで村に戻ると、アグア・

サンタの住民はひとり残らず彼女たちを出迎えた。母親がにこやかに笑みを浮かべているそばでは、アントニアが自分の孫のように赤ん坊を見せびらかしていた。そして、あのトルコ人のおかげで無事にこの子が生まれたから、この子にはリアド・バルガス・ディアスという名前をつけようと思っているの、もしあの人がいなかったら、手遅れになっていたところだし、出産の費用もすべて出してくれたのよ。それに比べてこの子の父親ときたら金を出したくない一心で、いつもよりも酔っぱらっていて聞こえないふりをしていたんですからね。

二週間もしないうちに、トマス・バルガスはコンチャに自分のハンモックへ来るようにと言った。だが、彼女のお腹の傷はまだ完全に癒着しておらず、戦場で使うような丈夫な包帯を巻いていた。アントニア・シエラはそうと知って、もうあんたの好きにさせないという決意をみなぎらせてその前に立ちはだかったが、彼女がそのようなことをしたのは、結婚以来はじめてのことだった。夫はベルトをはずしていつものようにそれで打ち据えようとしたが、その様子を見て彼女は飛びかかって行った。男は相手の見幕に驚いて思わず後ずさりしたが、それが命とりになった。というのも、そのときはじめて彼女は自分が強いということに気づいたのだ。その間、コンチャ・ディアスは赤ん坊を部屋の隅に寝かしつけると、男の頭を殴りつけようとして重い素焼きの壺をもち上げていた。とても勝ち目はないと踏んだ男は、ぶつぶつ悪態をつきながら小屋を出て行った。当の本人が娼家の若い女たちに話して聞かせたので、その噂は町中に広まってしまった。彼女たちは、バルガスも口ほどではないわ、おれは種馬だって吹いているけど、あてにならないわよねと噂し合った。

その事件があってから、事態は一変した。コンチャ・ディアスはみるみるうちに元気になり、アントニア・シエラが外へ働きにでている間、彼女が子供たちの面倒を見、畑仕事と家事をこなすようになった。トマス・バルガスは仏頂面をして家に戻ると、こそこそ自分のハンモックにもぐり込んだが、もちろん一人寝だった。彼は子供をいじめることで憂さをはらし、飲み屋にしけ込むと、女なんてのはラバみたいなもので棒で殴って教えるよりほかはないんだとうそぶいていたが、家では二度と女たちに手を上げることはなかった。男は酔っぱらうと相手かまわず重婚のいいところを褒めそやした。おかげで司祭は日曜日になると説教壇の上から反論を加えざるを得なくなった。というのも、彼がそういう考えを抱いているかぎり、自分が長年にわたって一夫一妻制こそキリスト教的美徳であると説いてきたことが無意味なものになってしまうからだった。

アグア・サンタでは一家の主人が家族に暴力をふるったり、人から借りた金を返さなかったり、仕事もしないで喧嘩ばかりしていても大目に見てもらえたが、賭博で賭けた金だけは神聖なものと見なされていた。闘鶏のときは、人から見えるように折りたたんだ紙幣を指の間にはさんでいたし、ドミノやサイコロ賭博、あるいはカードで賭けをするときは、紙幣をテーブルの左手に置いていた。時々、石油会社のトラックの運転手たちが立ち寄って、ポーカーに加わることがあった。彼らはテーブルの上に紙幣を置きはしなかったものの、帰る前には必ずきちんと清算を済ませた。毎週土曜日になるとサンタ・マリーア刑務所の看守たちが一週間分の給料を懐に入れ、売春宿にしけ込んだり、酒場で賭博をしたものだった。自分たちが監視している囚人よりも性質の悪い看守でさえ、金のないときは賭博に手を出さなかった。その決まりはそれほど厳しく守られていたのだ。

自分ではやらなかったが、トマス・バルガスは賭け事を見るのが大好きだった。ドミノをしているそばに何時間でも立っていたし、闘鶏のときに真っ先に座るのも彼だった。一枚も買わないくせにラジオから流れてくる宝くじの当せん番号に聞き入るのも彼だった。賭博に手を出さなかったのは、ひどくケチだったからにほかならない。しかし、アントニア・シエラとコンチャ・ディアスが鉄の結束を固め、男としての面目を保てなくなってからは、賭け事に手を出すようになった。最初はほんのはした金しか賭けなかったので、文無しの酔っぱらいくらいしか相手にしてくれなかった。けれども女運よりもカード運の方がよさそうだと分かってからは、楽に金を稼げると考えるようになり、もともとどうしようもないほど吝嗇なあの男が賭博にのめり込むようになった。大きな勝負を打って、大金を手にすれば――勝ったときのことを考えて、つい妄想を逞《たくま》しくし――、ダメおやじの烙印を押されている自分の汚名が晴らせるかもしれないというので、大バクチを打つようになった。やがて大金を賭ける連中とバクチをするようになったが、そんな彼らのまわりを大勢の人間が取り囲み、勝敗の行方を追うようになった。トマス・バルガスはしきたりに反して、皺をのばした紙幣をテーブルに置くことはなかったが、負けたときはきれいに金を払った。おかげで家計の方は火の車になり、コンチャも外へ働きに出るようになった。子供たちは家に残されたが、その子たちがもの乞いをして歩いたりしないようイネス先生が彼らの面倒を見る羽目になった。

中尉から勝負を挑まれて、受けて立ったトマス・バルガスは、六時間後に二百ペソもの大金を手にしたが、それを機に事態が紛糾しはじめた。将校は部下の給料を取り上げ、それで勝負に負けた金を払った。中尉というのはセイウチのような髭を生やした、色が浅黒くて立派な体格をした男で、女の子に胸毛と金鎖のネックレスを見せびらかそうとして、いつも軍服の前をはだけていた。何を考えているか分からない上に、権力を笠にきて自分の都合のいいように法律を勝手に変えるというので、アグア・サンタでの評判はひどく悪かった。彼が赴任してくるまでは、牢屋がふたつある留置所に入るものといえば喧嘩騒ぎを起こした人間くらいのものだったし、アグア・サンタにはこれまで凶悪犯罪など起こったことはなかった。犯罪者と呼べるような人間は、サンタ・マリーア刑務所へ護送される囚人だけだったのだ。しかし、中尉がきてからというもの、留置所に入れられると、したたかに殴られることになり、そのせいで村の人たちは法律を恐れるようになった。中尉は二百ペソもの金をバクチですったので腹わたの煮えくり返るような思いをしていたが、表面上は舌打ちひとつせず、優雅といってもおかしくない態度で気前よく金を払った。というのも、彼のように権力を握っている人間でさえ、負けた金を払わずに席を立つことはできなかったのだ。

バクチに勝って舞い上がっていたトマス・バルガスは、二日後に中尉から今度の土曜日にもう一度お手合わせ願いたいと言われた。今度は賭け金を千ペソにしたいが、どうだろうと厳しい口調で言われ、以前尻を思い切り殴られたときのことを思い出して、どうしても断わり切れなかった。土曜日の午後になると大勢の人が酒場に押しかけてきた。人いきれと熱気で店の中にいると息がつまりそうになった。みんなが勝負に立ち会えるようにというので、テーブルが通りに運び出された。アグア・サンタでこんな大金を賭けた勝負が行われるのは初めてのことだった。イカサマがないようにとリアド・アラビーが立会人に選ばれた。彼は群衆に、不正行為が行えないようテーブルから二歩離れてもらいたいと言い、そのあと中尉と部下の警官に拳銃を留置所の中にしまうように求めた。

「はじめる前に賭け金をテーブルの上に置いてくれるかね」とレフェリー役のリアド・アラビーが言った。

「おれは逃げも隠れもせんよ」と中尉が言い返した。

「その点はわしも同じだ」トマス・バルガスがつけ加えた。

「負けた場合は支払いをどうするのかね」とリアド・アラビーが尋ねた。

「首都に所有している家が一軒ある。もしおれが負けたら明日にもその家の権利書をバルガスに渡す」

「なるほど、で、あんたはどうするね」

「金を埋めてあるんで、それで払うよ」

かつてないほどの大金がかかった勝負だったので、村人たちは息をひそめて勝負の成行きを見守っていた。年寄りから子供までアグア・サンタ中の人間がみんな通りに集まってきたが、アントニア・シエラとコンチャ・ディアスの姿だけが見当たらなかった。中尉はもちろんトマス・バルガスもみんなから嫌われていたので、どちらが勝とうが気にするものはいなかった。二人のうちのどちらが勝つかで賭けをしている連中だけが真剣な顔をしていたが、みんなはそれを見ながら楽しんでいた。トマス・バルガスはそれまでずっとカードではつきがあり、それが自信になっていた。一方、中尉の方は何ごとによらず氷のように冷静で向こうみずなところがあると言われていた。

勝負は午後七時に終わった。そして、決まりにしたがってリアド・アラビーが中尉の勝ちを宣言した。警官は勝利を告げられても先週負けたときと同じように冷静さを失わなかった。勝ち誇ったような笑みもうかべず、よけいなことも言わず、座ったまま小指の爪で歯をほじっていた。

「さて、バルガス、あんたのお宝を拝ませてもらおうか」野次馬のどよめきがおさまったときに彼はそう言った。

トマス・バルガスの顔が灰色になり、シャツは汗でぐっしょり濡れ、空気が喉のところでつかえているように息苦しそうだった。二度ばかり立ち上がろうとしたが、膝に力が入らず、脚が言うことをきかなかった。リアド・アラビーがそんな彼を支えてやった。やっとのことで気力を奮い立たせると、ハイウェイに向かって歩きだした。中尉、警官たち、アラブ人、イネス先生がその後につき従い、さらに遅れて村の人が、わいわいがやがや言いながらついてきた。二マイルほど進んだところでバルガスは右手に折れ、アグア・サンタのまわりに逞しく生い茂っている密林の中に分け入った。道はついていなかったが、迷う様子もなく巨大な樹とシダの間をかき分けるようにして進み、木々が屏風のようにびっしりと茂っている密林の陰の人目につかない崖の端まで行った。トマス・バルガスは中尉と一緒にその崖を降りて行ったが、残りのものは上で待っていた。もう日が暮れるというのに、あたりはむせ返るように暑くて息苦しかった。トマス・バルガスは目顔でひとりにしてくれと伝えると、四つん這いになってフィロデンドロンの大きな肉厚の葉の下にもぐり込み、姿を消した。長い一分が過ぎた頃に、突然人々の耳に悲鳴が届いた。中尉は茂みの中にもぐり込むと、バルガスのくるぶしをつかんで引きずり出した。

「どうしたんだ！」

「ない、ないんだよ」

「ないだと！」

「本当だ、中尉、わしは知らない。盗まれたんだ、わしのお宝が盗まれちまったんだ」そう言うと夫をなくした妻のようにわっと泣き出し、中尉に蹴とばされているのにも気がつかないほど絶望感にうちひしがれていた。

「なんだと！　金を払うんだ、どんなことをしても払わせてやるからな」

リアド・アラビーは崖を駆け降りると、半死半生の目にあわされているバルガスを中尉の手から救い出した。この男をいくら痛めつけても取れないものは仕方ないんだと言って中尉をなだめると、老人に手を貸して崖の上に登らせた。トマス・バルガスはショックのあまり身体が萎《な》えたようになり、ひどく泣きじゃくっていた。身体がふらつき、何度も気を失ったので、アラブ人が抱きかかえるようにして連れ戻り、やっとのことで家まで送り届けた。アントニア・シエラとコンチャ・ディアスは戸口のところに藁《わら》椅子をもち出し、そこに腰をかけてコーヒーを飲みながら日が暮れてゆく様子を眺めていた。事情を聞かされても二人はべつに悲しそうな顔もせず、そのままコーヒーを飲みつづけた。

トマス・バルガスは一週間以上熱に浮かされていた。その間、金塊はどこだとか、カードには印がしてあったとうわごとを言い続けた。今回のショックがもとで死ぬだろうという大方の予想を裏切って、彼はふたたび元気になったが、よほど身体が丈夫にできていたのだろう。起き上がれるようになってても数日間は家から出ようとしなかった。しかし、またぞろ手なぐさみをしたいという誘惑に耐えられなくなって、日頃の用心深さも忘れて、身体が震えて怯えていたくせに、例のパナマ帽をかぶって酒場へ出かけて行った。その夜は結局家に戻らなかった。二日後、宝を埋めてあった例の崖のところで、まるで家畜のように山刀で身体をずたずたにされて死んでいるという通報があったが、誰もが予想していたとおりの死に様だった。

アントニア・シエラとコンチャ・ディアスはあまり悲しそうな顔もせずに遺体を埋葬した。埋葬に立ち会ったのはリアド・アラビーとイネス先生だけだったが、あの二人も生涯嫌われ者だった男の死を悼むためではなく、二人の女に付き添ってやろうと考えたのだ。彼女たちはその後もたがいに助け合って子供を育て、日々の生活に精を出した。埋葬を済ませると、二人は雌鶏《めんどり》やウサギ、豚などを買い込み、その後バスに乗って町へ出かけると、家族全員の服を買って帰った。その年、板張りの外壁を塗り替え、部屋を二つ増築し、青いペンキを塗った。そのあと、ガスの調理台を据えつけて弁当屋を開いた。毎日正午になると、二人は子供たち全員を引き連れて刑務所や学校、郵便局に弁当を配達し、残った分はトラックの運転手に売ってもらおうとリアド・アラビーの店のカウンターに置いて帰った。一家はようやく貧しい生活から抜け出し、幸福になりはじめていた。

# 心に触れる音楽

父親がやくざ者を束ねるボスだったせいで、アマデオ・ペラルタも一族の男たちと同じように成長していっぱしのやくざ者になった。父親はつねづね勉強など女々しい奴にまかせておけばいい、この世で成功を収めるためには度胸と才覚が大事なんだ、本など読む必要はないと言っていた。そして、その言葉どおり子供たちを厳しく育てた。しかし、時代の移り変わりとともに世の中も急激に変化しはじめ、もっとしっかりした基盤の上に立って商売をしてゆく必要があると考えるようになった。それまでは何の気兼ねもなく人からものを奪い取っていたが、そういう時代は終わり、汚職に手を染めたり、金品もそれと分からないようにかすめ取らなければならなくなっていた。つまり近代的な考えを取り入れて財産を管理し、自分のイメージ・アップをはかるときが来たことに気づいたのだ。彼は息子たちを呼び集めると、いいか、お前たち、これからは有力者と親交を結び、法の網目にひっかかる心配がないよう法律の勉強をするんだと言い渡した。さらに、ペラルタ一族の名は泥と血にまみれているが、その汚名をそそぐためにもこの地方でいちばん由緒ある一族の娘を嫁にしろと言った。アマデオは当時三十二歳だった。根っからの女蕩《たら》しで、若い娘を誘惑してもてあそんでは、あっさり捨てるという生活をつづけていたので、父親から結婚相手を見つけろと言われても少しも嬉しくなかった。しかし、父親には逆らえなかった。そこで、六代にわたってあの土地に住んでいる農場主の娘に目をつけて言い寄りはじめた。彼女は求婚者によからぬ噂が立てられていることを知ってはいたが、自分がお世辞にも美人とは言えず、このままではオールド・ミスになってしまうのではないかという不安に駆られていたので、彼の申し出を受け入れた。こうして二人は、あの地方のなんとも退屈な婚約時代を送ることになった。身体になじまない白のリンネルの服とぴかぴかに磨いたブーツを履いてアマデオは毎日婚約者のもとを訪れたが、そばではいずれ姑《しゅうとめ》になる人や伯母さんと言われる人が目を光らせていた。アマデオは彼女がいれてくれたコーヒーやグァバのケーキを食べながら、帰ることばかり考えて時計をのぞいていた。

あと二、三週間で結婚式というときに、アマデオ・ペラルタは商用で地方をまわることになり、アグア・サンタに立ち寄った。そこは、旅人がやってきても滞在することはなく、名前さえ覚えてもらえないような小さな町だった。彼は昼寝どきに、むせかえるような暑さとあたりに漂っている何とも言えず甘ったるいマンゴーのジャムの匂いに悪態をつきながら狭い通りを歩いていたが、そのときに石の間を流れるせせらぎのような澄んだ音を耳にした。雨と強い陽射しのせいでペンキの剝げている質素な家が建ち並んでいたが、その音はそんな家のひとつから聞こえてきた。鉄格子の間から中をのぞくと、床に黒い敷石を敷き、壁に石灰を塗った玄関の向こうに中庭が見えた。そしてさらにその奥に、あぐらを組み、金色の木でできた昔の弦楽器を膝の上に置いて演奏している少女の姿を見つけて彼はびっくりした。しばらくの間、彼は様子をうかがった。

「こちらへおいで」と彼は声をかけた。少女が顔をあげると、かなり離れてはいたが、びっくりしたような目とまだあどけなさの残っているその顔に浮かんだ戸惑ったような笑みが目に入った。「一緒に行こう」アマデオは命令するとも懇願するともつかない口調でそう言った。

彼女はどうしようかとためらっていた。弦楽器からはなたれた最後の音がまるで問いかけるように中庭の大気の中を漂っていた。ペラルタはもう一度呼びかけた。彼女は立ち上がって、近づいてきた。彼は鉄格子の間から腕を差しいれると掛け金を外して扉を開き、女蕩しらしくさまざまな口説き文句を並べながら彼女の手を握った。夢の中で会って以来ずっと君を探していたんだ、誓って本当だ、君はぼくにとってかけがえのない人だ、このまま帰らせはしないよと言った。少女は人を疑うということを知らなかったし、彼の声音《こわね》に惹かれはしたけれども、何を言っているのかまったく理解できなかったので、あれこれ口説き文句を並べる必要はなかった。オルテンシアは十五歳になったばかりで、肉体的には男性の最初の抱擁を受け入れるところまで成長していたが、心で感じている不安やおののきを何と名づけていいのか分かっていなかった。彼は彼女を車に連れ込んで、人気のない野原へ連れて行ったが、一時間後には彼女のことなどきれいに忘れていた。一週間後、突然彼女が家に姿を現したときも彼はすぐには思い出せなかった。彼女は黄色い綿の前掛けをしてカンバス地のズックをはき、弦楽器を脇の下に抱えて百四十キロの道のりを歩いてやってきたが、その顔は恋をしているせいで赤く染まっていた。

四十七年後、オルテンシアが閉じこめられていた穴ぐらから救い出されたとき、国中から新聞記者が彼女の写真を撮ろうと押しかけてきた。しかしそのとき、彼女はもう自分の名前はもちろん、どうやってそこへやってきたのかも思い出せなくなっていた。

「どうしてあわれな家畜のように彼女を閉じ込めておかれたんですか？」レポーターたちがアマデオ・ペラルタにそう尋ねた。

「そうしたかったからだよ」彼は顔色ひとつ変えずにそう答えた。当時彼は八十歳になっていた。頭は少しもぼけていなかったが、昔のことを今頃になってどうして大騒ぎするのか理解できなかった。

彼はそれ以上説明しようとしなかった。曾孫のいる歳で一族のドンとして君臨し、権勢をほしいままにしているだけに、彼を正面から見据えて話すものはひとりもいなかったし、司祭でさえ彼に挨拶するときは深々と頭を下げた。長い人生の間に彼は父親から受け継いだ遺産をさらに大きくふやし、スペインの要塞跡から国境までの広大な土地を手に入れた。その後政界に打って出て、あたりでも一番の実力者にのし上がった。農場主の不器量な娘と結婚して、九人の子供をもうけ、ほかの女との間にも大勢の子供をもうけた。しかし、もともと人を愛することのできない性質だったので、そうした女性のことは何ひとつ覚えていなかった。ただ、オルテンシアだけは、どうしても忘れることのできない悪夢のように心にかかって完全に忘れ去ることができなかった。人気のない空き地の草むらで束の間の愛を楽しんだあと、彼は家に戻り、仕事に精を出し、名家の娘でぎすぎすした婚約者のもとに足繁く通った。一方オルテンシアは彼に会いたい一心で探しまわり、ついに彼を捜し出し、彼の前に姿を現すと、奴隷のように痛々しいまでの従順さで彼のシャツにしがみついたのだ。まずいことになったな、と彼は考えた。まもなく派手な結婚式を賑々《にぎにぎ》しく挙げるというのに、とんだところへオツムの弱い女の子がやってきたものだ。どこかへ追い払おうとしたが、すがるような目で自分を見ている黄色い服を着た彼女を見ているうちに、据え膳食わぬは何とかだというし、いい解決法が見つかるまでの間どこかに匿《かくま》っておこうと考えた。

このようにしてオルテンシアはペラルタ家の古い製糖工場の地下室に住むようになったが、彼がうっかりしていたばかりに残りの生涯をそこで幽閉されたまま過ごす羽目になった。地下室は広々としていたが、薄暗くてじめじめしていた。夏はむせ返るように暑く、乾期になると夜ひどく冷え込むことがあったが、わずかばかりの家具と藁ぶとんが置いてあるだけだった。もっと住みやすくしてやればよかったのだが、時間的な余裕がなかった。それでも時々アマデオ・ペラルタは彼女を東洋の物語に出てくる愛妾として囲い、薄布をまとわせ、孔雀の羽や金襴《きんらん》の縁飾り、ステンドグラスのランプ、湾曲した脚のついている金色の家具、裸足で歩きまわれるような毛足の長い絨毯をまわりに置いてやったら喜ぶだろうと空想し、彼女にもそう言った。彼女が口に出して言えば、おそらく彼はその通りにしてやったにちがいない。けれどもオルテンシアは夜鳥や、洞窟の奥に棲んでいる目の見えないアブラヨタカのように、食べ物も水もほんの少ししか必要としていなかった。彼女の黄色い服はぼろぼろになり、やがて素裸になってしまった。

「あの人はわたしを愛してくれました。これまでもずっと愛してくれていました」近所の人たちの手で地下室から救いだされたとき、彼女ははっきりそう言った。長い幽閉生活を送ってきたせいで、言葉を忘れ、まるで死を間近にひかえた人のようにしゃがれた声で苦しそうにしゃべっていた。

最初の数週間、アマデオは彼女のもとを訪れては、自分でも果てしないと思えるほど激しい性欲を満たしていた。人に見つかるのではないか、いや、自分の目に彼女の姿が映ることさえ不安になり、彼女を自然光の射すところに出そうとしなかった。彼は通気口の採光窓から入るぼんやりした光だけが射し込むようにした。暗闇の中で睦《むつ》み合っていると、五感があやしく惑乱し、肌は熱く燃え、心は飢えた蟹《かに》のように情欲に燃え上がった。そして嗅覚と味覚だけが異様に敏感になった。薄闇の中で肌を触れ合っていると、よりいっそう相手に同化して、秘めやかな欲望の中にのめり込んでゆくような気持ちになった。二人の声は地下室の中で反響し、二人のささやき声、口づけの音が壁にこだましていっそう大きくなった。地下室は封をした瓶に変わり、二人はその中で羊水の中を泳ぐいたずら好きな双生児のように、興奮で気持ちが高ぶり、自分でも何をしているのか訳が分からなくなった胎児のようにもつれ合い、からみ合った。しばらくの間、まるでひとつになったように睦み合っていた二人はそれを愛と取り違えていた。

オルテンシアが眠っている間に、恋人は食べ物を探しにゆき、彼女が目を覚ます前には、もう一度彼女を抱擁するだけの力を取り戻していた。本当なら二人はそのまま欲望に溺れて死ぬまで愛し合うはずだった。相手を食らいつくすか、二本の松明のように燃えつきてしまうはずだった。しかし、そうはならなかった。誰もが思いつくごくありふれた結末が、お世辞にも壮絶とは言いがたい結末が訪れてきた。つまり、アマデオ・ペラルタは一ヵ月も経たないうちに、結局は同じことの繰り返しだということに気がつき、あの遊びに嫌気がさしてきたのだ。湿気のせいで関節が痛んだし、穴ぐらの外の世界のことを考えるようになった。生きている人間の住む世界に戻り、自分の運命の手綱をもう一度握り締めようと考えたのだ。

「ここで待っているんだ。おれは外の世界に出て、大金持ちになって戻ってくる。そのときは贈り物を持ってきてやるよ、女王様もびっくりするような宝石や衣装だ」と別れ際に言った。

「赤ちゃんがほしいの」とオルテンシアが言った。

「子供はだめだ。だが、人形をもってきてやるよ」

服や宝石、それに人形をもってきてやると言っていたが、二、三ヵ月経つとペラルタはすっかり忘れてしまった。オルテンシアのことを思い出す度に彼女のもとを訪れたが、いつも愛し合っていたわけではなく、時には、彼女が弦楽器で奏でる古い曲に耳を傾けるだけのこともあった。彼女が楽器の上にかがみこんで弦をつまびいているのを見ているだけで楽しかったのだ。目が回るほど忙しいときは、かめに水を張り、食料の入った袋を渡すと、ろくに口もきかずに飛び出していった。あるとき、十日ばかり忙しさにかまけてうっかりしていた彼は、地下室で死にかけている彼女を見つけた。家族はいるし、商用であちこち飛びまわったり、事業やいろいろな付き合いに時間を取られることを思うと、やはりあの囚われの女の世話をしてくれる人間を見つけなければならないと考えるようになった。そこで口の固い先住民《インディオ》の女を見つけ、その女に世話をまかせることにした。先住民《インディオ》の女は南京錠の鍵を保管し、定期的に地下室の掃除をし、オルテンシアの身体に生じはじめた地衣類をこそぎ落としてやった。青白い色をしたその地衣類は裸眼では見分けられないほどかすかなもので、鋤《すき》で起こした土や打ち捨てられたもののような匂いがした。

「あの気の毒な女性を可哀そうだとは思わなかったのですか?」誘拐の共犯者として逮捕された

先住民《インディオ》の女にそういう質問が浴びせられたが、彼女は冷やかな目で正面をじっと見つめたまま返事をせず、噛みタバコのせいでまっ黒になった唾をぺっと吐いた。

べつに可哀そうだとは思いませんでした。あの女は奴隷になるべく生まれついているか、頭が少し弱いかのどちらかです、だから、あれで幸せなんですよ。ああいう人たちは外の世界に出て人からばかにされたり、危険な目にあうよりも、あんなふうに閉じこもっている方がいいんです。オルテンシアの様子を見ていると、彼女を地下室に閉じ込めていたあの先住民《インディオ》の女の言うことにも一理あるように思われた。オルテンシアは外の世界にまったく関心を示さなかったし、外の空気を吸いたいとも言わなかった。愚痴ひとつこぼさなかったし、べつに退屈しているようにも見えなかった。彼女の心の成長は幼児期のある時点で止まってしまい、孤独な生活を送っていたせいでついにそこから抜け出せなかったのだ。事実、彼女はだんだん洞窟に住むのに適した人間に変わっていった。墓穴のような地下室で暮らすうちに、五感が鋭くなり、目に見えないものが見えるようになり、まわりにいる奇妙な精霊たちがその手をとって異界へ誘うようになった。身体は部屋の隅でうずくまっていたが、心の方は何らかのメッセージを伝える粒子のように宇宙空間を駆けぬけ、理性を越えた幽冥の世界で遊んでいた。彼女がもし鏡に映る自分の姿を目にしたら、きっと怖気をふるったことだろう。しかし、鏡がなかったので、おぞましい姿に変わり果てた自分の姿を目にすることはなかった。皮膚には鱗片が生じ、長く伸びて麻くずのようになった髪の毛にはシラミが巣を作り、長年暗闇の中で暮らしていたせいで目は鉛色のもやに包まれたようになっていたが、彼女自身は気がついていなかった。また、学校の休み時間に子供たちがたてる笑い声やアイスクリーム売りの鐘の音、空を飛ぶ鳥の羽音、川のせせらぎの音といったような、外の世界の遠いかすかな物音を聞きとろうとしているうちに耳も大きくなっていた。以前はすらりとして魅力的だった脚も、歩きまわることもなくただじっとしているだけの生活に適応してすっかりねじまがっていたし、お腹がへこみ、背中の肉が盛り上がっていたが、本人はそのことに気づいていなかった。ただその手だけは、いつもあの弦楽器をつまびいていたので、昔と変わらなかった。けれども指はもう昔習い覚えた曲を忘れていて、その楽器を鳴らしても口をついて出ることのないむせび泣くような音しか出てこなかった。オルテンシアは遠くからみると見世物の猿のような感じがしたし、近くで見ると胸をつかれるほど哀れな感じがした。彼女自身は自分の身体がそんなふうに無残な姿に変わり果てていることに気づいていなかった。あの穴ぐらに連れてゆかれるときに、アマデオ・ペラルタの運転する車の窓に映る自分の姿を見たのが最後で、それ以来鏡を見たことがなかった。だから心の中にある自分の姿はあのときのままだったのだ。彼女は今でも自分が美しい少女のままでいると思っていた。美しかった頃の記憶が心の中にしっかり根をおろしていたので、自然とそんなふうに振舞っていた。遠くから見ると、先史時代の猿人のような感じがしたが、そばに近づいてみると、誰もが彼女のそうした振舞いに気づいたものだった。

　その間アマデオ・ペラルタは巨万の富を築き上げ、あたりの地方一帯に権力の網目を広げて人に恐れられる人間になっていた。日曜日になると息子や孫の男の子、取り巻き連や腹心の部下をはじめ、政治家や軍の幹部など特別な招待客の居並ぶ長いテーブルについた。彼は上座の席から誰かれなしに気軽に声をかけたが、その場を取り仕切っているのが自分であることを思わせるような尊大な態度は崩さなかった。陰では、彼の犠牲になった人間のことや破滅させられたりどこかに姿を消してしまった人たちのこと、あるいは官憲を買収したり財産の半分を密輸で築き上げたという噂がささやかれていたが、それを暴き立てようとするものはいなかった。ペラルタ家の地下室には囚われの女がいるという噂も流れていた。彼が非合法の商売をしているという噂よりも、暗い陰に彩られたこちらの噂の方がまことしやかに語り伝えられたために、やがて公然の秘密になって知らぬものがないほど知れわたった。

蒸し暑いある日の午後、三人の生徒が学校を抜け出して川へ泳ぎに行った。二時間ばかり川岸近くの浅瀬で遊んだあと、ペラルタ家の古い製糖工場のあたりまで足を伸ばしたが、その工場は利潤が上がらなくなったというので先々代の頃から閉鎖されていた。あのあたりには呪いがかかっていて、恐ろしい物音が聞こえるという噂があり、また髪をふり乱した魔女が死んだ奴隷の霊を呼び起こしているところを見たという人も大勢いた。冒険心に駆られた子供たちは敷地内に入り込んで工場の建物に近づいた。そのあと思い切って崩れ落ちた工場の中に踏み込み、日干しレンガの壁が長く伸び、シロアリに食われた梁《はり》のある広い部屋を探検した。床に生えている茂みやごみの山、犬の糞、落ちた天井、蛇の巣などを避けながら奥へ進んだ。冗談を言い合ったり、ふざけ合ったりして空元気《から》をつけ、圧搾機の置いてある部屋まで行った。そこは天井が崩れ落ちた広い部屋で、叩き壊された機械の残骸が散らばり、雨と陽射しのせいで奇妙な庭園が現出していた。そこにはまだ砂糖と汗のつんと鼻をつく匂いが残っているような気がした。最初の不安が消えると彼らの耳に無気味な歌声がはっきり聞こえてきた。がたがた震えながら引き返そうとしたが、恐怖よりも怖いもの見たさが先に立ち、心に沁《し》み入るような歌が終わるまでじっと身をひそめていた。恐怖が少しずつおさまり、身体を動かせるようになると、聞いたことのないあの奇妙な音楽がどこから聞こえてくるのか調べてみることにした。探しまわっているうちに地表に小さなはねあげ戸があるのを見つけたが、南京錠がかかっていて開けることができなかった。はねあげ戸の板を揺さぶっているうちに、檻《おり》の中に閉じ込められた動物特有の何とも言いようのない臭いが鼻をついた。大声で呼びかけてみたが、返事は返ってこず、板の向こう側から声にならない喘《あえ》ぎが聞こえてくるだけだった。彼らはそのますます飛んで帰り、地獄の入り口を見つけたと大声で触れ回った。

子供たちが大騒ぎしているのを放っておくわけにもゆかなかったので、近所の人たちもとうとう重い腰をあげて長年気にかかっていたあの場所を調べてみようと考えるようになった。最初に子供たちの母親が確かめに行き、はねあげ戸の隙間から中をのぞきこんだ。母親たちの耳にもあのぞっとするような弦楽器のメロディーが聞こえたが、ありふれたメロディーとまったくちがうその調べは、かつてアマデオ・ペラルタがアグア・サンタの路地裏で額の汗を拭くために足を止めたときに聞いたのと同じものだった。母規たちにつづいて野次馬連中がわっと押しかけ、おしまいには身動きできないほど大勢の人でひしめき合うようになった。そんなふうに騒ぎが大きくなったところでようやく警察と消防隊が姿を現し、斧で入り口を叩き壊すと、ランプと消火器をもって地下室にもぐり込んだ。穴ぐらの中で素裸の人間を発見したが、青白い肌はたるんで垂れ下がり、灰色の髪は長く伸びていた。明るい光と物音に怯えてうめき声をあげていたのが、オルテンシアだった。消防士の照らす容赦ない光を浴びた彼女の身体は真珠貝のように燐光を放っていた。目はほとんど見えず、歯はぼろぼろになり、立つこともできないほど脚が弱っていた。膝の上で古い弦楽器をしっかり抱きしめていたが、それを見てはじめて人間だということが分かった。

そのニュースを知ると国民はひとり残らず怒りの声をあげた。テレビと新聞には、生涯を過ごした穴から救出され、誰かが肩からかけてくれた毛布にくるまっている女性の映像が映し出された。半世紀間、誰からもかえりみられることのなかったあの囚われの女は突然時の人になり、わずか数時間の間に人々は彼女に代わって復讐し、救いの手を差しのべてやろうと真剣に考えるようになった。近くに住む人たちはアマデオ・ペラルタをリンチにかけようとピケをはり、屋敷に押しかけると彼を家からひきずりだした。警備員が駆けつけて群衆の手から救い出さなかったら、彼は広場で八つ裂きにされていたことだろう。長い間気づかずにいた罪ほろぼしをしなければいけないと考えて、国中の人がオルテンシア、オルテンシアとうるさく騒ぎはじめた。年金を受けとれるようにと基金をつのり、彼女は必要としていなかったが、山のような衣服や医薬品が集められ、いくつかの慈善団体は彼女の身体にこびりついている垢をこそぎ落とし、髪を切り、ちゃんと服を着せてやったが、おかげで彼女はありきたりのおばあさんに生まれ変わった。尼僧たちは貧民救済院のベッドをひとつ空け、あの地下室に逃げ帰らないよう何ヵ月もベッドにしばりつけた。そのせいで彼女も明るい陽の光に慣れ、他の人たちと一緒に暮らすようになった。

アマデオ・ペラルタには敵が大勢いたが、彼らは新聞が民衆の怒りを煽り立てたのにつけ込んで、ついに一致団結して彼を敵に回す覚悟を決めた。長年彼が法を犯しているのを見て見ぬふりをしていた官憲も、それを機に法律を楯にとって襲いかかってきた。国中の人間が事の成行きを見守っていたので、結局老いたドンは牢屋に送られる羽目になった。けれども、そのうち事件も人びとの記憶から完全に消え去った。卑劣で許しがたい唾棄すべき人間と見なされた彼は、家族や友人から見放されたばかりでなく、看守や他の囚人たちからも爪弾《はじ》きにされ、死ぬまで牢から出ることはなかった。独房に閉じこもったままで、他の囚人たちと一緒に中庭に出ることもなかった。ただ独房にいても、通りの物音は彼の耳まで届いてきた。

毎朝十時になると、オルテンシアは狂女のようにおぼつかない足取りで刑務所へ行き、囚人に渡してほしいと言って温かい飯盒《はんごう》を門番に手渡した。

「あの人にひもじい思いをさせられたことはほとんどなかったのよ」彼女は守衛にむかってまるで弁解するように言った。そのあと彼女は通りに腰をおろすと昔の弦楽器を弾いたが、楽器からは耐えがたいほど苦しそうな呻《うめ》き声が漏れてきた。彼女の気を逸らしたり、演奏をやめさせようとして小銭を投げて寄こす通行人もいた。

壁の向こう側では、アマデオ・ペラルタが身体を丸め、地の底から届いて彼の神経をずたずたに引き裂く音色に耳を傾けていた。自分をとがめ立てるように毎日聞こえてくるあの音楽には何か意味がこめられているような気がしたが、もはや何も思い出せなかった。時々、罪の意識が鋭い痛みをともなって襲ってきたが、たちまち記憶がぼやけ、過去の思い出も濃い霧の中に呑み込まれてしまった。彼はどうしてこんな墓場のようなところにいるのか自分でも理解できないまま、光であふれている外の世界のことも次第に忘れてゆき、不幸な境遇に身をゆだねるようになった。

# 恋人への贈り物

オラシオ・フォルトゥナートの前にあのほっそりしたユダヤ人女性が現れたのは、彼が四十六歳の時だった。その女性のせいで、人をペテンにかけたり、大ぼらを吹いたりするのが好きな彼の性格が変わるところだった。彼はサーカスの一座の子供だったが、そういう子供たちの身体はゴムのように柔らかいし、宙返りをやすやすとやってのけるような才能が生まれつき備わっているものだ。彼は、同じ年頃のほかの子供たちが芋虫のように床を這《は》っている頃に、空中ブランコから逆さまにぶら下がったり、ライオンの歯をブラシで磨いたりしていた。サーカスというのは浮き草稼業だったので、彼の父親がしっかりした事業に育てあげるまで、フォルトゥナート・サーカスは喜びよりも苦労を味わうことの方が多かった。大災害があったり社会が不安定になった時期には、一座とは名ばかりで、二、三人しかいない団員が、がたがたの幌《ほろ》馬車に揺られて貧しい村を巡業してまわり、薄汚いテントを張ったものだった。長年の間、オラシオの祖父はひとりで一座の見世物をこなしていた。彼はたるんだロープの上を歩いたり、火のついた松明で曲芸をしたり、トレド製のサーベルを飲みこんだり、シルクハットからオレンジや蛇を取り出したり、たった一人の相方、これがまた羽飾りのついた帽子をかぶり、クリノリンの衣装を着けた雌猿だったが、その猿を相手に面白おかしくメヌエットを踊ったりした。祖父は苦しい時代を生き抜き、他の一座が新しい娯楽に負けて次々に潰れていくなかをなんとかしのいでサーカスを守り抜き、息子のフォルトゥナート二世に事業を譲ったが、借金は一銭もなかった。そして自分は大陸の南部に農場を買い、そこでアスパラガスやイチゴを栽培してのんびり余生を送ることにした。父親と違って息子の方は人に頭を下げるのが苦手だったし、綱渡りやチンパンジーと一緒にピルエットを踊るといった芸も持っていなかったが、そのかわりに分別があり、商才に長けていた。彼が経営するようになって、一座の規模は大きくなり、名声もあがって、とうとうあの国でも一番のサーカスとして知られるようになった。昔の苦しい時代に使っていたテントに代わってストライプの入った三張の大きなテントが並び、いくつもある檻《おり》の中にはよく調教された猛獣が入っていたが、その様子はまるで移動式の動物園のようだった。派手な飾りをつけた他の車には史上ただ一人という両性具有で腹話術もできる小びとをはじめ、いろいろな芸人が乗っていた。車輪の上に載っているのは本物そっくりに作られたクリストーバル・コロン（コロンブスのこと）のカラベラ船で、それがインターナショナル・グランド・サーカス・フォルトゥナートの目玉になっていた。あちこちをあてどなく巡業してまわった祖父の時代とちがって、今や巨大なキャラバンになった一座はリオ・グランデからマゼラン海峡までつづくハイウェイを一直線に進み、行く先々の大都会でしか興行をうたなかった。征服時代の偉業をしのばせるカラベラ船を先頭に立て、太鼓の音もにぎにぎしく象や道化師がそのあとにつき従ったが、それを見て人々はサーカスの一座がやってきたことに気がつくのだった。

フォルトゥナート二世は空中ブランコ乗りの女と結婚し、彼女との間に男の子をもうけてオラシオという名前をつけた。しかし、ある町に立ち寄ったところで、女は、あなたと別れたい、危険な仕事にはちがいないけれど空中ブランコ乗りを続けたいのと言って、息子を残して姿を消した。彼は母親のことをぼんやりとしか覚えていなかった。生涯大勢の女曲芸師と関係をもったが、おそらく母親の面影をその女たちに求めていたのだろう。彼が十歳のとき、父親はサーカスの一座の別の芸人と結婚した。相手の女性は曲馬師で、ギャロップで走る馬の背中の上で頭で倒立したり、目隠しをしたまま馬から馬へと乗り移るという芸をもっていた。すばらしい美人で、石鹼で絶えず身体を洗い、香水を惜しみなく使っていたが、馬の匂いはもちろん、汗や芸を見せるための苦労のせいで身体にしみついた乾いた匂いを落とすことはできなかった。幼いオラシオは彼女のうっとりするような膝の上に抱かれ、その匂いに包まれて母親のいない寂しさを紛らせた。しかししばらくすると、この女曲馬師も黙って姿を消した。中年になったフォルトゥナート二世は、スイス人の女性と三度目の結婚式を挙げた。彼女が観光バスでアメリカ大陸を旅行しているときに知り合ったのだ。彼はベドウィンのようにあちこち放浪する生活にうんざりしていたし、歳のせいで毎日はらはらするようなことが起こる暮らしにも疲れていたので、妻からサーカスをやめて落ち着いた生活をするように言われると一も二もなく飛びつき、さっそくアルプス地方の牧歌的な森と丘にかこまれた家を買ってそこに腰を落ちつけた。息子のオラシオ・フォルトゥナートはもう二十歳を越えていたので、彼が事業を引き継ぐことになった。

生まれたときから巡業であちこち渡り歩き、車の上で眠り、テントの下で生活してきたが、オラシオはそういう暮らしがひどく気にいっていた。グレーの制服を着て、生まれる前からすでに一生が決められている他の子供たちを羨ましいと思ったことは一度もなかった。それどころか、自分の方が強くて自由な生活を送っているとひそかに思っていた。サーカスのことなら一から十まで知り尽くしていたし、猛獣の排泄物を洗い流したり、軽騎兵の服を着て、地上五十メートルのところでバランスをとり、イルカのような顔に笑みを浮かべて、観客を魅了するときも顔色ひとつ変えなかった。時々安定した生活を羨ましく思うこともあったが、自分ではけっしてそれを認めようとはしなかった。母親、ついで継母と二度も捨てられたが、おかげで人間を、とりわけ女性を信じなくなっていた。ただ、さいわいなことに祖父からやさしい心根を受け継いでいたおかげで、すね者になることはなかった。サーカス芸人としてはすばらしい才能に恵まれていたが、彼自身は芸人になるよりも実業家になりたいと考えていた。家庭で得られなかった安らぎを金の力で手に入れようとして、幼い頃からひたすら大金持ちになりたいと考えていた。彼はあちこちの首都にあるボクシングのジムを買いとり、それをチェーン化することによって、経営の多角化に乗り出した。ボクシングに見切りをつけるとすぐプロレスに乗り換えた。もともと子供っぽい想像力に恵まれていたので、下品なスポーツをドラマティックな見世物に仕立てあげた。エジプトの石棺におさまったミイラ男をリングに上げたり、ターザンにどうにか恥部を隠せるだけの小さな虎の皮のトランクスをはかせ、レスラーが宙を舞うたびにあそこが見えるのではないかと観客をはらはらさせたり、金髪のかつらをつけた天使を登場させたりした。その天使は獰猛なクラモト——マプーチェ族の先住民《インディオ》がサムライの扮装をしていた——に毎晩ハサミで金髪を切られるのだが、次の日になると、天使が聖なる存在であることを証明するかのようにふたたび金髪の巻き毛でリングに登場する。こういったアイデアを最初に考えだしたのは彼だった。人をあっと言わせるような企画を次から次へと立てていった。また、人前に出るときは、競争相手を威圧し、女たちの歓心を買おうとしていつも二人のボディガードに身辺を警護させたが、おかげであの男はかたぎではないという噂が立った。彼はそれを聞いて大笑いしたものだった。優雅な生活をし、世界中を飛びまわってあちこちで契約をしたり、化物じみた男たちを捜しまわった。名士の出入りするクラブやカジノに顔を出し、カリフォルニアにガラス張りの邸宅を、またユカタン半島には別荘を所有していた。しかし、彼は一年の大半を高級ホテルで過ごした。金でやとった金髪の女性をいつも連れ歩いていたが、育ての母のことが忘れられなかったのか、やさしくて果実のような胸をした女性を選んでいた。ただ、女性に恋をして悩むようなことはあまりなかった。祖父がフォルトゥナート家に跡継ぎがいなくなっては困るので、結婚して子供をもうけるように言うと、結婚するのは絞首台にのぼるようなものだから、まっぴらごめんだと言い返した。彼は色が浅黒くてがっしりした身体つきをしており、髪をポマードで固め、いたずらっぽい目をしていた。声には威圧感があり、とくにくだけた調子で下品な話し方をするときはそれが目立った。優雅にみえるように身だしなみに気をつかい、貴族が身に着けるような服を買っていたが、いつもきらびやかすぎた。ネクタイは大胆で、ルビーの指輪は派手すぎ、香水も匂いが強すぎた。ライオンの調教師そのままの生き方をしており、イギリス人の仕立て屋がいくら頑張っても洋服でそれを隠すことはできなかった。

長年好き放題に金をつかってとかくの噂を立てられていたこの男が、パトリシア・ジンマーマンとすれ違ったのは三月のある火曜日だった。それ以来、無節操な生活が一変し、冷静な判断ができなくなってしまった。彼はそのとき、市内に一軒しかない今でも黒人の客を入れないことで知られるレストランに、近々バハマ諸島へ遊びに連れて行ってやろうと考えていた若くて美しい歌手と四人の仲間と一緒に座っていた。一方、パトリシアの方はシルクのドレスに身を包み、ジンマーマン社の名を高めたダイヤを身につけていた。馬の汗の匂いが身体にしみついていた忘れられない養母や、やさしい金髪の美女たちとはまったく違うタイプの女性だった。襟ぐりから鎖骨がのぞき、栗色の髪をきっちりまとめた小柄で上品な彼女が自分の方に向かって歩いてくるのを見たとたんに、彼は急に膝が重くなり、胸の中で耐えがたい火が燃え上がるのを感じた。彼はどちらかと言えば、遊び好きでものをあまり深く考えない女性がお気に入りだったが、彼女の場合は間近に寄らなければその美点が見抜けなかったし、女を見る目の肥えた男でもなかなか理解できないような繊細さを備えていた。オラシオ・フォルトゥナートはそれまでそういう女性に魅力を感じたことはなかった。サーカスの女占い師が水晶玉をのぞき込んで、あなたは四十代の、高慢な上流階級の女性にひと目惚れすることになりますよと言ったら、彼はきっと大笑いしたにちがいない。けれども首筋に光り輝くダイヤモンドのネックレスをつけ、地味な黒いドレスに身を包み、まるで夫を亡くした古代の女帝の幻のような彼女が自分の方へ向かってくるのを見たとたんに、彼は文字通りひと目で恋をしてしまった。パトリシアは彼の横を通りすぎるとき、口のはしにソースをつけ、ナプキンをベストから下げたこの大男の前で一瞬立ち止まった。オラシオ・フォルトゥナートは彼女の香水の匂いを嗅ぎ、鷲を思わせるその横顔を見たとたんに、横にいる若い女やボディガード、取引、人生の目標などすべてを忘れてしまい、あの宝石商から彼女を奪って力の限り彼女を愛してやりたいと真剣に考えた。彼は椅子を横にずらすと、同席している人間のことなど忘れて、彼女と自分を隔てているものについて真剣に考えていた。一方、パトリシア・ジンマーマンの方は、あの見知らぬ男が自分の宝石に目をつけて、何かよからぬ事を企んでいるのではないかと心配していた。

その夜、ジンマーマン夫妻の邸宅にとてつもなく大きな蘭の花束が届けられた。セピア色をした長方形のカードを見ると、金の飾り文字で小説に登場するある男の名前が書いてあった。パトリシアはなんて悪趣味なの、と呟《つぶや》いた。贈り主はレストランで見かけたポマードをこってり塗ったあの男にちがいないと考えて、贈り物を通りへ出すように言いつけた。そうすれば、あの男が家のまわりをうろつくようなことがあれば、花がどうなったか分かるはずだと考えたのだ。次の日、みごとな一輪のバラの花がガラスケースに入って届けられたが、カードはついていなかった。執事はそれもごみ箱に投げ捨てた。その一週間は次から次へと花が捨てられた。ラベンダーを下敷きにして野生の花をあしらった籠、銀のグラスに入った白いカーネーションのピラミッド、オランダから輸入した十二本の黒いチューリップ、その他この熱帯地方では目にすることのないいろいろな花が届けられた。どれもこれも最初の花束と同じように捨てられたが、それくらいのことであの伊達男はくじけなかった。あの男がどこかで待ち伏せしているかと思うと、彼女は耐えられなかった。男はあの火曜日の夜中の二時に電話をかけてきて下品な言葉をささやいたので、それ以来電話が鳴っても恐ろしくて受話器を取ることができなくなった。手紙も封を切らずに送り返した。思いもよらないところでフォルトゥナートに出くわすので、外出もできなくなった。オペラ座に行くと、隣の桟敷からこちらをじっと見つめていたし、通りでは運転手よりも先に車のドアを開けようと待ち構えていた、またエレベーターに乗ったり階段を昇ったりしていると、まるで地の底から湧いてきたように突然姿を現した。彼女は怯え切って家から出られなくなった。そのうちきっとあきらめるわ、と何度も自分に言いきかせたが、フォルトゥナートは悪夢のように消えてはくれず、息をあえがせながら壁の向こうで彼女が現れるのを待ち続けた。警察に訴えるか夫に相談しようとも考えたが、スキャンダルになるのが恐ろしくてできなかった。ある朝、郵便物に目を通していると、執事がフォルトゥナート父子商会の社長が面会にきておられますが、と言った。

「家にまで押しかけてくるなんて、なんて図々しい人なの」パトリシアはそうつぶやいたが、心臓がどきどきしていた。手が震え、声が上ずりかけたが、彼女は社交界で長年かかって身につけた厳格な礼儀作法のおかげでようやくそれを抑えた。そのときふと、あの男に会い、面と向かって二度と目の前に現れないでもらいたいと言い渡そうかと考えた。しかし、今の自分にそのような力のないことは分かっていた。会う前から彼女は自分が敗けると感じていた。

「いないと伝えてちょうだい。そのときは玄関を指差して、この家では歓迎されざる客だということが他の使用人にも分かるようにするのよ」と彼女は命じた。

次の日の朝食のテーブルの上にはエキゾチックな花はなかった。ようやくあの男もこちらの気持ちが分かったようねと考えて、パトリシアは安堵と落胆の溜め息をもらした。その朝、一週間ぶりに解放されたような気持ちになった彼女は、テニスと美容院へでかけた。午後二時、新しい髪型にして家に戻ったが、ひどい頭痛がした。家へ入ると、玄関ホールのテーブルの上に、ジンマーマン社の金色の商標が印刷してある紫のビロードのケースがあるのに気がついた。夫が置いていったのだろうと思って、深く考えもせずケースを開くと、中からエメラルドのネックレスと一緒に、見覚えのある、あのぞっとするようなセピア色の凝ったカードが出てきた。頭痛をおぼえていた彼女はそれを見て、パニックにおちいった。あの図々しい男は彼女を破滅させるつもりなのだ。彼女の夫から目の玉が飛び出るほど高い宝石を買い、それをあつかましくも彼女の家に送りつけてきたのだ。今度の贈り物はそれまで受け取った山のような花とちがって、捨てるわけにはいかなかった。胸にケースを抱きしめたまま、彼女は書斎に閉じこもった。半時間後、運転手を呼びつけると、これまで何通かの手紙を送り返したのと同じところに包みを届けるよう命じた。宝石を突き返しても心は晴れなかった。それどころか、泥沼にはまり込んだような気持ちだった。

同じころ、オラシオ・フォルトゥナートも泥沼にはまり込み、同じところをぐるぐるまわるばかりでそこから一歩も前に進めなかった。一人の女を口説くのにこれほどの時間と金をかけたことは一度もなかった。むろん彼女がそれまでの女たちとまったく違う女性であることはよく分かっていた。数々の女性を遍歴してきたが、コケにされたと感じたのはそれが初めてだった。今のような状態では、いつまでも彼女を攻め立てられそうになかった。もともと雄牛のように頑健だった彼も、近頃では体調を崩して、夜も熟睡できず、息が苦しくて脈も速くなっていた。胃が焼けるように熱く、こめかみがずきずきした。報われない恋に落ちたおかげで事業にも支障をきたすようになった。決断を下すときもゆっくり考えている余裕がなく、資産がどんどん目減りしていった。くそっ、自分でも何がなんだかわけが分からん、いったいどうなっているんだとぶつぶつこぼしたが、そのくせ彼女のことをあきらめようとは考えなかった。

フォルトゥナートはホテルの肘掛け椅子にぐったり腰をおろし、紫のケースを握りしめていたが、そのときふと祖父のことを思い出した。父親のことはあまり考えなかったが、九十歳を越えたいまでも畑を耕しているあの頑健無比な祖父のことはよく思い出した。彼は受話器を取り上げると、長距離電話を申し込んだ。

フォルトゥナート老はひどく耳が遠くなっていた上に、地球の裏側から声を運んでくるあのいまいましい器械にどうしてもなじめなかった。しかし、高齢にもかかわらず頭の方はしっかりしていた。孫の話に一所懸命耳を傾けたが、話が終わるまで一言も口をはさまなかった。

「すると、その女《め》ギツネはわしの可愛い孫を手玉にとっているというわけじゃな」

「おれの方を見ようともしないんだ。美人で金があり、高貴な上にすべてを所有しているんだ」

「なるほど……。すると亭主もいるんじゃろう」

「ああ、だけど、それはいいんだ。せめて口をきくことができればなあ」

「口をきく？　何を言うつもりだ」

「女王様がつけるようなネックレスを贈ったんだが、黙って突っ返してきたんだよ」

「女が持っていないものを贈ればいい」

「たとえば何があるんだい？」

「笑わせてやれ、女にはそれが一番じゃよ」祖父は受話器を持ったまうとうとしはじめた。綱渡りで危険な離れ技をきめたり、猿と踊ったりしたときに自分に言い寄ってきた若い娘たちのことを夢見ていたのだ。

翌日、宝石商のジンマーマンのオフィスに若くてすばらしい美人が訪れてきた。自称マニキュア師だというその女性は、四十八時間前に彼の店で買ったエメラルドのネックレスを今度は半値で引き取ってほしいと言ってきた。宝石商はネックレスを買った男のことをよく覚えていた。いやに取り澄ました伊達男だったので忘れようにも忘れられなかったのだ。

「ガードが固くて気位の高い貴婦人をうんと言わせたいんだが、どんな宝石がいいかね」とその男は言った。

ジンマーマンは男を値踏みして、きっと石油を掘りあてたかコカインで大金を手に入れたのだろうと考えた。彼はふだんから上流階級の人たちと付き合っていたので、下層の人間と口をきく気にはなれなかった。彼はめったに客の相手をしなかったが、どうしても主人に会わせてほしいというからには、この男は金に糸目をつけずに品物を買うつもりなのだろうと踏んだ。

「どれがお勧めの品かね」高価な宝石類がまぶしくきらめいているトレイを見ながら、男は尋ねた。

「相手の方にもよりますが。ルビーと真珠は褐色の肌によく映えますし、エメラルドは白い肌の方、ダイヤモンドでしたらどんな方にでもよく合います」

「その婦人はダイヤモンドなら腐るほど持っている。亭主からアメ玉みたいに贈ってもらっているんだよ」

ジンマーマンは軽く咳ばらいをした。彼はこういう内輪の話があまり好きではなかった。男はネックレスを手にとると、無造作に光に透かし、鈴のように振りまわした。そのせいで緑色の光がきらめき、ちんちんと音を立てた。それを見て、宝石商の胃はきりきりと痛んだ。

「エメラルドが幸運をもたらすというのは本当なのかね」

「あらゆる宝石にはそういう力が備わっているのではないでしょうか、ただ、わたし自身はあまり迷信を信じないほうなんですよ」

「彼女は特別な人だから、贈り物でミスを犯したくないんだ」

「おっしゃるとおりですね」

しかし、この若い娘がネックレスを返しにきたところをみると、どうやら思惑ははずれたらしいな、そう考えて宝石商は思わずにやりと笑った。もちろん宝石には何の罪もない、問題は相手の女性にあったのだ。まさかプラスチック製のバッグを持ち安物のブラウスを着ているマニキュア師だとは思いもせず、この上もなく洗練された女性を思い浮かべてあの宝石を勧めたのだ。彼は目の前にいるどこか頼りなげであやういところのある若い娘のことが気になって仕方なかった。あんなロクでもない男とくっついていたら、いずれ大やけどをするぞと思った。

「お嬢さん、何もかも話していただけませんか」ジンマーマンは最後にそう切り出した。

若い娘は覚え込んできたいいかげんな作り話を語り終えると、一時間後に足取りも軽くオフィスを後にした。うまく仕組んだ芝居だったのだが、ジンマーマンはその筋書きにのってネックレスを買い取ったばかりでなく、彼女を夕食に誘った。こと商売に関しては抜け目がなく、食えない男だったが、それ以外の点では子供のように純真だった。この分ならオラシオ・フォルトゥナートが必要な金を工面するまでの間、彼の気を逸らしておくのは簡単にできそうだった。

その夜はジンマーマンにとって忘れることのできない夜になった。彼は夕食をとったあと、彼女と情熱的な一夜をすごした。次の日、ふたたび新しいガールフレンドと会い、週末にはエカテリンブルグの虐殺のときに持ち出されたロシアの宝石が競売にかけられるので、二、三日ニューヨークの方へ行こうと思っているんだが、と口ごもりながらパトリシアに告げた。妻は彼の話を聞いていなかった。

絶えまなく頭痛に襲われて、外に出る気になれなかったので、パトリシアはこの土曜日はひとりで家にいて、ゆっくり休もうと決めた。彼女はテラスに腰をおろし、ファッション雑誌のページをパラパラくっていた。一週間雨がまったく降らなかったので、空気はからからに乾いて重くよどんでいた。テラスの陽射しの下でしばらく雑誌を読んでいると、身体がだるくなり、瞼が自然に降りてきた。雑誌が手からすべり落ちた。そのとき、庭の奥から物音が聞こえてきた。きっと庭師だろうと彼女は考えた。庭師というのはひどく頭の固い男で、せっかく植わっていた菊をひきぬき、たくましい熱帯植物を茂り放題に茂らせていたので、一年とたたないうちに庭がジャングルのようになってしまっていた。目を開けると、ぼんやりと太陽の方に目をやったが、そのときアボカドの樹冠の上で異様な大きさの物体が動いているのに気がついた。彼女はサングラスをはずして上体を起こした。間違いなく木の枝ではない何かの影が、向こうの上の方で揺れていた。

パトリシア・ジンマーマンは椅子から立ち上がると、二歩ばかり前に進んだ。すると青い幻が金色のマントをひるがえして、地上数メートルのところをふわふわ漂っているのがはっきり見えた。その幻影は空中でトンボを切ったが、そのときに一瞬宙で止まって、空から彼女に挨拶の身振りを送ってきたように見えた。その幻影が石つぶてのように落下し、地面にぶつかって粉々になるのではないかと思って、叫び声をあげそうになった。しかし、マントが空気をはらんで膨らみ、光り輝く甲虫はさっと腕をのばして、そばの西洋カリンの枝に飛びついた。ついで、べつの青い人影がほかの木の枝に両脚をかけて逆さまにぶらさがっているのが見えた。その人影は花冠をつけた女の子の手首をつかんでブランコのように揺らしていた。最初の影が合図をすると、二番目の影がそちらに向かって女の子を投げあげた。少女はくるぶしをつかまれる前に、紙ふぶきをぱーっと散らした。パトリシアは黄金のマントを羽織った声なき鳥たちが空中を飛びまわっているあいだ、身動きもせずじっとしていた。

　そのとき突然、長く尾をひく野生の雄叫びが庭中に響きわたったので、パトリシアは空中ブランコ乗りからそちらに目を移した。屋敷の横の壁から太いロープがするすると降りてきたかと思うと、ターザンがそれを伝って下に降りてきた。その姿は子供の頃に映画や絵本でみたのとそっくり同じで、小さな虎の皮の腰布をつけ、腰には本物の猿が抱きついていた。密林の王者はひらりと地面に降り立つと、こぶしで胸を叩きながら、ふたたび腹の底から出るような叫び声を上げた。その声を聞きつけて屋敷中の使用人がテラスに飛び出してきたが、パトリシアは騒ぎ立てないよう身振りで合図した。ターザンの声が消えると、無気味な太鼓の音が聞こえてきた。太鼓の音に先導されて四人のエジプト人の踊り子が現れた。彼女たちは上半身だけを横に向け、首と脚を妙な具合に曲げていた。その後ろから縞模様の頭巾をかぶったせむし男が姿を現したが、手に持った鎖の先には黒豹がつながれていた。続いて、石棺をかついだ二人の修道士が、次いで長い金髪の天使が続き、日本人の扮装をしてガウンを羽織り高下駄をはいた先住民《インディオ》がしんがりをつとめていた。修道士たちは石棺を芝生の上におろした。

巫女たちが今や死語となった言葉で歌をうたい、天使とクラモトがすばらしい筋肉を見せびらかしている間に、石棺の蓋が開いて、中から悪夢の申し子のような怪物が姿を現した。そのミイラ男は包帯でぐるぐる巻きにされていたが、立ち上がったところを見ると、健康状態は申し分なさそうだった。そのとき、ターザンがふたたび雄叫びをあげ、相手が何もしていないのに突然エジプト人のまわりで飛び跳ねたが、おかげで腰にしがみついていた猿も同じように揺れていた。千年の眠りから覚めたミイラ男は棍棒のような腕を振り上げて、野生の猿人の首筋めがけて振りおろし、打たれた方は気を失って芝生に顔を突っこむようにして倒れた。猿が金切り声をあげて木にかけ登った。防腐処理を施されたファラオがもう一撃くわえてターザンにとどめをさそうとしたが、その前にターザンはぱっと立ち上がるとわめき声をあげながらミイラ男に飛びかかっていた。二人は妙な具合に絡み合ったまま地面を転がったが、おかげで豹をつないであった鎖が解けてしまった。その場にいたものはひとり残らず木々の間に身を隠し、屋敷の使用人たちは台所に逃げ込んだ。パトリシアも噴水に飛び込みそうになったが、そのとき燕尾服とシルクハットの男が魔法のように姿を現して鞭をぴしりと鳴らした。その音で豹はぴたりと足を止めると、お腹を上にして地面にころがり猫のように喉をごろごろ鳴らしはじめた。その間にせむし男は豹を鎖につないだ。燕尾服の男はシルクハットをとり、中からメレンゲのタルトをとりだして、テラスにいる女主人の足元まで持っていった。

庭の奥からパレードの一隊が姿を現した。楽隊が軍楽行進曲を演奏し、道化師たちは互いに平手で叩き合い、中世の宮殿から抜けでたような小びとたち、馬の背中に立っている女軽業師、髭女、自転車に乗った犬、コロンブスの恰好をしたダチョウ、そしてサテンのトランクスをはき、規定のグローブをつけたボクサーたちがあとにつづいていた。ボクサーたちは厚紙に色を塗った凱旋門で飾った台車を押していた。小道具係が作った皇帝の玉座には、ポマードをこってり塗り、得意満面の様子で色男らしくにこやかな笑みを浮かべているオラシオ・フォルトゥナートが座っていた。すばらしいサーカス団員に囲まれ、自分が所有しているオーケストラのトランペットとシンバルの音が鳴り響く中にいるのは、世界でいちばん彼女を深く愛している、この上もなく愉快で、堂々とした男だった。パトリシアは彼を見て大きな笑い声をあげると、前に進み出て彼を出迎えた。

# トスカ

五歳のときに父親が初めて彼女をピアノの前に座らせた。十歳のとき、マウリツィア・ルジェーリはガリバルディ・クラブで最初のリサイタルをひらいたが、エナメルの靴をはき、オーガンジー織りのピンクのドレスを着た彼女の前に居並んでいたのは、大半がイタリア人地区の住民で、誰もがにこやかな笑みを浮かべて演奏に聞き入っていた。演奏を終えた彼女の足元に花束がいくつも並び、クラブの会長は彼女に記念のバッジと、レースとリボンで飾った陶製の人形を渡した。

「すばらしかったよ、マウリツィア・ルジェーリ。神童、モーツァルトの再来といってもいいくらいだ。世界の檜舞台が君を待っているよ」と会長が言った。

少女は拍手がおさまるのを待ち、母親が誇らしげにうれし泣きしているのを無視して、尊大な口調でこう言った。

「ピアノを演奏するのはこれが最後です。わたしは歌手になりたいんです」そう言うと彼女は人形の足をつかみ、それをひきずりながら会場をあとにした。

父親は人前で大恥をかいたが、そのショックから立ち直ると今度は娘を厳しい声楽の先生につけた。先生は音符をまちがえるたびにぴしぴし手を叩いたが、少女のオペラへの情熱は冷めなかった。けれども、思春期が終わる頃になると、声量が小鳥くらいしかなく、揺り籠の赤ん坊を寝かしつけるのが精一杯だということが分かり、結局彼女はソプラノ歌手になる夢を捨てて、平凡な人生を送ることにした。十九歳のとき彼女はエッツィオ・ロンゴと結婚した。エッツィオはイタリア系の移民で、建築技師の資格もないのに建設業を営んでいた。彼はセメントと鉄骨でできた一大帝国を築き上げようと心に決め、三十五歳のときにはその夢も正夢になりかけていた。

エッツィオ・ロンゴは自分の建てたビルで首都を埋めつくしてやろうと決意していたが、それに劣らぬ情熱でマウリツィア・ルジェーリを愛した。彼は背が低くてがっしりした身体つきをしており、荷役用の家畜のように首が太かった。顔は表情豊かだったが、いく分粗野な感じがした。唇は厚く、目は黒かった。仕事の関係でいつも質素な服を着ていたし、陽射しの下で働いているせいで真っ黒に日焼けし、顔にはなめし革のように深い皺《しわ》が刻まれていた。性格は楽天的で太っ腹、そしてよく笑った。歌は歌謡曲が好きで、食事は妙に気取ったりせずがつがつよく食べた。下品そうな外見とは裏腹に、繊細で感じやすいところがあったのだが、それを言葉や身振りでうまく表現することができなかった。マウリツィアを見ていると、ときどき胸がしめつけられるように苦しくなり、自然に涙が浮かんできたが、すぐに気恥ずかしさに耐えられなくなって顔をパチパチ叩いてごまかした。彼は自分の感情をうまく表現できなかったので、彼女を贈り物で埋め尽くしてやり、お天気屋の彼女がとんでもないことを言い出したり、どこも悪くないのに身体の不調を訴えたりしても、じっと辛抱強く耐えたが、そうすることで自分の魅力のなさを補おうとしていたのだ。彼女を見ていると、初めて出会ったときのような切ない気持ちに襲われた。自分たちの間に横たわっている溝を埋めようとして荒々しく彼女を抱きしめた。しかし、ロマンチックな小説を読みふけり、ヴェルディとプッチーニのレコードに聴きいって空想の世界にひたっている気取り屋の彼女に、彼の思いが伝わるはずもなかった。一日が終わると、エッツィオはくたびれ切って眠りについたが、眠ると今度は歪んだ壁と螺旋《らせん》階段の出てくる悪夢に悩まされた。明け方目が覚めると、ベッドに腰をおろして、どんな夢を見ているのか見抜こうとするように、妻を穴のあくほど見つめた。おれの気持ちを理解してこの愛に応えてくれるなら、命を捨てても惜しくないと考えた。また、彼女のために円柱に支えられたとてつもなく大きな邸宅を建ててやった。そこには中に入った人が方向を見失うほど過剰で、さまざまな様式のいりまじった装飾がほどこされていた。ブロンズや床、涙滴形のシャンデリアの飾りを磨き上げ、金の脚がついた家具やスペインから輸入したまがいもののペルシャ絨毯のほこりをはたくためだけに常時四人のメイドが働いていた。庭には大きな劇場で使うスピーカーとスポットライトのついた小さな円形劇場がしつらえられ、そこでマウリツィア・ルジェーリは招待客のために歌をうたったものだった。エッツィオはたとえ殺されるような目に遭わされても、スズメのさえずりのような彼女のかぼそい歌声をすばらしいと言い張ったにちがいない。それは自分の教養のなさを覆い隠すためではなく、芸術を愛する妻の心を大切にしてやりたいという気持ちの表れだったのだ。彼は楽天的な性格で自信家でもあったが、マウリツィアが泣きながらお腹が大きくなったのと言ったときには、真先に言いようのない不安を感じた。つらい人生の中でこんな素晴らしい幸せに出会えたのはいいが、喜びに耐えきれずに心臓がメロンのように割れてしまうのではないかと思った。一方で、これから実を結ぼうとしている幸せが、思わぬ不幸に見舞われて粉々に砕けてしまうのではないかと心配になり、どんなことがあってもこれだけは守り抜かなければと心に固く誓った。

不幸のもとになったのは、マウリツィアがたまたま市電で乗り合わせた医学生だった。その頃にはすでに子供が生まれており——その子は父親に似て健康そのもので、どのような目に遭わされても、たとえ死をもたらす邪眼に魅入られても心配ないように思われた——、彼女は以前のようにほっそりしたウェストになっていた。町の中心へ行く市電に乗ったときに、その医学生が彼女の横に座った。すらりとした身体つきの青白い顔をしたその若者の横顔はローマ彫刻を思わせた。彼は『トスカ』の楽譜を目で追いながら最終幕のアリアを小声で口ずさんでいた。彼女は真昼の太陽が顔に照りつけ、恋の予感で腋《わき》の下に汗が流れるのを感じた。彼女は思わず、不幸なマリオが銃殺隊に処刑される前に夜明けに向かって別れを告げる歌を口ずさんだ。こうして楽譜が二行も進まないうちにロマンスがはじまった。青年はレオナルド・ゴメスという名で、マウリツィアと同じように《美しい歌《ベル・カント》》に心を奪われていた。

数ヵ月のうちに学生は医師の免許をとり、その間に彼女はオペラと世界文学の名作に描かれているありとあらゆる悲劇を経験することになった。ドン・ホセの手にかかり、結核におかされ、エジプトの墓所で死を迎え、短剣で刺され、毒を仰ぎ、といったようにさまざまな死を体験した。また、イタリア語、フランス語、ドイツ語で歌うことによって恋をし、アイーダに、カルメンに、ランメルモールのルチアになった。彼女の不滅の情熱の対象になったのは、いつもレオナルド・ゴメスだった。しかし、現実生活では二人とも清純な関係を保った。自分からリードする勇気のない彼女は清らかな関係を続けたいと願い、彼の方は相手が人妻だということを考えて、苦しみつつも一線を越えようとはしなかった。二人はいつも人目のある場所で会っていたが、時々公園の薄暗いところを通るときは手を握り合った。二人はトスカとマリオという名でメモを交換し合っていたが、エッツィオ・ロンゴはおかげでスカルピアの名で呼ばれていた。エッツィオは子供と美しい妻、それに天からさずかった幸せに酔い痴れ、家族を幸せにするために懸命になって働いていた。だから、近所の人たちがわざわざやってきて、最近奥さんは市電でよく出かけておられるようですねと言わなかったら、あの二人が陰で何をしていたのかおそらく気がつかなかっただろう。

エッツィオ・ロンゴは思いつくかぎりの不幸な場面を想像してつねに心の準備をしていた。事業をしていれば破産の危険はあるし、いつ病気になるかもしれない、それにもともと迷信深いこともあって、最悪の場合は息子が事故にあうかもしれないと考え、心構えだけはしていた。しかし、青二才の学生に目の前で妻を奪い取られることになるとは夢にも思わなかった。最初にその話を聞いたときは、これぐらいの不幸なら簡単に解決できるだろうと考え、思わず笑い出しそうになった。しかし、笑いの発作がおさまったとたんに抑えようのない激しい怒りがこみ上げてきた。彼はマウリツィアのあとをつけ、人目につかないケーキ店まで行くと、そこで恋人とチョコレートを飲んでいる現場を押さえた。そして有無を言わさずその若い男の胸ぐらをつかむと、高々と持ち上げて壁に投げつけたが、おかげで陶器が割れ、店にいた客が金切り声を上げた。そのあと妻の腕をつかんで車のところまでひきずっていった。彼は当時、第二次世界大戦がもとでドイツとの貿易が中断される前に輸入された、国内に数台しかない最新型のメルセデス・ベンツに乗っていた。彼女を家に閉じこめると、ドアの前に見張りとして会社のタイル職人を二人立たせた。マウリツィアは丸二日間口もきかなければ食事もしようとせずベッドで泣き暮らした。その間エッツィオ・ロンゴはあれこれ思いを巡らせたが、そのうち怒りがおさまって、言いようのない挫折感に襲われた。落ちこんでいる彼の脳裏には、誰にもかまってもらえなかった子供の頃のこと、貧しい暮らしをしていた青年時代、日々の孤独感と愛情に飢えていた頃のことが蘇ってきた。だから、彼女と結婚したときは、女神を手に入れたような気持ちになったのだ。三日目になると、彼は辛抱しきれなくなって妻の部屋に入っていった。

「マウリツィア、子供もいることだし、夢みたいなことを考えるのはよすんだ。そりゃあおれはロマンチックな人間じゃない。自分でもそれはよく分かっている。だが、お前が手伝ってくれるんなら、おれは生まれ変わるつもりだ。寝取られ亭主としておめおめ生きてゆくのは耐えられないし、かと言ってお前を愛しているから、好き放題にさせてやるわけにもゆかないんだ。チャンスをくれ、そうすれば、必ずお前を幸せにしてみせる」

返事をする代わりに彼女は背中を見せて壁の方を向き、それから二日間一切食べ物を口にしなかった。夫がふたたび部屋に入ってきた。

「いったい何が不足なんだ、おれにできることなら何でもするから、言ってくれ」

「わたしにはレオナルドが必要なの。あの人がいなければ生きてゆけないのよ」

「よし、わかった。あの青二才と一緒に行きたければ行くがいい。だが二度と息子の前には姿を見せるな」

彼女はスーツケースに身のまわりのものを詰めると、モスリンの服を着て、ヴェールのついた帽子をかぶり、ハイヤーを呼んだ。家を出て行く前にすすり泣きながら子供にキスをし、耳もとですぐに迎えにくるからねとささやいた。エッツィオ・ロンゴ（彼は一週間のあいだに六キロも痩せ、髪も半分抜けおちていた）は彼女の腕から子供をとりあげた。

マウリツィア・ルジェーリは愛しい男の住む下宿に着いたが、男は医者をさがしている企業があるというので、二日前に、先住民《インディオ》と蛇を思い起こさせる名前の熱帯地方にある油田地帯へ発ったあとだった。彼が何も言わずに姿を消したことが心にひっかかったが、ケーキ店であんなひどい目にあわされたのだから無理もないわ、レオナルドは詩人だから、夫に乱暴されたのできっと気が動転していたのよと考えた。彼女はホテルに落ち着くと、数日のあいだ思いつくかぎりの場所へ電報を打った。そしてついにレオナルド・ゴメスの居場所をつきとめると、あなたのために夫はもちろん社会や神さまにも背き、一人息子まで捨ててしまったのだから、この先死が自分たちを分かつまであなたと運命を共にするつもりでいます、この決心はどんなことがあっても変わりませんと書き送った。

マウリツィアは列車とバスを乗り継ぎ、ところによっては川船まで利用して苦しい長旅を続けた。それまで家から半径三十ブロック以上離れたところへ行ったことがなかったのに、どこまでも広がる風景の中を果てしなく旅しても恐ろしいとは思わなかった。途中でトランクを二つ失い、モスリンの服も黄ばんだ布切れに変わってしまったが、ようやくある川の合流点にたどり着いた。レオナルドがそこで待っているはずだった。車から降りると、岸にカヌーが見えたので、ぼろぼろになったヴェールと帽子からはみ出した巻き毛をうしろになびかせながらそちらに向かって走りだした。だが、そこで待っていたのは愛しいマリオではなく、作業用のヘルメットをかぶった黒人と暗い顔でオールを手に握っている二人の先住民《インディオ》だった。だが、もう引き返すわけには行かなかった。ゴメス先生は急患が出たので来られなくなったという説明を鵜呑みにすると、汚れて傷だらけになった荷物を下げてカヌーに乗り込んだが、心の中ではどうかこの人たちが盗賊でも人喰い人種でもありませんようにと祈っていた。幸い彼らはそういう人間ではなく、荒々しい野生の風景がどこまでも続く中をカヌーで無事恋人の待っているところまで運んでくれた。着いたところは二つのブロックに分かれていて、一方には人夫たちの寝起きしている細長い共同宿舎が建っており、もう一方のブロックには石油会社の社員の住む家と事務所があった。そこにはアメリカから飛行機で運んできたプレハブの家が二十五軒ばかり建っており、いかにも場違いな感じのするゴルフコース、それに明け方にはきまってばかでかいヒキガエルでいっぱいになる緑色のプールがあった。周囲は鉄柵で囲まれており、正門には常時守衛が二人立っていた。その油田には、男たちが入れかわり立ちかわり出入りしていた。そこでの生活は、竜がとめどなく吐き出す嘔吐のように地の底から湧いてくる、あの黒いどろりとした液体を中心にして営まれていた。女といえば人夫の連れ合いだけで、彼女たちは辛い生活にじっと耐えていた。アメリカ人や現場監督は三ヵ月おきに町へ出て、家族に会っていた。彼女はゴメス先生の奥さんと呼ばれていた。彼女はヴェールをかけ、パラソルをさし、ダンスシューズをはいてよく散歩をした。最初のうちはお話の世界から抜け出してきたような彼女をみてみんなは目を丸くしたものだが、そのうちに慣れてしまった。

男たちは気が荒かったし、気候も耐え切れないほど暑かったが、こんなことで負けてはいけないと自分に言いきかせてマウリツィア・ルジェーリはたくましく生き抜いた。レオナルド・ゴメスを自作のメロドラマのヒーローに仕立てあげ、この世の人間に備わっていないような美徳で飾り立てた。また、問いただしたわけでもないのに、勝手に相手も自分と同様常軌を逸した情熱に身をまかせていると決めつけた上で、狂気に近い彼の愛情を褒めたたえた。レオナルド・ゴメスが自分についてこられないと分かると、あの人は内気な性格だし、もともと身体が弱いのにこの気候だから体調を崩しているのだと自分に言い聞かせた。実際彼は病弱だったので、その看護をしているうちに昔はよく身体の不調を訴えていた彼女もすっかり健康になった。彼の後について設備も何もない病院をおとずれ、看護婦の真似事をして彼を助けた。マラリア患者の看病をしたり、油田の事故で大怪我をした人の手当てをしたりしたが、その方が、家に閉じこもって扇風機の下に腰をおろし、何度も読み返した雑誌や恋愛小説を読んでいるよりも幸せだった。注射をし、包帯を巻いていると、戦場にいるヒロイン、油田の社交場で上映される映画に出てくる勇敢な女性のひとりにでもなったような気がした。彼女は悲惨というほかない現実を決して見つめようとせず、どうしようもないと分かると、そのときどきに言葉で美しく飾り立てるようになった。レオナルド・ゴメス（彼のことをいまだにマリオと呼んでいた）は人類に奉仕する聖人だと褒めちぎり、相手かまわず自分たちは誰にも真似のできないような愛を貫き通したと言ってまわったので、そのあたりでひとりしかいない白人女性だというので色めき立っていた石油会社の社員たちもすっかり鼻白んでしまった。油田には、蚊や毒虫、イグアナがおり、昼間は地獄のように暑く、夜は息苦しくて眠れなかったし、自分ひとりでは正門の外へ出たことがなかったのに、そういうことにはひと言もふれず、ここにいると自然に触れることができると言っていた。毎日寂しい思いをし、退屈で仕方がなかった。本当なら町を歩いたり、流行の服を着たり、女友達の家を訪れたり、芝居を見に行きたかったのだが、そういう話題になってもあまり悲しそうな顔をしなかった。ただ息子のことだけはべつで、子供を思い出すと、母親としての本能が目覚めるのか、悲しそうにわっと泣き崩れた。それからというもの二度と子供のことを話題にしなかった。

レオナルド・ゴメスは油田の医師として十年以上働いたが、やがて熱病と土地の気候が原因で健康をそこねた。長年の間、石油会社の下で働いてきたので、今さら競争の激しい世界へ出てゆく気にはなれなかったし、加えて怒り狂ったエッツィオ・ロンゴの手で壁に叩きつけられたことが忘れられなかったので、夢にも首都に戻ろうとは思わなかった。誰からも干渉されず静かに暮らしてゆける忘れ去られたような町はないかと捜したあげく、妻を伴い、医療器具とオペラのレコードを下げてアグア・サンタにやってきた。それは一九五〇年代のことだった。マウリツィア・ルジェーリはカタログを見てニューヨークから取り寄せた水玉のぴったりしたドレスに大きな麦藁帽子という最新流行のスタイルでバスから降り立ったが、その辺りでそういう服装の女性を見かけることはなかった。いずれにしても、彼らは近くの町や村の人たちにあたたかく迎えられ、二十四時間とたたないうちに二人の愛の物語があたり一帯に知れ渡った。人々は彼らをトスカとマリオと呼んでいた。町の住民はそれがオペラに登場するどういう人物なのかまったく知らなかったので、マウリツィアがみんなに教えてやった。彼女はそれまでレオナルドのそばで看護婦の仕事をしていたが、町に着いてからはその仕事をしなくなった。教区の人たちのために聖歌コーラス隊を作り、村ではじめてリサイタルを行った。学校にしつらえられた間に合わせの舞台の上に、彼女は蝶々夫人の扮装をして現れた。派手なガウンを着、編み棒を髪に差し、耳にプラスチック製の花をふたつ飾り、顔に真っ白な石膏を塗った彼女が、小鳥がさえずるような声で歌っているのを町の人たちは口をぽかんと開け、呆然と見つめていた。歌詞の分かるものはひとりもいなかったが、彼女が舞台の上で膝をつき、台所包丁を取り出して胸に突き立てようとするのを見て、観客は恐怖のあまり叫び声をあげた。中のひとりが舞台に駆け上がると、彼女を説き伏せ、包丁を取り上げるとむりやり立ち上がらせた。そのあと、なぜあの日本の貴婦人が自殺という手段に訴えようとしたのかについて延々と議論が戦わされた。結局、女性を見捨てたアメリカ人の船乗りが悪いのだが、あんな人でなしのために何も命を捨てることはない、人生は長いのだし、他にも男性が大勢いるじゃないかという結論に達した。その場ですぐに楽隊が編成されてクンビアが演奏され、人々がそれに合わせて踊ったところでその日は終わった。以来、あの思い出に残る夜が繰り返され、歌をうたって誰かが死ぬ、するとソプラノ歌手がオペラの筋を説明し、みんなで議論して、そのあと踊りでお開きになるというのが一種の決まりになった。

マリオ医師とトスカ夫人は町の名士になった。医師が町の人たちの健康に目を光らせ、夫人の方は住民に教養をつけると同時に最新のファッション情報を伝えた。二人は涼しくて快適な家に住んでおり、家の半分が診療所になっていた。中庭には青と黄色の金剛インコがいて、二人が広場へ散歩にでかけると、金剛インコは頭上を飛びながらついてきた。金剛インコが地上二メートルほどのところをけばけばしい色の羽根を広げて静かに飛んでいるのを見れば、医師や夫人がどこにいるのかすぐに分かった。アグア・サンタの町で、二人は非の打ちどころのない愛を生きた手本として人々に尊敬されながら長い間暮らした。

医師は熱病で何度も発作を起こしたが、あるとき、その発作がもとで帰らぬ人となった。彼が死んだと分かって町中の人が悲しみに暮れた。これまで何度もオペラで演じたように、彼女も夫の後を追うのではないかと心配して、町の人たちは昼夜を問わず交代で何週間も付き添った。一方、マウリツィア・ルジェーリは喪服に身を包み、家中の家具を黒く塗りつぶした。彼女の口の横には悲しみのあまり深い皺が二本刻まれた。その皺は影のようにいつまでも消えなかったが、それでも自分の命を断とうとはしなかった。自分の部屋でくつろいだり、ベッドでひとり横になっているときなど、これでもう苦しい思いをして夢を見続けているふりをしなくてもよくなったと考えて、心底ほっとしたにちがいない。彼はもともと人間的に弱いところがあって、彼女のように夢を生き続けることができなかった。それを隠すために彼女は無理をして彼を押し立て、お芝居を演じてきたのだが、もうその必要はなくなったのだ。けれども、お芝居をする癖はすっかり身についてしまっていた。それまでロマンチックなヒロイン役を辛抱強く演じてきた彼女は、夫と死に別れたあと悲しみに暮れる未亡人という役どころを演じることにした。彼女はアグア・サンタにそのまま住みつづけた。ずっと以前から喪服を着ける習慣はなくなっていたのだが、彼女は常に喪服に身を包んでいた。友人たちはオペラを歌えば少しは心が晴れるだろうと考えてしきりに頼んだが、彼女はどうしても首を縦にふらなかった。町の人たちは彼女を強く抱きしめるようにしてまわりを囲み、日々退屈しないように、亡き夫の昔話に花を咲かせた。みんなが協力してゴメス医師を褒めたたえたので、人々の頭の中で彼のイメージが大きくふくれあがった。二年後には医師のブロンズ像を作るための募金が集められ、その胸像は広場の解放者（十八世紀前半にそれまでスペインの植民地だった新大陸を独立に導いた英雄シモン・ボリーバルのこと）の石像の前の円柱の上に据えられることになった。
その年、アグア・サンタの前に高速道路が通ったが、そのせいで町の外見だけでなく住民の意識までが変わってしまった。〈慈善者〉が独裁制を敷いていた頃にハイウェイが建設されたが、その頃のことを覚えている祖父たちから、サンタ・マリーア刑務所から気の毒な囚人たちが引っぱってこられて、足枷《かせ》をつけられたまま木を切ったり、石を砕いたりするはずだと聞かされて、町の人たちは最初工事に反対していた。しかし、まもなく大きな町から技師がやってきて、今は囚人ではなく近代的な機械で工事を行うのだと説明した。つづいて測量士が、そのあとオレンジ色のヘルメットに暗闇の中でもきらきら光るベストを着た人夫の一隊がやってきた。機械は恐竜ほどもある巨大な鉄の塊で、小学校の先生に言わせると昔の恐竜もちょうどあの機械くらいの大きさだということだった。機械の横腹には「ロンゴ父子建設会社」という会社の名前が書いてあった。その週の金曜日に、父親と息子がアグア・サンタにやってきて、工事の進み具合をしらべ、人夫に賃金を払った。

　昔の夫の会社の機械と看板を見て、マウリツィア・ルジェーリはあわてて家に閉じこもると、窓とドアを閉めた。そうすれば過去から逃れられるかもしれないと愚かにも考えたのだ。この二十八年間、彼女は息子のことを思い出すたびに身体の中心が痛むのにじっと耐えてきた。しかし、建設会社の経営者がアグア・サンタの居酒屋で昼食をとっていると聞いたとたんに、母性本能が目覚めて矢も楯もたまらなくなった。彼女は鏡に自分の姿を映してみた。そこには、熱帯の陽射しと長年この上もなく幸せな女のふりをして生きていたせいで、歳老いてしまった五十一歳になる女が映っていた。けれどもその顔にはまだ誇り高い気品が漂っていた。髪をとかし、白髪が目立つのもかまわずシニョンに高く結い上げると、黒の一番いい服を着て、苦しいときも手離さなかった結婚式の真珠のネックレスをつけた。不安そうにしていたが、女らしくアイラインをひき、口紅と頰紅をつけた。そしてレオナルド・ゴメスの雨傘をパラソルがわりにさして家を出た。汗が背中を伝って流れたが、もう身体は震えなかった。

真昼時の焼けつくような暑さを避けるために、その時間は居酒屋のブラインドがすべておろされていたので、薄暗がりに目が慣れ、奥のテーブルに座っているエッツィオ・ロンゴと息子らしい若い男を見分けるまでにしばらく時間がかかった。夫はもともと老けた感じのする男だったので、昔とほとんど変わっていないように思われた。首はライオンのように太く、骨格がかっしりしていて、顔つきは鈍感そうで、目の落ちくぼんでいるところなど以前のままだった。ただ、よく笑うせいか、笑い皺が刻まれていて、目の表情が柔らかくなっていた。彼は皿の上にかがみこんで一所懸命に食べながら息子の話に耳を傾けていた。マウリツィアは離れたところから二人の様子をじっと見つめた。息子はそろそろ三十に手が届くはずだった。彼女譲りのすらりとした身体つきときれいな肌をしていたが、その身振りは父親にそっくりだった。いかにも楽しそうに食事をし、言葉を強調するときはテーブルをどんと叩き、よく笑った。喧嘩ならいつでも相手になってやるぞという自信にあふれたたくましくてエネルギッシュな男に育っていた。マウリツィアはこれまでと違う目でエッツィオ・ロンゴを見たが、そのときはじめて彼のゆらぐことのない男性的な美点に気がついた。彼女は息をあえがせ、胸を震わせながら二歩ばかり前に進みでたが、そのときふと舞台の上に立っているような錯覚にとらえられた。今、自分は人生という長いお芝居の中のもっともドラマティックな場面を前にしている。長い間家族を捨てて姿を消したことを許してもらおうとして夫と息子の名を口にしかけ、その自分の姿がありありと目に浮かんだ。けれども一、二分の間に、これまでの三十年間というのは精巧な機械仕掛けのトリックのようなもので、自分は夢を生きてきたのだということに気がついた。小説の本当の主人公はエッツィオ・ロンゴだったのだ。レオナルド・ゴメスは人を激しく愛することができなかった。夫こそ自分を変わらぬ愛情で熱烈に愛し、この長い年月を待ち続けてくれたのだ、そう信じようとした。

陰になったところから一歩進み出て、名乗り出ようとしたとき、若者が父親の手首をつかみ、親しみをこめてウィンクしながら何か囁いた。二人は急に大きな笑い声をあげると、腕を叩き合い、相手の髪をくしゃくしゃにした。彼らは男っぽい愛情とゆるぎない絆で結ばれており、マウリツィア・ルジェーリや他の人間が割り込む余地はなかった。彼女は果てしなく続くように思える一瞬、現実と夢のはざまでためらった。そのあと後ずさりして、食堂を出ると、黒い雨傘をひろげた。彼女は家に戻っていったが、頭上を金剛インコが飛びまわっているその姿は暦にえがかれている大天使を思わせた。

# ワリマイ

父親がわしにつけてくれた名前はワリマイ、北のわれらの兄弟の言葉で風のことだ。こういうことを教えてやれるのも、今ではお前が実の娘同然になっていて、一族の集まる場だけでとはいえ、わしの名前を呼ぶことが許されているからなのだ。人や生き物の名前を口にするときはくれぐれも用心するんだ。名前を口にするというのは、相手の心臓に触れ、生命力の根源にまで入りこんでゆくことだからな。われわれが名前を呼び合って挨拶をするのは、血族のものだけに限られている。よその土地の人間は、何の恐れもなく平気な顔をして気軽に名前を呼び合っているが、わしにはあれが理解できないのだ。名前を呼ぶのは相手に失礼にあたるし、時には重大な危険を招くこともあるのだよ。連中は軽々しくしゃべるが、どうやらしゃべるということが人間そのものであることに気づいておらんようだ。身振りや言葉は人間の考えそのものなのだ。無駄口をたたくな、息子たちにはそう教えてきたが、あいつらはわしの言葉に耳を貸そうとせん。昔はタブーと伝統は大切にされたものだ。わしの祖父母とそのまた祖父母は、それぞれの祖父母から必要な知恵を教わった。わしらの先祖の目に映る世界は、何ひとつ変化しなかった。立派な教育を受けた人間は、教えられたことをすべて覚えていて、その時々にどう振る舞えばいいかわきまえていた。しかし、よそ者がやってきて、先祖の知恵に難癖をつけて、わしらを先祖代々住みつづけてきた土地から追い出したのだ。わしらは密林の奥へ奥へとのがれて行った。しかし、時には何年もかかることがあったが、連中は必ず追いついてきた。わしらは仕方なく耕した畑を壊し、子供を背負い、家畜に綱をつけて住み慣れた土地を捨てることになった。わしが物心ついてからはずっとそうだった。すべてをなげ捨て、ネズミのように逃げまわった。昔この土地に住んでいた古《いにしえ》の偉大な戦士たちや神々のように戦うことはなかった。わしらは先祖と同じ暮らしを続けるために密林の奥へとのがれていったが、若者たちの中には、白人に興味を抱き、密林の外へ出て行ったものもいた。わしらはその連中を死んだものと見なした。というのも、戻ってきたものはほとんどいなかったし、たとえ戻ってきても、すっかり人が変わっていて、同じ一族の人間だとはとても思えなかったからだ。

言い伝えによると、わしがこの世に生み落とされる前、わしらの村では女はあまり生まれなかった。そこで父親は他の部族の女を妻にしようと考えて長い旅に出た。以前にも同じことを考え、よそ者の女を連れて戻ってきたものたちがいたが、その連中のつけた目印に従って父もやはりいくつもの森を抜けて旅をした。時が流れ、伴侶をみつける希望を失いかけたときに、ようやく天から流れ落ちる滝のそばにひとりの若い娘がいるのに気がついた。相手をこわがらせないようにあまりそばには寄らず、狩人が獲物をなだめるような口調で自分はどうしても結婚しなければならないのだと説明した。彼女はそばに来るよう合図すると、じっと父をみつめた。どうやら旅人の風貌が気に入ったらしく、この人となら結婚してもいいと考えたようだった。わしの父は娘の代価として舅《しゅうと》のところで働くことになり、それを終え、無事結婚式を済ませると、二人は連れだってわしらの村に戻ってきた。

わしは鬱蒼《うっそう》と生い茂る木々の下で、一度も太陽を目にすることなく兄弟たちと一緒に大きくなった。時々木の枝が折れて、木々の丸天井に穴があき、青い目のような空が見えることがあった。両親はわしにいろいろなお話をしたり、歌をうたってくれたりした。そして弓矢を使い、誰に頼ることもなく生きのびる術を教えてくれた。わしは自由だった。わしら月の息子一族は自由がないと生きていけない。わしらは壁や鉄格子に囲まれると、とたんに自分自身の中に入りこんでしまい、目も見えなければ、耳も聞こえなくなる。二、三日すると、魂がわしらの肉体を捨てて、胸骨の間から抜け出てしまうのだ。時には憐れな動物のようになって生き続けることもあるが、たいていのものはそういうときに死を選ぶ。わしらの家に壁がないのはそのせいなのだ。傾いた屋根は風をよけ雨をふせぐためのものので、その下で身を寄せ合うようにしてハンモックを吊るしている。わしらは女子供の夢に耳を澄まし、同じひさしの下で眠る猿や犬、金剛インコの息づかいを聞くのが嬉しいのだ。幼い頃から密林の中で育ってきたので、崖と川を越えた向こうにも世界があるとは夢にも思わなかった。何かの折りによその部落から知り合いが訪ねてきて、ボア・ビスタやエル・プラタナル、それに外国人と彼らの習慣についていろいろと話してくれたが、わしらはそれを単なる笑い話だと思って聞いていた。そのうちわしも一人前の男になり、妻を探さなければならなくなったが、しばらくの間ほかの独り者の男たちと一緒にいることにした。彼らは陽気で愉快で、一緒にいて楽しかった。だがいつまでも他の男たちのように遊んだり、のんびりしているわけにはいかなかった。家族の数は多く、兄弟や従兄弟、それに甥たちなど養わなければならない口が沢山あり、狩人がわしひとりではとても面倒を見切れなかったのだ。

ある日、青白い顔の男たちがわしらの村にやってきた。連中は火薬を使い、遠くから獲物を狙ったが、腕が悪い上に勇気もなかった。木登りもできず、川の中の魚を銛《もり》で刺すこともできなかった。密林の中を移動するときも、しょっちゅうリュックサックや武器を木の枝にひっかけたり、足をとられたりしていて、満足に歩くことさえできなかった。連中はわしらのように空気を身にまとうのではなく、汗で濡れたひどい臭いのする服を着て、薄汚れていた。品位のかけらもないくせに、知識をひけらかし、神々の話をした。それまでに聞いていた白人にまつわる話とつき合わして、あの噂がけっして嘘ではなかったことに気がついた。そのうち連中が伝道師でも兵士やゴムの採集人でもなく、頭のおかしい人間だということが分かった。やつらは土地をほしがり、木を運び出そうとし、石を探していた。わしらは、死んだ鳥を運ぶのと違って密林を背負ってゆくことはできないと諭《さと》してやったが、やつらは聞く耳をもたなかった。連中はわしらの村のそばに住みついたが、まるで災害をもたらす風のような人間だった。手に触れるものすべてを破壊し、ごみを撒き散らし、人や動物を散々苦しめた。最初のうちは、客人だと思ってわしらも礼儀正しく振る舞い、できるだけ喜ばせてやろうとした。しかし、やつらは満足するということを知らなかった。もっとよこせ、もっとよこせと言うのだ。そういうやりとりにいいかげん嫌気がさしたわしらは、しきたりどおり戦いの儀式をしてやつらに襲いかかったが、とんと意気地のない連中で、ちょっとしたことにもびくびくし、骨もやわだった。頭にがつんと一撃をくらわせたら、それでおしまいだった。わしらは村を捨てると、連中の仲間があとを追ってこられないように、木々の枝をつたって、通り抜けることのできないほど深い東の森の奥へ入っていった。やつらは執念深くて、たとえ正式の戦いであっても、仲間が一人でも殺されると子供だろうがかまわず一部族を皆殺しにして、仕返しをすると聞いていたからだ。わしらは新しい村を作る土地を見つけた。あまりいい土地ではなかった。きれいな水を汲むために、女たちは何時間も歩かなければならなかったのでな。それでもわしらがそこに住むことにしたのは、ここまでくればおそらく誰も追ってはこないだろうと考えたからなのだ。一年ほどして、わしはピューマの足跡を追って村から遠く離れたが、そのとき兵隊たちの野営地に近づきすぎた。何日も食べ物を口にしておらず、疲れきっていた。多分それで頭がどうかしていたのだろう。白人の兵隊がいることに気づいたのだから、逃げ出せばいいのに、そこで一息ついてしまったのだ。わしは兵隊に捕まった。だが、兵隊はわしらが仲間の頭を殴りつけたことには触れなかったし、何も尋ねなかった。きっとあの連中のことを知らなかったのだろう。ひょっとするとわしがワリマイだということに気がつかなかったのかもしれない。わしはゴム採取人として働かされることになった。そこには他の部族の男たちも大勢いた。みんなズボンをはき、やりたくもない仕事をいやいややらされていた。ゴムの採取は手がかかるものだが、人手が足りないので、わしらがむりやり働かされていたのだ。自由などこれっぽっちもなかったあの頃のことは思い出したくもない。何か学ぶことがあるかもしれないと思ってひとりあそこにとどまったが、最初からいずれは仲間のところに戻ろうと考えていた。戦士をその意に反していつまでも留めておくことなど誰にもできないのだ。

仕事は日の出から日没まで続いた。生命の滴ともいうべき樹液を集めるものもいれば、それを煮詰めて大きな塊にするものもいた。野外の空気はゴムの焦げる臭いで汚され、みんなが寝起きしている小屋の中はむっとするような臭いがたちこめていた。あそこにいるときは、胸いっぱい息を吸ったことなど一度もなかった。トウモロコシとバナナ、それにブリキの缶に入ったおかしな食べ物が出たが、缶の中で育った食べ物など身体にいいわけがないので、一度も口はつけなかった。野営地の端には女たちを収容している大きな小屋が建っていた。ゴム採取の仕事をはじめて二週間たつと、現場監督が一枚の紙きれを渡して、女たちのいる小屋へ行くように言った。その上、コップに入った酒もくれたが、あんな気違い水を飲んだりすれば頭がおかしくなると分かっていたので飲まずに捨てたよ。わしは他の男たちと一緒に並んだが、列の一番うしろだった。小屋に入ったときには、すでに陽が沈み、カエルとオウムのうるさく鳴き騒ぐ夜がはじまろうとしていた。

相手の女は、心根がやさしくてこの上もなく繊細なことで知られるイラ族の娘だった。大勢の男たちが何とかイラ族の娘を手にいれようと贈り物を手に何ヵ月もかけて村を訪れては、あの部族のために狩りをしたものだ。やつれきった顔をしていたが、わしにはひと目でその女がイラ族の娘だと分かった。というのも、わしの母親もイラ族の人間だったからだ。彼女は片方のくるぶしを鎖でつながれ、アカシアから作った幻覚剤を鼻から吸いこんだようにぐったりしてござの上に横たわっていた。身体はまるで病気にかかった犬のような臭いがし、わしの前にのしかかった男たちの汗の滴で身体が濡れていた。身体は幼い子供くらいしかなく、その骨は川の小石のような音をたてていた。イラ族の女たちは体毛をすべて抜いてしまうのだよ、まつげも残さずにな。耳には花と羽根を飾り、鼻と頬には尖った木の棒を刺している。そしてベニの木からとった朱とシュロからとった紫の染料、それに黒い炭で身体中に化粧をするのだ。だが、彼女は何ひとつ身にまとっていなかった。わしは自分の山刀を下におくと、川のせせらぎや鳥のさえずりを真似しながら彼女に兄弟として挨拶をしたが、彼女は答え返してくれなかった。彼女の胸を強く叩き、彼女の魂が胸骨の間で響いているのを確かめてみた。だが、こだまは返ってこなかった。魂がひどく弱っていて、答え返すこともできなかったのだ。わしは彼女の横にしゃがみこむと、水を少し飲ませてやり、母親の言葉で話しかけた。ようやく、彼女は目を開け、長いことわしを見つめた。そのとき、わしは彼女が何を言いたいのか理解したのだ。

わしはきれいな水を無駄にしないよう気をつけながら真先に自分の身体を洗い清めた。水をたっぷり口に含むと、両手に吹きかけてよくこすり、そのあと手に水をつけて顔を洗った。男たちの汗や体液を洗い流すために、彼女にも同じことをしてやった。そして現場監督がくれたズボンを脱いだ。腰にまいていた紐には火をおこすための棒や矢じり、巻いた煙草の葉、先端にネズミの歯をつけた木製のナイフ、それに丈夫な革で作った袋が吊るしてあったが、その袋には少量のクラーレの毒が入っていた。ナイフの先にその毒を少しつけ、彼女の上にかがみこんで、毒のついたナイフで彼女の首に傷をつけた。命は神々の下された贈り物だ。狩人が動物を殺すのは家族を養うためで、自分がその肉を口にすることはない。他の狩人がとった獲物の肉をもらうくらいのものだ。悲しいことだが、時には戦いがはじまり、他の男を殺すことがある。しかし、女、子供には絶対手出しはしない。彼女は蜂蜜色の大きな目でこちらをじっと見つめたが、感謝をこめてほほえみかけているように思えた。わしは彼女のために月の息子一族第一のタブーをおかしたが、この恥ずべき行為を贖《あがな》うのはむずかしいだろう。口もとに耳をよせると、小さな声で彼女が名前をつぶやくのが聞こえた。わしはその名を心に刻みこむために二度心の中で繰り返した。だが、死者たちの平穏をかき乱してはいけないと思い、その名をはっきり口にするのは控えた。というのも、心臓がまだ鼓動を打ちつづけていたとしても、彼女はもうすでに死者のひとりになっていたからだ。まもなく、腹や胸の筋肉、それに手足が硬直して息が止まり、身体の色が変わった。ふーっと大きな息をつくと、彼女は幼な児が死んでゆくように苦しむことなくあの世へと旅立って行った。

その直後、鼻から彼女の霊魂が抜け出してわしの体内に入りこみ、胸骨にしがみつくのが感じられた。彼女の全体重がわしにのしかかり、立っているのもやっとという有様で、まるで水の中にいるようにのろのろとしか身体を動かせなかった。せめて死んだときくらい楽な姿勢がとれるようにと思い、彼女の身体を二つに折って膝の上に顎をのせ、寝ござの紐で身体を縛ると、残った藁を積み上げ、木の棒を使って火をおこした。炎が大きく燃え上がるのを確かめてから、わしはゆっくり小屋を出て行ったが、彼女が下へ、下へとひっぱりおろそうとするので、野営地の柵を乗り越えるのにひどく苦労した。そのあと森の方へ歩き出したが、木の茂っているあたりまで来たときに警鐘が聞こえてきた。

一日目は片時も休まずに歩き続けた。二日目は彼女と自分のために狩りをしようと思って弓と矢をつくった。他人の命の重みをかかえこんだ戦士は十日間断食しなければならない。そうすると死者の霊魂が弱り、戦士の身体から遊離して魂の国へと旅立ってゆくのだ。さもないと、霊魂が栄養分を吸収して戦士の体内でどんどん成長し、ついには戦士を窒息死させてしまうのだ。わしは勇敢な男が何人もそうやって死んでゆくのをこの目で見たのだ。だが、そうした手順を踏む前に、まず、イラ族の娘を決して人目に触れることのない奥深い緑の土地まで導いてやらなければならなかった。わしはあの娘がもう一度死んだりしないようほんの少しだけ食べ物を口にした。何を食べても腐った肉の味がし、水を飲むと苦い味がしたが、自分たち二人の身体のことを考えれば、無理にも飲み込まざるをえなかった。月齢が一巡する間にわしは密林の奥へ奥へと分け入ったが、その間も体内にかかえこんでいる女の魂は重くなっていった。わしらはいろいろな話をした。のびやかなイラ族の言葉が木々の下を長いこだまとなって響いていた。わしらは歌をうたったり、身体や目、腰、足を使って意志を伝え合った。わしは母や祖母から聞いた伝説をくり返し語ってやり、自分の身の上話をしてやった。彼女は彼女で兄弟と一緒に泥の中を転げまわったり、一番高い木の枝からぶら下がって遊んだ楽しかった少女時代のことを話してくれた。ただ、礼儀正しい彼女は、不幸な境遇のもとで辱めを受けた日々のことには触れなかった。わしは白い鳥を弓で撃ち落とすと、いちばん美しい羽根を抜いて彼女の耳に飾ってやった。夜は彼女の魂が冷えきったり、ジャガーや蛇に眠りを妨げられないように小さな焚き火をたいた。わしは彼女をそっと川に浸けると、灰と揉んで潰した花でこすり、忌まわしい思い出を洗い流してやった。

ある日、とうとう目指す場所に辿《たど》りついた。もうこれ以上歩き続ける必要はなくなった。そのあたりの密林は木々がびっしり生い茂っているので、山刀、それにときには歯を使って道を切り開かなければならなかった。静まり返った時間をかき乱さないよう、わしらは小声で話し合った。細流のそばにある場所を選び、木の葉で屋根を作り、三本の長い樹皮をつかって彼女のためにハンモックを作った。わしはナイフで自分の頭を剃ると、断食をはじめた。

二人で長い間旅をしてきたせいで、わしらは別れることができないほど深く愛し合うようになっていた。しかし、男というのは、たとえそれが自分の命であっても、人の命を好きにもてあそぶことはできない。だから、わしは自分の務めを果たすことにした。何日もの間、水を少し口に含むくらいで、食べ物は一切口にしなかった。こうして徐々に体力が衰えていったが、それにつれて彼女はわしの抱擁から逃れてゆくようになった。彼女の霊魂は日に日に気化してゆき、もはや以前のように重くのしかかってはこなかった。五日目、わしがうとうとしている間に、彼女は初めてわしから離れて近くを散歩した。しかし、まだ一人で旅立つ心の準備ができておらず、すぐにわしのところに戻ってきた。何度かそんなふうに歩きまわっていたが、だんだんと遠くまで足をのばすようになっていった。彼女が旅立ってゆくときは、火傷のような痛みに襲われた。ここで大声を出して名前を呼んだりすれば、わしのもとに戻ってきて二度と向こうの世界へ行けなくなると分かっていたので、父親から教わったありったけの勇気を奮い起こした。十二日目に、彼女が木々の樹冠の上をオオハシのように飛んでゆく夢をみた。目が覚めると、身体が軽くなっており、泣きたいような気がした。彼女は永遠にわしのもとから去っていったのだ。弓と矢をひろいあげると、何時間も歩いて川の支流まで行った。腰まで水につかり、先の尖った棒で小魚を刺すと、鱗《うろこ》や尻尾がついているのもかまわず丸呑みにした。そして、しきたりどおりにすぐに魚を吐き出した。もう悲しみは感じなかった。そのとき初めて、時には死の方が愛よりも強いことがあるということが分かった。そして、手ぶらで村に戻らなくてすむように、わしは狩りをはじめた。

# エステル・ルセーロ

間に合わせの担架で運び込まれたエステル・ルセーロは、恐怖でその黒い目をまじまじと見開き、雄牛のように血を流していた。そんな彼女を見て、アンヘル・サンチェス医師はすでに伝説となっていたいつもの冷静さを失ったが、それも無理はなかった。というのも、医師はまだ幼い少女だった彼女をひと目見たときからずっと愛していたのだ。あの頃の彼女はいつも人形を抱きしめており、彼の方は、最後の戦いになった〈栄光の戦闘〉からすっかり老けこんで戻ってきたところだった。彼はトラックの屋根に腰をかけ、膝の上にライフルを立てて部下を引き連れて町にやってきた。髭は伸び放題に伸び腿のつけ根には銃弾が一発入ったままになっていたが、あのときが生涯でいちばん幸せだった。彼は解放者たちを熱狂的な歓呼の声で迎えている群衆の中で、赤い紙の小旗を振っている一人の少女に目をとめた。当時彼は三十歳で、少女は十二歳くらいだった。けれども、アンヘル・サンチェスは雪花石膏でできたようなしっかりした骨格と神秘的なかげりを帯びた深みのあるその瞳を見て、この子はいずれすばらしい美人になるにちがいないと考えた。トラックの上から少女を見つめながら、ひょっとすると沼沢地の熱気にあたり、勝利の喜びに酔い痴れているせいで幻覚に襲われたのかもしれないと考えた。その夜くじで引き当てた女性を一夜妻にしたが、心は慰められなかった。あの少女を捜しにゆこう、それが無理ならせめて幻影だったということを確かめようと思って外に出て行った。次の日になると、お祝いだというのでどっとくり出していた人影が消えていた。町は秩序を取りもどし、独裁制が残した瓦礫を片づける作業がはじまっていた。サンチェスはそれを横目で見ながら町の中を歩きまわっていた。最初彼は小学校を尋ねてまわろうと考えたが、この前の戦闘からずっと閉鎖されたままだということだったので、一軒一軒家のドアを叩いてまわることにした。辛抱強い巡礼のように何日も歩きまわった。あれは疲れきった精神が見せた幻覚だったのだろうかと考えるようになったが、そのときに青いペンキを塗った家の前に出た。家の正面の壁に銃痕が残っていて、窓にはガラスもなく花柄のカーテンだけがかかっていた。何度も呼んでみたが、返事がなかったので、中に入ってみた。家の中は部屋がひとつあるきりで、粗末な家具が並び、薄暗くてひんやりしていた。その部屋を通り抜けてドアを開くと、不用品やがらくたが所狭しと並んでいる広い中庭に出た。マンゴーの木の下にハンモックが吊るされ、洗濯用の洗い桶が転がり、奥には鶏小屋があり、また草や野菜、花の植わっているブリキ缶や安物の植木鉢が置いてあった。そこで彼はまさか会えると思っていなかった少女に出会った。エステル・ルセーロは裸足で、安物の綿の服を着、ぼさぼさの髪の毛をうしろで靴紐でくくり、洗濯物を干している祖母の手伝いをしていた。長靴をはいた人間は信用ならないと教え込まれていた二人は怯えたように後ずさりした。

「わたしはあなた方の仲間だから、こわがらなくていい」と脂《あぶら》じみた縁なし帽子を手にもって彼はそう言った。

この日からアンヘル・サンチェスは、まだいとけない少女に道ならぬ恋心を抱いている自分を恥じて、黙ったままエステル・ルセーロを想いつづけた。権力を手中にした仲間のものたちがそれぞれの取り分を分かち合っているというのに、彼は彼女のことを思ってついに首都に戻らなかった。忘れられた町の、ひとつしかない病院に残ることにしたのだ。自分の空想の世界から一歩も出ずに愛をまっとうしようと考えた。彼はごくささいなこと、たとえば学校に通う彼女の姿を目にしたり、はしかにかかった彼女を看病したり、もっと小さければミルクや卵、肉をもらえたのに、もう幼児とはいえない歳だからトウモロコシやバナナで我慢しなければならない彼女にビタミン剤を届けてやったり、あの中庭まで出かけて行って、祖母が目を光らせている前で椅子にすわり、掛け算を教えたりすることで満足していた。適当な名前が思い浮かばなかったので、エステル・ルセーロは彼をおじさんと呼ぶようになった。祖母は、革命のときには説明のつかないおかしなことが起こるものだけど、この人が足繁くやってくるのも、そのひとつだろうと考えて彼を受け入れるようになった。

「病院長までしているお医者様で、祖国の英雄にまでなった学のあるあんな立派な人が、おしゃべりなおばあさんと無口な孫娘の相手をして何が面白いんだろうね」と町の口さがない女たちが噂し合った。

それから数年の間に、当然と言えば当然のことだが少女の美貌が花開いた。けれどもアンヘル・サンチェスはそれを一種の奇跡と見なし、祖母がミシンで縫ってやった子供っぽい服の下で彼女がひそかに成熟しつつあることに気づいているのは自分だけだと信じていた。彼女の歩く姿を見たものは誰でも自分と同じように、五感を掻き乱されるにちがいないと思い込んでいたので、求婚者たちがエステル・ルセーロのもとに殺到しないのが不思議でならなかった。彼はさまざまな抑えようのない感情、男なら誰もが感じる嫉妬や絶望から生まれてくるいつ終わるともしれない憂鬱、それに昼寝の時間になると薄暗い部屋の隅から全身水に濡れた素裸の少女が淫らなジェスチャーで誘いかけるイメージが思い浮かび、それとともに襲ってくる地獄のような熱っぽさに責めさいなまれた。ふだんからつとめて感情を表に出さないようにしていた彼は、いつの間にかそれが第二の本性となり、あの人はおとなしくていい人だという評判が立つようになった。彼の相手を見つけてやろうと躍起になっていた近所のおばさんたちもいいかげん嫌気がさしたのか、あの先生はちょっと変わっているよと噂するようになった。

「同性愛者にはみえないけどね」とおばさんたちは話し合った。「きっとマラリアか銃弾を股間に受けたせいで、女の人には興味がなくなってしまったんだよ」

アンヘル・サンチェスは、同じことなら二十年後に生んでくれればよかったのにと母親を恨み、身体だけでなく心にまでこれほど沢山の傷を負わせた自分の運命を呪った。彼は自然が気まぐれを起こして世界の調和を乱しエステル・ルセーロのまぶしいまでの輝きを曇らせてくれないだろうか、そうすればこの世界だけでなく、どこへ行っても彼女がいちばん美しい女性だということに気づくものはいなくなるのにと考えた。心の中でそういうことを考えていたせいで、あの不吉な木曜日に、祖母を先頭にして担架が病院に運び込まれ、そのあとから野次馬がぞろぞろついてくるのを見て、彼は悲痛な叫び声をあげたのだ。シーツをめくると、身体に大きな傷口がぱっくり口を開けていたが、それを見て彼女が他の男のものにならないよう願いすぎたので、こんなことになってしまったのだと考えた。

「庭のマンゴーの木に登っているときに足を滑らせて、ガチョウをつないであった杭の上に落ちたんですよ」と祖母が説明した。

「可哀そうに、吸血鬼みたいに串刺しになっちまって、引っこ抜くのにえらい苦労しましたよ」担架を運んできた男の一人が説明した。

エステル・ルセーロは目を閉じたまま、かすかにうめき声をあげた。

その瞬間からアンヘル・サンチェスはたったひとりで死に立ち向かうことになった。少女の命を救うためにありとあらゆる手を尽くした。手術をし、注射を打ち、自分の血を輸血し、抗生物質を投与した。けれども、二日後には傷口から命がとめどなく流れ出してゆくのがはっきりと分かった。緊張感と悲しみで憔悴しきった彼は、瀕死の少女のそばにある椅子に腰をおろすと、頭をベッドの足もとにもたせかけ、数分の間、生まれたばかりの赤ん坊のように眠り込んだ。彼が大きなハエの夢をみている間、彼女は死と戦いながら、悪夢の中をさまよっていた。他者が入り込んでくることのない夢の世界で二人は出会ったが、そこで彼女は突然彼の手をつかんだ。お願い、助けて、わたしを見捨てないでと彼女は訴えた。そのとき、ふいにネグロ・リバスの記憶が鮮やかに蘇ってきて、アンヘル・サンチェスはびっくりして飛び起きた。ネグロ・リバスはばかばかしい奇跡によって一命を取り止めたのだ。彼は病室から飛びだすと、廊下でいつ終わるともしれないお祈りの言葉をつぶやいている祖母にぶつかった。

「お祈りを続けるんだ、十五分で戻ってくる！」すれ違いざまに彼はそう叫んだ。

十年前、アンヘル・サンチェスは仲間と一緒に密林の中を進んでいた。草は腰のあたりまであり、蚊の猛攻と耐えがたい暑さに苦しめられた。彼らは追いつめられてはいたが、独裁者の政府の兵隊たちに奇襲攻撃をかけるために国中を駆けずりまわっていた。腰のベルトに銃弾、雑嚢《ざつのう》に詩集、心に理想を秘めた頭のおかしい夢想家の一団、それが彼らの実態だった。何ヵ月も女の匂いを嗅がず、石鹸で身体を洗うこともなく、飢えと恐怖が身体の一部になった彼らは、絶望感に駆られてひたすら足を動かしていた。いたるところに敵がおり、自分の影に怯えるような毎日を送っているときに、ネグロ・リバスが足を踏みはずして崖下に転落した。彼は八メートル下の谷底まで転がってゆき、ぼろ布を詰めた袋のように鈍い音を立てた。仲間のものたちは鋭い岩や曲がりくねった木の幹の間をロープをつたって降りて行ったが、藪の中に入りこんでいた彼を見つけだすのに二十分かかった。さらに、血まみれになった彼を引き上げるのに二時間近くかかった。

ネグロ・リバスは勇気があり、いつも歌を口ずさんでいる陽気な大男で、弱っているものがいると気易く肩に担いでやったものだった。その彼の身体がザクロのように裂け、そこから肋骨がのぞいていた。さらに背中から胸の真中にかけて深い傷が出来ていた。サンチェスは救急用の医薬品の入った箱を持っていたが、応急処置でどうにかできるような傷ではなかった。万に一つも助かる望みはなかったが、ともかくも彼は傷口を縫い合わせ、細長い布きれで包帯をしてやり、あり合わせの薬をのませた。二本の棒の間に渡したカンバス地の布の上に彼を横たえると、仲間のものが交代で担いだ。だが、大きく揺れるたびに血が噴水のように吹き出し、かえって命を縮める結果になると分かったので中止した。その間、ネグロ・リバスは女の乳房がついたイグアナと塩のハリケーンの夢を見て、うわごとを言い続けた。

仲間のものたちはどこかに野営して、心安らかに死を迎えさせてやろうと考えたが、そのとき仲間のひとりが黒い水の湧き出ている泉のそばで二人の先住民《インディオ》が仲良くシラミを取り合っているのに気がついた。密林の奥の濃いもやに包まれたあたりに先住民《インディオ》たちの集落があった。あの部族の人間は時の流れから取り残されたような生活をしており、彼らが接した今世紀の人間といえば、神の教えを説くべくやってきたものの、結局うまく行かず帰っていった向こうみずな伝道師ひとりだけだった。さらに悪いことに彼らは民衆が蜂起したことも知らなければ、「祖国か、さもなければ死を！」という叫びを聞いたこともなかった。互いにかけ離れた世界に住み、言葉の壁もあったけれども、先住民《インディオ》たちは、目の前にいる憔悴しきった男たちがさほど危険ではないと分かると、慎ましやかに歓迎の意を表した。反乱者たちは瀕死の男を指し示した。村の長らしい男が小便と泥の臭いがする、真っ暗な小屋まで案内した。彼らはネグロ・リバスをござの上に横たえるとみんなでまわりを囲んだ。しばらくすると、儀式用の盛装をした呪術師がやってきた。指揮官は呪術師の首から下がっているキツネマメの首飾りや何かに憑かれたような目、垢がかさぶたのようにこびりついている身体を見て怖気づいた。しかし、アンヘル・サンチェスはあの傷ではもう手の施しようがない、彼の死を早めることになったとしても、呪術師の好きにやらせたほうが、手をこまねいて見ているよりもまだましだと説得した。

指揮官は、裸同然のそのおかしな賢人が治療に専念できるように、部下のものに銃を下ろし何があっても黙っているように命じた。
二時間後には熱が下がり、ネグロ・リバスは水が飲めるようになった。翌日、ふたたび祈禱師がやってきて、同じ治療を行った。夕方になると、怪我人は腰をおろしてトウモロコシのどろりとした粥《かゆ》をすすり、二日後には傷口がまだ完全にふさがっていなかったが、近くを歩きまわれるようになった。他のゲリラ戦士たちが回復期の病人につきそっている間、アンヘル・サンチェスは呪術師と一緒にあたりを歩きまわって薬草を袋に詰めた。何年かすると、ネグロ・リバスは首都の警視総監になり、あのとき死にかけたことも遠い昔の思い出話になった。ただ、彼が新しい女を抱こうとしてシャツを脱ぐたびに、彼の身体を二つに切り裂いている大きな傷跡に目をとめた女が、それはどうしたのと尋ねたが、思い出が蘇ってくるのはそのときだけだった。

「裸の先住民《インディオ》がネグロ・リバスの命を救ったんだから、おれにエステル・ルセーロの命が救えないわけがない、そのために悪魔と契約することになってもかまわん」アンヘル・サンチェスは例の薬草を探して家の中を歩きまわりながら、そう呟《つぶや》いた。薬草はどこかに大切にしまってあるはずなのだが、どうしても思い出せなかった。ようやく、ぼろぼろになったトランクの底に、詩を書き留めたノートやベレー帽、戦闘に加わっていた頃の思い出の品などと一緒に新聞紙にくるんであった薬草を見つけたが、からからに乾いていて、触っただけでぼろぼろ崩れた。

アスファルトが溶けるほどの炎暑の中を、医師は逃亡者のように病院に駆けもどると、階段を駆け登って、エステル・ルセーロの病室に飛び込んだが、そのときは全身汗まみれになっていた。祖母と当番の看護婦は医師が全速力で駆け抜けて行ったのを見て、ドアののぞき窓に近づいた。二人は、彼が白衣、綿のシャツ、それに黒のズボンと密輸業者から買った靴下、いつも履いているゴム底の靴まで脱ぎすてるのを見た。さらに、彼がブリーフまで脱ぎ捨て、新兵のように素っ裸になったのを見て震え上がった。

「まったく何てことだろうね！」と祖母が叫んだ。

医師はベッドを部屋の中央まで動かすと、二、三秒の間、両手をエステル・ルセーロの頭の上にのせ、そのあと患者のまわりで狂ったように踊り出したが、祖母と看護婦は、そんな彼の様子をドアの窓からのぞき見していた。医師は膝頭が胸に触れるほど脚を高く上げ、深々とお辞儀をし、両腕をふり回し、気味の悪いしかめっ面をしたが、その間も身体の中のリズムに合わせて両足は休みなく動いていた。三十分ばかり狂ったように踊り続けたが、酸素ボンベと血清の入った容器にぶつかったりはしなかった。そのあと、白衣のポケットから乾燥した薬草の葉を数枚とりだすと、洗面器にいれてこぶしで押しつぶし、粗い粉にした。その上に唾をたっぷりはきかけて混ぜ合わせ、ペースト状にすると、瀕死の少女のそばに近づいた。二人の女は彼が包帯をほどき、看護婦が報告書に記録しているとおり、傷口にその胸の悪くなるような塗り薬を塗りつけるのを見た。医師は衛生法のことも恥部がむき出しになっていることもまったく意に介していないようだった。治療が終わると、彼は疲れきって床に座りこんだが、その顔には聖人のような微笑みが浮かんでいた。

アンヘル・サンチェス医師は病院長で、しかも人も知る革命の英雄だったからよかったようなものの、さもなければ拘禁服を着せられ、有無を言わさず精神病院に送り込まれていたにちがいない。医師は病室のドアに錠をおろしていたが、それを破って中に押し入ろうとするものはいなかった。町長が消防士にドアを押し破るように命じたのはそれから十四時間後のことで、その頃にはエステル・ルセーロは大きな目をぱっちり開けてベッドに腰をおろし、アンヘルおじさんがふたたび服を脱いで治療の第二段階にあたる新しい儀礼的なダンスをしている様子を楽しそうに眺めていた。二日後、厚生省の特別調査委員会が首都からやってきた。その頃には、死の世界から蘇った患者は祖母の腕につかまって病院の廊下を散歩しており、町中の人間がそんな彼女をひと目見ようと病院の四階の廊下にずらりと並んでいた。院長はきちんとした服装でデスクに座って昔の仲間を迎えた。委員会は彼がおかしなダンスをしたことについては何も尋ねなかったが、呪術師の使った奇跡の薬草に関しては調査することにした。

エステル・ルセーロがマンゴーの木から落ちてから何年かが過ぎた。彼女は大気汚染検査官と結婚して首都に移り住み、そこで雪花石膏の骨と黒い瞳をもった女の子を生み落とした。そして、とんでもない綴り間違いをしながら、昔を懐かしく思い出させる絵葉書を時々アンヘルおじさんのもとに書き送った。厚生省はあの驚異の薬草を見つけ出そうとして調査隊を四回にわたって密林に派遣したが、ついに見つけ出せなかった。あの村はジャングルにのみ込まれてしまっていた。それとともに手の施しようのない大きな怪我に効く化学薬品を発見する夢も消え失せてしまった。

アンヘル・サンチェス医師は独身を通した。彼の伴侶といえば、昼寝のときに訪れてくるエステル・ルセーロのイメージだけだったが、そのイメージとともに医師は果てしない狂乱にのめり込んだ。医師の名声は日毎に高まっていったが、人々は彼が先住民《インディオ》の言葉で星と話しているのをよく耳にしたということだ。

# 無垢のマリーア

頭の弱いマリーアは愛を信じていた。だからこそ彼女は生きた伝説になったのだ。彼女の埋葬には近所の住人がひとり残らず参列した。警官や、めったに店を閉めたことのないキオスクの盲人までやってきた。共和国通りから人影が消え、喪に服す意味でバルコニーには黒いリボンが飾られ、家の前の赤い街灯も消された。誰にでも身の上話はあるが、あの地区の住民のそれは、長年にわたる貧しい暮らしや不当な扱い、暴力に耐えしのぶ生活、死産だった子供、出ていったきり戻ってこない恋人などにまつわる悲しい話がほとんどだった。けれども、マリーアの場合はちがっていた。彼女の身の上話には人の想像力をかき立てるような優雅な輝きがあった。彼女はひとりでその商売をしていたが、まわりとトラブルを起こさないように気をつけていた。酒や麻薬には一切手を出さなかったし、近所の女占い師や易者に五ペソ払って慰めになるような言葉をもらおうともしなかった。自分の作り上げた愛の世界にひたっていたので、あだな期待を抱いて楽しむこともなかった。背が低く小柄で、人のよさそうな感じのする彼女は、顔立ちや物腰に品があり、やさしく温和な性格をしていた。けれども、あの辺にいる女のヒモが彼女に手を出そうとすると、とたんに豹変して恐れを知らない獣のように歯と爪で相手に襲いかかった。おかげで彼女に手を出すものはいなくなった。ほかの女たちが安物の化粧品を厚く塗って殴られた青痣《あざ》を隠しているというのに、ボロを着た女王のような雰囲気をたたえた彼女は人から一目置かれて歳をとっていった。彼女はいつしか有名になり、伝説も生まれたが、本人はそういうことにまったく無頓着だった。少女の心をした老娼婦、それが彼女だった。

彼女の思い出話にはよく人を殺したトランクと海の匂いのする色の浅黒い男が登場した。女友達は彼女の話からその人生の断片を一つ一つ寄せ集めて辛抱強くつなぎ合わせ、足りないところを空想でおぎなって彼女の身の上話を作りだしたが、むろんあの土地に住む女たちのそれとはまったくちがうものだった。彼女は、人の肌の色がもっと青白く、子音が明瞭でアクセントもはっきりしている遠い世界の生まれだった。その気取ったしゃべり方やあのあたりでは見られない立ち居振舞いから推測して、きっといい家柄の出なんだよ、と女たちは噂し合った。その話に多少疑わしいところがあっても、マリーアが死んだとたんにそんな疑念はどこかに吹き飛んでしまった。彼女は威厳を失うことなく堂々とあの世へ旅立っていった。これといった病気にかかっていたわけでもないし、死を間近にひかえた人のように怯えたり、苦しそうな息遣いもしていなかった。生きているのにくたびれてしまいましたよ、そう言うと晴れ着をきて唇に紅をさし、誰でも入ってこられるように入口のビニールのカーテンを開いた。

「お迎えがきたんですよ」彼女はぽつりとそう言った。

こういうときのために糊《のり》をしてあったカバーを三つのクッションにかけると、それを背中の下に当てがい、ベッドに横になった。それを見て女たちは笑い転げたが、そのあと、大きな水差しに入った濃いココアを息もつがずに飲みほした。それを見て女たちは笑い転げたが、四時間後にはいくら揺すぶったり、呼びかけたりしても、彼女は目を覚まさなかった。そのときはじめて、彼女は本当に死ぬ覚悟をしていたのだということに気がついた。噂はあっという間に広まった。中には面白半分にやってくるものもいたが、たいていの人は心から悲しそうな表情を浮かべ、そのまま彼女のそばに付き添った。彼女の女友達は、お祝いの席じゃないんだからお酒をだすわけにはゆかないねと言って、弔問客のためにコーヒーをいれた。夕方の六時頃、マリーアは一度身体を痙攣させると目を開いた。まわりを見まわしたが、もう人の見分けがつかず、そのあとすぐあの世へ旅立った。それだけだった。ココアに毒を混ぜて飲んだんだ、もしそうなら、病院に連れてゆかなかったというので、ここにいるものは全員罪に問われるぞというものもいたが、そういう下らない言葉に耳を貸すものはいなかった。

「マリーアには面倒を見なきゃいけない子供も親もいないんだから、いつ死んだって、人からとやかく言われる筋合いはないよ」と家主の女主人がぴしゃりと言った。

葬儀場で彼女の通夜をしようというものはいなかった。彼女が自分の死を前もって平静に受け入れたと知って、共和国通りの住民は心を打たれ、せめて地中に埋葬されるまでの数時間はこれまで暮らしてきた家で過ごさせてやろうと考えたのだ。これがよそ者だったら、人びとは頼まれてもお通夜などしなかったにちがいない。この家でお通夜をすると、亡くなった人の魂、あるいはここへやってくる客の魂にもよくないことが起こるかもしれないという声が出たので、そういうことがないよう鏡を割って棺のまわりに並べ、神学校の礼拝堂からもらってきた聖水を部屋の隅に撒いた。その夜、あの地区は一軒残らず店を閉めたが、おかげで音楽や笑い声が消えてしまった。けれども嘆き悲しむ人もいなかった。部屋のテーブルの上に棺を安置し、近所の人が貸してくれた椅子を並べた。弔問客はそこに腰をおろし、コーヒーをすすりながら低い声で話し合っていた。部屋の中央にはマリーアがサテンのクッションに頭をもたせかけ、両手を組み、胸の上に死んだ子供の写真をのせて横たわっていた。夜が更けるにつれて皮膚の色が変わりはじめ、おしまいには彼女が飲み干したココアと同じような色になった。

マリーアの通夜のとき、わたしは何時間も彼女の棺のそばに付き添っていたが、そのときに彼女の身の上話を聞かせてもらった。女たちの話によると、彼女は第一次大戦のときに大陸の南部にある地方で生まれたのだが、そこでは一年の半ば頃に木々が葉を落とし、骨身にこたえるほど寒くなるとのことだった。彼女はスペインから移り住んだ名家の娘だった。部屋を調べていると、クッキーの箱が見つかり、その中から黄ばんでぼろぼろになった紙切れが出てきた。その中には出生証明書や写真、それに手紙もまじっていた。彼女の父親は農場主で、時が経ち色褪せた新聞の切り抜きを見ると、母親は結婚する前はピアニストをしていたらしい。十二歳のとき、マリーアはぼんやり考えごとをしながら踏切を渡ろうとしたが、そのときに貨物列車に轢かれた。レールの間から助け出されたとき、あちこちにすり傷はあったが、これといった外傷はなく、帽子だけが吹き飛ばされていた。けれども、しばらくするとそのときの衝撃がもとで彼女は無邪気な子供に戻ってしまい、そこで成長が止まってしまったことが分かった。事故の前に学校で習った初歩的な勉強も忘れてしまい、ピアノの練習曲や裁縫針の使い方も満足に思い出せなかった。また、人から話しかけられてもぼんやりしていた。ただ、洗練された行儀作法だけは覚えていて、それは死ぬまで変わらなかった。

貨物列車に轢かれたせいで、ものを考えたり、何かに注意をはらったり、人を恨んだりすることができなくなった。つまり、幸せな人間になるための条件がそろったわけだが、運命が彼女を幸せにしてはくれなかった。彼女は十六歳になった。両親は少し知恵が遅れている娘をいつまでも家に置いておくわけにはゆかない、容貌が衰えないうちに早く嫁にやって、重荷からのがれようと思い、ゲバラという名前の医者に目をつけた。彼はすでに第一線から身を引いており、結婚には向かないタイプの男だったが、彼女の両親から金を借りていたので、結婚話を持ち出されたときにいやだとは言えなかったのだ。その年、頭の少しおかしい新婦と新婦よりも何十歳も年上の新郎というカップルが誕生したが、事情が事情だけに結婚式は内々で行われた。

初夜のベッドに入ったマリーアは、心はまだ少女のままだったが、身体はすでに成熟して一人前になっていた。列車のせいで生来の好奇心は失われていたが、五感のうずきまではなくなっていなかった。農場にいる動物を見ていて、交尾をしている間つるんでいる犬を引き離すには冷たい水をかけてやればいいとか、雄鶏《おんどり》が雌鶏《めんどり》とつがおうとするときは、羽根をふくらませながらコッコッコッと鳴くことに気がついた。けれどもそうした知識を生かす機会には恵まれなかった。新婚初夜、歳のせいで身体をぶるぶる震わせている老人がフランネルのガウンの前をはだけて近づいてきたが、その臍《へそ》の下に見慣れないものがあるのに気がついた。驚きのあまり彼女はひどい便秘になった。恥ずかしくてそのことは黙っていたが、そのうちお腹が風船みたいにふくらみはじめた。彼女は大量に服用すると下剤になる滋養強壮剤のマルガリータ水を一瓶飲みほした。そのせいで二十二日間寝室用の小型便器を愛用する羽目になったが、おかげで内臓までおかしくなりかけた。それでも、ふくれたお腹は元に戻らなかった。そのうち、服のボタンがとまらなくなり、とうとう月が満ちて、金髪の男の子を生み落とした。彼女はベッドに横になったまま毎日チキンのブイヨンと二リットルのミルクを飲みつづけた。一月後にベッドを離れたときは、かつてないほど元気になり、頭もはっきりしていた。それまでずっと夢遊病患者のような生活を送っていたのが、おしゃれな服を買いたいと思うようになった。しかし、その新しいドレスを着ることはなかった。というのも、ゲバラ氏がスープ用のスプーンを手に持ったまま食堂で突然脳卒中の発作に襲われて亡くなってしまったのだ。マリーアは仕方なく喪服とヴェールつきの帽子をかぶり、二度と着ることのなくなった衣装の中に埋もれて暮らすことになった。こうして喪に服したまま二年間過ごした。その間貧しい人たちのためにベストを編み、愛玩犬と息子を相手に暮らした。息子は例のクッキーの箱に入っていた写真に写っているように髪をカールし、女の子の服を着せられていた。写真に写っているその子は熊の毛皮の上に座り、この世のものとは思えない光に照らし出されていた。

未亡人にとって時間はあの瞬間で永遠に停止しており、部屋の空気も夫が残していった黴《かび》くさい臭いを今もとどめていた。彼女は忠実な召使いにかしずかれ、両親と兄弟に監視されたままその家で暮らしつづけた。親兄弟は毎日のように交代で彼女のもとを訪れて支出に目を光らせ、ささいなことにもいちいち口をはさんだ。季節は移り変わり、庭の木が葉を落とし、ついで夏のハチドリがふたたび訪れてきたが、彼女の暮らしには何ひとつ変化がなかった。時々どうして自分はこんな黒い服を着ているのだろうと不思議に思ったが、麻のシーツの間で力なく二度ばかり自分を抱いた年老いた夫のことはすっかり忘れてしまっていた。彼女の夫は妻を抱いたあと、自分が淫らなことをしたと後悔し、聖母マリア像の足元に身を投げだし、乗馬用の鞭で我身を鞭打っていたのだった。時々彼女は耐えきれなくなって衣装ダンスから服を取り出し、喪服を脱ぎ捨てると、宝石類を縫いつけたドレスや毛皮のストール、サテンの靴に子山羊皮の手袋をこっそり身に着けた。舞踏会の衣装をまとい、三面鏡に映る見ちがえるように変身した自分に向かってうやうやしく挨拶した。

二年間孤閨《こけい》を守ったが、そのうち血が騒いで耐えられなくなった。毎週日曜日に教会へ行くと、目の前を通りすぎてゆく男たちに見とれて教会の入口でぐずぐずしていた。男たちの野太い声や髯をそった頬、タバコの匂いにどうしようもなく惹かれてしまうのだ。彼女はこっそり帽子のヴェールを上げると、彼らに微笑みかけた。父親と兄弟はまもなくそのことに気がついた。アメリカ大陸に住んでいるかぎり、未亡人の貞節を守るのはむずかしいと考え、彼らは家族会議で彼女をスペインの叔父のもとへやることに決めた。頑固な伝統と教会の権威に守られたあの土地で暮らせばおかしな誘惑に負けることもないだろうと考えたのだ。こうして無邪気なマリーアはスペインへ旅立つことになったが、それがもとで彼女は思いもよらない運命に見舞われることになった。

両親は息子、女中、それに愛玩用の犬と一緒に彼女を大型豪華客船に乗せた。マリーアの部屋の家具やピアノと一緒に山のような荷物を積み込んだが、その中には子供に毎日新鮮なミルクを飲ませてやれるようにと一頭の雌牛も含まれており、船倉に入れられた。沢山のトランクと帽子の箱にまざってブロンズの縁飾りと鋲のついたばかでかいトランクがひとつあったが、中にはそれまでタンスの肥やしになっていた晴れ着が入っていた。家族のものは、叔父夫婦の家へ行けばそんな服を着る機会はないだろうと思っていたが、あえて反対はしなかった。船に乗ってから三日間は、船酔いで寝台から起き上がることもできなかった。ようやく船の揺れにも慣れて、立ち上がれるようになると女中を呼んで、長旅に必要な服を取り出すので、手伝ってほしいと言った。

マリーアは列車と接触して精神に変調をきたし、子供に返ってしまったが、あの事故のような思わぬ不幸が彼女には生涯つきまとった。彼女が船室の洋服ダンスに服を詰めかえている間、子供は蓋《ふた》の開いたトランクの中をのぞきこんでいた。そのとき突然船が大きく揺れて、重い蓋がバタンと閉まり、金属の縁が少年の首の骨を砕いた。水夫が三人がかりで呪われたトランクから母親を引き離すと、彼女が髪の毛を引き抜き、顔を爪で掻きむしるのをやめさせるために屈強な男でもぶっ倒れるほどのアヘンチンキを飲ませた。彼女は何時間もわめき続け、そのあと人から発達障害と噂されていた頃のようにうつけた顔で首を左右に揺らすようになった。船長は船内放送で今回の不幸な事件を乗客に伝え、死者のために短いお祈りを唱えると、子供の遺体を旗にくるんで舷側から海へ投げこむように指示した。船は大西洋の真中を航行しており、次の寄港地まで遺体を保存しておくことができなかったのだ。

その悲しい事件から二、三日経って、マリーアは外気にあたろうとおぼつかない足どりで初めてデッキへでた。生暖かい夜で、海の底からは海藻や魚介類、難破船の心騒がせる匂いが立ちのぼってきた。その匂いを嗅いだとたんに、全身がおこりにでもかかったように震えはじめた。彼女は頭の中が真白になったまま水平線を見つめ、首筋からかかとまで鳥肌が立つような思いになっていた。そのとき長い口笛が聞こえてきた。振り返ると二層下にいる月の光に照らされた人影が彼女に合図を送っていた。彼女は階段を降りてゆき、自分を呼んでいる色の浅黒い男に近づいて行った。そして男がヴェールと黒いガウンを脱がしても抵抗せず、そのまま巻き上げてあるロープの後ろへついて行った。彼女は列車に轢かれたときのような衝撃を受けた。三分後には、神を恐れるあまり萎《な》えたようになっていた年老いた夫と、何週間も海の上で女日照りをかこってきて熱く燃えているギリシャ人水夫との違いをまざまざと思い知らされた。彼女はそのときはじめて自分の生きる道を見出したように思い、もっとしてほしいとせがんだ。その夜、二人は飽きもせず愛し合った。突然、海の底で眠っている魚が目を覚ますような非常用のサイレンが鳴り響き、誰かが海に身を投げたぞという声が響きわたるのが聞こえてきて、ようやく二人は身体を離した。女中が、母親が世をはかなんで身を投げたと勘ちがいして騒ぎ立て、あのギリシャ人以外の乗組員が全員で彼女を探しまわっていたのだ。

マリーアは船がカリブ海沿岸に近づくまでのあいだ、毎晩のように巻いたロープの後ろで愛人と密会していた。やがてそよ風にのって五感をかき乱す花と果物の甘ったるい薫りが漂ってきた。彼女は亡くした子供のせいでつらい思いをしていた上に、自分たちの様子をうかがっている人目が煩《わずら》わしくてならなかったので、男が船を捨てて逃げようと言うのを聞くと、すぐに同意した。旅費をペチコートの下に押し込むと貴婦人としての過去に別れを告げた。二人は明け方にボートを降ろし、船内に女中と犬、雌牛と人殺しのトランクを残して姿を消した。男は船乗りらしいたくましい腕で港に向かってボートを漕いだ。やがて彼女の目の前に夜明けの光を浴びて蜃気楼のように美しい港が浮かび上がった。小屋が建ち並び、シュロが葉を茂らせ、色とりどりの鳥が飛びまわっている港に二人の逃亡者は蓄えの続く間住みつづけた。

水夫は喧嘩っ早い上に大酒飲みだった。彼のおかしな言葉はマリーアにはもちろん、あたりの住民にもまったく理解できなかったが、彼は顔をしかめたり、笑顔をつくったりして、何とか自分の意志を伝えていた。身体がどうしようもなくけだるかったせいで彼女はふだんうつけたようにぼんやりしていたが、彼がやってきてシンガポールからバルパライソまでのあらゆる娼家で習い覚えてきた奇妙な体位を試みるときだけは意識もはっきりした。そのうち彼女は相手がいなくても喜びを味わうことのできる方法を考え出した。何が危険なのか知らない人間特有の無謀さで、めくるめくような喜びを味わうようになった。彼女は快楽というものがどういうものかはじめて知ったが、当のギリシャ人は鈍感な男だったので、自分がそれを教えてやったことや、自分が彼女が新しい喜びに目覚めるための道具でしかないことにも気づいていなかった。彼女はこの上ない贈り物をしてやったのだが、あの男にはその価値が分からなかった。自分のそばにいるのが、傷つくことを知らない無邪気な少女のまま成長を止めた天女のような女性で、子犬がじゃれつくように自分の五感をあますことなく使いたいと考えているというのに、一緒に楽しむことができなかった。もともと彼女の血の中には身を焼くような激しい情熱の胚芽が秘められていたのだが、彼女自身はそれまで喜びを味わうには何の遠慮もいらないということに気づいていなかったし、そういうことを想像したこともなかった。それを知ったとき彼女は、行いの正しい生徒はあの世で天上の喜びを味わうことができるんですよという中等学校の尼僧たちの言葉を思い出し、ああ、あれはこのことだったのねと考えた。彼女は世界のことをほとんど知らなかったし、地図を見ても、自分がどのあたりにいるのか見当もつかなかった。けれどもハイビスカスやオウムを見て、きっとここが天国なんだわと考え、心ゆくまで楽しむことにした。家から遠く離れたその土地には知り合いがひとりもいなかったし、両親や兄弟の厳しい監視の目もなければ、社会的な圧迫やミサのときにヴェールをつける必要もなかったので、彼女は生まれてはじめて自由を満喫することができた。奔流のように激しい感情の波もようやく心ゆくまで味わうことができた。感情の波は最初皮膚をくすぐり、やがて細い繊維質の組織を通って身体の奥深いところまで降りてゆくと、それがひとつに集まり、沸き立つ爆布となって落下してゆくのだが、そのあと彼女はぐったり疲れて至福感にひたるのだった。

マリーアは善意の塊のような女性だったし、どういうことをしても罪の意識に駆られたり、恥ずかしいと思ったりすることがなかったが、そのうち水夫はそんな彼女に恐れを抱くようになった。男は家を空けがちになり、抱き合う回数も目にみえて減り、二人が言葉を交わすこともなくなった。身を焼き、熱く濡れてしきりに自分を求める童女のような顔をした彼女を見ているうちに、海の上でまんまとたらしこんだこの女はいとわしいクモに姿を変え、乱れたベッドの上で自分をハエのように食らい尽くそうとしているのだと思い込むようになり、何とか彼女から逃れようとするようになった。精気を吸い尽くされた彼は娼婦を抱いたり、女衒《ぜげん》を相手にナイフや拳をふるったり、散財したあとの金を闘鶏に賭けたりしたが、それくらいのことで心の安らぎは得られなかった。持ち金がなくなると、男はそれを機に姿をくらました。マリーアは何週間もじっと彼の帰りを待ち続けた。時々ラジオから、英国船から脱走したフランス人の水夫やポルトガル船から逃げ出したオランダ人の水夫が、港の物騒な地区で刃傷沙汰を起こして殺されたというニュースが流れてきたが、あの人はイタリアの大西洋横断の船から逃走したギリシャ人の水夫だから、心配ないと考えて、顔色ひとつ変えなかった。そのうち、心を焼き身を焦がす熱情に耐え切れなくなった彼女は、家を出て行きずりの最初の男に声をかけて慰めてもらおうとした。男の手をとると、礼儀正しく上品な言葉遣いで、わたしのために服を脱いでいただけませんかと頼んだ。そのあたりにいる商売女とまったくちがう若い娘からそう言われて見ず知らずの男は一瞬たじろいだが、聞き慣れない言葉遣いではあっても相手の言わんとすることは明らかだったので、言うとおりにした。十分ばかり遊ばせてもらえるだろうと思った男は彼女のあとについて行ったが、めくるめくような心のこもった情熱が待っているとは思いもしなかった。ことが終わると、度胆を抜かれ、感動した男はテーブルに紙幣を一枚置き、そのあと誰かれなしに自分の奇妙な体験を語って聞かせた。束の間ではあるが夢のような愛を売ってくれる女がいるという噂を聞き伝えて、次から次へと男たちがやってきたが、ひとり残らず満ち足りた思いで帰っていった。このようにしてマリーアは港一番の売れっ子娼婦になり、船乗りたちは腕に彼女の名前を刺青で彫り、七つの海の男たちに語り伝えたので、彼女にまつわる伝説は世界中に知れわたった。

長年の間貧しい生活をし、その間になんとか本当の愛を手に入れようとつとめてきたが、そのせいでマリーアは急に老い込んでしまった。肌は黒ずみ、骨と皮に瘦せ細った。また煩わしいというので囚人のように髪を短く切ったが、それでも優雅な物腰やひとりひとりの男に対する情熱は少しも変わらなかった。彼女は次から次へと現れてくる男たちを名もない男と見なしていたのではない。彼女は自分が空想の中の恋人に抱きしめられているところをいつも思い浮かべていたのだ。実のところ男たちは欲望を満たすためにやってきただけなのだが、そのひとりひとりに対して恐れを知らない恋人のように自ら進んで相手の欲望に身をまかせ、変わらぬ愛で応えていた彼女には、その現実が目に入らなかった。歳とともに記憶があやふやになり、とんでもないことを口走るようになった。首都に引っ越し、共和国通りに腰を落ち着ける頃には、かつて自分があらゆる民族の船乗りたちに霊感をあたえて即興の詩を作らせたミューズのような存在だったことも忘れていた。船乗りの中には、アジアの片隅で彼女の噂を聞き伝え、あの港町からはるばる首都までやってくるものもいたが、彼女はそんな客を迎えても戸惑うばかりだった。女というよりも、痩せこけて骨と皮ばかりになったあわれなバッタのような姿に変わった彼女をひと目見て、ああ、あれはやはり単なる言い伝えでしかなかったのだと考えてくるりと背を向け、首を傾《かし》げながら立ち去ってゆくものも大勢いた。けれども中には、彼女のあわれな姿に同情してとどまるものもいた。そういう男たちは思いも寄らない褒美を手に入れることになった。マリーアがビニールのカーテンを閉めたとたんに、部屋の空気が一変してしまうのだ。ことが終わると男は自分が抱いたのは最初に目にした老いさらばえた女ではなく、神話の中の乙女のイメージだったことに気づき、感激に胸を震わせながら帰って行った。

マリーアの記憶から過去の思い出がどんどん消えて行った。ただ、列車とトランクに対する恐怖心だけはいつまでも鮮明に残っていた。商売仲間の女たちが熱心に彼女の身の上話を集めたからよかったようなものの、さもなければ彼女の過去は誰にも知られることはなかっただろう。彼女はあのギリシャ人、あるいは彼女の空想から生まれた幻の愛人を迎えいれるためにカーテンを開く、その一瞬をひたすら待ちながら生き続けた。その男性は彼女を両腕でしっかり抱きしめて、かつて海に浮かぶ船の甲板の上でともに味わったあの喜びをもう一度もたらしてくれるはずだった。彼女はそんな昔の夢を追って行きずりの男たちと交渉をもったが、そのたびに空想の恋に心をときめかせ、束の間の抱擁と燃え上がる前に消えてしまう火花で影のような男たちを欺いてきたのだ。やがて訪れてもこない人を待つのにくたびれ、心にも厚い苔が生えてきたと分かった彼女は、そろそろあの世へ旅立つときが来たと考えた。そして彼女なりに人に迷惑をかけまいと考え、水差しに入ったココアを飲み干したのだ。

# 忘却の彼方

　彼女は黙って愛撫に身を任せていた。腰のあたりには玉のような汗が浮かび、身体からは焦げた砂糖の匂いが漂ってきた。ここで物音を立てれば、記憶が呼び覚まされて、すべてがぶちこわしになってしまう、今この瞬間、彼は名もない男、朝方知り合ったばかりの行きずりの愛人でしかないが、その関係が台無しになってしまう、そのことを恐れてでもいるようにじっとおとなしくしていた。彼はラベンダーの穂のような髪の毛、あるいはそばかすの浮いた肌、ジプシー女のつけるブレスレットの深みのある音色に心を惹かれた過去のない男、通りを歩いている彼女に近づき、天候がどうの、交通量が多いといった話をしたり、道行く人を眺めたりしながら、彼女と一緒にあてもなくぶらぶら歩いているただの男でしかなかった。ただ、異国の地で出会った同国人ということもあって、何となく親近感を覚えた。悲しい過去や怨恨、罪の意識などかけらもない、氷のように冷たく透明な男で、彼女と一緒に本屋をのぞいたり、公園を散歩したり、コーヒーを飲んだり、偶然知り合ったことを喜んだり、あるいは昔のことを話し合いたいと思っているだけなのだ。二人は、同じ町の同じ地区で育ったが、その頃のことや十四歳の頃の話、あるいは冬になると霜がとけ、靴が濡れて気持ちが悪かったね、パラフィン・ストーブの匂いを覚えている？　夏に食べた桃はおいしかったな、といったように今は入国を禁じられている祖国のことを懐かしく話し合った。彼女は何となく寂しかったか、よけいなことを言わずに愛し合うにはいい機会だと思ったのだろう。夕方になると、もうこれ以上散歩してもしかたないと考えて、彼の手をとると、自分のアパートへ連れていった。彼女はほかの亡命者たちと一緒にうす汚れたアパートを借りていたが、そこはごみの容器がところせましと並んでいる路地裏のどんづまりにある黄色い建物だった。部屋は狭く、床に直においてあるマットレスの上に縞模様の毛布がかけてあった。レンガを積んだ上に板を差し渡しただけの棚、本、ポスター。椅子の上に服が投げ出してあり、片隅にスーツケースが置いてあった。彼女は楽しい遊びをする子供のように、何のためらいもなくいそいそと服を脱ぎ捨てた。

彼は彼女を喜ばせるために精いっぱい努力した。彼女の身体の起伏にそって手を這《は》わせ、手順通りゆっくりと愛撫した。シーツの上の彼女は粘土のように柔らかくなり、ついに身体を開いた。そのとき彼は突然なにも言わずに身体を離した。彼女は彼の方に向き直り、女らしい恥じらいを見せて顔を隠すと、身体を丸くして腹部に覆いかぶさり、彼を愛撫し、嘗《な》め、かき立てた。彼はしばらくの間身を任せ、相手の好きにさせたが、悲しみ、あるいは恥ずかしさに耐えきれなくなって、彼女を押し退《の》けた。二人は新しいタバコに火をつけた。お芝居はもうおしまいだ、その日彼らは抑えようのない激情に駆られて抱き合うはずだったが、それも終わってしまった。二人はベッドの上にとり残された寄るべない子供であり、記憶をなくした彼らは口にされることのない言葉で埋め尽くされたぞっとするような真空の中を漂っていた。朝方知り合ったときは、何か特別なことを期待してもいなければ、多くを望んでもいなかった。しばらく一緒にいて、ほんの少し喜びを味わえればいい、そう考えていただけだった。けれども、いざ二人きりになってみると、言いようのない悲しみに打ちひしがれてしまった。きっとわたしたち疲れているのよ、急に二人とも気分が落ち込んでしまったことを詫びるかのように彼女はほほえみながらそう言った。彼は何とか時間稼ぎをしようとして、両手で彼女の顔を挟みつけると、瞼《まぶた》にキスをした。彼らは手を取り合って横たわり、たまたま住むめぐり合わせになった土地でのそれぞれの生活を語り合った。その国は緑豊かで、人間もおっとりしており、住みやすいところだったが、しょせん彼らは外国人でしかなかった。自分の悪夢がタランチュラのように部屋中に毒をまき散らさないうちに、彼は服を着て別れを告げようと考えたが、まだ若くて傷つきやすそうな彼女を見て、ふと友達になってやればいいのではないかと考えた。恋人ではなく、友達だ、相手に何かを求めたり、縛りつけたりすることのない、静かな一時を一緒に過ごすだけの友達、そばにいて一緒に恐怖と戦ってやる友達になればいいのだ。結局彼は立ち去る決心がつかず、そのまま彼女の手を握っていた。相手を思いやる熱い感情、自分自身と彼女に対する同情心が生まれてきて、彼の目が輝きはじめた。そのとき突然カーテンが船の帆のように膨らんだ。部屋を暗くしておけば、このままずっと一緒にいて、また抱き合いたいと思うようになるかもしれない、そう考えて彼女はカーテンを閉めようと立ち上がった。けれども、彼はそんなふうに考えなかった。以前、九十センチの深い淵のような独房に閉じこめられたことがあった。そのときは、時間の流れないあの穴の中で、自分の排泄物の悪臭に悩まされ、気も狂わんばかりの思いをしたが、その思いが蘇ってきそうな気がして、外からの光が多少とも入ってくる方がいいと考えた。君の顔を見たいんだ、だからカーテンを開けておいてくれと嘘をついた。というのも、喉の渇きや何本もの釘が突き出した王冠のように頭をぎりぎり締めつける包帯、洞窟の幻影、襲いくる亡霊に苦しめられた身の毛のよだつような夜のことをどうしても話す気にはなれなかったのだ。やはりあの話をするわけには行かない。いったんしゃべりだしたら、次から次へととめどなく話すことになり、いまだかつて誰も聞いたことのないようなことまで言わなくてはならなくなる。彼女はベッドに戻ると、気のない様子で彼を愛撫し、ひとつひとつ確かめるように小さな傷跡を指でなぞりはじめた。ああ、それは傷の跡だ、うつったりしないから心配しなくていいよ、笑いながらそう言ったが、声が涙声になっていた。若い娘は彼がいかにも辛そうにそう言うのを聞いて、びっくりしたように手を止めた。彼としては、これから新しい愛がはじまるわけでもなければ、束の間の情熱を分かち合うわけでもない、今この瞬間は一時の休戦、汚れない無垢の時間なんだ、だけどしばらくして君が眠り込んだら、ぼくはここを出て行くつもりだと言うべきだった。二人でこれから何をしようとか、君をこっそり呼び出したりすることはない、もう二度と手をつないで通りを歩くこともなければ、恋人ごっこをすることもないだろう、本当ならそう言うべきだった。けれども、声が鉤爪のように身体の中に引っかかって、どうしても口に出して言うことができなかった。自分がどうしようもなく落ち込んで行くことは目に見えていた。手の間からのがれ去って行く現実に何とかしがみつこう、椅子の上に投げ出してある服、床に積み上げた本、壁にかかっているチリのポスター、カリブの心地よい夜、通りから聞こえてくる鈍い物音、何でもいいから、そういうものに心を預けようとした。目の前にある若い女性の裸の肉体、その乱れた髪の毛、甘い体臭に何とか意識を集中させようとした。彼は、ほんの二、三秒でいい、頼むからお前の力で何とかこの瞬間をやり過ごさせてくれ、と声にならない声で訴えた。一方彼女は、ベッドの向こう端にイスラム教の苦行僧のように座りこみ、そんな彼の様子をじっと見つめていた。明るい色の乳首や目のような臍《へそ》までが彼を見つめ、身体を震わせ、歯をガチガチ鳴らし、うめき声を上げている様子をじっと見ていた。彼は自分の内部で沈黙がふくれあがって行く音を聞き、これまでにも何度かあったように、自分の心が壊れて行くのをはっきり感じた。彼は今この時を最後の拠り所にして、それにしがみついていたのだが、辛抱しきれなくなってとうとう手を離した。とたんに、果てしない崖を転がり落ちはじめた。手首と足首に革紐が食い込み、情け容赦なく殴打され、アキレス腱を切られ、仲間の名前を吐けと強要するののしり声が聞こえ、自分のそばで拷問にかけられているアナと、腕を縛られ、中庭で宙吊りにされているほかの仲間の忘れることのできない絶叫が聞こえてきた。

どうしたの、ねえ、大丈夫、そう問いかけるアナの声が遠くから聞こえてきた。いや、ちがう、アナは南部の沼沢地に沈められてしまったのだ。裸の見知らぬ女が自分の身体をゆさぶり、名前を呼んでいるように思えたが、鞭を振るい、旗を振りかざしている亡霊をどうしても払いのけることができなかった。彼は身体を丸くして吐き気をこらえようとした。そして、アナやほかのものたちのことを考えて泣きはじめた。ねえ、どうしたの、とふたたび若い娘が尋ねた。何でもない、抱いてくれ……と彼は言った。彼女は恐る恐るそばに寄ると、両腕で彼を抱きかかえ、子供のようにあやしながらその額に口づけした。そして、泣きなさい、泣くのよ、そう言いながら彼をベッドに仰向けに寝かせると、彼の身体の上に覆いかぶさった。

　二人は信じられないほど長い間そんなふうに抱き合っていた。やがて、幻覚がゆっくりと遠のいて行き、彼はふたたびあの部屋に戻ることができた。ともかくまだ生きていた。息をしていたし、心臓も動いていた。彼女が自分の上に覆いかぶさっており、その顔が自分の胸の上にあり、手足も重なりあっていることに気がついた。二人は恐怖におののいているみなしごを思わせた。そのとき彼女は、すべてを知っているような口ぶりでこう言った。恐怖は欲望や愛情、憎悪、罪の意識、激しい怒りよりも強いの、忠誠心よりも強いのよ。恐怖は何もかも呑み尽くしてしまうわと言ったが、その目からあふれ出した涙が彼の首筋を濡らした。もっとも奥深いところに秘められた傷口に触れられて、男は一瞬すべてが凍りついたように感じた。彼女は自分に同情して愛し合おうとしたのではない。彼女は沈黙、人を寄せつけない孤独の向こうに隠されているものに気づいているのだ、彼はそう感じた。彼は仲間を裏切り、大佐が封印した箱の中に隠れて祖国から脱出した、またアナと密告された仲間のものたちは目隠しされてひとりひとり連行されて行った、そんな彼らの記憶を越えた向こうにあるものを彼女は感じとっていたのだ。それにしても、どうしてそのことを知ったのだろう。

　女は上体を起こした。淡い光の射し込んでいる窓を背景にくっきり浮かび上がった彼女の細い腕が電灯のスイッチを捜していた。明かりをつけると、金属製のブレスレットをベッドの上にひとつ、またひとつと音もなく落としていった。彼の方に手を差しのべた彼女の顔は髪の毛で半ば隠されていた。わ見ると、その手首にも白い傷跡がくっきりとついていた。彼は身じろぎもせずその傷を見つめた。ずかな時間だったが、その傷の意味が分かるまでの一瞬がひどく長く感じられた。そのとき、電気グリルの上に革紐で縛りつけられた彼女の姿がありありと浮かんできた。心を許して何もかもぶちまけたい、言うに言えない言葉や将来の約束を交わしたいと願っていた二人は、涙ながらに抱き合ったが、そのときはじめて互いに心の奥底に秘めていた秘密を分かち合うことができた。

# 小さなハイデルベルク

長年ペアを組んで踊ってきた船長とラ・ニーニャ・エロイーサのダンスは今や完成の域に達していた。互いにパートナーの次の動きを直感的に感じとり、いつターンするか正確に見抜き、手を軽く握りしめたり、足を横に少しずらしただけで、それが何を意味しているかすぐに理解できた。この四十年間ただの一度もステップをまちがえたことはなかったし、その動きも長年愛し合い、寝るときもしっかり抱き合っているカップルのようにぴったり息が合っていたので、二人がこれまで一度も口をきいたことがないと言っても、信じるものはいなかった。

小さなハイデルベルクというのはダンス・ホールで、首都から少し離れたバナナ・プランテーションに囲まれた小高い岡の上に建っている。店の音楽はしゃれていたし、涼しい風が吹き寄せてくる上に、出てくる料理がまた、香辛料がきいて薫りがよく、しかも催淫効果のある風変わりな料理として知られている。ただ、熱帯地方に住む人たちにはいささか強烈すぎるように思われるが、店の主人ルパートは伝統料理に自分のアイデアを加えて見事な料理に仕上げている。石油危機がはじまるまでは、ものがあふれるほどあり、果物も外国からふんだんに輸入されていた。当時はストリューデルがあの店自慢の逸品だったが、石油から始末に負えないごみが山のように生まれ、昔のことが懐かしく思い出されるようになってからは、ストリューデルの材料はリンゴから、グァバやマンゴーに変わった。ダンスができるように広々としたホールの中央を丸く囲むようにしてテーブルが並べられ、その上には白とグリーンのチェックのテーブルクロスがかけられている。壁にはアルプスの田園生活を描いた牧歌的な絵がかかっているが、そこには黄色い髪を三つ編みにした羊飼いの娘とたくましい若者、それに見事な牛が描かれている。楽団員は半ズボンにウールの靴下をはき、チロルふうのサスペンダーをし、フェルトの帽子をかぶっているが、その帽子は汗ですっかり色が変わり、遠くから見るとまるで緑がかったかつらのように見える。壇上にいる彼らの上に剝製の鷲が飾ってあるが、ドン・ルパートの話では、あの鷲の身体から時々新しい羽が生えてくるとのことだった。楽団員はひとりがアコーデオンを、もうひとりがサキソフォンを演奏し、後のひとりが手と足をうまく使ってドラムスとシンバルを同時に鳴らしている。アコーデオンを弾いている男がバンドリーダーで、テノールの熱っぽい声で歌もうたうが、その発音にはかすかにアンダルシア訛《なま》りが感じられる。常連客のご婦人方は、スイスの居酒屋の亭主を思わせる奇妙な衣装を身につけたバンドリーダーにご執心で、中にはこの店が倒壊するか、爆撃にあって、死ぬような目にあってみたい、そうしたらアコーデオンから咽《むせ》び泣くような音を引き出す彼のあのたくましい腕に抱かれて、幸せな思いにひたって息を引き取ることができるのにとけしからぬことを考える婦人もいる。平均年齢が七十歳を越えていることもあって、ご婦人方は歌手に臆面《おくめん》もなく色目を使っているが、そこには死の甘い息吹さえ感じられる。オーケストラの演奏は日没とともにはじまり、真夜中まで続くが、土曜日と日曜日は観光客がどっと押しかけてくるので、最後の客が帰る明け方まで演奏しなければならない。演奏するのはポルカ、マズルカ、ワルツ、それにヨーロッパの地方色豊かなダンス音楽だけなので、店にいるとカリブ海ではなく、ライン河の岸辺にでもいるような錯覚にとらえられる。

台所はドン・ルパートの妻ドーニャ・ブルゲルが取り仕切っている。堂々たる体躯の婦人は、鍋や積み上げた野菜の間を忙しく動きまわり、新大陸の素材を使って外国風の料理を作るのに懸命になっているので、お客さんと顔を合わせることはない。熱帯の果物を使ってストリューデルを作ろうと考えついたのは彼女だが、催淫効果のあるその料理には弱り果てた男でもしゃっきりさせるだけの力が備わっている。主人夫妻の娘と近くに住む何人かの若い女性が客の応対をしているが、彼女たちはみんなリンゴのような真っ赤の頬をしている。主人夫妻の間に生まれた二人の娘は立派な体格をしており、その身体はシナモンやクローブ、バニラ、レモンの薫りがする。常連客というのは、戦争や貧困から逃れてこの国にやってきたヨーロッパ系の移民ばかりで、現在は商売をしたり、農業や職人仕事をしている。以前はそうでもなかったのだろうが、長年この国で暮らし、歳をとったせいか、元気なお年寄りによくみられる人がよくて礼儀正しい好々爺になっていて、どの客も単純素朴で愛すべき人ばかりだ。男性客は蝶ネクタイを締め、スーツを着ている。けれども、ダンスで身体を動かし、そこへ大量のビールを流し込むので身も心も熱くなり、しばらくするとみんな上着を脱いでワイシャツ一枚になる。女性客は明るい色のドレスを着ているが、どれもこれも移民としてこちらにやってくるときにもってきた、新婦の衣装をつめたトランクから引っ張り出してきたのではないかと思えるほど古いデザインのものだ。時々荒っぽい若者たちが押しかけてくることがある。車のエンジンをうるさくふかし、ブーツや鍵、鎖をがちゃがちゃ鳴らしてやってくるので、彼らが来るとすぐにそれと分かる。年寄り連中をからかいにきているだけなのだが、ドラムスを叩いている楽団員とサキソフォン奏者が、騒ぎが起こればしずめようと腕まくりしていることもあって、大きなトラブルになることはない。

土曜日の午後九時、誰もが催淫効果のある料理をたっぷり食べ、心行くまでダンスを楽しんだ頃にメキシコ女がやってきて、ひとりでテーブルにつく。派手な服を着た五十がらみの女性で、その高く聳《そび》える竜骨のような背骨、迫《せ》り出した腹、帆のように広い背中、船首飾りの仮面を思わせる顔、どれをとってもガレオン船にそっくりだ。その女性は歳を感じさせはするが、まだ肌に張りのある胸もとが露出した服を着、耳に花を一輪差している。他にもフラメンコ・ダンサーの衣装を着ている女性はいるが、白髪頭で腰も細く、きちんとしたスペイン語がしゃべれないそうした女性たちに比べると、彼女の方がはるかによく似合っている。ポルカを踊るメキシコ女は荒海を漂流する船を思わせるが、ワルツを踊るときは静かな湖面を滑る船を彷彿させる。ときどき船長はそんな彼女を夢にみることがあったが、目が覚めると若い頃の忘れていたやるせない思いが蘇ってきた。噂では、船長はその名前が誰にも判読できないノルウェーのある艦隊に乗り込んでいたとのことだった。彼は古い船や海路にたいへん詳しかったが、熱帯のあの地方ではそういう知識が何の役にも立たず、宝の持ち腐れになっていた。緑色の透き通った水をたたえているうっとりするような水族館を思わせる海が相手では、向こう見ずにも船で北海を航行する技術も使い道がなかった。葉を落とした木のように痩せて背が高く、背筋がぴんと伸び、かなりの歳なのに首のあたりもたるんでいなかった。いつも金ボタンのついた上着を着ていたが、陸にあがった船乗り特有の悲劇的な雰囲気を漂わせていた。彼がスペイン語、あるいは聞きなれた別の言葉でしゃべるのを聞いたものはひとりもいなかった。三十年前にドン・ルパートが次のように言ったことがある。氷のような色の目と正義を求めてやまないあの目つきからして、船長はフィンランド人にまちがいないよ。その言葉に反論しようがなかったので、いつしか船長はフィンランド人だということになってしまった。しかし、いずれにしても小さなハイデルベルクはおしゃべりを楽しむ場所ではなかったので、言葉など必要ないのだ。

誰もが気楽に楽しめるようにというので、礼儀作法に少し手が加えられていた。踊りたい人は誰でもひとりでフロアに出て、別のテーブルの人をダンスに誘ってもいいことになっているし、女性客も踊りたければ、自分の方から男性のそばへ行って声をかけてもかまわない。これは夫をなくした未亡人にとっては実にいいやり方と言える。ただ、メキシコ女は、こちらからへたに声をかけたりすると、侮辱したと言われかねないというので、ダンスに誘うものはいない。紳士方は、ひょっとすると彼女から声をかけられるかもしれないと考えて、喜びに身体を震わせながらじっと待っている。彼女は灰皿に葉巻をおき、組んでいた円柱のように太くてがっしりした脚をほどくと、ブラジャーを直し、あらかじめ目をつけておいた男性のそばまで行くと、そちらを見ようともせず相手の前に立ちはだかる。一曲ごとにダンスの相手を代えるが、その前にまえもって最低四曲を船長と踊る約束をしていた。彼は操舵手を思わせる逞しい手を相手の腰にまわし、彼女をリードしながらフロアの上で踊ったが、かなりの歳なのに息が乱れることはなかった。

過去五十年間、土曜日になると必ず小さなハイデルベルクにやってくるいちばんの古馴染《なじ》みの常連客といえば、ラ・ニーニャ・エロイーサをおいてほかにいなかった。小柄でやさしく、温厚なその貴婦人は、ライスペーパーのような肌をし、髪の毛は透き通った王冠を思わせた。長年の間、台所でチョコレート・ボンボンを作って生計を立ててきたせいで、チョコレートの匂いが身体にしみつき、身体からは誕生パーティのような薫りが漂ってきた。かなりの高齢にもかかわらず、仕草にはどこか若い娘を思わせるものがあり、一晩中ダンス・フロアでターンをし続けても、結い上げた髪は崩れなかったし、心臓の鼓動も変わらなかった。ロシアの南部にある村で生まれた彼女は、当時まだ息を呑むほど美しかった母親と一緒に今世紀はじめにこの国へやってきた。母娘二人でチョコレートを作って生計を立てていた。気候だけでなく時代もまた生きて行く上で厳しいものがあったし、夫もいなければ他に家族もいない孤独な生活だったが、二人は平穏な生活を送り、週末に小さなハイデルベルクに行くのを何よりの楽しみにしていた。母親が亡くなると、ラ・ニーニャ・エロイーサはひとりで店にやって来るようになった。ドン・ルパートは彼女がくると、入り口で恭《うやうや》しく出迎え、いつものテーブルまで案内した。一方オーケストラは歓迎の意味をこめて、彼女の好きなワルツの出だしの一節を演奏した。彼女はいちばんの高齢で、おそらくいちばん愛されてもいたので、客の中にはジョッキを高く掲げて挨拶を送るものもいた。彼女は内気な性格だったので、自分から男性に声をかけてダンスに誘うことはなかったが、近ごろではその必要もなくなった。というのも、彼女の腕をとり、ガラスのように細くて脆《もろ》い骨を折ったりしないようそっと腰に手を回し、フロアの方へ連れて行くのは、男性にとってこの上ない特権になっていたのだ。彼女はダンスが上手だった上に、身体からは甘い薫りが漂ってきたが、その匂いを嗅ぐと男性は幸せだった幼い頃を思い出したものだった。

船長はいつものテーブルにひとり腰をおろし、ゆっくりしたペースで酒を飲んでいた。彼はドーニャ・ブルゲルが作った催淫効果のある料理には目もくれなかった。音楽にあわせて足でリズムをとり、ラ・ニーニャ・エロイーサがひとりになると、前に行って踵《かかと》を合わせて気をつけの姿勢をとり、軽くおじぎをしてダンスに誘った。二人は一度も口をきいたことがなかった。古いダンス曲に合わせて前後左右、自由自在にフロアの上で踊りながら、目を見交わし、ほほえみを浮かべ合うだけだった。

十二月のある土曜日、いつになく湿気の少ない日に、二人の観光客が小さなハイデルベルクにやってきた。今回の客は、最近よく顔を見せる規律正しい日本人ではなく、背が高くてよく日焼けしたスカンジナヴィア系の人間だった。淡い色の髪をしたその二人は、テーブルに腰をかけて踊っている人たちをうっとり眺めていた。陽気で騒々しく、しきりにビールのジョッキを合わせて乾杯し、楽しそうに笑い、大声で話し合っていた。二人の外国人の話声が、テーブルに座っている船長の耳に届いた。遥かに遠い国、遠い時代、遠い土地の景色から自分の母国の言葉が今生まれたばかりのようにみずみずしく、はっきりと聞こえてきた。何十年もの間一度も耳にしたことがなかったが、まだ忘れてはいなかった。母国語を聞いたとたんに、歳老いた船乗りらしい顔の表情がやわらいだ。このまま何も言わず気楽にしているか、それとも今では使うことのない言葉で会話を楽しむほうがいいだろうかと考えてしばらく迷った。ついに船長は立ち上がると、見知らぬ男たちに近づいて行った。ドン・ルパートはバーのカウンターの向こうから、船長が手を後ろで組み、少し前かがみになってやって来たばかりの客に何か話しかけているのを見つめた。まもなくほかの客やウェイトレス、楽団員たちもあの男が店に顔を見せるようになって以来はじめて口をきいたことに気がつき、何を言っているのか聞き取ろうとして耳を澄ました。彼は曾祖父のようなしゃがれた声でゆっくりしゃべっていたが、一語一語に力がこもっていた。彼が胸にわだかまっていた思いをぶちまけると、とたんにフロアが水をうったように静かになったが、おかげでドーニャ・ブルゲルは死人でも出たのではないだろうかと思ってあわてて調理場から飛び出してきた。長い沈黙が続いた後、観光客のひとりがようやく驚きから覚め、ドン・ルパートを呼び寄せると、へたな英語で船長の言葉を伝えたいので通訳をしてくれないかと頼んだ。北欧系の人たちは年老いた船乗りの後についてラ・ニーニャ・エロイーサの座っているテーブルのそばまで行った。ドン・ルパートもこれはただ事ではないと感じとって、前掛けをとりながら近づいて行った。船長が母国語で二言、三言しゃべると、外国人のひとりがそれを英語に訳した。それを今度はドン・ルパートが耳まで真っ赤になり、髭を震わせながらあやしげなスペイン語に訳した。

「ニーニャ・エロイーサ、船長が、あなたが自分との結婚を望んでおられるかどうか尋ねておられます」

華奢なその婦人は、椅子に腰をおろしたまま驚きのあまり目を丸くし、バチスト織りのハンカチで口を覆っていた。全員が息をひそめて待ち受けている中で、彼女はようやくこう言った。

「あまり唐突なお話なものですから、何とお答えしていいか……」

その言葉は今度は逆の手順、つまり店の主人から観光客に、そして船長に伝えられた。

「船長は、自分はこのひと言を言うために四十年間待ち続けた、今返事がいただけないのなら、次にまた自分の母国語を話す人間がくるまで待たなければならない。しかし、とてもそんなに待てないので、できれば今ここで返事をいただきたいのですが、と申しておられます」

「分かりました」とラ・ニーニャ・エロイーサが蚊の鳴くような声で答えたが、その言葉は訳さなくても店にいるもの全員に理解できた。

ドン・ルパートは満面に笑みを浮かべ、両腕を高く上げると、婚約が成立したと告げた。船長は婚約者の頬に口づけをし、観光客は店にいる人全員と握手を交わし、楽団員は勝利の行進曲をにぎにぎしく演奏し、店にいた人たちはカップルのまわりを取り囲んだ。女性客は涙を拭い、男性客は心をうたれて乾杯をした。ドン・ルパートはバーのカウンターに腰をおろし、すっかり感動して両腕で頭を抱え込んでいた。一方ドーニャ・ブルゲルと二人の娘は極上のラム酒が入った瓶の栓を抜いていた。楽団がワルツ曲の「美しきドナウ」を演奏しはじめたので、みんなは二人のためにフロアを空けた。

船長は思いを胸に秘めたまま愛し続けたやさしい女性の手を取ると、ホールの中央まで導いて行き、そこで婚姻のダンスを踊る二羽のアオサギのように優雅に踊った。船長は若い頃、エーテルでできたような船の帆に風をはらませたものだが、そのときのように愛情をこめてやさしく彼女を抱き寄せると、フロアの上で彼女をリードしながら踊った。その様子は湾内の静かな波に揺られている船を思わせた。彼は踊りながら、吹雪と森の国の言葉でそれまで胸に秘めていた思いをすべて打ち明けた。そうして踊っているうちに船長はふと、自分たちがどんどん若返って行き、ステップを踏む度に心がいっそう陽気で軽やかになってゆくのを感じた。ターンを繰り返しているうちに、演奏されている音楽の和音がいっそう強く共鳴し、足取りが軽くなり、彼女の腰がいっそう細くなり、彼が握っている彼女の小さな手がいっそう軽くなり、その身体がますます透明になって行った。やがて彼女の身体はレース、泡、霧に変わり、実体を失ってついに消え失せてしまった。彼は空気を抱いたまま踊り続けたが、かすかなチョコレートの薫りだけがあとに残された。

演奏が終われば船長が夢から覚めて、ラ・ニーニャ・エロイーサの思い出も永遠に失われてしまう、そうと気づいたテノールの歌手は、仲間のものにそのままワルツを演奏し続けるように合図した。小さなハイデルベルクの古馴染みの常連客はそれを見て心をうたれ、そのまじっと椅子に座っていた。あのメキシコ女はいつもの傲慢さとうって変わってやさしい表情を浮かべると、やおら立ち上がり、船長の震えている手の方へ静かに進みでると、彼と一緒に踊った。

# 判事の妻

ニコラス・ビダルはつねづね、自分はいずれ女のために命を落とすことになるだろうと考えていた。生まれた日にそう言われたし、生涯に一度だけカップの底に残ったコーヒーで運勢を占ってもらったことがあるが、そのときにも雑貨店の女主人から同じことを言われた。しかし、まさか判事の妻カシルダのせいで死ぬことになるとは夢にも思わなかった。彼女は結婚するためにあの田舎町へやってきたが、その日に彼ははじめて彼女を見かけた。彼はもともと色が浅黒くて蓮っぱな女性が好きだったので、彼女を見てもべつに心は動かなかった。旅行服に身を包んだその若い娘は、肌が抜けるように白く、人と目を合わせようとせず、指も男を喜ばせるためには華奢すぎるように思えたので、雲をつかむようななんとも頼りない感じがして心が騒ぐことはなかった。自分の運命をよく知っていた彼は、ふだんから女性には気をつけていた。人を愛してはいけないと自分に言い聞かせ、寂しさに耐え切れなくなったときだけはその場かぎりの付き合いを楽しんだが、深入りしないように心がけていた。ただ、カシルダに対しては、自分とは無縁な取るに足りない相手のように思えたので、べつに用心しなかったが、そのせいでふだんからあれほど気にかけていた予言を肝心なときにすっかり忘れてしまったのだ。結婚式の日、彼女は首都からやってきて車から降り立ったが、その様子を彼は仲間の男二人とある建物の屋根の上に腹ばいになって見ていた。親族のものも六人ばかりやってきたが、全員が彼女と同じように色が青白くて弱々しそうな感じがした。彼らはいかにもうんざりした様子で扇子を使いながら結婚式に参列したが、その後首都に戻ると以後二度と姿を見せなかった。

ビダルをはじめ町中の人間が、新婦はここの気候に耐えられないだろう、そのうち女たちが彼女のところへ行き、死装束を着せることになるはずだと考えていた。肌からしみこんで、身体と心の中に澱《おり》のように沈澱する熱気とほこりに何とか耐えられたとしても、不機嫌そうな顔をしている上に、おかしな癖のある独り身が長かったあの男が亭主ではすぐに音《ね》を上げるにちがいなかった。イダルゴ判事は彼女よりも倍ほど歳が上だったし、独り寝の生活を長く続けていたので、どうすれば女を喜ばせることができるか分からなかったにちがいない。謹厳な性格で、法を守るためならときには正義を踏みにじることも辞さないほど頭が固かったので、その地方の人たちはみんな彼を恐れていた。職務を遂行するに当たっては、人に対する思いやりなど毛ほども見せず、鶏泥棒であれ、正真正銘の殺人であれ同じように厳罰に処した。人に軽くみられてはいけないというので、いつも黒い服を身につけていたし、夢も希望もないあの村はどうしようもないほどほこりっぽいというのに、いつも半長靴を蜜蠟でぴかぴかに磨いていた。ああいう男を旦那にもつと、ろくなことはないよと女たちは噂しあった。結婚式のときには不吉な噂がいろいろ飛び交ったが、そうした予測がすべてはずれて、カシルダは三人の子供を無事産み落とし、幸せそうに暮らしていた。日曜日は夫と一緒に欠かさず正午のミサに出かけて行ったが、スペインのマンティーリャをかぶったその顔は以前と少しも変わらず、一年中真夏のような気候だというのに相変わらず色白で、影のように物静かだった。彼女が口をきくのはかぼそい声で挨拶するときだけで、身ぶりといっても頭を下げるくらいのものだった。ときどきふと笑みを洩らすことがあるが、よほど注意していないと見過ごしてしまうほどかすかなものだった。いかにも影の薄い感じのする女性だったので、そんな彼女の影響を受けて判事が以前と人が変わったようになったと知って、町の人たちはびっくりした。

判事は相変わらず陰気臭くて、取っつきにくい感じがした。外見は以前とまったく変わりなかったが、その裁きに大きな変化がみられるようになった。雇い主の金を盗んだというので、ひとりの若者がとらえられたが、判事は雇い主が過去三年間正当な賃金を払っていないので、今回盗まれた金はその不足分に充当するという理由で若者を釈放した。傍聴人はその判決を聞いてあっけに取られた。また、姦通罪で訴えられたある人妻の場合は、夫が妾を囲っている以上、夫の側に妻の不貞をとがめる道徳的権利はないとの理由で処罰しなかった。口さがない連中は、イダルゴ判事は家の敷居を一歩またぐと人が変わったようになり、子供とふざけ合ったり、大声で笑ったり、カシルダを膝の上に座らせたりするんだと噂しあったが、それを実際に確かめたものはいなかった。いずれにしても、判事が人情味あふれる判決を下すようになったのは妻のおかげだというので、彼女の評判が高まった。けれども、法律とは無縁な暮らしをしていたせいで、ニコラス・ビダルはそういう噂にまったく関心を示さなかった。それに、自分が運悪く逮捕され手錠をかけられて判事の前に引き出されるようなことになっても、慈悲深い判決が下されるはずはないと考えていた。ドーニャ・カシルダに関していろいろいい噂が流れていたが、彼はまったく関心を示さなかったし、二、三度遠くから彼女を見かけはしたものの、亡霊みたいに影の薄い女だという最初の印象は変わらなかった。

ビダルは三十年前に、町に一軒しかない売春宿の、窓のない部屋で生まれた。母親は泣き顔のファナという名前だったが、父親は分からなかった。この世に生まれてきてもこの子には居場所がないと考えて、母親は薬草や蠟燭の燃えさし、あるいは灰汁《あく》による洗浄をはじめひどく手荒なやり方を用いて何とか堕胎しようとした。けれども、赤ん坊はしぶとく生き延びた。何年か経ち、泣き顔のファナがすっかり大きくなった子供を見て、荒っぽい方法で何とかこの子を堕ろそうとしたけれども、それがうまく行かなかったおかげで、身も心も鋼鉄でできているような強い人間に育ってくれたと考えた。生まれ落ちるとすぐに産婆が彼を抱き上げ、燭台の光に照らして身体を調べ、乳首が四つあることに気づいた。

「かわいそうに、いずれこの子は女のせいで命を落とすことになるよ」産婆は自分の経験に照らしてそう予言した。

こうした言葉は、まるで身体的障害のように少年の心に重くのしかかった。彼がもし誰か女性を好きになっていれば、あれほど不幸な一生を送らずにすんだのかも知れない。お腹にいる間に子供を堕ろしてしまおうといろいろ手を尽くしたが、母親はそのことを申し訳なく思ってせめて名前だけでもと考え、思いつきではあったが、美しい洗礼名に立派な名字をつけてやった。しかし、王子様のような名前をつけたくらいでは、彼の運命に記された刻印を消すことはできなかった。喧嘩で顔に大きなナイフ傷を作ったのは十歳になるかならずのときで、それからしばらくするとお尋ねものとして日陰者の生活を送るようになった。二十歳のときには、自暴自棄になったならず者たちのボスにおさまっていた。血を見ない日はないような荒くれた生活を送っているうちに自然と筋肉が鍛えられた。路上で暮らしているせいで、心が石のように固くなり、女に惚れたりしたら身の破滅になると考えて孤独な毎日を送っていたが、そのせいで目には冷たい光が宿るようになった。目は今にも泣き出しそうに潤《うる》んでいたが、その涙目が母親に生き写しだったので、彼の顔を見ただけで泣き顔のファナの息子だと分かった。あの地方で犯罪が起こるたびに、警察は市民の抗議の声を鎮《しず》めようとして警察犬を使ってニコラス・ビダルの捜索に乗り出した。丘陵地帯をあちこち捜しまわったが、結局は手がかりひとつ得られずに戻ってきた。実を言うと、警官たちは彼を相手にしてもとうてい勝ち目はないと分かっていたので、内心では見つからないようにと祈っていたのだ。一味の悪名があまりにも高くなったので、近くの村や農場は裏から金を払って自分たちのところは襲わないようにと頼んだ。その実入りだけでゆったり暮らしてゆけたのだが、ニコラス・ビダルは部下の者に馬から降りるんじゃない、さもないと戦う意欲を失って人間がやわになってしまうし、せっかく勝ち取った悪名まで消え失せてしまうぞと言って聞かせた。一味に真正面から立ち向かうだけの勇気のある者はいなかった。イダルゴ判事は政府に二度ばかり、警察隊を補強するために軍隊を派遣してもらいたいと頼んだ。兵隊はやってきたものの、そのあたりをおざなりに捜索しただけで引き上げて行き、悪党たちはまたぞろ好き放題にあたりを荒し回るようになった。

ニコラス・ビダルは一度だけ司直の仕掛けた罠にはまりかけたことがあるが、氷のように冷たく覚めていたおかげで難を免かれた。しばしば法が踏みにじられるのに業を煮やしたイダルゴ判事は、いつもの細心周到さを忘れ、盗賊を罠にかけてとらえようと決意した。正義を守るためとはいえ、あまりにも非道なやり方だということはよく分かっていた。しかし、大なる悪を断つためには小なる悪には目をつむらざるを得ないと考えた。彼は泣き顔のファナを餌にして罠を仕掛けようとした。というのも、ビダルには親族と呼べるようなものはひとりもいなかったし、彼が愛情を抱いているのは実の母親しか考えられなかったからだった。母親は今では客がつかず稼ぎがなかったので、床みがきや便所掃除をして生計を立てていたが、そんな彼女を仕事場から連れ出し、彼女の身体に合わせて作った檻《おり》の中に閉じこめた。その檻を武器広場の中央におき、水の入った壺だけを置いてやった。

「水がなくなれば、大声でわめきはじめるだろう。そうなれば息子もじっとしていられなくなってやってくるはずだから、そこを兵隊たちと待ち伏せしてつかまえてやる」と判事は言った。

逃亡奴隷を処罰するときに使っていたが、それ以来すっかり廃《すた》れていた懲罰を母親が受けているという噂がニコラス・ビダルの耳にも入った。その頃には彼女に与えられた壺の水もなくなりかけていた。仲間のものが見守る中で、彼は黙って話に耳を傾けた。けれども孤独な人間らしい仮面を思わせる顔の表情はまったく変わらなかったし、革製の馬の腹帯でゆっくりナイフを研いでいる手つきにも変化は見られなかった。長年泣き顔のファナとは顔を合わせたことはなかったし、子供の頃を思い返してみても楽しい思い出など何ひとつなかったが、今回のことは母親に対する思いがどうこうということではなく、男の名誉にかかわる問題だった。これほどの侮辱を受けて黙って泣き寝入りするはずはないと考えて、仲間の男たちは武器と馬具の用意をした。向こうの仕掛けた罠にはまることは目に見えていたが、彼らはことと次第によっては命を捨ててもいいと考えていた。しかし、肝心のボスはいっこうに腰を上げようとしなかった。

時間が経つにつれて、彼らの間で緊張感が高まっていった。自分たちからは何も言い出せなかったので、彼らは額に汗をうかべ互いに顔を見交わしながら、苛立たしげに拳銃の台尻や馬のたてがみを撫でていた。夜になったが、眠っているのはニコラス・ビダルだけだった。夜が明けると、仲間の意見が大きく分かれていた。ボスがあそこまで心根の冷たい人間だとは思わなかったよと言うものもいれば、いや、母親を助けだすためにあっと驚くような計画を立てているんだと言うものもいた。しかし、これまで何度も剛胆無比の働きをしてきたので、恐がっているんだと言うものはいなかった。正午頃になると、仲間のものたちは宙ぶらりんの状態に耐えきれなくなって、いったいどうするつもりなのか尋ねに行った。

「何もしないさ」と彼は答えた。

「じゃあ、おふくろさんはどうするんです?」

「判事とおれのどちらが、本当に性根がすわっているか今に分かるはずだ、まあ、見ているがいい」とニコラス・ビダルは平然として答えた。

三日目になると、泣き顔のフアナは慈悲を請うことも、水をほしがることもなくなった。というのも舌がからからに乾いて、声が出なくなっていたのだ。彼女は身体を丸めて檻の床に横になっていたが、目はうつろで、唇が腫れ上がっていた。陽射しのある間は、獣のようなうめき声を上げ、それ以外のときは地獄に堕ちた夢を見ていた。近くに住む人たちが囚人に水を与えたりしないよう、四人の武装した警官が目を光らせていた。彼女の悲鳴は町全体に広がってゆき、閉め切った鎧戸やドアの隙間から風と一緒に入り込んで来て、部屋の隅で反響した。その声を聞いて犬は吠え、生まれたばかりの赤ん坊はむずかり、町の人たちは神経がおかしくなった。あの老女を気の毒に思って広場に大勢の人が集まってきたが、その群衆を追い払ったり、娼婦たちが団結してストライキをするのを止めることは判事にもできなかった。娼婦のストライキは坑夫たちが二週間分の給料を受け取る日と偶然重なった。土曜日には、通りという通りは気の荒い坑夫たちで埋め尽くされた。彼らは地下の坑道へ戻って行く前に有り金全部をはたいてしまおうと思っていたが、楽しみごとといってもあの檻くらいのものので、金の使い道がなかった。哀れな女にまつわる噂は口から口へと語り継がれて、川岸から海岸沿いを走っているハイウェイまで広まっていった。司祭は教区民を引き連れてイダルゴ判事のところへ行くと、キリスト教徒としての慈悲心を忘れてはいけません、罪のないあの女を殉教者のように死に到らしめたりせず、すぐに釈放するようにと訴えた。けれども判事は執務室のドアにかんぬきをかけ、泣き顔のフアナはまだあと一日はもつはずだ、だから彼女の息子は必ず仕掛けた罠にかかると言って、彼らの言葉に耳を貸そうとしなかった。そこで町の名士たちはドーニャ・カシルダに訴えることにした。

判事の妻は屋敷内の薄暗いサロンに一行を迎え入れ、いつものようにうなだれ、黙ったまま彼らの話に耳を傾けた。彼女の夫は三日前から家に帰っていなかった。執務室に閉じ籠り、異常なまでの執念でニコラス・ビダルを待ち受けていた。窓から外をのぞいたわけではないが、彼女はおおよその事情を察していた。というのも、あの屋敷の広々とした部屋にもいつ終わるともしれないうめき声が入り込んできたのだ。ドーニャ・カシルダは客が帰るのを待って子供たちに晴れ着を着せ、彼らをつれて広場へ向かった。手には泣き顔のファナに差し入れるための食べ物を詰めた籠と冷たい水のはいった水差しを持っていた。そんな彼女が通りの角に現れたのを見て、警備の警官たちは何をしに来たのかすぐに気づいた。しかし、誰も通すんじゃないと命じられていたので、彼女の前でライフル銃を十文字に組み合わせた。大勢の人が見守る中で、彼女がさらに前へ進もうとしたので、警官たちは彼女の腕をつかんだ。それを見て、子供たちが大声でわめきはじめた。

判事はそのとき広場に面した執務室にいた。近くに住む人たちの中で、耳に蠟の栓をしていないのは判事だけだった。ニコラス・ビダルに率いられた悪党どもの馬の蹄の音に耳を澄ましながら、判事は自分が仕掛けた罠をじっと見張っていたのだ。三日三晩、判事は囚われの女の泣き声と、建物の前に押しかけてきた近所の人たちののしりの声に耐え続けた。しかし、子供たちの声を聞いて、もう限界だと思った。判事は水曜日から剃っていない不精髭の生えた、憔悴した顔で裁判所から出てきたが、一睡もしていない上に敗北感が背中に重くのしかかっているせいで、目が熱に浮かされたように潤んでいた。通りを横切り、長方形の広場までやってきて、妻のそばへ行った。二人は悲しそうに顔を見交わした。この七年間で彼女が夫に逆らったのはそれがはじめてだったが、運悪く人前でそうする羽目になってしまった。イダルゴ判事はドーニャ・カシルダの手から籠と水差しを取りあげると、檻の中に閉じこめられている囚人を助け出すために自ら扉を開いた。

「どうだ、言った通り向こうが先に音をあげただろう」ニコラス・ビダルは話を聞いて高笑いしながらそう言った。

しかし、次の日に、泣き顔のフアナがこれまで辛い仕事をしてきた売春宿の電灯のそばで首をくくって死んだために、その笑い声が苦々しいものに変わってしまった。彼女は、自分が武器広場の中央に設置された檻に閉じこめられているというのに、ひとり息子が助けに来なかったことを恥じて、世をはかなんだのだ。

「こうなれば判事に死んでもらうしかない」とビダルが言った。

夜の間に町に入り、油断している判事をつかまえてなぶり殺しにし、目を覚ました町中の人間がずたずたになった判事の死体を見ることができるように、あのいまいましい檻の中に投げ込んでやる、というのが彼の計画だった。しかし、判事の一家は今回の失敗で心に痛手を受け、その傷を癒すために海岸地方の温泉へ湯治に出かけていた。

イダルゴ判事は途中で一息入れようと家族と一緒にある宿屋に泊まったが、そこへ悪党どもが復讐しようと後を追ってきているというニュースが伝えられた。警察の分遣隊が助けにきてくれないかぎり、そこにいては危険だったが、幸い連中に追いつかれるまでにはまだ二、三時間の余裕があったし、一家が乗っている車は彼らの馬よりも足が速かった。この分なら次の町まで行って、助けを求めることができるはずだ。判事は妻に子供たちを連れて車に乗り込むように言うと、アクセルを思いきりふかしてハイウェイを突っ走った。本当なら、一家は無事安全な土地にたどり着けるはずだった。しかし、その日はニコラス・ビダルがこれまで避け続けてきた女性と会うべく定められた運命の日だった。

イダルゴ判事はこれまで一睡もせずに何日も見張りを続け、町中の人から憎まれ、大恥をかき、さらに家族のものを救うために張りつめた気持ちでハイウェイを車で走っていたが、そうしたことが重なって疲労がたまり、ついに心臓が耐えきれなくなって音もなく破裂してしまった。コントロールを失った車はハイウェイから飛び出し、何度か大きくバウンドして川岸まで転がり落ちた。最初の数分間、ドーニャ・カシルダは自分の身に何が起こったのか理解できなかった。夫がかなりの高齢だったので、自分が未亡人になったときのことをよく空想したが、まさか敵に追われている最中に夫を失うことになるとは夢にも思わなかった。けれども、何をおいてもまず子供たちを助け出さなければならなかったので、そんなことを考えている余裕などなかった。あたりを見回してみて、あまりの心細さに思わず泣き出しそうになった。強い陽射しがかっと照りつけている、地面がむき出しになったそのあたりには人影がまったくなく、目に入るものといえば、切り立った小山とまぶしくきらめく空だけだった。けれども、二度目に見渡したとき、斜面に洞窟と思われる黒い影が見えたので、二人の赤ん坊を抱え、三人目の子供にはスカートをしっかりつかむように言って聞かせて、そちらに向かって駆け出した。

斜面の下に着くと、子供を一人ひとり丘の上まで運び上げた。そこはあたりの山によくみられる自然にできた洞窟だった。中を調べ、獣の住処になっていないことを確かめた上で、子供たちを奥まで連れて行き、涙ひとつ浮かべず彼らにキスをした。

「いいこと、二、三時間したら警官があなたたちを捜しにきます。それまではどんなことがあっても、たとえわたしの泣き叫ぶ声が聞こえても、決して外に出てはだめよ」彼女は子供たちにそう言い渡した。

子供たちは震えながら身を寄せ合っていた。彼女は最後に子供たちの顔を見つめた後、丘を降りて行った。車のところまで行くと、夫の瞼を閉じてやり、服についたほこりを払い、髪をなおして地面に腰をおろすとその場で待ち受けた。ニコラス・ビダルの一味が何人いるか知らなかったが、人数が多ければ、自分の身体をもてあそぶのにそれだけ時間がかかるはずなので、できるだけ人数が多いようにと祈った。そして気力を奮い起こすと、自分がだんだん消耗して息絶えるまでにどれくらい時間がかかるのだろうかと考えた。もっと太っていて丈夫な身体をしていたら、連中に襲いかかられても、それに耐え切って、子供たちのために時間を稼いでやれるのにと考えた。

長く待つ必要はなかった。まもなく地平線に土ぼこりが見え、ギャロップで駆ける馬の蹄の音が聞こえたので、彼女は奥歯を嚙みしめた。たったひとりできたのを見て戸惑っている彼女の目の前二、三メートルのところで、男は手に銃を持ったまま馬を止めた。顔にナイフでつけられた大きな傷があったので、一目でニコラス・ビダルだと分かった。彼は、今回のことはあくまでも私的な問題なので、一対一でイダルゴ判事と話をつけてくるといって仲間の応援を頼まず、ひとりで判事を追いかけてきたのだ。そうと知って、彼女はゆっくり時間をかけて死んで行くつもりでいたのに、困ったことになったと考えた。

盗賊は一目見て、自分がつけ狙っていた仇敵が永遠の安らかな眠りについていて、仕返しをしようにももはや手の下しようがないことに気がついた。しかし、彼の妻がそばにいた。彼女はまぶしくきらめく陽光の中を漂っているように見えた。彼は馬から降りると、そばに近づいていった。彼女は目を伏せようともしなければ、逃げだそうともしなかった。それまで恐れ気もなく自分に挑みかかってくる相手に出会ったことがなかったので、彼は戸惑って足を止めた。ひどく長く感じられる数秒の間、二人は黙って出方をうかがった。自分の力を信じつつ、互いに相手の力量をはかったが、相手が並の人間でないことはすぐに分かった。ニコラス・ビダルは拳銃をしまったが、それを見てカシルダはにっこり笑った。

それから数時間の間に、判事の妻は一歩一歩勝利を手中に収めていった。人類が知恵を持つようになって以来用いられてきたありとあらゆる手練手管を用い、さらに男にこの上ない喜びを味わわせる必要に迫られて考えついた手口で相手をとろけさせた。熟達した職人のように身体の隅々までやさしく愛撫したが、子供を助けたいという一念で自然とその行為に心がこもった。二人ともそれが命がけの危険な遊戯であることはよく分かっていたが、それだけにひとしお緊張感が増すことになった。生まれてこの方女を近づけようとしなかったせいで、ニコラス・ビダルは心を許し合った関係ややさしい愛情、二人だけのひめやかな笑い、五感の喜び、恋人同士のこの上ない快楽といったものを知らなかった。一分ごとに警察の分遣隊と彼らに同行している銃殺隊が近づいてくることは分かっていたが、同時に一分ごとに何ものにも換えがたいその女性に近づくことができたのだ。彼は彼女が与えてくれる贈り物に自ら進んで身を任せることにした。カシルダはもともと慎み深くて内気な性格だったし、結婚した相手が謹厳な老人だということもあって、人前で肌を見せたことがなかった。彼女は忘れることのできないその午後、なんとかして時間を稼がなければ、とそればかり考えていた。けれども、ときには官能に酔いしれて我を忘れることもあった。そのせいで、男に感謝に似た気持ちを抱きさえした。遠くのほうから警官隊の近づいてくる音が聞こえてきたとき、彼女は思わず逃げて、丘陵地帯に身を隠すのよと彼に言った。けれども、ニコラス・ビダルは彼女を両腕で抱きしめると、最後の口づけをした。かくして、彼は予言されていた運命を全うすることになった。

# 北への道

クラベーレス・ピセーロと祖父のヘスース・ディオニシオ・ピセーロは三十八日かけて、自分たちの村から首都までの二百七十キロを踏破した。むせかえるような熱気と湿気のせいで地面がぬかるみ、植物が満足に育たない低湿地を越え、ぴくりとも動かないイグアナと枯れかけたシュロの木が生えている丘陵地帯を登り下りし、現場監督やワニ、蛇を避けながらコーヒー農園を通り抜け、燐光を放つ蚊や星のようにきらめいている蝶が飛び交っている夕バコの葉の下をくぐり抜けた。ハイウェイに沿ってまっすぐ首都を目指して進んだが、途中兵隊たちの野営地があったので仕方なく二度ばかり大きく迂回した。時々そばを通るトラックの運転手が、ミス混血に選ばれてもおかしくないほど美しい背中と黒い髪をした彼女に惹かれて車の速度を落としたが、老人に睨みつけられて何もせずそのままスピードを上げて走り去った。祖父と孫娘はお金を持っていなかったし、物乞いをしようにもやり方を知らなかった。籠にいれていた食糧がなくなると、後は気力を頼みにして先へ進んだ。日が暮れると、ポンチョにくるまり、木の下に横になると、アヴェマリーアの祈りを唱え、ピューマや害獣のことを考えないようにするために子供のことを思い浮かべた。目が覚めると、青い色の甲虫に全身がびっしり覆われていた。やがて東の空が白みはじめる。あたりが眠たげな靄《もや》に包まれ、人や獣がまだ動き出していない涼しいその時刻に、二人はまた歩き始めた。スペイン街道を通って首都に入り、道行く人をつかまえて社会福祉局はどこにあるのか尋ねた。その頃になると、ディオニシオの骨がきしみ音をたて、クラベーレスの服はすっかり色あせていた。彼女は夢遊病患者のように何かにとりつかれたような顔をし、輝くばかりに美しいその全身に深い疲労感が刻まれていた。

ヘスース・ディオニシオはその地方でもいちばん腕のいい職人として知られ、長い人生を生きている内に、名声を博するようになった。自分は神に仕え、その教えを伝えているにすぎず、そのことをめでて神様がこうした才能をくださったのだろうと言って、鼻にかけることはなかった。最初は陶工として出発し、今も素焼きの食器類を作っているが、彼が有名になったのは木製の聖人像や瓶の中に収めた小さな彫刻のおかげだった。農夫たちがそうした品を買って自宅の祭壇に飾ったり、首都で観光客に売りつけたりしていた。彼の仕事ぶりを見ようと大勢の子供たちがまわりを囲んだ。彼はそんな子供たちに向かって、いいかね、目をしっかり見開き、ゆっくり時間をかけ、心をこめて作らなければいけないんだよ、とよく説明してやったものだが、その言葉通りじつに根気のいる仕事だった。細い木の棒に色を塗ると、動物の毛で作った筆で接着剤をつけてピンセットで瓶の中に入れる。接着剤が乾くのを辛抱強く待って、次の部品を入れるという作業を繰り返すのだ。彼はゴルゴタの丘のキリスト像を作るのを得意としていた。手足に釘を打ち込まれ、頭に荊冠と金色の紙で作った光輪をいただいたキリストの彫像が大きな十字架にかけられているが、それを真ん中に置き、同じくゴルゴタの丘で磔《はりつけ》になった二人の盗賊のための小さな十字架を両脇に配したものだった。また、降誕祭の時期になると、幼児《おさなご》キリストのための装飾を作ったが、そこには精霊を表す鳩や星、それに神の栄光の象徴である花も飾られていた。彼が小さかった頃は近くにまだ学校がなかったので、字を読んだり、名前をサインしたりすることができなかった。けれども、ミサの本から、彫像の台座を飾るいくつかのラテン語の章句を写すくらいのことはできた。幼い頃両親から、教会の定めた法と人間を大切にするようにしなさい、教育を受けるよりもそちらの方が大切なんだよ、とよく言い聞かされたものだと彼は言っていた。その技術だけではとても一家を養ってゆけなかったので、闘鶏用に血筋のいい立派な鶏を育てて収入の足しにしていた。一羽一羽大切に育て、穀類をつぶしたものに家畜処理場でもらってきた新鮮な血を混ぜたすり餌を与え、手でノミを取ってやり、涼しい風にあて、蹴爪を鋭く研ぎ、本番のときにおびえたりしないよう毎日訓練をしなければならなかった。時々近くの村まで闘鶏を見にゆくことがあったが、汗水たらし苦労して得たお金以外は悪魔の施しだと考えていたので、金を賭けたことは一度もなかった。土曜日の夜は孫のクラベーレスを連れて、日曜日にミサが行えるよう教会の掃除に出かけた。司祭は自転車で近くの村々を回っていたので、日曜日のミサにこられないことがあった。そんなときも、信徒たちは何とか都合をつけて教会にやってきて、お祈りを上げ、ミサを歌った。ヘスース・ディオニシオは募金を集めたり、お布施をあずかったりもしていたが、そのお金で教会を修繕したり、司祭の生活を支えていた。

ピセーロは妻のアンパーロ・メディーナとの間に十三人の子供をもうけた。子供たちの多くは小さい頃に疫病にかかったり、事故にあったりして亡くなり、生き延びたのは五人だけだった。子供たちが一人前になって家を出ていくと、ピセーロ夫妻はこれでやっと子育てから解放されるとほっと胸をなで下ろした。そんなところへ兵役についていた末っ子が休暇をもらってひょっこり戻ってきた。末っ子は布で包んだものをアンパーロの膝の上に置いたが、開いてみると中から生まれたばかりの赤ん坊が出てきた。その子は母乳を飲ませてもらえなかった上に、長旅をしてきたせいで息も絶え絶えになっていた。

「どこでこんなものを拾ってきたんだ?」とヘスース・ディオニシオ・ピセーロが尋ねた。

「ぼくの子供らしいんだ」と若者は答えたが、父親と目を合わすのが恐かったので、汗ばんだ手で軍帽をしきりにいじっていた。

「じゃあ、母親はどこにいるんだ」

「知らないよ。兵舎の入り口に、父親はぼくだと書いた紙と一緒に置いてあったんだ。軍曹が、お前の子供かどうか確かめようがないから、尼僧たちに預けてしまえといったんだけど、この子がみなし児になるかと思うと、かわいそうで……」

「生まれたばかりの赤ん坊を捨てるような母親がどこにいる」

「都会じゃよくあることだよ」

「そんなものかな。で、この子の名前はなんというんだ?」

「適当につけてやってよ。ぼくがつけるとしたら、母親の好きだった花の名前を取って、クラベーレスとするけどね」

ヘスース・ディオニシオは山羊の乳を絞るために外へ出てゆき、アンパーロはオリーブ油で子供の身体を拭き、また赤ん坊を育てることになりましたが、どうか気力が萎《な》えませんようにとお祈りを唱えながら洞窟の聖母様にそうお願いした。子供を両親に預けてほっとした息子は、礼をいうと荷物を肩にかけ、兵役を終えるためにふたたび兵舎へ戻っていった。

クラベーレスは祖父母の家で育てられた。彼女は反抗的で扱いにくいところがあり、理を説いて聞かせても、頭ごなしに叱りつけても頑として言うことをきかなかった。けれども、情に訴えると、たちまち素直に言いつけに従った。毎日夜明けに起きだし、牧草地にぽつんと建っている小屋まで五マイルの道のりを歩いていったが、その小屋では女の先生が近くの子供たちを集めて、読み書きと算数を教えていた。家に帰ると、祖母と一緒に家事をしたり、仕事場にいる祖父のために岡まで行って陶土を運んできたり、絵筆を洗ったりしたが、祖父のしている作業にはまったく関心を示さなかった。アンパーロ・メディーナはだんだん身体が縮んでゆき、小さな子供くらいの大きさになってしまった。子育てと毎日の辛い仕事がこたえたのか、彼女はある朝ベッドの中で冷たくなっていた。夫は自分の飼っているいちばんいい鶏と交換に何枚かの板を手にいれ、聖書に出てくる場面を彫刻した骨壺を作った。孫娘は自分が聖体拝領のときに着けた白のチュニックに空色の紐がついたサンタ・ベルナルディーナ派の尼僧服を祖母に着せてやったが、身体が縮んでいたせいで、それがぴったり合った。ヘスース・ディオニシオとクラベーレスは造花を飾りつけた棺を載せた荷車を引いて家から墓地へ向かった。途中で、頭からショールをかぶった友人たちが葬列に加わり、黙ってついてきた。

聖人像をつくる老彫刻師と孫の二人が家に取り残された。喪に服していることを示す大きな十字架がドアに描かれ、二人は何年もの間服の袖に喪章を縫いつけていた。祖父は亡くなった祖母の代わりに細々とした家事をこなしたが、いくら頑張っても以前のようにはならなかった。アンパーロ・メディーナがいなくなったせいで、老人はまるでたちの悪い病気にでもかかったように心が蝕《むしば》まれて、血が薄くなったように感じ、記憶がぼやけ、身体に力が入らず、猜疑心に苛《さいな》まれるようになった。彼は生まれてはじめて運命に憤りを覚え、神はなぜ自分を残して妻だけを天上に召されたのだろうかと考えた。それ以来、キリスト生誕の場面を作らなくなった。彼の手から生まれてくるのは、どれもこれも喪服をつけたゴルゴタの丘のキリストや殉教した聖人ばかりだった。クラベーレスはそうした像の台座にラベルを貼りつけたが、そこには祖父が書きとらせた神の摂理に対する悲愴な言葉が並んでいた。首都にやってくる観光客は、先住民《インディオ》というのは派手な色が好きだという誤った思いこみを抱いていたので、彼の彫像を買おうとするものはいなかった。悲しみに満ちたこの世界に生きている農民たちは、天上では毎日のようにお祭り騒ぎが行われているというのを唯一の心の慰めにしていたので、陽気な神々を求めていた。そのせいで、ヘスース・ディオニシオ・ピセーロの作った民芸品がまったく売れなくなった。けれども、その仕事をしていると時間があっという間に過ぎてゆき、いつも朝のような気持ちになれたので、せっせと彫刻を作り続けた。懸命になって仕事をし、孫娘もそばにいたが、彼の心は慰められず、酒に溺れるようになった。ただ、人に知られるのが恥ずかしかったので、こっそり飲んでいた。酔うと妻の名を呼んだが、ときには台所のかまどのそばに妻が姿を現すことがあった。甲斐甲斐しく家事をしていたアンパーロ・メディーナがいなくなったので、家の中が荒れはじめた。闘鶏用の鶏は病気にかかり、山羊を手放さざるを得なくなり、野菜畑は荒れ果ててしまい、二人は近隣でもいちばん貧しい家族になってしまった。それからしばらくして、クラベーレスは近くの村へ働きに出るようになった。十四歳になると、身体はもうすっかり一人前になっていた。家族の他のもののように肌は銅色でなかったし、頬骨も突き出していなかったので、ヘスース・ディオニシオ・ピセーロは、母親はきっと白人にちがいない、だから兵舎の入り口に赤ん坊を置き去りにするというようなとんでもないことをやらかしたのだと考えた。

クラベーレス・ピセーロは一年半後に、顔にあざを作り、大きなお腹をかかえて戻ってきた。家の中には腹をすかせた犬がうろつき、中庭を二羽の痩せこけた鶏が走り回っていた。祖父はうつろな目であたりを見回しぶつぶつ独り言を言っていたが、どうやら長い間風呂に入っていないようだった。家の中は散らかり放題で、狭い畑にも鍬《くわ》を入れた様子はなかった。祖父は日がな一日狂ったように彫像を彫り続けたが、出来のほうは以前とちがってお世辞にもいいとは言えなかった。彫像は妙な具合にゆがみ、いかにも陰気くさい感じがしたので、祭壇に飾ることはもちろん、売りものにもならなかった。そうした彫像が部屋のあちこちの隅に薪《まき》のように積み上げてあった。ヘスース・ディオニシオ・ピセーロは人が変わったようになっていて、孫がててなし子を産み落とすかも知れないと言うのに、小言ひとつ言わなかった。彼はたぶん孫のお腹が大きいことにも気づいていなかったにちがいない。ぶるぶる震えながら彼女を抱きしめると、突然アンパーロと呼びかけた。

「おじいちゃん、何を言ってるの、わたしよ、クラベーレスよ。家の中をこんなに散らかして、しょうがないわね。わたしが片づけて上げるわ」若い娘はそう言うと、台所で火を起こし、じゃがいもをゆで、お湯を沸かして老人を風呂に入れた。
二、三ヵ月経つと、ヘスース・ディオニシオはようやく悲しみから立ち直ったようだった。酒をすっぱりやめ、野菜畑を耕したり、鶏の世話をしたり、教会の掃除をするようになった。それでもまだ亡くなった妻に話しかけたり、時々孫を妻と取り違えたりすることがあった。けれども、ようやくその顔に笑みが戻ってきた。クラベーレスがそばにいたし、新しい命が生まれてくるかもしれないという希望があったので、祖父はまた鮮やかな色を用いるようになった。聖人像を黒の絵具で塗りつぶすのをやめ、祭壇に飾るのにちょうどいいような服を着せるようになった。ある日の午後六時に、クラベーレスの子供が母親の胎内から生まれ落ちたが、曾祖父がタコのできたその手でうまく取りあげてやった。彼の妻は十三人の子供を生んだが、お産のときはいつもそばに付き添っていたので、取りあげるのはお手のものだったのだ。
「この子にはフアンという名前をつけよう」にわか産婆の曾祖父は赤ん坊の臍《へそ》の緒を切り、産着を着せてやるとすぐにそう言った。

「どうしてフアンにするの？　フアンなんて名前の人は、家族のものの中にいないでしょう」

「フアン（ヨハネ）と言うのはイエス様のいちばんの友達だし、イエスさまはわしの友達みたいなものだ。で、父親の名前は何と言うんだ」

「この子には父親がいないって言ったでしょう」

「すると、姓はピセーロだな、フアン・ピセーロか。これで決まりだ」

曾孫が生まれて二週間経つと、ヘスース・ディオニシオはアンパーロ・メディーナが亡くなって以来作っていなかったキリスト降誕の装飾をふたたび作るようになった。

クラベーレスと祖父はまもなく赤ん坊の様子が少しおかしいことに気がついた。何にでも興味を示し、たえず動きまわっているところはほかの子供と変わりなかったのだが、こちらから話しかけても何の反応も示さなかったし、ときによると何時間でも目をあけたままじっとしていることがあった。病院へ連れてゆくと、この子は耳が聞こえません、だからしゃべることもできないんですよと言われた。診察した医者はさらに続けて、首都にある施設にうまく入れるといいんですがね、このままでは将来が思いやられます。施設に入れば、きちんとした躾《しつけ》や、職業教育をしてくれるので、ちゃんとした仕事について生活してゆけるようになります、ですからご家族にも負担がかからないでしょう、と付け加えた。

「とんでもない、この子はわしたちの手で育てます」ヘスース・ディオニシオ・ピセーロは、ショールを頭からかぶって泣き崩れているクラベーレスのほうを見ようともせずにそう言った。

「どうするつもりなの、おじいちゃん？」病院を出るとすぐに彼女はそう尋ねた。

「わしたちの手で育てればいいんだ」

「どうやって？」

「闘鶏の鶏を育てたり、瓶の中にゴルゴタの丘のキリストの像を収めるのと同じように、辛抱強くやればいいんだ。しっかり目を見開き、ゆっくり時間をかけ、心をこめてやればいいんだよ」

こうして二人は自分たちの手で子供を育てることにした。子供は耳が聞こえなかったが、二人はそんなことにお構いなくしきりに話しかけたり、歌をうたったり、ボリュームをいっぱいに上げて耳元でラジオをかけたりした。曾祖父は子供の手をつかむと、自分がしゃべったときの声の振動が感じとれるように、その手を自分の胸にしっかり押しつけた。また、大声を出すように言い、子供が唸《うな》り声を上げると、大げさに驚いてみせたりした。首が据わると、箱を作ってそこに座らせ、玩具がわりに木の棒やクルミ、動物の骨、布切れ、石ころなどを入れてやった。何でもかんでも口に入れる時期が終わると、こねて遊べるようにと粘土を渡した。クラベーレスは何か仕事が見つかると近くの町へ出かけていったが、そのときは息子をヘスース・ディオニシオに預けた。子供は曾祖父がどこへ行っても影のようにつき従い、めったにそばを離れることはなかった。歳はかけ離れていたし、言葉の壁もあったが、二人は強い絆《きずな》で結ばれていた。フアンはいつの間にか曾祖父の何気ない身ぶりや顔の表情から考えを読み取れるようになった。さらにそれに磨きがかかり、よちよち歩きをはじめるころには、曾祖父の考えていることが手にとるように分かるようになった。ヘスース・ディオニシオは母親の代わりに子供の世話をした。手の込んだ民芸品を作りながらも、絶えず子供に神経を向け、危ないことをしていないかどうか気を配っていた。けれども、よほどのことがないかぎりそばに駆けつけなかった。転んでも、そばへ行ってやさしい言葉をかけたりしなかったし、少々のことでは助けにも行かなかった。そうこうしている内に、いつの間にか手がかからなくなった。同じ年頃の子供たちがあぶなっかしい足取りでものにつまずいたりしているというのに、フアン・ピセーロはひとりで服を着、顔を洗い、食事ができるようになっていた。また、井戸までいって水を汲んだり、聖人像の簡単な部分を彫ったり、色を混ぜ合わせたり、ゴルゴタの丘のキリストの像を入れる瓶を用意したりするようになっていた。

「わしのように無学文盲ではいくら何でもかわいそうだから、学校に入れてやったほうがいいだろう」あの子が七つの誕生日を迎えようとしたときに、ヘスース・ディオニシオ・ピセーロはそう言った。

クラベーレスはあちこちに相談してみたが、耳も聞こえなければ、口もきけない子供を教えようという勇気のある先生がいないので、通常の授業は無理でしょうと言われた。

「学校なんか行かなくてもいいのよ、おじいちゃんみたいに聖人様の像を作って何とか生計を立ててゆくわよ」とクラベーレスはあきらめたように言った。

「それじゃあ食ってはゆけんよ」

「みんなが同じように教育を受けるわけにはゆかないのよ、おじいちゃん」

「ファンは耳が聞こえんが、決して頭は悪くない。いや、とても頭のいい子だ。だからこんなところから出ていったほうがいい、あの子にとってはこういうところで暮らすのは辛いだろう」

クラベーレスは、祖父が少しぼけてきたか、あの子を愛するあまりできもしないことを願っているのではないだろうかと考えた。それでも彼女は読み方の本を買ってきて、おぼつかない知識をもとに教えようとした。しかし、そこに書いてある文字が音を表しているのだということをどうしても分からせることができなかったので、ついに投げ出してしまった。

ちょうどその頃に、ダーマス夫人のボランティア・グループがそのあたりに姿を見せるようになった。彼らは都会からやってきた若者たちで、国内の辺鄙《へんぴ》な土地を訪れて、貧しい人たちを救うための人道的な計画について熱っぽく話して聞かせた。ところによっては子供がたくさん生まれすぎて、両親の力では養えないところもあれば、別なところでは子供のいない家庭もあるんです、われわれの組織はそうしたアンバランスをなくそうとして作られたのです、と彼らは説明した。北アメリカの地図とカラー写真のはいったパンフレットを持った若者たちがピセーロの家にやってきたが、そこには金髪の両親のそばに色の浅黒い子供が立っていて、いかにも贅沢な造りの家の中では暖炉が赤々と燃え、毛の長い大型犬や銀色の雪と玉飾りのついたクリスマス・ツリーが写っていた。彼らはピセーロの家の貧しさを手短に並べ立てた後、ダーマス夫人の慈善事業について説明しはじめた。夫人は、寄るべない子供たちを捜し出し、その子たちを裕福な家庭に養子縁組みさせて悲惨な境遇から助け出してやりたいと考えておられるんです。ほかにも似たような慈善団体がありますが、夫人は生まれつき障害のある子供や、事故、あるいは病気で身体に障害が生じた子供たちだけを救ってやりたいと思っておられます。その点が他の団体とちがうところなのです。北アメリカには、そういう子供たちを養子として迎え入れてもいいという家族がおられるんですよ、もちろんその方たちは敬虔なクリスチャンです。わたしどもはそういう子供たちを救うために全力を尽くしています。北アメリカへ行けば、耳が聞こえず、口もきけない子供たちのために奇跡を起こす病院や学校があります、口の動きを読みとる方法や話し方を教わった後、専門教育に移り、そこで申し分のない教育を受けることになりますが、そうした子供たちの中には、大学に進学して、弁護士や医者になったものもいるんですよ。われわれの組織はこれまでにたくさんの子供たちを助けてきました。この写真を見てください、ピセーロさん、お金持ちの家庭で玩具に囲まれている子供たちは健康で、幸せそうでしょう。今のところはっきりしたことは申し上げられませんが、ここに写っているご夫婦の中のどなたかとフアン君を養子縁組みさせるために全力を尽くすつもりでいます、お母さんの力でどうにもならないようなチャンスを子供さんに与えてやれたら、というのがわたしどもの考えなのです。

「どんなことがあっても、子供だけは手離してはいかん」あの子が彼らの顔を見たり、話の内容を感づいたりしてはいけないと思って、ヘスース・ディオニシオ・ピセーロは子供の顔を自分の胸にしっかり押しつけながらそう言った。

「ご自分のことを考えるのではなく、この子のためにはどうしてやるのがいちばんいいか、その点をよくお考えください。向こうへ行けば、何でも手に入るんですよ。あなた方の経済力では、薬も買えなければ、学校へも行かせてやれないんです。この子の将来のことを考えてやってください、父親のいないこの子のね」

「父親はいなくても、母親と曾祖父がいるからいい」と老人はやり返した。

彼らはダーマス夫人のパンフレットを机の上に残して帰っていった。その後しばらくの間、クラベーレスは何度もそのパンフレットを見ては、そこに写っている豪華な飾りつけをした広壮なお屋敷と、板張りで、藁葺《わらぶき》屋根、床は地面を踏み固めただけという粗末な自分たちの家とを比べたり、身なりがよく、見るからに温厚そうな向こうの親と、疲れきり裸足で暮らしている自分、あるいは玩具に囲まれている写真の中の子供たちと粘土をこねている息子とを比べている自分に気づいてびっくりしたことが何度もあった。

一週間後、祖父の作った彫刻を市場へ売りにいったクラベーレスは、そこであのボランティアの連中とばったり顔を合わせた。またしても、このようなチャンスは二度と訪れてきませんよ、ふつう養子縁組みが決まるのは健康な子供たちだけで、障害のある子供の場合はまずむりです。ですが、北に住む方々はそれでもいいとおっしゃっておられるんですよ、よくお考えください。せっかくのいい話を断ったばかりに、息子を貧しくて苦しい生活に縛りつけることになったと一生後悔することのないようになさってください、とこの前と同じ話を聞かされた。

「どうして身体の悪い子供だけを選ばれるんですか?」とクラベーレスは尋ねた。

「協力してくださっているアメリカ人の方々が聖人のような心をおもちだからですよ。われわれの組織は、本当に不幸な人たちを救いたいと考えているのです。健常者を養子縁組みさせるほうがはるかに楽なことはよく分かっています。ですが、わたしどもはなんとかして障害のある方々の力になりたいと考えているんです」

クラベーレス・ピセーロはそれからも何度かボランティアの連中と会った。彼らは祖父が家にいないときを狙って押しかけてきた。十一月末に、彼らは庭園に囲まれた真っ白な家のドアの前に立っている中年の夫妻の写真を見せ、息子さんのためにダーマス夫人が理想的な両親を見つけてくださったんですよと言った。そして、その夫妻が住んでいる場所を地図の上で指し示し、このあたりは冬になると雪が降るものですから、子供たちは雪だるまを作ったり、スキーやスケートをするんです、秋になると森は金色に染まり、夏は湖で泳げるんですよと説明した。向こうのご夫婦は息子さんを養子にできるというので大喜びなさって、自転車を買われたそうです、そう言って彼らは自転車の写真を見せた。それとは別にクラベーレスに二百五十ドル渡すと、これだけあれば再婚なさって、またお子さんを作ることができますよと言った。

二日後、クラベーレス・ピセーロは、ヘスース・ディオニシオが教会の掃除に出かけた隙に、子供にいちばんいいズボンをはかせ、洗礼のときにつけた護符を首にかけ、祖父がその子のために考え出した身ぶり言語で、しばらく会えない、ひょっとするともう一生会えないかも知れない、けれど、これはみんなお前のためを思ってのことなの、向こうへゆけば毎日三度三度ちゃんと食事ができるし、誕生日には玩具をいっぱいもらえるからねと伝えた。ボランティアの連中から指定された場所に息子を連れてゆくと、ファンの身柄をダーマス夫人に預けるという内容の文書にサインし、子供が自分の泣いているところを見て、泣き出してはいけないと思って大急ぎで逃げ出した。

ヘスース・ディオニシオ・ピセーロは話を聞いたとたんに、息が止まったようになり、声が出なくなった。あたりのものを手あたり次第に床にたたき落としたが、その中には瓶に収められた聖人像も含まれていた。日頃はあんなにおとなしい彼が次はクラベーレスに襲いかかると、老人とは思えないような力で彼女を殴りつけた。ようやく口がきけるようになると、山に棲む獣でも自分の子供を捨てたりしないのに、お前という奴は母親に生き写しだといって彼女をなじった。その後、アンパーロ・メディーナの名を呼ぶと、性根の腐り果てた孫娘に復讐してくれと訴えた。以後何ヵ月間かは一言も口をきかず、食事をするときか、熱心に彫刻刀をふるいながら呪いの言葉を口にするときしか口を開かなかった。祖父と孫娘は互いに背を向け合い一言も口をきかずに、それぞれ自分の仕事をこなしていた。彼女が料理を作ってテーブルの上に置くと、彼はそれを睨みつけるようにして口に運んだ……。二人は一緒に野菜畑や鶏の世話をした。あまり近づきすぎないよう気をつけて決まりきった手順で作業をしていたが、息はぴったり合っていた。市《いち》の立つ日は、彼女が瓶や木の聖人像を持って売りに行き、食糧を買い、残ったお金は壺にいれた。日曜日は二人で教会へいったが、まるで見ず知らずの他人のように離れて歩いた。

二月の中頃に、ダーマス夫人の名前がラジオのニュースから流れてきた。それがなければ、きっと二人は死ぬまで口をきかなかっただろう。クラベーレスは中庭で洗濯をしていたが、そのときに祖父がラジオでニュースを聞いたのだ。まずアナウンサーが事件について話し、その後社会福祉局の局長がコメントした。ニュースを聞いて心臓が飛び出しそうになった祖父は、戸口から顔をのぞかせると、大声でクラベーレスの名前を呼んだ。後ろを振り返った若い娘は、祖父の顔つきが変わっているのを見て、きっと死にかけているにちがいないと考えて、あわてて駆け寄った。

「殺されたんだ。ああ、神様。きっと、殺されたんだ」老人は地面に膝をつくと、すすり泣きながらそう言った。

「誰のことを言っているの、おじいちゃん?」

「ファンのことだよ……」老人はすすり泣きながらかすれた声で、社会福祉局の局長の言葉を繰り返した。それによると、ダーマス夫人とかいう女性に率いられた犯罪組織が先住民《インディオ》の子供たちを売買しているというのだ。彼らは病気の子供や極貧家庭の子供に目をつけ、養子縁組みをさせてやると甘い言葉をかける。そして子供たちを太らせるために一時監禁し、健康になったころを見計らって非合法の病院に連れていって手術を受けさせる。これまですでに十人以上の罪のない子供が臓器提供者として犠牲になっており、彼らの目、腎臓、肝臓、その他の臓器が取り出されて、北に住む移植希望者のところに送られた。さらに、当局が子供たちの監禁されている家に踏み込んでみると、順番を待っている二十八人の子供たちがそこにいた。今回の事件は警察が捜査を行う予定で、政府もあのおぞましい組織を叩きつぶすために調査を継続する、とニュースは伝えた。

クラベーレスとヘスース・ディオニシオ・ピセーロは首都まで行って、社会福祉局の局長に話を聞いてもらおうと長い旅に出たのだ。向こうについたらできるだけ丁重な態度で、救出された子供たちの中に自分たちの子供が含まれているかどうか、もし生きていれば自分たちのもとに返してもらえるかどうか尋ねようと考えていた。また、あのとき受け取った二百五十ドルの金はほとんど残っていなかったが、二人はそれを返済するために、必要な期間ダーマス夫人のために奴隷のように働くつもりでいた。

# 宿泊客

イネス先生はちょうど客のいない時間に、〈東方の真珠〉に入ってゆき、リアド・アラビーが派手な花柄の布を巻きとっているカウンターの方へ歩いていった。そして、自分の経営している宿に泊まっていた客の首を切り落としてきたところだと伝えた。店の主人は白いハンカチを取り出すと、それで口を覆った。

「いま、何と言ったんだね、イネス?」

「いま言ったでしょう」

「で、相手は死んだのかね?」

「もちろんじゃない」

「で、どうするつもりなんだ?」

「それが分からないからここにきたのよ」彼女は前髪を掻き上げながらそう言った。

二人は知り合って何年になるか思い出せないほど古くからの友人だったが、はじめて出会った日のことはいまでもはっきりと覚えていた。当時行商人をしていたリアド・アラビーは方角も分からず、ゆくあてもなくまるで巡礼のように街道筋を歩き回って商品を売っていた。兎口《みつくち》の彼はトルコの偽造パスポートを持ってこの国にやってきた移民で、友人がひとりもおらず、行商で疲れていたせいで、木陰を見るととにかくひと休みしたいとそればかり考えていた。あの田舎町でたったひとりの教師だった彼女も当時はまだ若くて、ヒップが引き締まり、がっしりした身体つきをしていた。彼女には行きずりの恋から生まれた十二歳になる男の子がいたが、自分の人生の中心ともいえるその子を掌中の玉のように大切に育てていた。人から躾《しつけ》が悪いと言われるのがいやだったし、父親のようにひねくれた性格になってはいけないと考えて、彼女はほかの生徒とまったく同じように厳しい規律を課して、頭がよくて心のやさしい人間に育てようとしたが、甘やかしがちになるのは仕方のないことだった。町を貫通している道の一方の端からリアド・アラビーがアグア・サンタの町を訪れたその同じ午後に、反対側から子供たちが間に合わせで作った担架にイネス先生の子供の遺体を載せて運んできた。その子はマンゴーを拾おうと他人の土地に入り込んだ。町に友人、知人がひとりもいないよそものの地主は脅してやろうとライフルをぶっぱなしたが、それが子供の額の真ん中を撃ち抜き、そこにできた黒い穴から命が抜け出した。町を訪れた行商人は、そのときはじめて自分に人を導く資質が備わっていることに気がついた。自分でも知らないうちに事件の渦中に身を置いていて、母親を慰めたり、身内のように葬儀の手配をしたり、あのよそものをリンチにかけようとする住民を宥《なだ》めていた。一方、子供を撃ち殺した男のほうは、このまま町にいたのでは命を狙われると考えて町から逃げ出し、二度と戻ってこなかった。

次の日、大勢の人たちが墓地から子供が殺された場所まで行進したが、リアド・アラビーは先頭にたつ羽目になった。アグア・サンタの住民はひとり残らずその日一日かけてマンゴーを運び、窓から家の中に投げ入れて、床から天井までマンゴーでいっぱいにした。二、三週間経つと、太陽熱でマンゴーが腐り、どろりとした液体に変わった。その金色の血、甘い味のする膿《うみ》が壁にしみ通り、やがてその家は古生代の恐竜、あるいは腐敗し、無数のウジ虫やハエに食らい尽くされた巨大な獣の化石のような姿に変わった。

子供が死に、彼はその後数日間アグア・サンタの住民を導き、人々から暖かく迎え入れられたが、そうしたことがリアド・アラビーの人生を決定づけることになった。彼はあの町に雑貨店〈東方の真珠〉を開くことになった。一度結婚したが、妻に死に別れ、その後再婚した。あの町に住み続けている内に、信頼の置ける人間だという評判が立つようになった。一方、イネスは何世代にもわたって子供たちを、まるで自分の息子のように愛情をこめて教育した。やがて疲れを覚えた彼女は、首都から新しい教科書を持ってやってきた後進の女教師に道を譲って引退した。学校を辞めたとたんに、急に老いを感じ、時間があっという間に過ぎ去ってゆくようになった。毎日が何の痕跡も残さず矢のように過ぎていった。

「このごろ頭に霞《かすみ》がかかったようになっているの。このまま自分でも気がつかない内に死んでゆくんじゃないかしら」と彼女は言った。

「以前と同じで元気そうじゃないか。要するに退屈しているんだよ、何かしたほうがいいんじゃないのかい」リアド・アラビーはそう言うと、家を建て増ししてホテルを経営してみたらどうだいと勧めた。

「この町にはホテルがないからね」

「そのかわり観光客もいないじゃない」

「清潔なベッドと温かい朝食、このふたつが行商しているものにとっては何よりもありがたいんだ」と彼女は言った。

彼女は言われたとおりにした。泊まり客はほとんどが石油会社のトラックの運転手だった。彼らは疲れた状態で単調なハイウェイを走っていると、さまざまな幻覚に襲われるというので、彼女のホテルに泊まるようになったのだ。

イネス先生はアグア・サンタの町では誰よりも尊敬されていた。それまで何十年にもわたって町の子供たちをひとり残らず教えてきたが、おかげで町の人ひとりひとりの生活に口を出したり、必要とあれば耳を引っ張ったりすることができた。若い娘たちは婚約者ができると、先生に認めてもらおうと連れて行ったたし、喧嘩をした夫婦は仲裁を頼んだ。よろず相談所のようなもので、彼女はことあるごとに忠告したり、仲裁したり、裁いたりしていた。彼女は司祭や医者、警察よりも権威があった。彼女がいったんこうと言い出すと、誰にも止められなかった。あるときなど、留置所にずかずか踏み込んでいって、中尉の前を通っても挨拶ひとつせず壁にかかっている鍵をとると、泥酔して捕まっていた昔の生徒を独房から引きずり出した。士官はあわてて止めようとしたが、彼女は中尉をどんと突き飛ばすと、その若い男の首筋をつかんで外に連れ出した。通りに出ると、二回ばかりほっぺたに平手打ちを食わせ、この次こんなことをしたら、わたしがズボンをおろして思いきり鞭を食らわせますからねと言い渡した。リアド・アラビーはイネスの人柄をよく知っていたので、彼女からいま客を殺してきたところだと聞かされても、ふざけて言っているとは思わなかった。彼女の腕をつかむと、〈東方の真珠〉から二ブロック離れたところにある彼女の家まで一緒に歩いていった。日干しレンガと木でできた彼女の家は町でも指折りの立派な家で、むせかえるように暑いときに昼寝ができるようにハンモックの吊るしてある広々としたポーチがあり、全室にいつでも冷たい水のでるバスルームと扇風機がついていた。その時間だと客はひとりもいないような感じがした。居間に泊まり客がひとりだけいたが、その客はビールを飲みながらぼんやりテレビを見ていた。

「どこにいるんだね?」アラブの商人はささやくように言った。

「奥の部屋よ」彼女は声を落とそうともせずにそう言った。

イネス先生は屋根のついた通路でつながっているひとつづきの貸し部屋のところまで彼をつれていった。円柱には朝顔が巻きつき、梁《はり》からはシダの植わっている鉢が下がっており、中庭のまわりには西洋カリンやバナナの木が葉を茂らせていた。イネスがいちばん奥の部屋のドアを開けたので、リアド・アラビーは薄暗い部屋の中に入っていった。ブラインドが下りていたせいで、目が慣れて、ベッドの上に無防備な格好で横たわっている老人の姿が見えるまでに少し時間がかかった。見るからに弱々しげなよそものの老人は、血の海の中に横たわり、ズボンは汚物で汚れ、頭部は青白い皮一枚で首につながっていた。そしてその顔には、こういうところで殺されてとんでもない騒ぎを引き起こし、部屋中血塗《まみ》れにしてしまって申し訳ないと謝ってでもいるような悲しげな表情が浮かんでいた。リアド・アラビーは部屋にひとつしかない椅子に腰をおろすと、胃のむかつきを抑えるために床をじっと見つめた。イネスは突っ立ったまま腕組みをし、血で汚れたところを洗うのに二日間、さらに汚物と血の匂いを消すのに最低あと二日はかかりそうだわと考えていた。

「どうやって殺したんだね？」リアド・アラビーは汗を拭きながらようやくそう尋ねた。

「ココヤシを割る山刀を使ったの。後ろから忍んでいって、えいっと振りおろしたのよ。気づかないうちにあの世へ旅立っていったはずよ」

「どうしてそんなことをしたんだね？」

「そうせざるを得なかったのよ。それにしても運の悪い男だわ。この老人はアグア・サンタに立ち寄るつもりなどなくて、車で通過するつもりでいたのに、窓ガラスに石が当たって割れてしまったの。で、車の修理工場を経営しているイタリア人に窓ガラスを取り換えてもらうまでの間、ここで何時間か休むことにしたのよ。お互い歳を取ったし、この人もまるで別人のようになっていたんだけど、一目で分かったわ。いずれかならずここに戻ってくる、そう信じて長年待ち続けたの。こいつがマンゴー屋敷の主人なのよ」

「ああ、なんてことだ」とリアド・アラビーが呟《つぶや》くように言った。

「中尉を呼んだほうがいいかしら」

「ばかなことを言うもんじゃない、だめだよ」

「こいつが息子を殺したのよ、だからわたしは当然のことをしたまでよ」

「そんなことを言っても分かってはもらえないよ、イネス」

「目には目を、歯には歯を、あなたの宗教ではそう教えているんでしょう」

「法律にはそんな理屈は通用しないよ」

「だったら、死体に少し手を加えて、自殺だと言えばどうかしら」

「触るんじゃない。泊まり客は何人いるんだい?」

「トラックの運転手がひとりいるだけよ。涼しくなれば、すぐ首都に向けて発つはずよ」

「じゃあ、もう誰も泊めないようにしてくれ。この部屋のドアに鍵をかけておくんだ。わたしは夜にここに戻ってくるから、それまで待っていてくれ」

「どうするの?」

「考えがあるんだ」

リアド・アラビーは六十五歳になっていたが、いまだに若い頃と変わらないくらい元気だったし、気力のほうもアグア・サンタの町にやってきて群衆の先頭に立つ羽目になったときと比べても衰えていなかった。イネス先生の家を後にすると、その午後に訪れることになっていた最初の家まで足を運んだ。しばらくすると、ひそひそささやき交わす声が町中を駆けめぐったが、人々はあっと驚くようなニュースを聞いてすっかり興奮し、深い眠りから目を覚ました。そのニュースは押しとどめようのない噂となって家から家へと口づたえに伝えられた。話を聞いた人たちは大声で触れ歩きたいような気持ちに襲われたが、この話は大声で言うべきことではないと考えて我慢した。大きな声で言えないだけに、ニュースがいっそう重みを増したことも確かだった。日暮れどきになると、あたりには不安げで何となく浮き浮きした雰囲気が漂うようになった。その雰囲気は以後何年もの間、町を包み込むことになった。通りすがりに立ち寄った旅人には、密林のそばにあるほかの町となんら変わるところのない、これといった特徴のないごくありふれた町なのに、なぜその町だけがあのような雰囲気をたたえているのか理解できなかった。男たちは朝早くから酒場に押しかけ、女たちは台所で使う椅子を歩道に持ち出して腰をおろし、若者たちは日曜日でもないのに広場に大勢集まった。中尉と部下の警官はいつもの巡回路を二まわりした後、売春宿の女たちから今日は誕生日のお祝いをするのよと言われて、のこのこ店に上がり込んだ。夜になると、通りは十一月一日の諸聖人の祝日よりも大勢の人出でにぎわった。町の人たちは映画の撮影現場にいるように、ポーズを取ったり、ドミノをしたり、ラム酒を飲んだり、街角でタバコをふかしたり、カップルが手をつないで散歩をしたり、母親が子供を追いかけたり、老婆が開いたドアから中をのぞき込んだりと、いかにもそれらしい芝居をしていた。司祭が教区の街灯をつけ、殉教者サン・イシドロの九日間の祈りを捧げるよう鐘を鳴らして信徒を呼び集めたが、人々はお祈りをあげるような気分になれなかった。

夜の九時半、イネス先生の家にアラブ人と町の医者、それに四人の若者が集まった。若者たちはイネスが一から読み書きを教えた昔の生徒で、兵役を終えて今では屈強な青年になっていた。リアド・アラビーは彼らをいちばん奥の部屋まで案内したが、ちょうど蚊のでる時間に窓を閉めていなかったので、遺体は虫にびっしり覆われていた。彼らは不幸な男の遺体を丈夫なズックの袋に詰めると、それをかかえて通りまで運び、リアド・アラビーの車の荷台に無造作に投げ込んだ。彼らはいつものように行き交う人たちに挨拶しながら町の中心街を通り抜けた。大げさに挨拶を返してくるものもいれば、気づかないふりをし、いたずらを見つけられた子供のように陰でくすくす笑っているものもいた。小型トラックはずっと以前にイネス先生の息子が果物を拾おうと最後に身を屈めた場所へまっすぐ向かった。人手が入っていないせいで雑草が生い茂り、長年打ち捨てられていた上に忌まわしい思い出がまつわりついているためにすっかり荒れ果てているあの地所を、月明かりが照らし出していた。小高い丘は野生化したマンゴーの木が鬱蒼《うっそう》と茂り、枝から落ちた果実が地表で腐って次々に芽を出して、今では人を寄せつけない密林に変わっていた。それが垣根や小道、それにジャムの匂いがかすかにその名残りをとどめている屋敷の残骸を呑み尽くしていた。男たちはケロシンランプに灯をつけると、山刀で道を切り開いて密林の奥へと入っていった。かなり奥まで進んだところで、中のひとりが地面を指さした。一行は果実がたわわに稔《みの》っている巨大な木の下に深い穴を掘ると、そこにズックの袋を投げ入れた。上から土をかける前に、リアド・アラビーはイスラム教の短いお祈りを上げたが、ほかのお祈りを知らなかったのだ。彼らは真夜中に町に戻ったが、まだ誰も床に就いてはおらず、どの家の窓にも明かりがついていたし、通りには人が行き交っていた。

一方イネス先生は、水と石鹸であの部屋の壁と家具を洗い、ベッドの上にあった寝具を焼き捨て、家の中に風を入れ、夕食を作り、ラム酒の壺にパイナップルジュースを入れて友人たちの帰りを待った。彼らはこの前の闘鶏を話題にしてなごやかな雰囲気のうちに食事をした。イネス先生が闘鶏なんて野蛮だわと言うと、男たちは、闘牛よりましだよ、この前もコロンビア人の闘牛士が肝臓を突き刺されたじゃないかとやり返した。リアド・アラビーは最後まで残った。その夜、彼は生まれてはじめて老いを感じた。ドアのところで彼女は彼の手を取ると、しばらく握りしめた。

「いろいろとありがとう」

「どうしてわたしのところへ相談にきたんだね?」

「この世でいちばんあなたを愛しているからよ。あなたが息子の父親になってくれていたらよかったんだけどね」

次の日、アグア・サンタの住民はわくわくするような気持ちで共犯者になり、よき隣人として懸命になって秘密を守り抜いたせいで、人間的に一回り大きく成長したように感じて、毎日の仕事に戻っていった。町の人たちはイネス先生が亡くなるまで長年の間、あの話を正義の物語として語り伝えた。彼女が亡くなってようやく自由にしゃべれるようになったが、わたしがこうしてお話しできるのも実はそのおかげなのだ。

# 人から尊敬される方法

煮ても焼いても食えない夫婦とは、あの二人のことを言うのだろう。男のほうは海賊のような面構《つら》えで、髭も髪の毛も黒玉のように真っ黒だった。けれども、歳を取るにつれて外見が変化し、髪に白いものが混じりはじめたが、そのせいで顔つきが穏やかになり、何やら思慮深そうな雰囲気を漂わせるようになった。女は頑健そのものといった身体つきで、赤毛のアングロサクソン人特有のミルク色の肌をしていた。若い頃はその肌に日が当たると、オパール色に輝いたものだが、歳には勝てず今はシミだらけの紙のようになっていた。油田地帯や国境の田舎町で少女時代を過ごしたが、それくらいのことでスコットランド人の祖先から受け継いだ逞《たくま》しさは失われなかった。蚊や炎暑に悩まされ、悪い習慣も身についたが、身体のほうはいたって丈夫で、口うるさい性格も変わらなかった。十四歳のときに、父親を捨てて家出した。父親というのはプロテスタントの牧師で、ジャングルの中に入り込んで聖書の教えを説いていたが、訛《なま》りの強い彼の英語が理解できるものはひとりもいなかった上に、あの熱帯地方では人間の言葉はもちろん、神の言葉でさえ、うるさく鳴き騒ぐ鳥の声にかき消されてしまうので、信者の数はいっこうに増えなかった。十四歳頃になると、彼女は肉体的にも精神的にももう一人前になっていた。感傷的なところはまったくと言っていいほどなかった。熱帯地方では珍しい燃えるような赤毛だったせいで、面倒を見てやろうと言って近づいてくる男が大勢いたが、彼女は相手にしなかった。それまで恋愛の話など耳にしたことがなかったし、恋に恋するタイプでもなかった。自分の唯一の財産である身体を生かすしかないと考えて懸命になって働き、二十五歳のときにはひと握りのダイヤモンドを手にいれ、それを下着の裾の折り返しに縫い込んでいた。彼女の首ねっこを押さえることのできるたったひとりの男ドミンゴ・トーロと出会ったとたんに、ためらうことなくそのダイヤモンドを渡した。ドミンゴ・トーロというのは、あの地方でワニ狩りをしたり、武器や密造のウィスキーを密売したりと危ない橋をわたっている男だった。向こう見ずな悪党で、アビゲイル・マクガヴァンにとってこれ以上望めない伴侶だった。

夫婦は最初のうち、資産を増やすために詐欺まがいの商売をしていた。彼女のダイヤモンドと、彼が密輸やワニ革の取引、あるいはいかさま博打で稼いだ金を資金にして、ドミンゴはカジノのチップを買い込んだ。というのも、国境の向こうのカジノでも同じチップを使っていて、そちらのほうが換金率が高いのに目をつけたのだ。彼はトランクにチップを詰め込むと、現金に交換するために国境を越えた。警察が気づいて大騒ぎする前に、二度ばかり同じやり口で換金した。捜査が行われたが、結局違法行為として告発されなかった。一方アビゲイルのほうは、農民たちから土器を買い込み、それを考古学的な価値のあるものだと言いくるめて、石油会社で働いているアメリカ人に売りつけた。それに味をしめた彼女は次に植民地時代の絵と偽って、偽物の絵画を売りつけることにした。大聖堂の裏手の、快適な部屋に住んでいる美術学校の学生に絵を描かせ、年代ものに見せるために海水や煤《すす》、猫の小便などを使っていかにも古くさい感じの絵に仕上げた。家畜泥棒のような服を着、乱暴な言葉遣いをしていた彼女が、突然髪を短く切り、高価な衣服を身に着けるようになった。お世辞にも趣味はいいと言えなかったし、露骨なまでに上品に見せようとしているのが分かったが、それでも一応はレディ扱いされるようになった。おかげで、上流階級の人たちとのつながりができ、商売がやりやすくなった。英国ホテルのサロンで顧客と待ち合わせをし、どこかで習い覚えたいかにももったいぶった態度で紅茶をいれながら、どの地図にも出てこないあやしげなイギリスの地名を挙げて、狩猟パーティやテニスの試合の話をした。三杯目の紅茶を飲み終えると、さも秘密を打ち明けるような口調で、実はこうしてお呼び立てしたのはお話したいことがあったからなんですと切り出し、古代の遺物と思われる写真を見せた。わたしは、地方の当局が放置している宝物をなんとか救い出したいと考えていますの。こうしたすばらしい遺物を保存するにも、政府にはその資金がないでしょう、こういうものを国外に持ち出すというのはたしかに法に触れる行為です、ですが、考古学を愛する人間としてはそうせざるをえないと思うんですの。

多少とも経済的に安定すると、アビゲイルは、どこに顔を出しても恥ずかしくないような一族にしたいの、だからもう少しまともな名前に変えたらどうかしらと言い出した。

「おれの名前のどこが悪いんだ?」

「トーロ（雄牛の意）なんて名前はどこにもないじゃない、居酒屋の亭主の名前でしょう」とアビゲイルが言い返した。

「親父の名前だぞ、誰が変えるもんか」

「だったら、世間の人たちにせめてお金があるってことを見せつけなきゃ」

彼女は昔スペイン人がやったように、土地を買い、そこにバナナやコーヒーを植えてみたらどうかとほのめかしてみた。けれども夫は、内陸部の野蛮な土地には、泥棒や兵隊、それにゲリラがいるし、毒蛇やありとあらゆる疫病がはびこっているから、ごめんだと言い張った。首都からほんの少し離れたところにジャングルがあるから、行きたきゃそこへ行けばいい、将来のことを考えてあんなところへ行くなんてばかげていると言って取り合わなかった。それくらいなら、ゴマンといるシリア人やユダヤ人と同じように商売に精を出しているほうがずっと安全だ、奴らを見てみろ、船から降りるときはわずかな荷物をかついでいるだけなのに、二、三年もすれば左うちわで暮らしているじゃないか。

「危なっかしい商売はもうごめんなの。わたしは一家のものが誰からも尊敬されて、旦那様、奥様と呼ばれ、口をきくときは相手の人が帽子を脱ぐような家族にしたいのよ」と彼女は言った。

けれども、夫は頑として耳を貸そうとしなかった。いつもそうなのだが、今回も彼女のほうから折れて出た。というのも、夫に逆らうと、決まって一言も口をきかなくなり、おまけにそばへ寄ってもこなくなって、彼女はひどく辛い思いをさせられるのだ。そのうち、ぷいと飛び出して何日も家を空け、あやしげな女と遊び呆け、着替えにだけ戻ってくると、すぐにまたそそくさと出て行くのだった。最初のうちは気も狂わんばかりに腹を立てていたが、ひょっとしてこのまま捨てられるのではないかと思うと今度は不安になりだした。彼女はもともとロマンチックなところなど爪の垢ほどもない現実的な女性だった。やさしくなれる素地はあったのだが、長年飾り窓に立っているうちに、それが跡形もなく消え失せてしまった。彼女がひとつ屋根の下で我慢して暮らせる相手といえばドミンゴ・トーロをおいてほかにいなかったので、別れる気は毛頭なかった。アビゲイルが折れて出ると、彼はすぐにもどってきてベッドに潜り込んだ。仲直りするときも別に大騒ぎしたりしなかった。ただいつもの生活に戻り、二人してまた金儲けのためにあれこれよからぬ知恵を絞るだけのことだった。ドミンゴ・トーロはスラム街にチェーン店を開き、大量販売による安売りをした。そしてその店が法に触れる商売をする上で格好の隠れ蓑《みの》になったのだ。金が溜まる一方だったので、贅沢の限りをつくしたが、アビゲイルは嬉しそうな顔をしなかった。というのも、いくら湯水のように使っても、社交界には受け入れてもらえないと分かっていたからだった。

「わたしの言うことを聞いていたら、アラブの商人とまちがえられたりせずに済んだのよ。あなたはぼろ切れを売ってればいいんだわ」と夫に噛みついた。

「ほしいものは何でも手に入るのに、何をこぼすことがあるんだ」

「そうしたいんなら、いつまでも貧乏人相手に商売をしていればいいのよ。だけど、わたしは競走馬を買いますからね」

「馬を買うってっ？　お前、馬のことを知っているのか」

「とてもエレガントじゃない、名家と言われるような家の人たちはみんな飼っているわ」

アビゲイルは今回はじめて自分の思い通りにしたが、しばらくすると馬を飼うのがそう悪いものではないことが分かった。馬を飼ったおかげで、同じように競走馬を飼育している旧家の人たちとつながりができた上に、結構稼ぎにもなったのだ。ただ、トーロ夫妻の名前は新聞の競馬欄にしょっちゅう出たけれども、社交欄には一度も載らなかった。すっかり気落ちしたアビゲイルは、ますます人目を引くようなことをするようになった。まず、ひとつひとつに自分の肖像が描いてある磁器の食器セットやカットグラスのゴブレット、怒りの形相を浮かべたガーゴイルをかたどった脚のついた家具を注文し、さらに植民地時代の骨董品だという擦り切れた肘掛け椅子を買い込み、誰かれなしに相手をつかまえては、これは解放者シモン・ボリーバルの使っていたものだと吹聴し、祖国の父が腰をおろしたところに他の人間が座らないようにその前に赤い紐を張っておいた。また、子供の家庭教師にドイツ人の女性を雇い、オランダ人の浮浪者を引っ張ってきて、提督の服装を着せ、自家用のヨットを操縦させた。ドミンゴの身体には入れ墨があり、一方荒稼ぎをしていた頃に両脚を開き腰を蛇のようにくねらせていたせいで、アビゲイルは背中を痛めていた。このふたつが二人の過去を物語る名残りだった。彼の方は長袖の服を着て入れ墨を隠し、アビゲイルは痛みのせいで姿勢が悪くなると威厳がそこなわれるというので、絹のクッションの入った鉄製のコルセットを取り寄せた。その頃には脂肪太りでぶくぶくになり、身体中に宝飾品をつけていたが、その姿は皇帝ネロを思わせた。昔ジャングルで危険なことをしていた頃は、どんなに無理をしても身体を傷めたりしなかったが、野心を抱くようになってからは目に見えて身体の具合が悪くなりはじめた。

上流社会の中でも選り抜きの人たちを集めようとして、トーロ夫妻は毎年カーニバルの時期になると仮装舞踏会を開いた。動物園から象やラクダを借り受け、大勢のボーイにベドウィン族の衣装を着せ、屋敷をバグダッドの宮廷を模した造りにし、そこでヴェルサイユ宮殿風の舞踏会を催した。金襴の衣装に金粉を振りかけたかつらをかぶった招待客は、面取りをした鏡を張ってあるサロンでメヌエットを踊った。また、のちのちの語り草になるようなとんでもないどんちゃん騒ぎをやらかし、左翼系の新聞からこっぴどく叩かれもした。常軌を逸した浪費ぶりに腹を立てた学生たちが円柱にスローガンを書き付けたり、窓から人糞を投げ込んだりしないようにと、警備員を配置せざるをえなくなった。学生たちは、新しく誕生した貧民は食べるものがないので屋根にのぼって猫をつかまえているというのに、新興の成金はシャンペン風呂に入ってのうのうと暮らしていると言って非難の声を挙げていた。その頃は、石油熱にとりつかれた大勢の人たちが世界中から押しかけてきたために、首都の人口は爆発的に増加し、一夜で大金を手にするものや落ちぶれて行くものがいたりして、もはや一人ひとりの出自を洗い上げることなどできなくなっていた。そのせいで、それまで社会階層をきちんと分かっていた境界線がぼやけてしまい、あのようなバカ騒ぎをやらかしたトーロ夫妻も何となく尊敬されるようになった。名家の人たちはそれでもトーロ夫妻を迎え入れようとはしなかった。そう言っている彼らにしたところで、先祖の移民が半世紀ばかり早く新大陸にたどり着いただけのことだったのだ。ドミンゴとアビゲイルの主催するパーティには必ず出席し、時には腕のたしかなオランダ人の船長が操縦するヨットに乗ってカリブ海の航海を楽しんでいたくせに、彼らはその恩義に報いようとしなかった。二人の運命を一変させた思いも寄らない事件が起こらなければ、アビゲイルはおそらくいつまでも彼らから下目に見られていたことだろう。

八月のあの日の午後、アビゲイルは息が詰まりそうになって昼寝から目を覚ました。むせかえるように暑く、嵐の近いことを告げるかのように空気は重く淀《よど》んでいた。コルセットの上から絹の服を着ると、車で美容院に出かけた。車は交通量の多い通りを走っていたが、金持ち連中を怨んでいる人間が——近ごろではそういう手合いがだんだん増えてきた——唾を吐きかけてきてはいけないというので、窓は閉めてあった。車は五時ちょうどに店の前に着き、彼女は一時間後に迎えに来るように言って中に入っていった。言われた時間に運転手が迎えに行くと、アビゲイルは店にいなかった。美容師の話だと、店にきて五分ばかりすると、ちょっと用事があるからと言って出て行ったきり、まだ戻っていないとのことだった。その頃、事務所にいるドミンゴ・トーロのもとに、過激派グループ〈赤いピューマ〉から最初の電話がかかってきて、奥さんはわれわれが誘拐したと伝えた。もっとも、〈赤いピューマ〉という名前をそれまでに耳にしたものなどひとりもいなかった。

その騒ぎを機に、トーロ夫妻は一躍有名人になった。警察は直ちに運転手と美容師を逮捕し、その後市内をしらみつぶしに捜索し、近所の迷惑もかえりみず夫妻の屋敷を包囲した。テレビ局のバスが何日もの間道路を塞《ふさ》ぎ、新聞記者や刑事、野次馬が近くの家の芝生を踏みにじった。ドミンゴ・トーロもテレビに姿を現した。世界地図と雌馬の剝製に囲まれ、革張りの肘掛け椅子に腰をおろした彼は、妻を子供たちのもとに返してやってほしいと訴えた。新聞で安売りの帝王と名づけられた彼は、妻の身代金として百万用意していると言った。あるゲリラ・グループが中東のある国の大使の身代金としてその半分の金額しか受け取っていないことを考えると、ひとりの女性の身代金としては法外な額だった。けれども、〈赤いピューマ〉は納得せず、その倍額を要求した。アビゲイルの写真が新聞に掲載されたが、それを見た人たちはこれが奥さんなら何もあんな大金を積むことはない、いっそのこと誘拐犯に奥さんを引き取ってもらったほうが賢明なのではないかと噂し合った。何人かの銀行家や弁護士に相談した後、夫は警察の忠告も聞かず、相手側の申し出を受け入れたが、そうと知った人々は信じられないというように驚きの声を上げた。向こうが提示してきた額の金を渡す数時間前に、妻の赤い髪の毛とメモの入った封筒が郵便で届いた。そのメモにはさらに二十五万上積みするようにと書いてあった。その頃には、トーロ夫妻の子供たちもテレビに出て、必死になって母親のアビゲイルに呼びかけた。新聞社がじっと見つめている中で、身代金の額が日毎につり上げられていった。

五日後に事件は一応の解決を見たが、その頃になると民衆はもう事件に関心を示さなくなっていた。アビゲイルは市の中心部に停めてある車の中で、両手脚を縛られ、猿ぐつわをかまされた姿で発見された。髪の毛が少し乱れ、いくぶん苛立っていたが、これといった外傷はなく、少し太ってさえいた。アビゲイルが家に戻ってきた日の午後、通りに人だかりができ、夫は愛の証として多額の身代金を支払ったというので人々から賞賛の拍手を浴びた。

新聞記者がうるさくつきまとい、警察から事情聴取されたが、ドミンゴ・トーロは慎重でしかも丁重な態度を崩さず、妻はお金では買えませんと言うばかりで、ついにいくら払ったかは明かさなかった。民衆は大げさに騒ぎ立て、これまで誰も払ったことのない、まして自分の妻の身代金ならなおさら払いそうもないとんでもない金額を並べたてた。おかげでトーロ夫妻は大金持ちの象徴のように見なされ、大統領と肩をならべるほどの金満家だと噂された。大統領というのは、毎年国家が売りさばいている石油の利益を受け取り、今では世界でも五指に入るほどの財産を貯め込んでいた。ドミンゴとアビゲイルはそれまでどうしても近づくことのできなかった上流社会に迎え入れられることになった。学生たちは抗議の声を上げ、大学に壁新聞を貼って、アビゲイルの誘拐事件は茶番だ、安売りの帝王は片方のポケットから何百万という金を取り出し、もう一方のポケットに移し替えただけで、まんまと税金逃れをしたのだ、また警察は〈赤いピューマ〉の作り話を鵜呑みにし、それを種に反対勢力の粛正をはかっていると言って非難したが、夫妻の勝利はそれくらいのことでは揺るがなかった。悪口をいう人間には事欠かなかったが、誘拐事件の効果は絶大で、十年後にはトーロ＝マクガヴァン夫妻は、国内でもっとも尊敬される一家として知られるようになった。

# 終わりのない人生

お話にはいろいろな種類がある。話しているうちに生まれてくるものもあるが、誰かが言葉にして語る前は、とりとめのない感動、ふとした思いつき、あるイメージ、おぼろげな記憶といったものがやがてお話になる。ただ、どんなお話も言葉でできている点が共通している。中にはまるでリンゴのように最初から完全な形で生まれてくるものもあるが、そういう話は何度繰り返してもその意味が変わることはない。現実に題材をとり、インスピレーションで仕上げをしたお話もあれば、インスピレーションのひらめきから生まれ、話しているうちに現実そのものになるようなものもある。また、記憶の奥底に秘められているお話もある。そういうものは生命組織のようなもので、根を張り、触手を伸ばし、付着物や寄生植物をまとう。時間が経つとともに、それは悪夢の種になって行く。時々記憶から生まれてくる悪魔を祓うために、物語として話さなければならなくなる。

アナとロベルト・ブラウムは片時も離れることなく、一緒に歳老いていったが、おかげで年が経つにつれてまるで実の兄妹のようになっていった。二人とも何かにびっくりしたような見るからに人のよさそうな顔をしており、皺《しわ》のより方や手の動き、肩の傾き具合までそっくり同じだった。それに日々の習慣や心に秘めた願いまでよく似ていた。二人は人生の大半をともに過ごしてきたし、歩くときはいつも手をつなぎ、眠るときも抱き合っていたので、見る夢もおそらく同じだったのだろう。知り合って半世紀になるが、以来一度も離れて暮らしたことがなかった。当時ロベルトは医学生で、この世界から病気をなくし、病める人たちを救ってやろうと固く心に決めていた。一方アナのほうは、その清純さでまわりのものすべてを美しくする乙女のひとりだった。二人は音楽を通じて知り合った。彼女は室内管弦楽団のヴァイオリニストで、一方音楽好きな一家に生まれた彼はピアノを弾くのが好きで、コンサートがあると欠かさず出かけていった。彼女は白のレース襟《えり》のついた黒いビロードの服を着、舞台の上で目を閉じてヴァイオリンを弾いていたが、その彼女を遠くから一目見て、恋に落ちてしまった。何ヵ月も話しかけることができなかったが、思い切って声をかけてみると、二人ともたちまち相手とはこの上もなく強い絆《きずな》で結ばれていることに思い当たった。結婚する前に大戦が勃発し、迫害を恐れた多くのユダヤ人と同じように彼らもヨーロッパから亡命した。オランダのある港から船に乗ったが、二人とも着の身着のままの姿で、荷物といえばロベルトの何冊かの本とアナのヴァイオリンだけだった。北半球のどの国も難民を受け入れてくれなかったので、港に船をつけることができず、二年間あてどなく航海をつづけた。いくつもの海を越えて船はカリブ海の海岸にたどりついた。その頃には船体にカキ殻や海草がびっしり貼りついてカリフラワーのようになっていたし、絶え間なく水がしみこんでくるので、船内はひどくしけていた。機械類は緑色に変色し、乗組員や乗客は――

愛の幻想に守られて絶望感に襲われずに済んだアナとロベルトは別にして——、ひとり残らずびっくりするほど老《ふ》け込んでいた。いつまでも海の上をさまようのにうんざりしていた船長は、ある湾に大型豪華客船を泊めた。彼らの目の前には燐光を放つ砂浜が広がり、すらりとしたヤシの木が鳥の羽のような葉を茂らせていた。夜の間に、乗組員たちは飲料水にする水を汲むために下船した。けれども彼らは結局その湾から出て行くことができなかった。というのもまともな燃料がなくなってしまったので、それまで海水と火薬を混ぜた燃料を使って無理な航行をつづけてきたのだが、それがたたってその朝にエンジンがいかれてしまったのだ。昼前に近くの港から、数人の混血の警官がランチに乗ってやってきた。制服のボタンをはずした見るからに人のよさそうな、陽気な警官たちは規則に従って領海から出て行くように言った。けれども、乗組員と乗客の悲惨な運命と見るも無惨な船の状態をみて、二、三日ここで日光浴をすればいい、たいていいつもそうだが、どんなやっかいごとでもいろいろ手を尽くしているうちに自然に片がつくものだと知恵をつけた。不幸な船の乗組員と乗客は夜の間にボートに分乗して下船し、名前を発音することもできないその国の熱い砂浜に降り立った。彼らはそれぞれ髭を剃ろうとか、苔《こけ》の生えた服を脱ぎ捨てよう、これまでさんざん辛い思いをさせられた大西洋の匂いを振り払ってしまおうと考えて、官能的な植物の生い茂るジャングルの中に姿を消していった。

こうしてアナとロベルト・ブラウムはその国で移民として暮らすことになった。最初は生計を立てるためだというので肉体労働も厭わなかったが、気まぐれな社会のしきたりがほぼ呑み込めるようになると、腰を落ちつけることにした。ロベルトは戦争のせいで中断していた医学の勉強をふたたびはじめ、無事学業を終えた。お世辞にも立派とは言えない下宿屋に住み、食事はコーヒーとバナナで済ませた。部屋は狭く、街灯が窓を覆い隠していた。夜になると、ロベルトはその明かりを頼りに勉強し、アナは裁縫に精を出した。勉強が終わると、彼は隣家の屋根に腰をおろして星を眺め、彼女はヴァイオリンで古い曲を演奏したが、それが二人にとって一日の終わりを告げる日課になった。後年、ブラウムの名声が上がるとともに、本の序文や新聞のインタビューで昔の貧乏時代のことがロマンチックなエピソードとして紹介されるようになった。運命が一変した後も、二人は極端なまでに慎ましい生活を改めようとしなかった。というのも、昔の苦しかった頃のことが忘れられなかった上に、しょせん自分たちは亡命者でしかないのだという不安がいつもあったからだった。二人は背丈といい、明るい色の目といい、がっしりした骨太の身体つきといい、そっくり同じだった。ぼさぼさの髪の毛が耳の上にかかり、べっこうの丸型の枠に入った分厚い眼鏡をかけ、いつもグレイのスーツを着ているロベルトはいかにも賢者といった風貌をたたえていた。アナはそのスーツの袖口をできるかぎり修繕し、どうにもならなくなってはじめて同色の新しいスーツを買うようにしていた。彼はまた、友人がインドから持ち帰った竹のステッキを愛用していた。口数は少なく、何事につけても余計なことは言わなかったが、鋭いユーモア感覚に恵まれていたおかげで、知識人にありがちな重苦しさは感じられなかった。学生たちは卒業すると、先生のなかで彼がいちばん温かみのある人だったなと懐かしく思い出したものだった。アナは明るい性格で、人を疑うということを知らなかったので、この世に悪意を抱いて生きている人間がいるなどとは考えもしなかった。おかげで、彼女は傷つくことがなかった。妻が驚くほど実際的な感覚に恵まれていることに気づいたロベルトは、結婚後すぐに大事な決定や家庭のことはいっさい彼女にまかせることにした。アナは母親のように甲斐甲斐しく夫の世話を焼き、髪の毛や爪を切ってやったり、健康管理や食事、睡眠時間に気を配り、いつも呼ばれるとすぐに飛んでゆけるところにいるように心がけていた。二人とも相手がそばにいないと生きてゆけなくなっていた。アナは自分が音楽家として仕事をつづけてゆけば、しばしば演奏旅行で家を空けることになると考えて、そちらの道に進むことをあきらめ、家でヴァイオリンを弾くようになった。彼女は夜になると、ロベルトと一緒に死体安置所や大学の図書館へ出かけていったが、彼はそこで何時間も調べものをした。二人は窓を閉め切った静かで人気のないビルが好きだった。

その後、彼らは人気のない通りをとおって自宅のあるスラム街まで歩いて戻った。町がどんどん大きくなるにつれて、そのあたりは密売人や娼婦、泥棒の巣窟に変わり、日が暮れるとパトロール・カーさえ巡回するのを嫌がった。二人はそんな町のなかを襲われることもなく明け方に家に戻ったものだった。誰もが二人のことを知っていた。病気にかかったり、なにか問題が起こると、ロベルトに相談をもちかけたし、子供たちは子供たちでひとり残らずアナの作ったビスケットをもらったものだった。よそものがやってくると、誰かがあの老人たちにはいろいろと恩義があるから決して手を出すんじゃないと、最初からの経緯を話して因果を含めた。ロベルトが大統領から勲章をもらい、おかげで夫妻は国民の誇りともいえる存在になり、人々の尊敬を集めた。治安警備隊が戦闘用の武器をもってあたりの家を一軒一軒しらみつぶしに調べることがあったが、そのときも夫妻の家には踏み込んでこなかった。

六〇年代の終わり頃にマドリーナが剃刀で喉を掻き切るという事件が起こり、そのときにわたしは彼らと知り合った。傷口から血があふれ出していたので、病院に運び込んだものの、誰もがとても助からないだろうと思っていた。けれども幸いなことに、ロベルト・ブラウムが居合わせて、落ち着いた態度で傷口を縫合した。ほかの医師たちが目を丸くしているなかで、マドリーナは回復していった。回復するまでに何週間もかかり、その間わたしは毎日何時間もベッドのそばに付き添っていたが、おかげでロベルトと何度か話をする機会に恵まれた。わたしたちは少しずつ親しくなっていった。子供のいないブラウム夫妻はきっと子供がほしかったのだろう。そのせいで、いつしかわたしが実の子供のようにかわいがってもらうことになった。夫妻の家によく遊びにいったが、場所が場所だけになるべく夜ひとりで行かないようにしていた。彼らはわたしのために特別にお昼の食事を作ってくれた。わたしはロベルトの庭仕事を手伝ったり、アナと一緒に台所に立つのが好きだった。時々彼女は、ヴァイオリンをもち、二時間ばかりわたしのために演奏してくれた。二人はまたわたしに鍵を預け、自分たちが旅行している間犬の世話をし、植木に水をやっておいてほしいと頼んだ。

戦争が原因で医者としての道を歩みはじめたのは遅かったが、ロベルト・ブラウムの名はすぐに知れ渡るようになった。ほかの医師たちが手術室で執刀しはじめる年齢で、彼はすでにすぐれたエッセイを何編か発表していた。しかし彼の名が広く知られるようになったのは、尊厳死の権利をめぐる著作を発表してからのことだった。友人や近所に住む人たちを治療する場合はそうせざるをえないこともあるが、彼は原則として秘密主義的な医療を嫌っていた。それよりも生活困窮者が収容されている病院で治療に当たるほうを選んだ。そこだと、大勢の病人に接することができるし、毎日何か新しいことを学ぶことができた。重い病気にかかっている患者の病棟を長い時間をかけて回診したが、そのことによって針や管といった拷問道具を思わせる、延命のための器具に縛られた脆《もろ》い人間の身体に同情を覚えるようになった。何としても生き延びさせる義務があるという理由で、医学はそうした患者たちに、威厳をもって死を迎えさせることを拒否していた。彼らがあの世に旅立ってゆく手助けをしてやれないのが辛かった。それどころか、自分の意に反して瀕死の病人をベッドに縛りつけておかなければならなかったのだ。時には患者のひとりをそうした拷問にかけなければならなくなり、辛さに耐えきれず、患者のことが頭から離れなくなった。そんなときは夢の中で大声を上げるのだが、アナは夫を揺り起こしてやった。シーツの中で彼は妻を抱きしめると、絶望的な気持ちに襲われてその胸に顔を埋めた。

「患者さんがそんなに辛がっているのなら、管をはずして、楽にしてあげればいいのよ。そうしてあげるのが一番だわ。遅かれ早かれ、いずれお亡くなりになるんでしょう……」

「それができないんだ、アナ。他人の命を奪う権利は誰にもない、法律にそう明記してあるんだ。だけどぼくは、これは良心の問題だと考えているんだよ」

「以前にも同じことがあったけど、その度にあなたは自責の念に駆られているわ。すぐに終わるんだし、誰にも気づかれたりしないんだから、そうしてあげたら」

ロベルトはあるとき一度そうしたことがあるが、そのことを知っているのはアナだけだった。死は古来恐ろしいものだと考えられてきたが、実をいうと役に立たなくなった肉体というぬけ殻を捨てて、魂が宇宙のたったひとつのエネルギーに合体することなのである、彼は著書の中でそう書いた。死の苦しみというのは、誕生と同じように別の世界へ旅立ってゆく期間であり、だからこそ痛ましく思えるのだ。本来ならすでに死んでいる人間の肉体を生きながらえさせたところでいったい何になるというのだ、医師の務めは煩瑣な形式主義に縛られていたずらに延命させるのではなく、患者を楽に死なせてやることではないのだろうか。ただその場合、決定を専門家の判断なり、親族の心情にだけゆだねてしまうのは危険なので、法律で何らかの基準を定めておく必要がある。

ブラウムの意見は聖職者や弁護士、医師の間で論議の的になった。最初は科学者の間で論議されていたそのテーマが、まもなく街頭での話題になり、世論が大きく分かれた。それまで死は正面切って論じられることがなく、誰もが自分は死なないと信じ、自分だけは永遠に生きつづけるはずだと心ひそかに考えていたので、死がこういう形で取りあげられるようになったのは今回がはじめてだった。当初、死は哲学的な問題として取りあげられていた。その頃は、公開討論会が開かれて呼ばれると、ロベルト・ブラウムは必ず出かけていって、自説を述べたものだった。けれども、それが大衆のお遊びの一種になり、コマーシャリズムが彼の理論を恥ずかしげもなく食いものにするのを見て嫌気がさし、仕事に集中するようになった。死は脚光を浴びたものの、そのせいで現実性を失い、流行の楽しい話題のひとつになってしまったのだ。

新聞の中には、ブラウムは安楽死を奨励しているが、これはナチスの考えと共通するものだといって非難するものもあれば、まるで聖人のように持ち上げる新聞も出てきた。彼はそうした騒ぎに無関心で、黙々と自分の研究と病院での治療をつづけた。彼の著書は何ヵ国語にも翻訳され、外国でも大きな反響を呼んだ。科学雑誌に彼の写真がしょっちゅう掲載されるようになった。その年に彼は医学部の教授として招かれたが、教室は学生たちで一杯になった。ロベルト・ブラウムはおごり高ぶったところもなければ、天啓のような説をたてる人にありがちな異様に高揚した狂信的なところもなかった。学究の徒らしい穏やかな確信に満ちた態度を崩さなかった。ロベルトの名が上がるにつれて、ブラウム夫妻はますます隠れて暮らすようになった。急に名声が高まったので不安を覚えた夫妻は、ごく限られた内輪のグループの人たちとしか付き合わなくなった。

ロベルトの説は一時期わっともてはやされたが、それと同じようにあっという間に忘れ去られた。法律は変わらなかったし、国会でその問題が論議されることもなかったが、学会や学者の間では、彼の名声が高まった。それから三十年の間に、ブラウムは何世代もの外科医を育て上げ、新しい麻酔薬を発見したり、外科技術を開発した。また、出産からさまざまな疫病の治療まで必要な薬品や医療器具を装備した馬車や船、小型飛行機を配置して、巡回診断システムを完成させたが、おかげでそれまで伝道師しか足を踏み入れたことのないような国内の辺鄙《へんぴ》なところまで救急医療活動が行えるようになった。数え切れないほどの賞をもらい、十年間大学の学長職につき、二週間のあいだ厚生大臣をつとめた。その間に彼は、公務員の腐敗ぶりと予算の乱費を暴く証拠を集めて、それを大統領に提出した。ひとりの理想主義者の言うことを聞いたばかりに、政府の屋台骨を揺るがすようなことになってはいけないと考えた大統領は、彼を更迭せざるをえなくなった。その間もブラウムは瀕死の病人の調査を進めていた。重病人が突然、死に見舞われて、心の準備もできないままあの世に旅立つというのはよくない、その意味でも重病人には真実を告げる義務がある、また、自殺した人にはしかるべき敬意を払い、患者に苦痛を与えたり、無意味な治療をして苦しめることなく、患者自らが自分の命を断つことができるような方法を考えなければならない、といった内容の論文を何本か発表した。

ブラウムが新しい著作を出版すると、ふたたび彼の名が人の口の端にのぼるようになった。この本は従来の学問を根底から揺るがしただけでなく、国中の人々に大きな幻想をもたらすことになった。長年病院につとめてきたロベルトは、大勢の癌《がん》患者を診察してきたが、その経験からいくら治療しても死んでゆく人がいる一方、同じ治療を施したのに生き延びる人がいることに気がついていた。その著書の中でロベルトは、癌と精神状態との相関関係を明らかにしようとした。悲しみに沈んでいたり、孤独感に苛《さいな》まれていると癌細胞が増殖するのは、患者が精神的に落ち込んでいると、身体の免疫機能が低下するからにほかならない、それに対して何としても生き延びようと考えている人の場合は、身体の組織全体が休むことなく病気と戦おうとするのである、とその本の中で彼ははっきりと断言している。したがって、治療は癌に冒されている組織だけを攻撃する外科治療や化学療法、あるいは薬物治療だけに頼ってはならず、患者の精神状態もよく観察しなければならないと説明している。本の最後の章で彼は、よき伴侶、あるいは愛情をかけることのできる相手に恵まれた人は回復の可能性が高い、なぜなら愛情はどれほど強力な薬よりも効果があるからであると述べている。

新聞は彼の説にさっそく飛びつき、ブラウムが一度も口にしたことのないような可能性にまで話を広げ、好き放題に書き立てた。以前は死をめぐってとんでもない騒ぎが持ち上がったが、今回も当たり前といえばしごく当たり前のことを言っただけなのに、まるで新説であるかのような取りあげ方をされた。彼の言う愛情を現代の賢者の石に見立て、その力でどのような病気でも治せると言い触らした。誰もがその本のことを話題にしたが、読んだ人はほとんどいなかった。愛情の力で健康を取り戻すことができるかもしれない、これが彼の立てた単純な仮説だったが、人々はその仮説に余計なことを付け加えたり、好き勝手に変えたりしてとんでもない珍説、奇説を生みだした。おかげで、ブラウムのもとの説がぼやけてしまい、人々はひどく混乱してしまった。中には愛がさも自分の発案であるかのような顔をして、甘い汁を吸おうとする抜け目のない連中まで現れた。さらに、新しい秘教的なグループや心理学の学派、初心者向けの入門コース、孤独な人を対象にしたサークル、人の心をとらえる媚薬、人を惹きつける香水、カードや水晶の玉を使ってわずかな金で人の心をもてあそぶあやしげな占い師などが次から次へと現れてきた。アナとロベルト・ブラウムは人も羨《うらや》むほど仲のいい老夫婦で、長年連れ添ってきたがともに身体が丈夫で、頭もしっかりしており、いまだに仲睦《むつ》まじく暮らしていたが、そのことが知れたとたんに生きた手本としてもてはやされるようになった。彼の著書を徹底的に読み込んだ学者は別にして、今話題になっているからという軽い気持ちでなくあの本を読んだのは癌患者だけだった。彼らは病気が完全に治るかも知れないと期待して本をひもとくのだが、結局はからかわれたような気持ちになるだけだった。というのも、いくら読んでみても愛がどこにあり、どうすれば手に入るのか、あるいはこれがまた難しいのだが、どうすればいつまでも変わらず愛を保ちつづけることができるのかが分からなかったのだ。ブラウムの理論はおそらく論理性を欠いてはいなかったのだろうが、現実に応用するのがむずかしかったのだ。

世間が大騒ぎしているのを見て、ロベルトは落ち込んでしまったが、アナはそんな彼に、以前もそうだったでしょう、どうせこんなバカ騒ぎはすぐにおさまるから、しばらくの間じっとおとなしくしていればいいのよと言って聞かせた。そして、そのとおりになった。騒ぎがおさまったとき、ブラウム夫妻はもう首都にいなかった。ロベルトは、自分ももう歳でいいかげんくたびれたので、静かに余生を送りたいと言って、病院と大学から身を引いた。けれどもすっかり有名人になった彼を世間はそっとしておいてくれず、治療してほしいという患者やジャーナリスト、学生、教授、物見高い連中がひっきりなしに訪れてきた。彼がどこか静かなところで文筆活動に専念したいと言ったので、わたしは人里離れた隠棲地を捜すのを手伝ってあげた。コロニアに手ごろな物件が見つかった。コロニアというのは熱帯の丘陵にはめ込まれたような奇妙な村で、十九世紀のバヴァリア地方の村がそっくり再現されたようなところだった。その村にはペンキを塗った奇妙な造りの木造建築の家が建ち並び、鳩時計やゼラニウムの花鉢が置いてあり、ゴシック体の広告が貼ってあり、曾祖父が黒い森《シュヴァルツヴァルト》から移り住んだときにもってきたチロル風の衣装を着、真っ赤な頬をした金髪の人たちが住んでいた。コロニアはその頃すでに現在のような観光地になっていたが、ロベルトは運良く週末になっても車が押しかけてこない、静かな土地を借り受けることができた。夫妻から首都での雑用を片づけてほしいと頼まれたので、わたしは代わりに年金を受け取ったり、請求書や郵便物をあずかることになった。最初のうちはしょっちゅう彼らのところにお邪魔していた。はじめは本当に心から喜んで迎えてくれたが、そのうち何となく無理をしてもてなしてくれているような気がしはじめた。わたしを嫌っていないことは分かっていた。それどころか、夫妻は常にわたしを信頼し、愛してくれていた。きっと二人きりになりたいのだろう、そう考えてわたしは以後電話と手紙で連絡をとるようにした。

ブラウムが最後に電話をかけてきたときは、一年ほど会っていなかった。彼とはあまり話をしなかったが、アナとはいつも長電話になった。わたしが今どういう事件が起こっているか伝えると、彼女は昔の話をしてくれた。静かな生活を送っている彼女にとっては過去の思い出が今現在起こっている出来事のように思え、そうした過去のほうがいっそう生き生きとしていたのだろう。時々彼女はいろいろな方法でわたしのもとにカラス麦の入った手作りクッキーやタンスに入れるラベンダーのポプリなどを送ってくれたが、亡くなる前の数ヵ月間は、昔夫からもらったハンカチや若い頃の写真、古いブローチといったすてきな贈り物まで送ってくれた。こうした贈り物やロベルトが現在本の執筆に取りかかっていて忙しくしているといった言葉から、向こうの事情を察することができればよかったのだが、実を言うと山間にあるあの家で何が起こっているのか想像もつかなかった。その後、アナの日記を読んで、当時ロベルトが執筆どころでなかったことを知った。そのころ、ロベルトは妻を必死になって愛そうとしていたのだが、それでも結局事態を好転させることはできなかった。

週末にコロニアへ行こうとすると、延々と続く車の列の後について、のろのろ運転のせいでエンジンが焼けつくように熱くなった車に揺られて長旅をしなければならない。けれども週日で、しかもそれが雨期なら、岡のてっぺんを切り開いてつけられたカーブの続く切り通しのハイウェイを一台の車に出会うこともなく走ることができる。車を走らせていると、片側に突然切り立った崖、あるいは芦やヤシのジャングルが現れてきた。その午後、丘陵は雲にすっぽりつつまれ、あたりの風景は綿細工のような感じがした。雨のせいで鳥の鳴き声は聞こえず、フロントガラスを叩く雨の音だけが耳についた。高度が上がるにつれて空気が冷たくなり、寒い地方のように霧の中に嵐が身を潜めているような気配が感じられた。道路の曲がり角を曲がると、突然目の前にドイツ風のあの村が現れたが、家々の屋根は永遠に降ることのない雪に備えて傾斜がつけられていた。ブラウム夫妻の家に行くには村を横切らなければならないが、その時間には人影一つ見えなかった。黒い材木を使った二人の山小屋はほかの家と同じ造りで、軒庇《のきびさし》には彫刻が施してあり、窓にはレースのカーテンがかかり、家の前の手入れの行き届いた庭には花が咲き乱れ、裏手にはイチゴの植わっている小さな菜園があった。木々を鳴らして冷たい風が吹き抜けていたが、煙突からは煙が立ちのぼっていなかった。長年夫妻に飼われていた犬がポーチのところに寝そべっていた。わたしが呼んでも起きあがろうとせず、頭をあげて、尻尾も振らずにじっとわたしの顔を見つめたが、その目はまるで見知らない人間を見つめているようだった。それでも、わたしが鍵のかかっていないドアを開けて、中にはいると後からついてきた。中は真っ暗だった。手探りで壁に取り付けられた電気のスイッチを捜し出して、明かりをつけた。家の中はきちんと片づいており、花瓶にはユーカリの切ったばかりの枝が活けられていたが、そのせいで部屋中にさわやかな薫りが広がっていた。夫妻が借りている家の客間を通り抜けたが、積み上げてある本とヴァイオリンをのぞいてどこにも夫妻の気配が感じられなかった。友人の夫妻が一年半もの間あの家で暮らしていたというのに、彼らの匂いが感じとれないのが不思議でならなかった。

わたしは階段をのぼって主寝室のある屋根裏部屋に入った。そこは広々とした部屋で、天井にはむき出しの梁が走り、壁には色あせた壁紙が貼ってあり、プロヴァンス風のありふれた家具が並んでいた。ナイトランプに照らされたベッドにはアナが、以前よく身につけていた青い絹の服を着、サンゴの首飾りをつけて横たわっていた。すでにこと切れていた彼女の顔には、大昔に撮った結婚式の写真と同じ無邪気な表情が浮かんでいた。二人の結婚式は海岸から七十海里離れた海の上で船長によって執り行われたが、あの晴れ渡った午後には、難民たちに約束の土地が近いことを告げるかのように、飛び魚が海面を滑るように飛んでいた。わたしの後について中に入ってきた犬がくんくん鳴きながら部屋の隅にうずくまった。

ナイトテーブルの上にはアナがやりかけたまま投げだした刺繍と日々の出来事を書き留めた日記が置いてあった。そして、そばにわたしにあてたロベルトのメモがあり、犬の面倒を見てやってほしい、また自分たちの遺体は同じ棺にいれて、おとぎ話に出てくるようなこの村の墓地に埋めてもらいたいと書いてあった。彼女は末期の癌におかされていたので、彼ら二人一緒に死んで、これまでそうしていたように手をつないであの世へ旅立とうと決めていた。というのも、霊魂が肉体から分離して行く瞬間に、広大な宇宙のどこかで離ればなれになってしまうのではないかと心配だったのだ。

ロベルトはどこにいるのだろうと思って家中捜しまわった。彼は書斎として使っている、台所の後ろの小部屋にいた。明るい色のデスクに腰をおろし、両手で頭をかかえてすすり泣いていた。デスクの上には、妻の命を奪った注射器が置いてあり、そこには自分に射つ分の毒がすでに入っていた。わたしが彼の首筋をやさしく撫でると、顔を上げ、長い間わたしの顔をじっと見つめた。彼はアナをそれ以上苦しめまいとしたのだろう。二人静かにあの世へ旅立とうとして、家の掃除をし、花瓶に木を活け、妻に服を着せ、髪を櫛削ってやり、すべての準備を整えた後、妻に注射を射ったのだ。わたしもすぐに後を追うからと言って妻を励まし、そばに横になると、完全に息を引き取ったと分かるまで彼女を抱きしめた。注射器にもう一度致死量の毒を入れ、シャツの袖をまくり上げて血管を捜したが、最初考えていたように自分で自分に注射を射つことはできなかった。そこでわたしに電話をかけてきたのだ。

「自分じゃできないんだ、エバ。こんなことを頼めるのはお前だけだ……。頼む、助けると思ってやってくれ」

# つつましい奇跡

十九世紀の半ば、財産といえばとてつもない野心だけというリヴァプール出身の商人が、地球上でいちばん南にあるはるか遠い国に移住し、そこで海運業を営んで財をなしたが、その商人の末裔がボールトン一家だった。一族はイギリス人居留区の名士として知られ、祖国を離れた多くのイギリス人がそうであるように愚かしいまでの頑なさで自分たちの伝統と言葉を守り続けた。しかし、やがて新大陸生まれのスペイン人の血が混ざるとともに、そうした傲慢さが失われ、アングロサクソン系の名前に代えていかにも新大陸の人間らしい名前をつけるようになった。

ヒルベルト、フィロメーナ、それにミゲルの三人はボールトン家がいちばん羽振りのいい時代に生まれた。けれども、その後海運業が左前になり、収入の道が閉ざされた。昔のように裕福ではなかったが、何とか以前の暮らしぶりを保っていた。あの三人は外見だけでなく、性格もまったくちがっていたので、どう見ても兄弟には見えなかった。歳を取るにつれて、それぞれの個性がいっそう際だってきたが、外面はちがっていても心の奥深いところでは互いに共通するものがあった。

顔立ちが繊細で、身のこなしが舞踏家を思わせるヒルベルトは詩人で、歳はすでに七十の坂を越えていた。美術書と骨董品に囲まれて暮らしている彼は、生活苦というものを知らなかった。兄弟のなかで彼だけがイギリスで教育を受けたが、そのせいでイギリス人気質がしみついてしまい、紅茶を飲むという困った癖が死ぬまで直らなかった。彼は一度も結婚しなかった。若い頃に書いた詩の中にしばしば出てくる青白い顔の女性についに出会えなかったということもあるが、その夢をあきらめたときにはすでに手遅れになっていて、ひとり暮らしの気楽さがすっかり身についてしまっていたのだ。彼は自分の青い目や黄色い髪の毛、それに先祖のことを冗談の種にして、ボールトン一族の人間は長年貴族のふりをしているうちに本当に貴族になったようなつもりでいるが、しょせんは卑しい商人でしかないのだと言っていた。そのくせ本人は革の肘あてが付いたツイードの上着を着、ブリッジを楽しみ、三週間遅れで届けられるタイムズを読み、イギリスの知識人に共通してみられる皮肉っぽい態度と冷静沈着さを身につけようと心がけていた。

百姓の奥さんのように飾り気がなく、丸々太ったフィロメーナはすでに夫に先立たれていて、孫が何人かいた。彼女はおおらかな性格だったので、イギリスかぶれのヒルベルトがおかしな気まぐれを起こしたり、ミゲルが穴のあいた靴をはき、襟元の擦り切れたシャツを着ていても、別にめくじらを立てたりはしなかった。元気ものの彼女は、ヒルベルトが持病で寝込んだりするとその看護をし、彼が作ったおかしな詩の朗読に耳を傾けたし、ミゲルが次から次へと計画を立てると、それに力を貸した。弟のためにせっせとチョッキを編んでやったが、弟のほうは二度ばかり袖を通すと、もっと困っている人にそれをやってしまうのだ。彼女は編み棒が手の一部のようになっていて、いたずら好きな子供のようにたえずかちかち鳴らしていた。身体にしみついているラベンダーのオーデコロンの薫りと同じように、編み棒をいつも持ち歩いていたので、その音を聞いただけで彼女がどこにいるかすぐに分かった。

ミゲル・ボールトンは僧侶だった。ほかの兄弟とちがって色が浅黒く、背が低かった。その上全身が黒い毛で覆われていたので、この上もなくやさしそうなその顔を見なければ獣のような感じがしたにちがいない。十七歳の時に、あの屋敷での安楽な生活を捨ててしまい、それ以来親戚のものと一緒に日曜日に昼食を取るときか、たまに重い病気にかかってフィロメーナに看病してもらうときしか家に戻らなかった。彼は若い頃の贅沢な暮らしぶりを懐かしいとは思わなかった。時々ひどく腹を立てることがあったが、自分では運のいい人間だと考えて、現在の暮らしに満足していた。首都のはずれにある市営塵芥処理場のそばの貧民街に住んでいたが、そのあたりの通りには敷石が敷いていなかったし、歩道もなければ、木も植わっていなかった。彼の家は板張りで、トタン葺《ぶ》きの屋根だった。夏になると、時々ごみ捨て場から悪臭を放つガスが地下を通ってあたりまで流れてきて、地面から噴き出すことがあった。家具といっても粗末なベッドとテーブルがひとつずつ、椅子が二脚、それに本棚があるにすぎず、壁は革命をうたい上げるポスターや政治犯の囚人たちが作った真鍮の十字架、行方不明者の母親が編んだ地味なタペストリー、それに自分が応援しているサッカーチームの旗などで覆われていた。毎朝、十字架のキリスト像のそばでひとり聖体拝領の儀式を行い、夜になると今日一日生き延びられたことを神に感謝してから、キリスト像のそばに赤旗をかけた。ミゲル神父は燃えるような正義感の持ち主だった。長年人の不幸を見続けてきたせいで、自分の苦しみなど目に入らなかった。加えて、自分は神の名において行動しているという確信があったので、もはや彼には恐れるものなど何ひとつなかった。兵隊たちが家を家宅捜索し、反逆罪で彼を連行したが、そのときは猿ぐつわをかまさなければならなかった。というのも、棒で殴りつけたくらいでは、福音書からの引用を交えたののしりの言葉をやめさせることはできなかったのだ。彼は囚人たちと連帯してハンガーストライキをしたり、官憲に追われている人間をかくまったりしたので、何度も投獄されたが、確率からいえばすでに何度か死んでいてもおかしくはなかった。ここで拷問が行われていると書いたプラカードを持って、政治警察の前に座り込んでいる彼の写真が世界中にばらまかれた。いくら痛めつけても、彼は節を曲げなかった。ほかの人間のように消し去ることもできたのだが、名前があまりにも知れ渡っていたので、そうも行かなかった。彼は夜になると、家の小さな祭壇の前にひざまずき、神と対話を交わした。自分をこのような行動へと突き動かしているのは、本当に他者への愛と正義感なのだろうか、自分の行動のうちには悪魔のような傲慢さが秘められているのではないだろうか、そう考えはじめるといても立ってもいられなくなった。ボレロをうたって子供を寝かしつけたり、徹夜で病人の看病をしたりしているのに、自分が立派な人間だとはどうしても思えなかったのだ。怒りの発作が起こると、頭にかっと血がのぼり、どうしても自分を抑えられなくなったが、彼は生涯その気質と戦い続けた。仕事柄つまらないことで腹を立てるわけには行かなかったからいいようなものの、そうでなければ今頃どうなっていたか分からないところだとひそかに考えることがあった。フィロメーナはそんな彼のことをいつも気にかけていたが、ヒルベルトは、あいつは七十近くになるまでゆるんだロープを渡るような剣呑《けんのん》なことをしてきたのに、大過なく過ごしてきたんだから心配することはない、きっと守護天使が彼をしっかり見守っているんだと言っていた。

「天使なんていやしない。あれは語義の解釈の誤りなんだ」ミゲルは兄の言葉に反撥してそう言った。

「おい、おい、聖職者がそんなことを言っていいのか」

「聖トマス・アキナスが人をまどわせるようなことを言ったのがまちがいのもとなんだ。天使というのは単に神の言葉を伝える使者でしかないんだよ」

「すると、ローマで崇拝されている大天使ガブリエルの羽というのは、ハゲワシの尾羽から取ってきたものなのかい」とヒルベルトが笑いながら言った。

「天使を信じないということは何も信じないってことよ。だったら、司祭なんかやめて、ほかの仕事をすればいいいわ」とフィロメーナが横から口をはさんだ。

「ピンの頭に何人の天使が乗れるかと言う問題をめぐって、何世紀も議論が戦わされてきたんだ、だからその話はもういい。そんなことより、困っている人たちを助けることが先決だ」

ミゲルの視力は徐々に衰え、今ではほとんど目が見えなくなっていた。右目はまったくと言っていいほど見えず、左目もかなり悪くなっていた。字を読むことはもちろん、外に出るとすぐに道に迷うので、遠くへ行けなかった。目が悪くなるにつれて、どこかへ行くにはフィロメーナの助けを借りざるを得なくなった。彼女はそんな彼に付き添っていったり、セバスティアン・カヌートという運転手に車で送り迎えさせた。運転手というのは昔ミゲルが監獄から出して、更生させた囚人で、別名〈あいくち〉とも呼ばれていて、一家のもとで二十年前から働いていた。近年政治情勢が悪化したので、〈あいくち〉がこっそり司祭の身辺を警護していた。抗議デモがあるという噂を耳にすると、フィロメーナは〈あいくち〉に一日休暇を与えた。彼は棍棒とメリケンサックをポケットにしのばせミゲルの住む地区に行くと、司祭が出てくるのを待った。司祭が現れると、一定の距離をおいて後をつけ、拳を使って司祭を守るか、どこか安全な場所へ避難させるつもりでいた。ミゲルはほとんど目が見えなかったので、そのことに気づいていなかった。もし知れたら、デモに参加したほかの仲間が殴られたり、放水車で水をかけられたり、催涙ガスで涙を流しているというのに、自分だけが守られているというのは不公平だと言って怒り狂ったにちがいない。

まもなく七十歳の誕生日というときに、ミゲルの左目が内出血して、数分のうちに世界が真っ暗な闇に閉ざされた。その日は夜に地区の住民を教会に集めて、これだけハエがいて、ひどい腐敗臭がしてはとても暮らして行けない、みんなで結束して市の塵芥処理場と話し合いを持ちたいと思うのだがどうだろうと話しかけていた。住民の大半はキリスト教など頭から信じていなかった。彼らは、神の存在を証明するものなど何ひとつないじゃないか、それどころか自分たちがこんなに苦しい思いをして生きているのは、この世が弱肉強食の世界だということを何よりもよく物語っていると言っていた。けれども、あの教会は自分たちの地区の中心だと自然に考えていた。ミゲルの胸には十字架がかかっていたが、彼らはそれを見ても老人のおかしな気まぐれだろうと考えて、気にも留めなかった。聖職者はいつものように歩きながらしゃべっていたが、そのとき突然こめかみと心臓に突き刺すような痛みが走り、全身から粘《ねば》ついた汗が吹き出した。演説に熱が入りすぎたのだろうと考えて、袖で額を拭い、一瞬目をつむった。次に目を開けると、まるでそそり立つような波に翻弄されてぐるぐるまわりながら海の底、真っ暗な海の底に引き込まれて行くような気持ちになった。何かに捕まろうとして、腕を伸ばした。

「明かりが切られたぞ」誰か妨害工作をしたのだろうと思って神父はそう言った。

友人たちが驚いて彼のまわりを囲んだ。ボールトン神父はこれまでずっと自分たちと一緒に暮らしてきた頼もしい仲間のひとりだった。軍曹のようながらがら声で、見るからに強くて逞《たくま》しそうな神父は不死身の人間で、お祈りのときに組む左官のようにごつい手は本当のところ喧嘩をするのに向いている、とみんなは考えていた。その人が急に老い込み、身体が小さくなって皺《しわ》だらけの子供のようになってしまったのだ。女たちが彼のまわりをとり囲んで、床に寝かせると、水に浸した布を額に載せたり、熱いワインを飲ませたり、足をマッサージしたりと応急の手当をしたが、まったく効果はなく、逆に今にも息が止まりそうになった。ミゲルはやっとのことでまわりにいる人たちを押し退けて立ち上がると、新しい不幸に真正面から立ち向かう覚悟を決めた。

「とんでもないことになったものだな」彼は冷静さを失わずにそう言った。「すまんが姉に電話をして、わしが困っていると伝えてくれんか。心配するといけないので、詳しいことは話さなくていい」

やがてセバスティアン・カヌートがいつものようにむっつりした顔でやってくると、フィロメーナさんはどうしても見たいテレビドラマがあるので来られないそうです、些少だがお金を少々と食べ物の入った籠を届けるようにいわれたので、お持ちしましたと伝えた。

「今回は無心じゃない、〈あいくち〉、どうやらわしは目が見えなくなったらしいんだよ」

運転手は彼を車に乗せると、何も聞かずに市内を通り抜けてボールトン家の屋敷まで車を走らせた。屋敷はいくぶん荒れ果てた感じはするものの、今でも立派な庭園に囲まれた瀟洒《しょうしゃ》な建物だった。運転手はクラクションを鳴らして、屋敷にいる人たちを呼ぶと、病人を車から降ろし、抱きかかえるようにして中に運び込んだが、神父の身体が羽のように軽くなり、おとなしく言われるままになっているのに気づいて、ひどく悲しんでいた。いかにも気性の荒そうな無骨な顔に涙を浮かべて、彼はヒルベルトとフィロメーナに神父さんは目が見えなくなったと伝えた。

「ドン・ミゲリートは目が見えなくなったんですよ。なんてこった、畜生」運転手は涙をこらえることができずにそう言った。

「詩人の前でそんな下品な言葉を使うもんじゃない」と聖職者がたしなめた。

「〈あいくち〉、この人をベッドに寝かせてあげて」とフィロメーナが命令した。「心配することはないわ、風邪でもひいたんでしょう。チョッキも着ないでいるからこんなことになったのよ」

「時は止まり／夜と昼はつねに冬になり／静まり返った中で触覚が暗闇を探る……（チリの詩人カルロス・ボルトンの『夜ではあるが』）」ヒルベルトがふと思いついた詩を口ずさんだ。

「料理人にチキンのスープを作るように言ってちょうだい」フィロメーナは兄にそう言って、彼の口を塞《ふさ》いだ。

かかりつけの医者は、風邪ではありませんね、やはり眼科医にみてもらったほうがいいでしょうと言った。翌日、健康や神の恩寵、恥ずべき支配体制のせいである階級の特権になっているが、本来は民衆のものである権利について激しい議論を戦わせた後、病人は専門医のところへ行くことに同意した。どんな貧しい患者でも診てくれるから、あそこならいいとミゲルが言ったので、セバスティアン・カヌートは兄弟三人を乗せて南地区病院に向かって車を走らせた。急に目が見えなくなったせいで、司祭はひどく不機嫌になっていた。人々がいちばん助けを必要としているときに、神は自分から光を奪われたが、いったいどういうおつもりなのだろうとぶつぶつこぼしていた。彼はキリスト教的な諦めなど爪の垢ほども持ち合わせていなかった。手をひいてやろうとしたり、身体を支えようとすると、頑として撥ねつけた。つまずいて骨を折ってでもいい、とにかく自分の足で歩こうとした。それは誇りからと言うよりも、思わぬことで身体が不自由になりはしたが、それに一日も早く慣れようとしていたからだった。フィロメーナは運転手に道を変えて、ドイツ診療所へゆくようにとこっそり言っておいた。けれども、貧困の匂いをよく知っていた弟は、病院の建物の敷居をまたいだとたんにおかしいと感じ、エレベーターに乗ったときに聞こえてきた音楽で、やはりそうかと気がついた。大喧嘩がはじまる前に、大急ぎでエレベーターから引き出さなければならなかった。その病院では四時間待たされたが、その間ミゲルは待合室にいるほかの患者にあれこれ病気のことを尋ね、フィロメーナはチョッキを編みはじめ、ヒルベルトは前の日に思い浮かんだ暗闇を探る触覚に関する詩を作ることにした。

「右目は手の施しようがありません。ただ左目のほうは、もう一度手術すれば、多少視力が回復するかも知れませんね」診察した医者が最後にそう言った。「ただ、これまですでに三度手術しておられるので、組織がかなり弱っています。手術をするには、特殊な技術と手術器具が必要です。それができるのは、おそらく陸軍病院だけ……」

「断る」とミゲルは途中で医者の言葉を遮った。「人でなしどもの巣窟に足を踏みいれるのはごめんだ」

狼狽した医者は、看護婦に弁解するようにウィンクし、看護婦は共犯者のような笑みを浮かべた。

「だだをこねちゃだめよ、ミゲル。たった二日の辛抱じゃない、それだったら自分の主義に反することにならないでしょう。それくらいのことで地獄に堕ちたりしないわ」フィロメーナはそう諭《さと》したが、弟は軍人たちに視力を回復してもらうくらいなら、死ぬまで目が見えないほうがいいと言い張った。ドアのところで、医者が彼の腕を取って引き留めた。

「ところで神父様……オプス・ディの病院のことをご存知ですか？　あそこにも近代的な設備がとのっています」

「オプス・ディだと？」と司祭が大声で言った。「いま、オプス・ディと言ったな？」

フィロメーナは何とか診察室から連れ出そうとしたが、彼は入り口のところでふんばり、あの連中の世話になるつもりはないと医者に向かってわめきたてた。

「しかし……同じキリスト教徒のはずでしょう？」

「あの連中は反動的な偽善者だ」

「いや、これは失礼しました」

ミゲルは車に乗り込むとすぐに、オプス・ディというのはお腹を空かせて死にかけている人々に食べ物を与えるよりも、上流階級の人間の心の悩みを解決することが先決だと考えているいやらしい組織なのだ、だいたい金持ちが天上に昇れる可能性はラクダが針の穴を通るよりも少ないのだ、と二人の兄弟と運転手に向かって言った。さらに続けて、この国でまともな治療を受けられるのは特権階級の人間だけで、ほかのものはお情けでもらった薬草やみじめったらしい湿布で我慢するよりしかたがない。先ほどの病院での出来事はこの国がいかにひどい状態にあるかを物語るひとつのエピソードだと言った。その後、ゼラニウムに水をやり、日曜日の説教の用意をしなくてはいけないので、まっすぐ家に引き返してくれと言った。

「よし、そうしよう」病院で長い間待たされ、その間に大勢の不幸な病人たちを見たせいですっかり気が滅入っていたヒルベルトがそう言った。

「何をどうするっていうの？」とフィロメーナが尋ねた。

「陸軍病院へ行くのは絶対にいやだと言うのなら、オプス・ディで一度診てもらったらどうだろう？」

「いったい何の話をしているんだ？」と弟が口をはさんだ。「わしはあの連中が嫌いだと言っただろう」

「行かなかったら、人からあの兄弟は病院へ行く金もないんだって言われるわよ」とフィロメーナが苛立たしげに言った。

「診てもらうだけなら別にかまわないだろう」ヒルベルトは香水を落としたハンカチで首のあたりを拭きながらそう言った。

「あの連中は銀行に預けてある資金を運用したり、上祭服に金の糸で刺繍するのに忙しくて、困っている人たちの面倒を見ている余裕などないんだ。天上に迎え入れてもらうためには、跪拝《きはい》しただけではだめなんだ……」

「だけど、あなたは貧しくありませんよ、ドン・ミゲリート」ハンドルを握っていたカヌートが横から口をはさんだ。

「ひどいことを言うもんじゃない。わしはお前と同じように貧しい人間だ。よし、いつも現実離れしたことを言っている詩人の言うことが本当かどうか確かめてみよう。車を回して、その病院まで行ってくれ」

彼らはやさしい婦人に迎えられた。そこのカードに必要事項を書き込むと、コーヒーが出た。十五分後、三人は診察室に通された。

「まずお尋ねしたいんだが、あなたもやはりオプス・ディの会員かね、それとも単にここに雇われているだけなのかね」と聖職者が尋ねた。

「わたしはオプス・ディの会員です」医者は穏やかな笑みを浮かべてそう言った。

「診察料はいくらだね?」皮肉っぽい口調を隠そうともせずにそう尋ねた。

「経済的にお困りなのですか、神父様?」

「いいから、いくらかおしえてくれ」

「払えない場合は、いただきません。お志しを喜捨としていただいております」

ボールトン神父の顔に一瞬動揺が走ったが、すぐに落ち着きを取り戻した。

「慈善事業ではないんだろう?」

「ここは私営の病院です」

「ははん……するとここにこられるのは喜捨ができる人だけというわけだな」

「神父様、この病院がお気に召さなければ、どうかお引き取りください」医師はそう言い返した。「しかし、その前に診察だけはさせていただきます。よろしければ、あなたが面倒を見ておられる方々を全員ここへ連れてきてくださってもかまいません。こちらでできるだけのことをさせていただきます、そのために持てる人たちから喜捨していただいているのですから。さあ、動かないでください、目を大きく開けて」

丁寧に診察した後、医者はさきほどの病院と同じ診断を下したが、楽観的なことは言わなかった。

「この病院には優秀なスタッフがそろっていますが、むずかしい手術になりそうですね。はっきり申し上げて、奇跡でも起こらないかぎり視力を回復することはまずむりでしょう」

ミゲルはひどいショックを受けていたので、医者の話をほとんど聞いていなかったが、フィロメーナが奇跡という言葉に飛びついた。

「いま奇跡とおっしゃいましたね?」

「いや、言葉の綾《あや》でそう言っただけです。もう一度目が見えるようになるという保証はありませんよと申し上げたかったのです」

「あなたのおっしゃる奇跡なら何とかなると思います」フィロメーナは編み物をバッグにしまいながらそう言った。「先生、ありがとうございました。手術の準備をしておいていただけますか、すぐに戻ってまいりますので」

彼らはふたたび車に乗り込んだ。ミゲルは今回はじめて長い間一言も口をきかなかった。ヒルベルトは一日中大騒ぎしたので、疲れきっていた。フィロメーナはセバスティアン・カヌートに、車を山のほうに向かって走らせるように言った。運転手は上目遣いに彼女のほうを見ると、嬉しそうににやっと笑った。それまで何度か女主人を乗せてあの道を走ったことがあったが、道がひどく曲がりくねっていたせいで、そのコースはどうしても好きになれなかった。けれども、この世でいちばん敬愛している人を助けるためだと思うと、ハンドルを握る手に自然と力がこもった。

「次はどこへ引っ張って行かれるんだ?」疲れていたせいで今にも倒れそうになっていたが、イギリスで受けた教育のおかげで何とか持ちこたえていたヒルベルトがそう尋ねた。

「長いドライブになりそうだから、ひと眠りしておいたほうがいいわ。百合の花のファアナの洞窟に行くのよ」とフィロメーナが説明した。

「ばかなことを言うんじゃない」と司祭がびっくりして言った。

「彼女は聖女よ」

「そんな世迷いごとを信じるんじゃない。ローマは彼女をまだ聖女として認めていないんだぞ」

「ヴァチカンに任せておいたら、百年経ってもらちがあかないけど、そんなに待っていられないわよ」とフィロメーナがぴしゃりと言った。

「彼は天使の存在さえ信じていないんだぞ、そんなミゲルに、列福された女性を信じろというほうが無理だよ。それに、あのファアナは地主の家の出だろう」とヒルベルトがため息混じりに言った。

「そんなことは関係ないでしょう、あの人は貧しい暮らしをしていたのよ。ミゲルにおかしな考えを吹きこまないでよ」とフィロメーナが言った。

「一族の中から聖女が出るのならというので、あの一家は身代を傾ける気でいるが、そうでなければファナはあそこまで有名にならなかったはずだ」と司祭が横から口をはさんだ。

「だけど、奇跡を起こすという点では、あなたが信じている外国の聖人様よりも優れているわ」

「いずれにしても、自分だけが特別な扱いを受けるというのはどうも気がひけるんだ。確かに目が見えなくなったが、わしはごくふつうの人間だし、自分が困っているからといって、天上の助けを借りるというのはどうも申し訳ないような気がしてね」

ファナは若くして亡くなったが、彼女の信心深い暮らしぶりやその慈善行為によってあたりの農民たちの信仰の対象になり、いつしかその名が高まって、みんなが願をかけるようになった。やがて、亡くなったファナは奇跡を起こすという噂が広まり、ついには探検家の奇跡と呼ばれる出来事によって噂が頂点に達した。その男は山の中で二週間行方不明になっていた。捜索隊がもはやこれまでと考えて、遭難者の死亡を通知しようとしたときに、疲労と空腹に苛《さいな》まれてはいたが、怪我ひとつせず無事な姿で現れた。男は新聞記者との会見の中で、丈の長い服を着、両腕に花束をかかえた若い娘が夢枕に立ったのだと語った。目が覚めると、百合の花の強い匂いがしたので、その後をたどって行くうちに、隘路《あいろ》と深淵が作り出す迷路を抜け出して、やっとのことで広い道路の近くに出ることができた。ファナの肖像画を見た男は、夢枕に立ったのはこの人にまちがいないと断言した。ファナの家族はその話を広め、探検家が発見された場所に洞窟を作り、今回の出来事をヴァチカンに伝えるためにできる限り手を尽くした。けれども、枢機卿会議の決定はまだ出ていなかった。法王庁のほうはべつに急ぐことはないだろうと考えていたのだ。それまで気の遠くなるほど長い時間をかけてゆっくり自分たちの権力を行使してきており、今後もその権力が失われることはあるまいと考えていたので、何事によらず、とりわけ列福に関しては慎重に構えようという姿勢ができあがっていた。南アメリカ大陸には予言者や隠者、説教師、柱頭行者、殉教者、聖処女、隠修士をはじめ人々の信仰を集めている風変わりな人物が次々に現れ、それを証明する文書が数多く寄せられたので、彼らはそのひとつひとつに感動しているわけには行かなかった。今は実利主義が隆盛を極め、信仰心が失われた時代だけに、ちょっとしたミスを犯しただけでもの笑いになる危険があったのだ。だから、こういう問題は慎重の上にも慎重を期さなければならなかった。けれどもファナを信仰している人たちは、彼女を聖女に列するというローマの答申が出るのを待ちきれなかった。彼女の肖像画や肖像を刻んだメダルが売りに出され、新聞には毎日のようにご利益があったことを感謝するという読者の記事が掲載された。洞窟には沢山の百合が植えられていたが、その匂いで巡礼は頭がぼうっとなり、近くの家畜は子供を生まなくなった。灯油ランプや蠟燭、松明《たいまつ》に火がつけられていたので、あたりにはもうもうと煙が立ちこめ、賛歌や祈禱の声が丘陵にこだまして、空を飛んでいるコンドルをおびえさせた。あっという間にそこは記念プレートやありとあらゆる外科器具、ミニチュアの人体器官の複製で埋め尽くされた。そうした品々は奇跡の力で病気が治ったことを伝えるために信者がおいていったのだ。また、募金で集めた金で道を舗装し、さらに二年たつと、曲がりくねってはいたが何とか人の通れる道が礼拝堂から首都までつけられた。

ボールトン兄弟が向こうに着いたときはすでに日が暮れていた。セバスティアン・カヌートは歳老いた三人の兄弟を助けて洞窟まで案内した。時間は遅かったが、信心深い人たちの姿があちこちに目についた。世話好きな親戚の人に助けられて、膝を使って岩の上を歩いている人もいれば、大声でお祈りを上げている人、あるいは石膏でできた聖女の像の前に火のついた蠟燭を奉納している人もいた。フィロメーナと〈あいくち〉はひざまずいて願をかけたが、ヒルベルトはベンチに腰をおろし、生きているといろいろなことがあるものだなと考えていた。一方ミゲルは突っ立ったまま、奇跡を起こしてくださいと頼むのなら、いっそのこと独裁者が倒されて、一気に民主主義が達成されるように祈るほうがいい、と口のなかでぶつぶつつぶやいていた。

それから数日後に、オプス・ディの病院の医師たちが無料で彼の左目を手術したが、その前に兄弟たちにあまり大きな期待を抱かないようにと言い含めた。聖職者はフィロメーナとヒルベルトに、信仰上敵対している人間に助けを借りることになって、ただでさえ惨めな思いをしているので、どうか百合の花のファナのところへ行ったことは人に言わないでほしいと頼んだ。退院許可が出ると、フィロメーナは有無を言わさず彼を自宅に連れ帰った。ミゲルの顔は大きな絆創膏《ばんそうこう》で半分覆われていたし、術後ということもあって身体も弱っていたが、持ち前のつつましやかな性格は変わっていなかった。人手を煩《わずら》わせて看護を受けるのは心苦しいので、今回雇った看護婦を帰らせてほしいと言った。結局、フィロメーナと忠実なセバスティアン・カヌートが彼の看病をすることになったが、病人はひどく機嫌が悪くて、寝苦しいのはベッドが悪いからだとか、食事がまずいと言ってだだをこねたので、思いのほか手がかかった。

聖職者が家にいたせいで、屋敷の生活のリズムがすっかりおかしくなってしまった。ラジオの短波放送からは、政府を攻撃する演説や〈モスクワの声〉が一日中流れていたし、ミゲルの住む地区の住民が容態を心配して引きも切らず見舞いに押しかけてきた。小学生の描いた絵やクッキー、薬草や空き缶で育てた花、スープにいれる鶏、さらには生後二ヵ月になる小犬まで運び込まれた。こうした貧しい人たちからの見舞い品で、部屋の中は足の踏み場もなかった。小犬はペルシャ絨毯におしっこをひっかけ、家具の脚をかじった。その犬は、小さいうちに仕込んで、盲導犬にすればいいと言って見舞い客のひとりが持ってきたのだ。けれども、病気のほうは思ったよりも回復が早く、手術後五十時間経つとフィロメーナは担当の外科医に電話をいれ、弟の目はかなり見えるようになったと伝えた。

「包帯を取っていけないとあれほど言ってあったでしょう」と医者が大声で言った。

「絆創膏はそのままです。もう一方の目が見えるようになったんです」とフィロメーナが説明した。

「もう一方の目だって?」

「ええ、回復する見込みはないと言われたほうです」

「そんなばかな。とにかくすぐうかがいますから、どんなことがあっても患者を動かさないように、いいですね」と医者が言った。

医者がボールトン家に駆けつけると、患者は元気いっぱいで、フライド・ポテトを食べ、膝の上に犬を載せてテレビドラマを見ていた。聖職者はまちがいなく八年前から見えなくなっていた方の目でテレビを見ていた。それを見て医師は自分の目を疑った。さらに、包帯を解いてみると、手術した方の目もよくなっていた。

ミゲル神父は地区の教会で七十歳の誕生日を祝った。姉のフィロメーナは女友達と一緒に車を連ねてやってきたが、中にはオムレツ、ケーキ、サンドイッチ、果物を詰めた籠、チョコレートの入った壺などがぎっしり詰め込まれていた。また、先頭の〈あいくち〉が運転している車に積み込まれたオルチャータの瓶にはワインと焼酎が入っていた。司祭は波乱に富んだこれまでの人生を大きな紙に書き綴《つづ》り、それを教会の壁に貼りつけたが、そこには天職に就いてからの有為転変がいくぶん突き放したような文章で語られていた。すなわち十五歳のときに神の召命を受け、そのときに首筋をハンマーで殴られたようなショックを受けたことから、大食と好色、後には怒りという大罪と苦しい戦いをしてきたこと、さらにはふつうなら揺り椅子に腰をおろして星の数をかぞえている歳だというのに、警察にしょっぴかれて牢に入れられた最近の出来事まで書き綴ってあった。また、なくてはならない赤旗のそばにフアナの肖像画を吊るし、その上に花冠を飾った。集会は四人のギター奏者によるミサ曲の演奏とともにはじまったが、それには近所の人たちが全員出席した。人が道路にまであふれたので、式の流れが分かるように拡声器が設置された。神父が祝福を与えた後、何人かの人が前に出て、官憲が権力を乱用した最近の事件を報告した。その後、フィロメーナが大股で進み出ると、さあ、泣き言を並べるのはそれくらいにして、これから目いっぱい楽しみましょうと呼びかけた。その言葉を聞いて全員が中庭に飛び出した。音楽がかかり、すぐにダンスと食事がはじまった。高級住宅地に住む婦人たちが食べ物を給仕しているあいだ、〈あいくち〉が明かりをつけてまわり、司祭は教区民や友人たちに囲まれてチャールストンを踊りはじめた。そうすることで、自分は鷲のように目がよく見える上に、こういうバカ騒ぎをさせても自分の右に出るものはいないだろうということを示そうとしたのだ。

「民衆のこういうお祭り騒ぎには、詩的なものが欠けているな」オルチャータの瓶に入った酒を三杯ばかり飲んだ後、ヒルベルトはそう言ったが、イギリス貴族らしいいかにも気むずかしい発言にもかかわらず顔は嬉しそうに輝いていた。

「司祭さん、例の奇跡の話をしてくださいよ」誰かがそう言うと、ほかのものも声を揃えて同じことを言った。

聖職者は音楽をやめさせると、乱れた服装を直し、頭のてっぺんにわずかに残っている髪の毛を手で撫でつけ、感謝のあまりかすれた声で百合の花のファアナの名を口にし、あの方の助けがなければ科学と技術の粋を集めた手術も成功しなかっただろうと言った。

「これで聖女様がプロレタリアの出身だったら、もっと信仰されたんじゃないんですか」群衆のひとりがそう言ったが、その大胆な発言を聞いてみんなはどっと笑った。

「奇跡をからかいの種にしてはいかん。聖女様がつむじを曲げられたら、わしの目がガラス玉みたいにまた見えなくなるじゃないか」とミゲル神父が吠えたてた。「さあ、みんな、一列に並んで、ローマ法王に出す手紙に署名をしてくれ」

みんなは笑ったり、ワインを飲んだりしながら、百合の花のファアナの列福嘆願書に署名した。

# ある復讐

輝かしい正午に、ドゥルセ・ローサ・オレリャーノはカーニバルの女王に選ばれて、ジャスミンの花冠を頭に飾ってもらった。けれども、ほかの出場者の母親たちは今回の決定は不公正だわ、あの子は地方一の有力者で、国会議員のアンセルモ・オレリャーノの娘だから選ばれただけなのよとこぼしていた。確かに彼女は愛敬があったし、ピアノを弾かせても、ダンスを踊らせてもほかの誰よりも上手だったが、候補者のなかには彼女よりもずっときれいな娘がいたことも確かだった。オーガンジー織りの衣装を身につけ、花の冠をかぶった彼女が壇上から群衆に向かって挨拶していたが、そんな彼女を見て母親たちはぶつぶつ言っていた。それから数ヵ月後に、思わぬ不幸がオレリャーノ家を襲い、災厄をもたらしたが、そうと知って母親たちのなかには溜飲をさげたものもいた。そして、オレリャーノ家がその災厄を祓うのに二十五年かかった。

カーニバルの女王が選ばれた夜に、サンタ・テレーサの市役所のホールでダンスパーティが開かれたが、ドゥルセ・ローサを一目見ようと遠くの町から若者たちが大勢押しかけてきた。彼女はすっかり有頂天になり、足取りも軽くステップを踏んだので、ほとんどのものが彼女よりも美しい女性がほかにもいることに気がつかず、住んでいる土地に戻ると、あんなきれいな女性は見たことがないと吹聴してまわった。おかげで彼女こそ絶世の美女だという評判が高まり、それからは誰が何を言おうと評判が揺らぐことはなかった。彼女の透き通るような肌と澄んだ目が大げさに誇張されて口から口へと語り継がれ、さらに人々はそれぞれに空想をたくましくして話を大きくしていった。遠くの町に住む詩人たちは、まだ見ぬ乙女ドゥルセ・ローサに捧げるソネットを作った。

オレリャーノ議員の家に花も恥じらうほど美しい娘がいるという噂は、タデオ・セスペーデスの耳にも届いたが、生まれてこのかた詩を暗記したり、女性に目を向けたりするだけの余裕のなかった彼は、彼女と知り合うことになるとは夢にも思わなかった。彼は内乱に明け暮れる毎日を送っていた。髭が生えはじめる頃から武器を手にもち、以来ずっと硝煙の匂いを嗅ぎながら暮らしてきた。母親の口づけはもちろん、ミサの歌さえ忘れてしまっていた。時には休戦協定が結ばれて、部下を引き連れて戦うにも相手がいないこともあったが、そういう否応なく武器を収めざるを得ないときは海賊まがいのこともやってのけた。彼は荒々しい暴力の世界に生きていた。目に見える敵がいるときは、国中を駆けめぐってその敵と戦い、影しか見あたらないときは、無理にも敵を作り出した。あのままでもし彼の属している政党が大統領選挙で勝利を収めていなければ、いまだに戦い続けていただろう。それまで非合法組織だった党が一夜にして政権を担うようになったために、戦闘を続ける口実がなくなってしまったのだ。

サンタ・テレーサの町へゆき、住民を罰するというのがタデオ・セスペーデスに課せられた最後の使命だった。懲罰を加え、反対派の領袖を排除するために、彼は百二十人の手勢をつれて夜陰に乗じて町に乗り込んだ。公共の建物の窓に銃弾を撃ちこみ、教会のドアを壊すと、目の前に立ちはだかったクレメンテ神父を押し倒し、馬で大祭壇の前まで乗り入れたあと、岡の上に誇らしげに建っているオレリャーノ上院議員の邸宅に向かって、まるで戦場に向かうように蹄の音を響かせて駆けつけた。

上院議員は、娘を中庭の奥の部屋に閉じこめ、犬を放つと、十二人の忠実な召使いの先頭に立ってタデオ・セスペーデスを迎え討つことにした。それまでにも何度も感じたことだが、そのときも自分と一緒になって武器をとり、一家の名誉を守るために戦ってくれる息子がいないことを残念に思った。自分が急に老《ふ》け込んだように感じたが、そんなことを考えている余裕はなかった。というのも、百二十本の松明《たいまつ》が夜の闇を煌々《こうこう》と照らし出して岡の斜面を登ってくるのが目に入ったのだ。彼は黙って最後の弾薬を召使いたちに配った。言い残したことはなかった。夜明け前には、それぞれが自分の部署を守って男らしく死んでいるはずだった。

「最後に生き残ったものが娘のいる部屋の鍵をもって、命じられた通りにするのだ」最初の銃声が聞こえたときに、上院議員がそう言い渡した。

使用人たちはドゥルセ・ローサが生まれる前から屋敷に勤めており、彼女がよちよち歩きをはじめるとすぐに、膝の上に抱き上げてやったり、冬の午後には怪談話をしてやったりした。また、彼女がカーニバルの女王に選ばれたときには、胸を熱くして拍手を送った。娘がタデオ・セスペーデスの腕に抱かれるようなことがあっても、そのときはもう死体になっているはずだと上院議員は考えたが、彼にとってはそれがせめてもの慰めだった。オレリャーノ上院議員は死を恐れず勇敢に戦ったが、まさか自分が最後まで生き残ることになるとは夢にも思わなかった。昔からの友人たちが次から次へと倒れて行くのを見て、もはやこれまでと覚悟を決めた。腹に銃弾を受けたために、目がかすみ、屋敷の高い壁をよじ登っている人影もぼんやりとしか見えなかったが、三番目の中庭までは這《は》ってでも行かなければならないと考えていた。身体は汗と血にまみれ、悲しみにうちひしがれていたが、犬たちは彼の匂いを嗅ぎつけ、道を開けて彼を通した。鍵穴に鍵を差し込み、重いドアを開くと、かすんだ目に自分を待っているドゥルセ・ローサの姿が映った。彼女はカーニバルのときに身につけていたオーガンジー織りの服を着、王冠についていた花を髪に飾っていた。

「もはやこれまでだ」彼は銃の引き金に指をかけてそう言ったが、その間も足もとの血だまりが広がっていった。

「わたしを撃たないで」と彼女はしっかりした声で答え返した。「生き延びて、お父さんと自分の復讐をしたいの」

上院議員は、十五歳になる娘の顔をじっと見つめ、タデオ・セスペーデスにどんな目にあわされるだろうかと考えた。しかし、ドゥルセ・ローサの澄んだ目に思い詰めたような表情が浮かんでいるのを見て、この子ならきっとあの人殺しに復讐してくれるにちがいないと考えた。彼女がベッドに腰をおろしたので、父親も銃口をドアに向けてその横に腰をおろした。

犬の苦しそうな悲鳴が聞こえなくなるとすぐに、ドアの横木がはずれ、掛け金が吹っ飛んだ。男たちが部屋に侵入してきたが、上院議員は意識を失う前に銃を六発撃った。ジャスミンの花冠をかぶり、瀕死の老人を両腕で抱きかかえている天使のような娘を見て、タデオ・セスペーデスは目を疑った。その間にも、若い娘の純白の衣装が血に染まっていったが、何時間もの戦闘で血の匂いに酔い、神経が高ぶっていたタデオ・セスペーデスは二度目に彼女を見たときも別にかわいそうだとは思わなかった。

「この女はおれのものだ」部下のものたちが手をだそうとする前に、彼はそう言い渡した。

金曜日の夜が明けた。空はどんより曇っていたが、建物がまだ燃えていたので、あたりは明るく照らされていた。岡の上は重苦しい沈黙につつまれていた。苦しそうなうめき声が聞こえなくなると、ドゥルセ・ローサはようやく起き上がり、庭にある噴水のところまで歩いて行った。昨日まで泰山木にかこまれていた噴水も、今では瓦礫の山に囲まれたただの濁った水たまりになっていた。オーガンジー織りの衣服はずたずたに裂けていたが、彼女はそれをゆっくり脱ぎ捨てると、素裸になり、冷たい水のなかに身体を沈めた。太陽が樺の木の間に顔をのぞかせた。見ると、両脚の間から流れ出た血と髪にこびりついた父親の血のせいで、水が赤く染まっていた。身体を洗うと、涙ひとつこぼさず、落ち着いた様子で崩れ落ちた屋敷に戻ると、身体を覆うものはないかとあたりを見まわして、麻のシーツを見つけ身体に巻き付けた。その後、上院議員の遺骸を捜しに街道まで出て行った。連中は上院議員の足を縛り、馬をギャロップで走らせて岡を駆け降りたのだ。議員は見るも無惨な姿に変わり果てていた。けれども、父親を深く愛していた彼女は一目見てすぐに父親の遺骸だと見抜いた。遺体を布でくるみ、そばに腰をおろすと、日が昇るのをじっと見つめていた。サンタ・テレーサの住民がおそるおそるオレリャーノ家の屋敷がある岡の上まで登ってきたが、そのときもまだ彼女は腰をおろしていた。町の人たちは、ドゥルセ・ローサと一緒になって遺体を埋葬し、まだくすぶっている火を消すと、乳母と一緒に今回の事件のことが伝わっていない村へ行って暮らしてみたらどうかと勧めたが、彼女は聞き入れようとしなかった。そこで、人々は屋敷を建て直すと、彼女を守るように六頭の獰猛《どうもう》な犬を贈った。

父親がまだ息のあるうちに部屋から連れ出され、タデオ・セスペーデスが後ろ手でドアを閉めて、腰に巻いた革のベルトをはずしてからというもの、ドゥルセ・ローサはなんとしても復讐したいとそれだけを考えて生き続けた。何年もの間、夜となく昼となくひたすら復讐することだけを考え続けた。だからといって、笑いを忘れたわけでも、やさしい心根を失ったわけでもなかった。歌い手たちが一度も会ったことのない彼女の魅力を歌にのせて国中に広めたおかげで、いつしか彼女は生きた伝説となり、その美貌の噂はいやが上にも高まった。彼女は毎日明け方の四時に起き出すと、農場や屋敷内の仕事に関する指示を与え、ロバに乗って農場を駆け回り、ものを売り買いするときはシリア人も顔負けするほどの才覚を発揮し、家畜を育て、また庭に泰山木やジャスミンを植えた。日が暮れると、ズボンとブーツを脱ぎ捨て、銃をはずし、首都から香ぐわしい薫りのするトランクにつめられて運ばれてきた美しい衣装に着替えた。夜になって訪問客がやってくると、彼らのためにピアノを演奏したが、その間女中たちはケーキや冷たい飲物オルチャータの入ったコップをのせたお盆をもって給仕してまわった。多くの人は、あの娘はいずれ精神病院に送られて拘束衣を着せられるか、カルメル会の修道院に入って見習い修道尼にでもなるのではないかと噂したものだった。しかし、時が経ち、何度もオレリャーノ家の屋敷で行われるパーティに顔を出しているうちに、誰もあの悲劇的な事件のことを話題にしなくなり、殺された上院議員のことも記憶から薄れ、消えて行った。名声も財産もある紳士のなかには、彼女が暴行を受けたことを知ってはいたが、美貌だけでなく思慮分別にも恵まれている彼女に惹かれて、結婚を申し込むものもいた。けれども、復讐したいという一念で生きていた彼女は、そうした申し出をすべて断った。

タデオ・セスペーデスもやはりあの呪わしい夜のことが忘れられなかった。殺戮と暴力に酔いしれた陶酔感も数時間後には消え去り、彼は今回の懲罰のための遠征について報告すべく首都に向かった。そのとき舞踏会の衣装を身につけ、ジャスミンの花冠をかぶった少女の姿が蘇ってきた。少女は硝煙の匂いの立ちこめる薄暗い部屋で声ひとつたてず彼の言いなりになった。部屋を出るとき、血にまみれたぼろぼろの衣装をまとい、哀れにも意識を失って床に横たわっている彼女の姿が目に入ったが、その姿がふたたび蘇ってきたのだ。以来死ぬまで、眠りにつこうとすると毎晩彼女の姿が目に浮かぶようになった。平和が訪れ、政府の要職について権力を行使しているうちに、いつしか彼はどっしり落ち着いた働き者の人間に変わった。時が経つとともに内戦の記憶も薄れ、人々はドンという敬称をつけて彼の名前を呼ぶようになった。彼は山向こうの農場を買い取り、また公正な裁判をするようになって、やがて大判事にまでなった。相変わらずドゥルセ・ローサの亡霊に苦しめられていたが、それさえなければそこそこ幸せに暮らすことができたにちがいない。その後彼はさまざまな女性と出会い、長年の間心の慰めと本当の愛を求めて大勢の女性を抱いてきたが、どの女性と一緒にいてもカーニバルの女王の顔が浮かんでくるのだった。さらに不幸なことに、民衆詩人が作る詩のなかに時々彼女の名前が出てきて、それが歌にうたわれるものだからいつまで経っても彼女のことを忘れることができなかった。あの若い娘のイメージが彼の心のなかでどんどんふくれあがってゆき、ついには耐えきれないほど大きくなった。五十七歳の誕生日を祝うパーティが催された日、彼は友人や仲間のものたちに囲まれて長いテーブルの上座に座っていた。そのときテーブルクロスの上に飾ってあるジャスミンの花芽の間に裸の彼女の姿が見えたように思え、この分では死後もこの悪夢につきまとわれて心の安らぎを得ることはできないだろうと考えた。彼は突然食器類ががたがた音を立てるほど強くテーブルを叩くと、帽子とステッキを出してくれと言った。

「どこへ行かれるんです、ドン・タデオ」と長官が尋ねた。

「昔犯した罪の償いをしてくる」彼は別れの挨拶もせずにそう言い残すと、家を出て行った。

彼女があの不幸な事件のあった屋敷に今も住んでいることはまちがいなかったので、わざわざ捜すまでもなかった。彼はそちらに向かって車を走らせた。当時に比べると道路がよくなっていたので、思ったよりも近く感じられた。ここ数十年の間にあたりの様子はすっかり変わっていたが、岡にさしかかる最後のカーブを曲がったとたんに、以前部下とともに襲いかかる前に目にしたのと同じ屋敷が建っていた。彼がダイナマイトで爆破した川石を積んだ頑丈な塀はもと通りになっていたし、炎に包まれていた黒い材木の古い格天井もそこにあった。また、上院議員の使用人たちを吊るした木々や番犬を殺した中庭も残っていた。玄関から百メートルほどのところに車を止めたが、心臓が今にも張り裂けそうな気がしてそれ以上近づくことができなかった。やはり引き返そうと思って後ろを振り返ると、バラの木の間からスカートの裾を翻して人影が現れた。どうか自分だと分かりませんようにと祈るような気持ちで目を固く閉じた。夕方六時の淡い光のなかに、庭園の小道を通ってふわふわ漂うように近づいてくるドゥルセ・ローサ・オレリャーノの姿が浮かび上がった。彼女の髪やその白い顔、優雅な身のこなし、ひらひら舞っているように感じられる衣服などが目に入り、ふと二十五年間見つづけてきた夢の世界に入り込んだような気持ちに襲われた。

「長い間待たせたわね、タデオ・セスペーデス」と彼女のほうから声をかけた。彼は大判事の黒い衣服を着ていたし、髪には白いものが混じっていたが、その海賊のような手は昔と少しも変わっていなかったので、すぐに彼だと分かったのだ。

「君のことが四六時中頭から離れなかったんだ。結局君以外の誰も愛せないということが分かったんだよ」恥ずかしさのあまりかすれた声でそう言った。

ドゥルセ・ローサは満足そうにため息をもらした。長年の間、夜も昼も心の中でずっと彼の名を呼び続けたが、その相手がとうとう目の前に現れたのだ。彼の目をじっと見つめたが、その目には大勢の人を殺した人間特有の残忍な光は認められず、ただ涙があふれているだけだった。これまで心のなかで育んできた憎しみの感情を相手にぶつけようとしたが、もう消え失せてしまっていた。自分が犠牲になって生き延び、あの男に復讐すると父親に誓ったときのことや、いとわしいあの男に抱かれたときのこと、無惨な姿になった父親の遺体を麻のシーツにくるんだ明け方のことを思い返してみた。

また、完璧なまでに練り上げた復讐の計画を思い返してみたが、期待していたような喜びはこみ上げてこず、逆に言いようのないほど悲しい気持ちに襲われた。タデオ・セスペーデスはそっと彼女の手を取ると、掌に口づけし、その手を涙で濡らした。いつか仕返しをしてやる、そう考えて彼のことを絶えず思い浮かべてきたのだが、その感情が突然愛情に変わってしまったと気づいて、彼女は恐ろしさに震え上がった。

わずか二、三日の間に、それまで抑えつけてきた愛情が二人の間で堰《せき》を切ったように一気にあふれはじめた。辛く苦しい人生を歩んできた二人だが、そのときはじめてお互いに心を開き、相手が身近にいる喜びを素直に受け入れることができるようになった。彼らは庭園を散歩しながら自分たちのことを話し合ったが、それぞれの人生を大きく変えたあの不幸な夜のことも話題にのぼった。日が暮れると、彼女はピアノを弾いた。彼はタバコをふかしながらその演奏に耳を傾け、言いようもなく心が安らぐのを覚えた。幸せな思いが毛布のように彼をすっぽり包み、過去の悪夢を消し去ってくれた。夕食が済むと、タデオ・セスペーデスはサンタ・テレーサの町に戻ったが、町の住民は誰ひとり昔の恐ろしい事件のことを覚えていなかった。町いちばんのホテルに泊まり、結婚式の準備をした。贅《ぜい》をつくした派手はでしくて賑やかな披露宴をし、町中の人に出席してもらいたいと考えていた。ふつうの男なら人生に幻滅を感じはじめる年齢で本当の恋に出会えたせいで、彼は青春時代が蘇ってきたような気持ちになった。ドゥルセ・ローサを愛情と美しいもので包んでやり、金で買えるものはすべて買い揃えてやろうと心に決めた。そうすれば、若い頃の過ちを償うことができるだろうし、老後に喜びを得ることもできるはずだ。時々言いようのない不安に襲われることがあった。ひょっとして自分を怨んでいるのではないだろうかと思って、そっと顔色をうかがったが、その顔には恋している女性にしかみられない輝きが見て取れたので、ほっと胸を撫でおろした。こうして、幸せな一ヵ月が過ぎていった。

結婚式の二日前には、庭園にパーティのための大きなテーブルが並べられ、料理を作るために鳥が締められ、豚が殺され、家に活ける花が切りとられた。その日に、ドゥルセ・ローサ・オレリャーノはウェディング・ドレスを試着してみた。鏡に映る自分の姿を見て、カーニバルの女王に選ばれて、花冠を頭に載せてもらったときの自分にそっくりなのに気がつき、これ以上自分を欺くことはできないと感じた。父を殺した相手を愛しているので、計画通り復讐することはできないが、同時に父親の亡霊を黙殺することもできなかった。そこで裁縫師に引き取るように言い、ハサミをもってあれ以来ずっと空き部屋になっていた三番目の中庭にある部屋に向かった。

タデオ・セスペーデスは必死になって彼女の名前を呼び、屋敷中を捜しまわった。犬の吠える声に導かれて、屋敷のいちばん奥に向かった。庭師に手伝ってもらって、かんぬきの掛かっている部屋のドアを壊し、かつてジャスミンの花冠をかぶった天使を見かけたことのある部屋に踏み込んだ。ドゥルセ・ローサ・オレリャーノは、それまで毎晩夢に見ていたのとまったく同じ、血に染まったオーガンジー織りの衣装をまとって横たわっていた。その姿を見た彼は、自分は九十歳まで生きて、この世でたったひとり心から愛した女性の思い出を胸に秘めて、罪の償いをすることになるだろうと直感的に感じた。

# 裏切られた愛の手紙

アナリーア・トーレスが生まれるとすぐ、母親は激しい熱病にかかって亡くなった。父親はそのショックから立ち直れず、二週間後に拳銃で胸を撃ち抜いた。数日後に父親も息を引き取ったが、その間ずっと妻の名を口にしていた。父親の弟のエウヘニオが一家の土地を管理し、幼いみなしごの彼女を引き取ると、自分の流儀で育てることにした。アナリーアは六歳になるまで叔父の屋敷の女中部屋で、先住民《インディオ》の乳母のスカートをつかんで大きくなった。そして、学齢期に達すると首都に送られ、サグラーダ・コラソン修道女学院に入れられた。以後十二年間彼女はその学校で暮らすことになった。おとなしい生徒で、学校の規律や厳めしい石造りの建物、聖人像がずらりと並び、蠟と白百合の匂いのたちこめている礼拝堂、装飾がいっさいない廊下、薄暗い中庭などが好きだった。けれども、騒々しい女生徒たちや鼻をつく匂いのする教室がどうしても好きになれなかった。尼僧たちの目をうまくごまかせたときは、首のとれた彫像や壊れた家具の置いてある屋根裏部屋に潜り込み、自分を相手にいろいろなお話を語って聞かせた。そんな風にうまく時間を盗むことができたときは、ひとり静かに罪深い喜びを味わっているような気持ちになった。

叔父のエウヘニオからは半年毎に短い手紙が届いた。叔父はその中で、生前立派なキリスト教徒だった両親の名に恥じないように行いを正しくしなさい、また生涯かけて徳を積むようにして、つまりこれは修道院で見習い尼僧になれということだが、そうして両親が生きていれば誇りに思えるような娘になってほしいと書いていた。けれどもアナリーアは最初から、自分はそのつもりはないとそれとなくほのめかしていたし、その考えを変えようとしなかった。彼女はもともと宗教的な生活が好きだったので、そんなことを言ったのも叔父に逆らいたい一心からだった。僧服をまとい、あらゆる喜びを捨てて生涯ひとりで暮らせば、きっと変わることのない心の安らぎが得られるはずだと考えていた。ただ、彼女は本能的に叔父の忠告には耳を貸すまいと心に誓っていた。叔父があのようなことを言うのは、兄と約束したからではなく、自分からあの土地を取りあげようとしているからではあるまいかと考えていた。彼の言動は、どこかに罠がしかけられているような気がして、どうしても信用できなかったのだ。

アナリーアが十六歳になったときに、叔父がはじめて学校へ会いにやってきた。彼女は尼僧院長に呼ばれて部屋へ行った。奥の中庭で先住民《インディオ》の乳母と一緒に暮らしていた頃からみると、二人ともすっかり変わっていたので、尼僧院長から紹介されるまでお互いに相手が誰だか分からなかった。

「尼僧さんたちに大事にしてもらっているようだね、アナリーア」叔父はカップの中のチョコレートをかき混ぜながらそう言った。「元気そうだし、それになかなかきれいになったじゃないか。先の手紙にも書いたが、天国にいる兄貴が遺言状に書き残したように、今度の誕生日から毎月仕送りをしてあげるよ」

「いくらいただけるんですか」

「五ペソだよ」

「両親はわたしにそれだけしか残してくれなかったのですか」

「むろんそんなことはないさ。あの農場はお前のものだよ。だけど、今みたいにしょっちゅう革命騒ぎやストがあると、女手ひとつではとても切り回せないだろう。毎年仕送りの額を上げて行くことにして、これからは毎月送ることにする。その後のことは、また考えよう」

「どう考えるんですか」

「お前にとっていちばんいい方法だよ」

「わたしはどうすればいいんです」

「まず、いい人を見つけて、その人に農場の経営をまかせることだ。亡くなる前に兄貴から頼まれたので、自分に課せられた義務だと思ってこれまではわたしがやってきたが、決して楽な仕事じゃない。まだもうしばらくはお前に代わってやるがね」

「そう長くはご迷惑をおかけしませんわ、叔父さま。結婚したら、わたしがやりますから」

「この子は今、結婚したらと言いましたね、院長さま。ということは、誰か相手がいるということでしょうか」

「とんでもありませんわ、トーレスさん。わたしどもはちゃんと目を光らせております。単に言葉の綾《あや》でそう言っただけですわ。それにしても、何てことを言うんでしょうね」

アナリーア・トーレスはさっと立ち上がると、制服の皺《しわ》を伸ばし、人を小馬鹿にしたように軽く頭を下げると、部屋から出ていった。尼僧院長は彼のカップにチョコレートを注ぎたしながら、あの子があのような失礼な態度をとったのは、きっと親族の人たちとの触れあいが少ないからでしょうねと言った。

「休暇になってもここに残っているのはあの子だけですし、クリスマスのときに贈り物が届かないのもあの子だけなんですの」と尼僧院長はそっけない口調で言った。

「わたしは子供を甘やかすのがきらいなものでしてね。ですが、姪のことはいつも心にかけておりますし、父親代わりに尽くしてやっているつもりです。ただ、院長さまのおっしゃるように、歳の若い娘というのは感情に支配されやすいですから、これからはアナリーアにもっと愛情を注いでやるように心がけます」

それから一月もしないうちに、叔父はふたたび学校に現れた。今回は姪の顔を見るためではなく、尼僧院長に会って、自分の息子がアナリーアと文通したいと言っている、彼女が自分の従兄弟と手紙のやりとりをすることで家族とのつながりを持つことができればと思っているので、手紙を出させていただきたいと申し出た。

手紙が定期的に届きはじめた。飾り気のない白の便箋に黒インクを使って、しっかりした大きな書体で書いてあった。その中には田舎の暮らしや四季の移ろい、動物などについて語ったものもあれば、すでに死んだ詩人とその詩人たちの書き残した考えについて書かれたものもあった。時々一冊の本、あるいは文字と同じしっかりした筆遣いで描かれたデッサンが同封されていることもあった。叔父が一枚噛んでいればどんなことでも信用ならない、そう思いこんでいたアナリーアは、手紙は読むまいと心に決めていたが、退屈な学校生活の中では手紙だけが空想を羽ばたかせることのできるたったひとつの楽しみだった。彼女は屋根裏部屋に隠れたが、それは現実離れしたお話を作るためではなく、従兄弟から送られてきた手紙を読むためだった。おかげで、癖のある書体から紙の質にいたるまで覚え込んでしまった。最初は返事を書かなかったが、しばらくすると我慢できなくなった。手紙はすべて尼僧院長が開封する決まりになっていたので、二人は検閲の目をごまかすためにだんだん手の込んだことをするようになった。二人はすっかり親密になり、まもなく二人だけの秘密の暗号を取り決めて、それで愛を語り合うようになった。

アナリーア・トーレスはルイスと署名してある従兄弟と会った記憶がなかった。というのも彼女が叔父の家で世話になっていたとき、彼はすでに首都にある学校で寄宿生として暮らしていたのだ。従兄弟はきっと醜い男性にちがいない。あのような深い感受性と鋭い知性が魅力的な外見とどうしても結びつかなかったので、彼女は勝手にあの人は病気にかかっているか、身体に障害があるはずだと決めつけた。父親のようにまるまる太っていて、顔に痘痕《あばた》があり、片方の足が悪く、頭の毛が薄くなっている、そんな従兄弟の姿を思い浮かべた。けれども、自分で欠点を付け加えれば付け加えるほど、ますます彼を愛するようになった。唯一大切なものがあるとすれば、それはきらめくような知性だ。これだけは時の試練に耐えて色あせることがなく、歳をとるにつれていっそう輝かしいものになる。お話にでてくるこの世の人間とは思えないほど美しい英雄など何の価値もない、そういう人物にあこがれるのは軽薄な証拠だと彼女は考えていた。そう言いつつも、何となく不安になっていたことも確かだった。いったいどの程度なら我慢できるのだろう。

アナリーアとルイス・トーレスの文通は二年間続いたが、終わり頃になると帽子をいれる箱一杯に手紙がたまり、彼女は心から従兄弟を愛するようになっていた。これは叔父が仕組んだことで、わたしが両親から受け継いだ財産をそっくりそのままルイスの手に渡そうとしているのではないだろうかという考えがちらっと頭をかすめたが、下司《げす》の勘ぐりというのはこういうことを言うのだろうと思って恥ずかしくなり、その考えをすぐに振り払った。十八歳の誕生日に彼女は、尼僧院長からお客様がきていますと言われて、修道院の食堂へ行った。アナリーア・トーレスはそれを聞いて、すぐにピンときた。長い間心の中で思い描いてきた男性とついに向かい合うことになる、その思わぬ出来事を前にして急に不安になり、大急ぎで忘れさられた聖人像が並んでいる屋根裏部屋に逃げこもうかと考えた。部屋に入って彼の前に立った彼女は、幻滅から立ち直るのに数分かかった。

ルイス・トーレスは彼女が夢の中で思い描き、愛そうとつとめてきた背が低くて、ひどい猫背の若者ではなかった。逆に背が高く、がっしりした身体つきをしており、ハンサムというほどではなかったが、人なつっこい顔をしていた。

口元にはまだ幼さが残り、手入れの行き届いた黒い髭を蓄え、明るい目に長いまつげをしていたが、顔に表情がなかった。全体に整いすぎていて何となく間のぬけた感じのする礼拝堂の聖人像に似ているように思われた。アナリーアはショックから立ち直ると、心の中に棲みついていた猫背の人というイメージを振り払い、こんなすてきな男性ならきっと愛せるにちがいないと考えた。頬にキスされたとき、ラベンダーの薫りが彼女の鼻をくすぐった。

結婚したその日からアナリーアはルイス・トーレスを憎むようになった。あまりにも柔らかいベッドに敷いた刺繍の入ったシーツの間に身体を横たえ、相手がのしかかってきたときに、自分が恋をしていた相手は幻影でしかなく、幻の恋は結婚という現実とは相容れないものだということに思い当たった。それでも彼女は懸命になって自分の感情と戦い、こういう気持ちを抱くのは罪深いことだと自分に言い聞かせてそれを振り払おうとした。それでもだめだと分かると、そうした感情を根元から引き抜いてしまおうと頑張ってみた。ルイスはやさしくて、しかもユーモラスなところがあった。狂ったように身体を求めてきてわずらわしい思いをさせられることもなければ、孤独と静けさが好きな彼女の性格を変えようともしなかった。多少でも彼女のほうから夫を愛そうとつとめれば、結婚生活でも僧服を着ていたときのように幸せな気持ちになれたはずだった。顔も見ないで二年間愛しつづけたはずなのに、どうして今になってこんなに嫌いになってしまったのか自分でもよく分からなかった。そうした気持ちをうまく言葉で言い表せなかったが、たとえそれができたとしても、肝心の打ち明けるべき相手がいなかった。手紙を通して愛を打ち明けてくれた相手と現実の夫のイメージがどうしても結びつかず、苛立たしい思いをした。ルイスは二人がやりとりした手紙のことを決して話題にしようとしなかった。彼女がその話を持ち出すと、さっとキスをして口を塞《ふさ》ぎ、こうして結婚したんだから、そういうロマンチックな話はもういいじゃないか、今はお互いに信頼しあい、尊敬しあっていればいいんだ、若い頃に取り交わした手紙よりも、共通の利害や家族の将来のほうがずっと大事だよと言って話を逸らした。二人は本当に心を許し合っていなかった。昼間は互いの仕事に追われ、夜になると羽枕に顔を埋めたが、学校の粗末なベッドに慣れていたアナリーアは息が詰まりそうになった。時々睦《むつ》みあったが、彼女は身体を強張らせて木の棒のように身動きしなかったし、彼は彼で避けがたい身体的要求を満たしているだけだというようにそそくさとことを済ませた。ルイスはすぐに眠り込んでしまったが、彼女のほうは暗闇の中で目を見開いたまま、口をついて出そうになっている怒りの声を押し殺していた。アナリーアは夫に対する嫌悪感を何とか克服しようとして手を尽くした。心から夫を愛したいと思って、彼の姿を事細かに思い浮かべて、心に刻み込もうとしたり、頭を空《から》にし、夫とは無縁な空想の世界へ逃れたりした。この嫌悪感が一時的なものでありますようにと神に祈った。けれども、何ヵ月たっても嫌悪感が薄らぐどころか、夫を憎むようにさえなった。あるときなど、黒インクで真っ黒になった手で自分の身体をまさぐるいとわしい男が夢に現れてきて、夜中にぱっと目が覚めたこともあった。

　トーレス夫妻は、アナリーアの父親が買い込んでおいた農場で暮らしはじめたが、かつてあのあたりは兵隊や盗賊がうろついている物騒な土地だった。それが今では、そばをハイウェイが通り、近くには毎年農産物や家畜の市が開かれる賑やかな村もできた。名目上ルイスが農場の経営者になっていたが、彼は農場の仕事を嫌っていたので、叔父のエウヘニオが実権を握って経営していた。昼食の後、親子は書斎に閉じ込もってコニャックをちびちびやりながらドミノを楽しんだ。そのときにアナリーアは叔父が投資や家畜、播種、収穫の話をして、細々としたことを決定するのを聞いていた。ほんのときたま彼女が横から口をはさんで意見を述べると、二人は熱心に耳を傾けるふりをし、それはいい考えだ、ぜひ参考にさせてもらうよと言ったが、口先だけで実際は自分たちの好きなようにしていた。時々アナリーアは馬をギャロップで走らせ、山まで続く農場を思いきり駆け回ったが、そんなときは男に生まれてくればよかったと考えたものだった。

子供ができても、夫に対する気持ちは少しも変わらなかった。妊娠中はこれまで以上に夫に接するのを嫌がったが、ルイスはお腹が大きいんだからしかたないと言って、べつに苛立った素振りを見せなかった。というのも、彼はほかのことに心を奪われていたのだ。子供が生まれると、彼女は狭くて固いベッドしか置いていない別の部屋で寝起きするようになった。子供が一歳になっても、部屋に鍵をかけて閉じ込もり、できるだけ夫と二人きりにならないようにした。一家の主人を蔑《ないがし》ろにするのもほどほどにしろと考えたルイスは、ドアを銃でぶちこわされたくなかったら、いいかげんにその態度を改めろと迫った。夫がそんなに怒ったことは一度もなかったので、彼女は口ごたえせずに言われたとおりにした。以後七年間、二人の関係は悪化の一途をたどり、口にこそ出さなかったが仇敵のように憎み合うようになった。ただ二人とも世間体を気にするほうだったので、人前ではこれみよがしに仲睦まじいところを見せていた。二人がひどくいがみ合っていることを何となく感づいていたのは息子だけだったが、おかげで真夜中に涙で枕を濡らし、泣き叫びながら目を覚ますようになった。アナリーアは沈黙の鎧《よろい》で身を固めたが、そのせいでだんだん心がすさんで行くような気持ちに襲われた。一方ルイスのほうは自制心をなくして、歯止めがきかなくなった。好き放題のことをし、大酒を飲み、よからぬ遊びをして何日も家を空けるようになったが、アナリーアはこれ幸いとますます彼から遠ざかっていった。ルイスが農場経営にまったく関心を示さなくなったので、彼女が代わりをつとめたが、その仕事が何よりの楽しみになった。日曜日には叔父のエウヘニオとダイニングルームであれこれ話し合い、いろいろなことを決めたが、その間ルイスは昼寝を決め込んで起きてこなかった。夕方になると汗びっしょりになり、むかつく胃をかかえて起きてきたが、その後は決まって友人たちと一緒に酒を飲みに出かけていった。

アナリーアは息子に習字と算数の手ほどきをし、本を読む癖をつけさせようとした。その子が七歳になると、ルイスはいつまでも母親の手元に置いて甘やかすのはよくない、そろそろ正規の教育を受けたほうがいいだろうと考えた。首都の学校にやったほうが早く一人前の男になると考え、彼はそうしようとしたが、アナリーアが猛烈に反対した。その剣幕に押されて、結局折り合わざるを得なくなった。子供は近くの町にある学校に入ることになった。月曜日から金曜日までは寄宿生として暮らし、土曜日の朝に車で子供を迎えにいって、日曜日まで家に帰らせるということにした。最初の週、アナリーアは不安でたまらず、何とか口実をもうけて子供を手元に引き留めておこうとしたが、その口実が見つからなかった。子供はとても喜んでいて、先生のことや学校友達のことをまるで家族か何かのように話した。寝小便をすることもなくなった。三ヵ月後に、子供は通信簿とよく頑張りましたという先生のお褒めの言葉をもらった短い手紙をもって帰ってきた。アナリーアは身体を震わせながら手紙を読むと、本当に久しぶりにその顔に笑みを浮かべた。嬉しそうに息子を抱きしめると、学校の寝室や食事のこと、夜は寒くないかい、友達は何人いるの、先生はどんな人といったことを事細かに尋ねた。それ以来彼女はすっかり落ち着きを取り戻し、二度と学校をやめさせるという話をしなくなった。息子もいつもいい成績をとってくるようになった。アナリーアはその成績表を宝物のように大切にし、クラスの子供たちにマーマレードの入っている瓶や果物の籠を送るようになった。今の学校では初等教育を終えるのがやっとで、ここ何年かのうちに子供を首都の学校へやらなくてはいけないことは分かっていたし、そうなると休暇のときしか会えなくなるのだが、彼女は努めてそのことを考えないようにしていた。

町で喧嘩騒ぎがあった夜、べろべろに酔っぱらっていたルイスは、飲み友達の前で乗馬の腕を披露しようとして他人の馬に飛び乗り、その上で爪先立ちして回転しようとした。彼は馬から落ち、地面にたたきつけられた上に、蹄で蹴られて睾丸《こうがん》をつぶされてしまった。傷が化膿してはいけないというので首都の病院に運ばれた彼は、大声で泣きわめきながら九日後に息を引き取った。そばに付き添っていた妻は、ついに夫を愛することができなかったことを悔いながら涙を流していたが、一方でこれでもうあの人が死ねばいいのにと思わなくても済むと考えてほっとした。遺体を棺に収め、生まれ故郷の墓地に埋めるために農場へ帰ることになったが、その前にアナリーアは白い服を買って、トランクの底にこっそり押し込んだ。喪服を着て田舎の町に帰ると、表情を読まれないよう未亡人のつけるヴェールを顔にかけた。その姿で、同じように喪服を着ている息子の手を握って埋葬に立ち会った。葬儀が終わると、七十年間働きづめに働いてきたというのに、相変わらずかくしゃくとしている叔父のエウヘニオがやってきて、彼女にあの土地を譲ってはくれまいか、あんたは首都で年金を受け取って暮らせばいい、向こうなら子供の教育もちゃんとしてやれるし、過去の辛い思い出に悩まされることもないだろうと言った。

「あんたとルイスがうまく行ってなかったことは、分かっていたんだ、アナリーア」と彼は言った。

「そのとおりですわ、叔父さま、あの人は最初からわたしをだましていたんです」

「何てことを言うんだね、あれは思慮深い子で、お前を大切にしていたよ。ルイスは夫として申し分ない男だ。男というのは多かれ少なかれ浮気くらいはするもので、それくらいのことで目くじらを立てるものじゃない」

「そのことじゃありません。わたしをだましていたことが許せないんです」

「その話は止そう。とにかく、あんたと孫は首都で暮らすほうが幸せになれる。向こうには何でも揃っているからな。農場のほうはわたしが管理してやるよ、歳をとってはいるが、なにまだ元気なものだ、今でも牛をねじり倒すくらいの力はあるんだ」

「わたしはここに残ります。息子もここに残って農場の仕事を手伝ってくれることになっています。ここ何年か家事よりも畑仕事のほうが忙しかったのですが、ただ以前と違うところはいろいろなことを人に相談せずに自分で決められるようになったことです。つまり、ようやくこの土地が自分のものになったんです。それではこれで失礼します、エウヘニオ叔父さま」

それから数週間、アナリーアは新しい生活をはじめるための準備をした。まず、以前夫と一緒にくるまったことのあるシーツを燃やし、狭いベッドを主寝室に移した。その後、本を何冊も読んで農場経営に関する知識を身につけ、自分の財産を正確に把握すると、余計なことを言わずにこちらの言いつけどおりに動いてくれるような監督を捜した。これで準備が整ったと考えた彼女は、トランクにしまってあった白い服を取り出し、丁寧にアイロンをかけて身につけた。着替えが終わると、車に乗って町の学校まで行ったが、腕の下には古い帽子の箱を抱えていた。

アナリーア・トーレスは授業の終わったことを告げる午後五時の鐘が鳴って、生徒たちがわっと運動場に飛び出してくるのを中庭で待った。ほかの生徒たちに混じって息子が楽しそうに駆け出してきたが、はじめて学校に現れた母親の姿を見て急に立ち止まった。

「教室に案内してくれない、先生にお会いしたいの」と彼女は言った。

ドアのところまで来ると、アナリーアは先生とお話があるから、あなたは先に帰っていいわと言うと、ひとりで教室に入って行った。教室は広々としていて、天井が高く、壁には地図や生物学の授業で使う絵が掛かっていた。閉め切った部屋にこもっている子供たちの汗の匂いのせいで幼い頃の記憶が蘇ってきたが、今はその匂いを嗅いでも不快な感じがせず、気持ちよさそうに息を吸い込んだ。一日の授業が終わったところなので、勉強机の位置が変わり、床に紙が散らばり、インク瓶の蓋が空いていた。黒板には算数の計算がまだ消されずに残っていた。部屋の奥の、教壇の上の机の前に先生が座っていた。その人はびっくりしたように顔を上げた。松葉杖は部屋の隅の、椅子を引きずって行かないと取れないところに置いてあったので、立ち上がることができなかった。アナリーアは勉強机の間をとおって、彼の前まで進んだ。

「トーレスの母親です」ほかに適当な言い方が思い浮かばなかったのでそう切りだした。

「これはどうも。先日はお菓子と果物を送ってくださってどうもありがとうございました」

「今日はその話できたのではありませんの。お聞きしたいことがあったものですから」アナリーアはそう言いながら机の上に帽子の箱を置いた。

「これは何ですか」

彼女は蓋を開けると、それまでずっと大切にしまってあったラブレターを取りだした。彼はその手紙の山をじっと見つめていたが、その時間がひどく長く感じられた。

「あなたには十一年間の貸しがあるんですのよ」とアナリーアは言った。

「どうしてわたしが書いたと分かったんです?」彼は喉がつかえたようになっていたが、ようやく口がきけるようになると口ごもりながらそう尋ねた。

「結婚した日に、この手紙を書いたのは夫ではないと分かったのです。ある日、息子がはじめて成績表をもって帰ってきたのですが、その書体を見て気がついたのです。そしてこうしてお会いしてみて、やはりあなたにまちがいなかったと思いました。というのも、十六歳のときから夢の中でお会いしてきた方にまちがいなかったからです。でも、どうしてこのようなことをなさったのです」

「ルイス・トーレスはわたしの友達だったんです。従姉妹に書く手紙を代筆してほしいと頼まれたときは、べつに悪いことだとは思わなかったんです。で、二通目、三通目と書いていったんですが、そのうちあなたから返事が返ってきて、引くに引けなくなったんです。あの二年間は、わたしにとってもっとも幸せな時代でした。あなたからの返事を待っていたのですが、何かを待つという喜びを味わったのはあのときだけでした」

「そうでしたか」

「許していただけますか」

「もちろんですわ」アナリーアは松葉杖を渡しながらそう答えた。

先生は上着を着ると、立ち上がった。二人は子供たちが騒いでいる中庭に出て行ったが、まだ日は沈んでいなかった。

# 幻の宮殿

五世紀前、スペインから荒々しいならず者たちがやってきた。疲れきった馬に乗り、アメリカの太陽で燠火《おきび》のように熱く焼けた甲冑をまとった彼らはキナロアの地に降り立ったが、そこでは何世紀も前から先住民《インディオ》たちが昔と変わりない生活を営んでいた。征服者たちは使者を送り、旗を立てて新しい領土を発見したと告げ、その土地が遥か遠くにいる皇帝の所有地であると宣言した。ついで、最初の十字架を立て、そこをサン・ヘロニモと名づけたが、先住民《インディオ》にはその名前が発音できなかった。先住民《インディオ》たちは傍若無人な儀式を目を丸くして眺めていたが、髭面の戦士たちが火薬で轟音を発する鉄製の武器を手に世界中を駆けめぐっているという話をすでに耳にしていた。先住民《インディオ》たちはまた、彼らの行くところかならず嘆きの声が上がり、名前を知っているどの部族も彼らと正面から戦うことができず、あらゆる軍隊がこのひと握りのケンタウロスを前にして潰走したという話を聞いていた。大昔から住みついている部族である彼らは、沢山の羽飾りをつけた君主でさえ税金を取るのをためらうほど貧しく、また性格が温和だったので、戦争がはじまっても徴兵されることはなかった。この世界が誕生した頃から平和に暮らしてきた彼らは、わずかばかりの粗暴なよそ者がやってきたからといって自分たちの習慣を変えたりはしなかった。けれども、まもなく敵の力が侮れないほど大きく、彼らがそばにいるだけで大きな岩を背負っているような息苦しさを覚えはじめた。ふつうなら奴隷として働かされたり、新しい神々を受け入れるようにとさまざまな拷問にかけられたり、病気にかかって死んでいってもおかしくなかったのだが、彼らはそのような運命に見舞われる前に密林の奥深くに姿を消し、やがては部族の名前さえ忘れ去られた。何世紀ものあいだ、彼らは葉の茂みに隠れている影のようにつねに物陰に身をひそめ、しゃべるときもひそひそ話し、行動するのも夜だけにするよう心がけていた。身を隠す術に習熟したせいで、彼らの名前は歴史に記録されておらず、彼らが地上に存在したという証拠さえ残っていない。どの本を見ても彼らの名前は出てこないが、その地方の農民たちは森の中で彼らの声を聞いたことがあると言っていたし、若い独身の娘のお腹が大きくなりはじめ、しかも父親が誰だか分からないときは、好色な先住民《インディオ》の霊が宿ったのだと今でも言っている。その地方の人たちの身体には、イギリス人の海賊やスペイン人の兵士、アフリカ人の奴隷、黄金郷を求めてやってきた冒険家、さらには一攫《いっかく》千金の夢に取り憑かれて、肩に雑嚢《ざつのう》をかついで転がり込んできた移民の血が流れていたが、その中にあの目に見えない先住民《インディオ》の血がわずかに含まれていることを彼らは誇りに思っている。

ヨーロッパはわれわれが生産する以上のコーヒーやココア、バナナを消費しているが、そうした需要があるにもかかわらずわれわれの生活は少しも豊かにならず、相変わらず貧しい暮らしを強いられている。海岸に住んでいたひとりの黒人が井戸を掘ろうとツルハシをふるっていたときに、突然石油が噴き出して顔にかかった。それ以来状況が大きく変化した。第一次世界大戦の末期に、この国は繁栄しているという噂が流れたが、当時はほとんどの人がまだ泥の中を這《は》いまわっていた。実のところ、石油で潤っていたのは〈慈善者〉とその側近だけだった。けれども、国民もその余沢にあずかれるはずだという希望があった。終身大統領は自らの政府を全体民主主義と名づけていたが、二十年におよぶ統治期間に反乱の芽はことごとく摘み取られ、彼は権力をほしいままにしていた。首都では進歩の兆しがみられるようになり、自動車や映画館、アイスクリーム店、競馬場、ニューヨークあるいはパリからやってきたショーを上演する劇場などが目につくようになった。港には石油を輸送する船や目新しい商品を運んでくる船が何十艘も停泊するようになったが、残りの領土は何世紀にもわたる深い眠りに浸っていた。

昼寝をむさぼっていたサン・ヘロニモの住民は、鉄道を敷設するすさまじいハンマーの音でたたき起こされた。〈慈善者〉がヨーロッパの王侯が住むような夏の宮殿を建設するためにその村を選び出し、そこと首都を結ぶ鉄路が敷かれることになったのだ。もっとも、一年中むせかえるように暑く、湿気の多い大自然の息吹の中で暮らしている住民たちは、夏と冬の区別がつかなかった。ベルギーの博物学者が、もし地上の楽園の神話が多少とも現実的根拠のあるものだとすれば、それはおそらく風景が目を見張るほど美しいこのあたりにあったにちがいないと断定したが、独裁者はその話を聞いただけであそこに壮大な建築物を作ろうと決めた。その博物学者の観察によれば、森には千種類以上の極彩色の鳥とあらゆる種類の蘭、つまり、ソンブレーロのように大きいブラッシアから虫眼鏡を使わないと見えないほど小さいプレウロタリスにいたるまで自生しているとのことだった。

そこに宮殿を建てようと考えたのは数人のイタリア人建築家で、彼らはみるからに雑然とした大理石造りの別荘の見取り図を持って閣下の前に現れた。そこには無数の円柱や広々とした廊下、曲がりくねった階段、アーチ、ドーム、柱頭、サロン、調理場、寝室、さらには金と銀の蛇口がついた三十室以上のバスルームが描いてあった。宮殿を作るための第一期工事が鉄道の敷設だったが、鉄道を敷かなければ膨大な量にのぼる建材や何百人もの人夫、イタリアから連れてきた人夫頭と職人を運ぶことができなかったのだ。ジグソーパズルのようなあの建築物を作るのに四年の歳月を要したが、そのせいであたりの動植物の生態系が変わり、費用も国家が所有している一艦隊分の戦艦と同じほどかかった。けれども、地下から湧いて出る黒い油のおかげで支払いに遅れは出なかった。そして、栄光の権力奪取の祝日に夏の宮殿の落成を祝うテープカットが行われた。その日のために、機関車には万国旗が飾られ、貨車の代わりにつながれた客車にはビロードとイギリス製の革が張ってあった。盛装した招待客が乗り込んでいたが、その中には由緒正しい家系の貴族も何人か含まれていた。彼らは政権を簒奪したアンデス出身の酷薄なあの男を憎んでいたが、招待を断るだけの勇気がなかった。

〈慈善者〉は粗野な男で、いまだに田舎者らしい習慣を変えようとしなかった。シャワーは冷水を使い、寝るときは床にござを敷き、手の届くところに大型の拳銃を置き、ブーツをはいたまま眠った。食べるのは焼き肉とトウモロコシだけ、飲みものといえば水とコーヒーだけだった。唯一の贅沢は黒タバコの葉巻だったが、それ以外のものは退廃的な人間とオカマがやるものだと言って目の仇にしていた。アルコールも例外ではなく、ひどく憎んでいたので、食卓にのぼることはめったになかった。

けれども歳をとるにつれて、外交官や表敬訪問で訪れてきた要人に好印象を与えておかないと、外国であの男は野蛮人だと言われるかもしれないと考えて、身のまわりに贅沢品を置くようになった。妻がいなかったので、スパルタ人を思わせる質素な暮らしぶりに口を差し挟むものはいなかった。女を愛すると、それが弱みになって身に危険がおよぶかもしれないと考えていたのだ。彼の目から見れば、女というのは自分の母親をのぞいて、ひとり残らずどこか陰険なところがあり、したがって一定の距離を置いて接するのが一番だと考えていた。女を抱いて寝ている男というのは、未熟児のように無防備だといって、部下の将軍たちにも兵舎で寝泊まりするように命じ、家庭生活を楽しみたくなったときだけ、時々家に帰ればいいと言い渡した。彼のベッドで一夜を明かした女性はひとりもいなかった。どんな相手でも、あわただしくことを済ませると、すぐに追い返した。マルシア・リーバーマンが現れるまではどんな女性も彼の心に痕跡を残すことはなかった。

夏の宮殿の落成式は、〈慈善者〉の政府が発行している年報においても特筆すべき大事件として記録されている。オーケストラが交替で二日二晩流行の音楽を演奏し続け、料理人たちはいつ果てるともしれない饗宴の準備に追われていた。カリブ海一円から黒人と白人の混血の選り抜きの美女たちが集められた。彼女たちはこの日のために誂《あつら》えたすばらしい衣装をまとい、軍人たちとダンスをしたが、軍人たちはいまだかつて一度も戦争をしたことがないというのに、胸の上に沢山の勲章をつけていた。ハバナとニューオリンズからやってきた歌手たち、フラメンコ・ダンサー、手品師、奇術師、軽業芸人、カードとドミノのセット、さらにはウサギ狩りの用意までしてあった。召使いたちが籠からウサギを放すと、招待客が血統のいい猟犬を使って狩るという遊びだが、その遊びはおどけた客が池にいる首の黒い白鳥を猟銃で撃ち殺したところで頂点に達した。招待客の中には、クンビアのダンスとリキュールに酔い痴れてテーブルの上に倒れているものもいれば、服を着たままプールに飛び込んだり、相手を見つけて部屋に姿を消すものもいた。〈慈善者〉はそうした細々したことを見て見ぬ振りをしていた。招待客に向かって手短に挨拶し、ある貴婦人を相手にダンスをした後、誰にも別れを告げずに首都に引き返した。パーティのせいでひどく機嫌を損ねていたのだ。三日後に、憔悴した招待客を載せた列車が首都に戻って行った。夏の宮殿は荒れ果てた。バスルームはごみためのようになり、カーテンには小便が引っかけられ、家具は壊され、鉢植えの木は枯れかけていた。召使いたちが暴風の後のように荒らされた宮殿を掃除するのにまる一週間かかった。

宮殿では二度とあのような乱痴気騒ぎが行われることはなかった。〈慈善者〉は時々職務の重圧から逃れるために訪れてきたが、自分のいないあいだに陰謀が練り上げられては大変だというので三、四日するとそそくさと帰っていった。たえず目を光らせていないと、せっかく手にした権力が手の間からこぼれ落ちてしまう恐れがあったのだ。広壮な建物には管理責任者がひとりしかいなかった。建設機械の騒音と列車の轟音が聞こえなくなり、落成式の騒々しい騒ぎがおさまると、あたりは落ち着きを取り戻し、蘭がふたたび花をつけ、小鳥たちが巣をかけるようになった。サン・ヘロニモの住民もいつもの生活を取り戻し、夏の宮殿は人々の記憶の中で薄れていった。人目につくことのない先住民《インディオ》たちがふたたび住み着くようになったのは、その頃のことである。

最初の兆候はほとんど目立たなかったので、誰も注意を払わなかった。足音やささやき声が聞こえ、円柱の間を人影が通り過ぎ、きれいに磨き上げたテーブルの上に手形がついているという程度のものだった。やがて、調理場から作った料理が消え、酒蔵から酒の瓶が少しずつなくなりはじめ、朝になるといくつかの部屋のベッドが乱れているといったことが起こるようになった。使用人たちは互いに罪をなすりつけあったが、それがもとで警備隊の将校が調査に乗り出してくるとまずいと考えて、声高に騒ぎ立てたりしなかった。何しろ大きな建物だったので、全体に目を光らせることは不可能だった。ある部屋を調べていると、隣の部屋でため息が聞こえる。そこで、ドアを開けてみると、まるで誰かが今そこを通り抜けていったかのように、カーテンが揺れているのだ。宮殿に幽霊が出るという噂が広まった。それを聞いた兵士たちは恐れをなして夜のパトロールをやめ、自分の持ち場から離れようとせず、銃を握りしめてあたりの様子をうかがうだけになった。召使いたちもすっかりおびえ、地下室に降りて行かなくなり、用心のためにいくつかの部屋に鍵をかけた。昼間は調理場に居座り、建物の翼のひとつで寝起きするようになった。姿の見えない先住民《インディオ》たちは監視の目の行き届かない建物の残りの部分を占拠し、目に見えない線で部屋を区分けし、いたずら好きの妖精のようにそこに住み着いた。彼らは避けがたい場合は変化を受け入れ、必要とあれば自分たちの世界に身をひそめながら、時の流れとかかわりのない生活を営んでいた。宮殿内の部屋は彼らにとって格好の隠れ家で、そこでひっそりと愛し合い、子供が生まれても祝ったりせず、人が死んでも涙ひとつこぼさなかった。大理石造りの迷路のような宮殿内を知り尽くしていたので、まるで別の時間に生きているように、兵士たちや管理人と鉢合わせすることもなく、何不自由ない暮らしをしていた。

リーバーマン大使は妻を伴い、山のような荷物とともに港に降り立った。自分の飼い犬やすべての家具、書斎にあった本、収集したオペラのレコードのコレクション、それに小型の帆船を含むありとあらゆるスポーツ用品を船に積み込んで赴任してきた。彼は新しい赴任地を言い渡されたときからこの国を憎んでいた。何としても大使になりたい、南アメリカ大陸というのはどうしても好きになれない風変わりな土地だが、赴任先がそこでもいい、とにかく大使になりたいという野心につき動かされて、彼はウィーンの副領事のポストを捨てた。妻のマルシアの方はその話を聞いて喜んだ。彼女は外国へ行けば自由な時間が増えるというので、外交官の夫の後に従ってどこへでも行く覚悟を決めていた。もっとも、近ごろは日毎に夫から心が離れて行くように感じていたし、夫の世俗的な仕事にはまったくと言っていいほど興味が湧かなかった。妻としての最低限の努めを果たしさえすれば、残りの時間を自分の好きに使うことができた。実のところ、夫は仕事とスポーツにかまけて彼女をかえりみようともせず、いなくなってはじめて気がつくありさまだった。リーバーマンにとって、妻は自分の職業上欠かすことのできない付属品であり、社会生活を輝かしいものにしてくれると同時に、厄介至極な家庭内のさまざまな問題をてきぱき処理してくれるありがたい存在でしかなかった。彼女を忠実な仲間と考えていたが、いったい何を考えているのかと思って不安になることはなかった。マルシアは地図を開き、百科事典で遥か遠くのその国のことを調べ、スペイン語の勉強をはじめた。二週間かけて船で大西洋を横断したが、その間にベルギー人の博物学者の書いた本を読み、まだ訪れたことのない熱帯の国を愛するようになった。もともと内気な性格だったので、夫に従ってパーティに出席するよりも庭いじりをしている方が幸せだと感じた。その国へ行けば、社会的な拘束があまりないので、本を読んだり、絵を描いたり、自然を観察することができるにちがいないと考えた。

リーバーマンは真っ先に大使公邸の全室に扇風機をつけさせた。その後すぐ政府に信任状を提出した。〈慈善者〉は執務室で大使を迎えた。夫妻はその国にきてまだ二、三日しか経っていなかったが、大使夫人が絶世の美女だという噂はすでに独裁者の耳に入っていた。あの外交官の人を見下したような態度や小うるさいおしゃべりが癇に触ったが、礼儀上晩餐会に招かざるをえなかった。指定された日に、マルシア・リーバーマンは夫と腕を組んでレセプション・ホールに入ってきたが、彼女を見て〈慈善者〉は長い人生ではじめて息が止まるほどの衝撃を受けた。もっと美しい顔立ちやすらりとした身体を見たことはあったが、これほど魅力的な女性に出会ったのははじめてだったのだ。それまでに征服した女性のことを思い出し、久々に血が熱く騒いだ。その夜は、あまり近づかないようにして大使夫人の様子をうかがっていたが、柔らかな曲線を描いているうなじや陰のある目、手の仕草、落ち着き払った態度などをうっとり眺めた。彼女とは四十歳以上の差があり、何かことを起こせば、そのスキャンダルは国外にまで知れ渡るにちがいないという考えがちらりと頭をかすめたが、それくらいのことで意志がくじけたりはしなかった。それどころか、かえってそういう状況が彼の情熱の火に油を注ぐことになった。

マルシア・リーバーマンは、彼の視線が肌にまつわりついてくるように感じ、気味の悪い愛撫を受けているような気持ちに襲われた。直感的に危険を感じとったが、逃げ出すだけの勇気がなかった。一瞬、夫に言って、早めに引き取らせてもらおうと考えたが、結局椅子から立ち上がることができなかった。老人がそばにやってくるのを待とう、そして本当に近づいてきたら、大急ぎで逃げ出すのだと自分に言い聞かせた。なぜだか身体が震えてしかたなかった。彼を特別な人間だとは思っていなかった。遠くからでも、老衰ぶりがうかがえたし、肌には皺《しわ》がより、シミが浮いていた。身体はやせ細っていて、足もとがおぼつかなかった。その身体は黴《かび》くさい匂いがし、白い子山羊の革の手袋の下には鉤爪のような手が隠されているにちがいなかった。歳老いていた上にそれまで数々の残虐な振舞いをしてきたせいで、独裁者の目はどんより濁っていたが、いまだに人を支配するような強い光を帯びていたので、椅子に座っていた彼女は金縛りにあったように身体が動かなかった。

〈慈善者〉はそれまで女性の機嫌をとる必要などまったくなかったので、いざとなるとどうしていいか分からなかった。それがこの場合は幸いした。というのも、彼がもし色男よろしく彼女のそばににじり寄り、慇懃《いんぎん》な態度で話しかけたりしたら、かえって彼女は疎《うと》ましく思って、彼を軽蔑し、遠ざかって行ったにちがいないからだ。それから数日後、独裁者は平服を着、護衛もつれず、悲しみに暮れた曾祖父のような顔をして大使の家のドアの前に立った。彼女に、自分はこの十年間女性に触れていないが、今はその誘惑にどうしても勝てないのだと言った。そして、恭しい態度で、私用の別荘があるのだが、今日の午後そこに同行してはもらえまいか、女王のようなあなたの膝の上に頭を載せて、あなたがまだ生まれていなくて、自分が若くて元気だった頃の世界の様子を話して聞かせたいのだと打ち明けた。彼女はそれを聞いて、断れなかった。

「で、主人はどうなるんでしょう?」マルシアは蚊の鳴くような声でそう尋ねた。

「あなたにはご主人などいない。この世に存在しているのは、あなたとわたしだけだ」終身大統領はそう答えると、彼女の腕をとって黒いパッカードの方へ導いていった。

それきりマルシアは戻らなかった。一ヵ月もたたないうちに、リーバーマン大使は本国に帰国した。もはや公然の秘密になっていたが、最初のうち大使はそうした噂にいっさい耳を貸さず、必死になって妻を捜した。けれども、妻が拉致されたということがはっきりしたので、リーバーマンは国家の首長に謁見を求め、妻を返してほしいと申し出た。通訳は大使の言葉を婉曲な言い回しに変えて伝えたが、その口調から相手の意向をくみ取った大統領は、これを口実に無分別な夫を国外に追放してやろうと考えた。そこで、リーバーマンが証拠もないのにいわれのない非難を浴びせたのは国家に対する侮辱であると言い、三日以内に国外に退去するように命じた。大統領は、あなたがわが国を侮辱するような言動をとらず、おとなしく退去すればよろしいが、さもなければ両国の外交関係にひびが入り、自由に石油の取引ができなくなりますぞと揺さぶりをかけた。会見の終わりに、腹立ちを抑えかねている父親のような表情を浮かべ、あなたが混乱しておられるのはよく分かります、しかし帰国された後も奥様の捜索は続行しますので、その点はどうかご心配なさらないようにと付け加えた。その意志があることを示すために、警視総監を呼びつけ、大使の前でいろいろ指示を与えた。そして、リーバーマンさん、あなたがもし奥様が見つかるまでこの国から出て行かないなどとお考えになったら、頭を銃弾で飛ばされるようなことになりかねませんぞと脅した。それを聞いて、大使は大慌てで身の回りのものを荷づくりすると、指定された期日がきてもいないのに国外に退去した。

胸のときめきなど忘れて久しい歳になって、大統領は恋に取り憑かれた。思いもよらない事態になって、五感が掻き立てられたのか、急に若々しい気持ちになったが、キツネのような狡猾さだけは失われなかった。これが老いらくの恋というものなんだな、しかしこの歳ではマルシアの気持ちに応えてやることができないだろう、と彼は考えた。それにしても彼女がなぜあの午後、おとなしく自分のあとについてきたのか理解に苦しんだ。自分に恋していないことだけははっきりしていた。彼は女心に疎《うと》かったので、彼女はおそらく恋の火遊びをしたかったか、権力にあこがれているのだろうと推測した。実を言うと、彼女は独裁者があわれでならなかったのだ。ただ、老人が昔のように身体が言うことをきかないせいで悔し涙を浮かべ、必死になって自分を抱きしめているのを見て、彼女は心をこめて辛抱強く彼の相手をし、何とか男としての誇りを取り戻させてやろうとしたのだ。何度か失敗した後、あわれな老人はやっとのことで敷居を越え、短い時間ではあったが暖かい庭園の中に入り込むことができた。けれども、すぐに果ててしまい、激しく息をあえがせながらぐったり横たわった。

「わしのそばにいてくれないか」うまくゆかないのではないかという不安から解放されたとたんに、〈慈善者〉はそう言った。

マルシアはとどまることにした。というのも、孤独感にさいなまれている歳老いた独裁者が気の毒でしかたなかった上に、約八十年間鉄の扉で自分を閉ざし続けてきた男の心の中に踏み込んでゆく方が、夫のもとに帰るよりも楽しそうに思えたのだ。

〈慈善者〉はマルシアを自分の所有する地所のひとつにかくまい、毎日のように訪れたが、彼女のもとで一夜を明かすことはなかった。その間、互いにゆっくり愛撫し合い、おしゃべりを楽しんだ。彼女はおぼつかないスペイン語で、自分のしてきた旅行や読んでいる本の話をした。彼女が何を言っているのか理解できなかったが、その声音にうっとり聞き惚れていた。時々彼がアンデスの乾燥した土地で過ごした幼年時代のことや兵隊だった頃の話をしたが、彼女が何か尋ねようとすると、とたんに自分の殻の中に閉じ籠り、敵意のこもった目でじっと彼女を睨みつけた。マルシアは解きほぐしようのない彼の頑なさに気がつき、長年不信感を抱いて人に接してきたせいで心が蝕まれてしまい、自分を捨てて人を愛することができなくなったのだと考えた。二、三週間経つと、相手の心を開かせることは不可能だと思い知らされた。愛の力で相手の心を自分のものにできないと分かったとたんに、彼女は急に興味を失ってしまった。何とか幽閉されている場所から逃げ出せないだろうかと考えたが、もはや手遅れだった。これまで知り合ったどの女性よりも彼女のほうがより身近な存在だと気がついた独裁者は、彼女を手放そうとしなかったし、夫はすでにヨーロッパに帰国しており、この地上に彼女の居場所はなかった。ついには、彼女の名前が人々の記憶から消えはじめた。独裁者は彼女のそうした変化に気がつき、不安を募らせたが、相変わらず彼女を愛し続けた。彼女が外を出歩いたりしたら、やはりリーバーマンの言っていたことは本当だったのだということになり、外交問題にまで発展しかねなかったので、彼女は永遠に外に出ることができなかった。そんな彼女の心を慰めてやろうとして、独裁者は彼女の好きな音楽や本、動物を届けさせた。マルシアはだんだん自分の世界に閉じ籠るようになり、それにつれて現実から遊離しはじめた。彼女が力づけ、励ましてやらなくなってからというもの、独裁者はふたたび彼女を抱くことができなくなった。それ以来二人はチョコレートを飲み、クッキーをつまみながら静かな午後を過ごすようになった。〈慈善者〉は彼女を喜ばせるために、ある日、彼女が愛読しているベルギー人の博物学者が地上の楽園と名づけたあの土地を見せてやろうと考え、夏の宮殿に招待した。

十年前の落成式のとき以来ずっと使われていなかったせいで、鉄道は使用不能になっていた。そこで二人は車で行くことにした。その一週間前に、ボディガードと使用人は宮殿をもとのように美しく飾りたてるために必要なものすべてを積み込んだ車に分乗してすでに出発していた。四人を総動員して繁茂した植物を切り払ったが、それでも道路は田舎道のように狭くなっていた。場所によっては、車から降りて山刀で生い茂ったシダを払ったり、ぬかるみから車を引き出すために牛の助けを借りなければならなかった。けれども、マルシアはあたりの風景に見とれ、ひとり嬉々としてはしゃいでいた。むせかえるように暑く、蚊の大群が襲ってきたが、彼女は平気な顔をして、自分を両腕で抱きしめてくれるようなあの土地の自然をうっとり眺めていた。夢で見たのか、以前この土地で別の人間として生きていた頃の記憶なのかは分からなかったが、いずれにしてもかつてここで暮らしたことがあるような気がしてならなかった。それまでは世界中どこへ行ってもしょせんは外国人でしかなかったし、夫の住む家を捨ててよぼよぼの老人の後についてここまできたことを含めて、これまでの自分の歩みはすべてここへ来るために本能的に選び取ったもののように思えた。夏の宮殿を目にする前から、そこがついの住処になるだろうという予感がしていた。やがて、ヤシの木立に囲まれ、陽射しを浴びて輝いている建物が木々の間から見えてきたが、それを見て船出した港をふたたび目にした遭難者のようにほっと安堵のため息をもらした。

まるで狂ったように大急ぎで二人を迎える準備がなされた。ずさんなものだったが、それでも邸宅は魅力的な雰囲気をたたえていた。幾何学的な庭園と広々とした並木道の中央に位置するように配置された建造物は、無秩序に生い茂る植物に呑み込まれていた。熱帯の気候のせいで、早くも緑青《ろくしょう》がふきはじめた金属は色が変わりかけていたし、プールと庭園は跡形もなく姿を消していた。狩猟に使ったグレイハウンド犬は、ずっと前に革紐を食いちぎって逃げ出し、腹を空かせて敷地内をうろつき、人が来ると狂ったように吠えたてた。鳥が柱頭に巣をかけたが、おかげでそこの浮き彫りが糞で汚された。いたるところに荒廃の兆しが見られた。夏の宮殿全体が生き物に姿を変え、自分を包み込み、中に入り込んでくる密林という緑の侵入者に自らを開いていた。マルシアは車から飛び降りると、暑さでぐったりしている護衛兵の立つ玄関の方へ駆け出した。建物の中のひとつひとつの部屋、星をちりばめたように天井からクリスタルのシャンデリアが下がっている広いサロン、そのタペストリーにトカゲが巣を作っているフランス製の家具、強い陽射しのせいで色あせた天蓋つきのベッドのある寝室、大理石のつなぎ目に苔が顔をのぞかせているバスルームなどを見てまわった。そんな彼女の顔には、失ったものを取り返した人のようににこやかな笑みが浮かんでいた。

それから数日間はマルシアがとても嬉しそうな顔をしていたので、〈慈善者〉も衰えた身体に生気が戻ったように感じ、最初の頃のようにふたたび彼女を抱くことができた。他のことに気を取られていた彼女はそんな独裁者をぼんやり受け入れた。滞在期間は最初一週間の予定だったが、楽しく過ごせたので、二週間に延長された。独裁者として長年政治にたずさわって蓄積された疲労が消え失せたばかりか、老人特有の節々の痛みもやわらいでいた。マルシアをつれて敷地内を散歩し、木の幹に絡みついたり、遥か頭上の枝からブドウのように垂れ下がっているさまざまな蘭や、地表を雲のように覆っている白い蝶、鋭い声で鳴き交わしている虹色の羽を持つ鳥を見せてやった。彼女を相手に若い恋人のようにふざけたり、野生のマンゴーの甘い果肉を食べさせてやったり、手ずからハーバル・バスに入れてやったり、窓の下に立ってセレナーデをうたって彼女を笑わせたりした。彼は長年首都から離れたことがなかった。まれに地方で反乱が起こりそうになると、それを芽のうちに摘んでおこうというので、小型飛行機で出かけて行き、自分の権威が揺るぎないものであることをはっきりと国民に示すことがあったが、滞在期間はごく短かった。今回思いもよらない形で休暇が取れたので、独裁者はすっかり機嫌をよくしていた。突然生きていることが楽しくなり、この美しい女性と一緒にいれば永遠に支配者の座にすわり続けることができるのではないかという錯覚にとらえられた。ある夜、彼女を抱いて眠っているときに夢を見て、自分自身を欺いているような気持ちに襲われ、はっと目を覚ました。汗びっしょりになって目を覚ましたが、心臓が早鐘のように打っていた。銅色の髪が顔にかかったまま、彼女はまるでハーレムの白い肌の女奴隷のようにベッドでぐっすり眠っていたが、そんな彼女をじっと見つめた。彼は護衛隊を呼びつけると、直ちに首都に引き返すと言い渡した。マルシアは同行するような素振りを見せなかったが、彼はべつに驚かなかった。彼女は彼にとって危険な弱み、権力を忘れさせるたったひとりの女性だということに気づいていたので、おそらく心の底ではそうなることを望んでいたのだろう。

〈慈善者〉はマルシアを残して首都へ出発した。宮殿を監視するために六人ばかりの兵士が、また彼女の世話をするのに数人の使用人が後に残された。出発に際して、大統領は彼女が贈り物や食糧、郵便物、新聞が受け取れるように道路をいつでも使える状態にしておくと約束した。大統領は国家の首長としての務めはあるが、できるだけ時間を取ってこちらに来るようにすると約束した。しかし、別れるとき二人はともに、これでもう二度と顔を合わせることはないだろうと感じていた。〈慈善者〉の一行がシダの向こうに姿を消すと、夏の宮殿は一瞬沈黙に包まれた。マルシアは生まれてはじめてすべてから解放されたように感じた。束髪にした髪の毛を押さえていたヘヤークリップを抜き取ると、頭を振った。警備兵たちは上着のボタンをはずし、銃を放り出した。一方、召使いたちは涼しい場所にハンモックを吊るそうと姿を消した。

先住民《インディオ》たちは二週間の間、物陰から訪問者の様子をじっとうかがっていた。マルシア・リーバーマンは明るい色の肌と美しくカールした髪をしていたが、そうした外見に欺かれることなく、彼女が自分たちと同類であることをすぐに見抜いた。けれども彼らは何世紀もの間人目につかないよう暮らしてきたので、彼女の前に姿を現そうとしなかった。老人とその随員が出発すると、何世代にもわたって住み続けてきたあの場所へこっそり戻ってきた。マルシアは自分が独りぼっちでないことを直感的に感じとっていた。どこへ行っても何千もの目が自分を追い、まわりではいつもささやき声が聞こえ、暖かい吐息やリズミカルな心臓の鼓動が聞こえた。彼女はべつに恐いとは思わなかった。それどころか愛すべき妖精たちに守られているような感じがした。服の一枚が見あたらなくなり、数日後、朝目を覚ましてみると、ベッドの足もとの籠の中に入っていたり、彼女が食堂に入る直前に誰かが夕食を食べてしまったり、彼女の描いた水彩画や本が盗まれたり、テーブルの上に切った蘭の花が置いてあったり、午後お風呂に入ろうとすると、冷たい水を張った浴槽にミントが浮かべてあったり、誰もいないはずのサロンからピアノの音が聞こえてきたり、衣装ダンスの中で愛し合う男女のあえぐ声が聞こえたり、屋根裏部屋で子供の騒ぐ声が聞こえるといったように、奇妙なことが相次いで起こったが、彼女はすぐそうしたことに慣れてしまった。どうしてこんなおかしなことが起こるのか召使いたちに尋ねてみたが、はかばかしい返事は返ってこなかった。彼らもきっとあの心温まる陰謀に加担しているのだろうと考えて、それ以上何も訊かなかった。ある夜、彼女はランタンを手に持ち、カーテンの間に隠れてじっと待ち受けた。大理石の床の上を走り回る足音が聞こえたので、ぱっと明かりをつけた。裸の人影が見え、一瞬穏和な目で彼女の方をちらっと見たように思えたが、たちまち煙のように消えてしまった。スペイン語で呼びかけたが、返事は返ってこなかった。あの不思議な出来事を理解するには、気が遠くなるほど根気よく待たなければならないだろうと考えたが、人生は長いのだからと、焦らず待つことにした。

それから数年後、〈慈善者〉が死んだために独裁制が崩壊したというニュースが伝わり、国内に動揺が走った。大統領はすでに骨と皮にやせ細り、何ヵ月も前から軍服をきたまま病床についていたが、まさかあの男が死ぬとは誰も思っていなかった。彼が支配者になる前の時代がどういうものだったのかを覚えている人間はいなかった。何十年もの間権力者の座を守り続けたので、国民はあの男を気候と同様避けようのない悪と見なすようになっていた。しばらくして、葬儀が行われたというニュースが夏の宮殿に伝えられた。その頃には、いつまで待っても交替要員がこないのに業を煮やして、ほとんどの警備兵と召使いが姿を消していた。マルシア・リーバーマンはそのニュースを聞いても動揺しなかった。実のところ昔のことをあまり覚えていなかったのだ。密林の向こうにある世界や自分の運命を変えたタカのような目をした老人の記憶もおぼろげになっていた。独裁者が死んだのだから、もう身を隠す必要はない、自分が誘拐されたことを知っている人間もいないだろうから、文明世界に戻ることができるのだということに思い当たった。けれども、木々が鬱蒼と生い茂っているその土地にしか関心がなかったので、彼女はすぐにそうした考えを振り払った。彼女は先住民《インディオ》たちに囲まれ、緑豊かな自然に囲まれて平穏な日々を送っていた。チュニックをまとい、髪を短く切り、入れ墨をいれ、羽飾りをつけてこの上もなく幸せな気持ちになって生きていた。

それから一世代後の時代になると、民主主義がしっかり根をおろしていた。次々に独裁者が登場してきた長期にわたる時代については学校の教科書でしか知ることができなくなっていた。そんなときに、誰かが大理石造りの別荘があったことを思い出し、そこを修復して美術学校にしてはどうだろうと言い出した。共和国議会は、報告書を作成するために委員会を派遣したが、車が途中で迷ってしまい、やっとのことでサン・ヘロニモに到着した。けれども町の住民は、夏の宮殿がどこにあるのか知らなかった。鉄道の線路をたどって行こうとしたが、すでに枕木は引き剝がされ、植物がその痕跡を跡形もなく消し去っていた。議会は次に探検隊を派遣した。二人の技術将校がヘリコプターに乗って上空を飛んだが、植物が密生しているためについに発見できなかった。宮殿は人々から忘れ去られ、市の資料室にある文書をかき回しても手がかりは得られなかった。いつしか宮殿は、話好きな女たちの噂話の種になり、報告書はお役所の文書の下に埋もれてしまった。国はもっと重要な問題をかかえていたので、美術学校の計画はそのまま立ち消えになってしまった。

今では、サン・ヘロニモと他の町を結ぶハイウェイができている。旅行者の話では、嵐の後、大気が湿気を含み、帯電しているときに、道のそばに突然大理石造りの真っ白な宮殿が姿を現し、しばらくの間蜃気楼のように空中に浮かんだあと、音もなく姿を消すとのことである。

# わたしたちは泥で作られている

顔だけを残して泥に埋まった小さな女の子が、目を大きく見開き、声にならない声で助けを求めているのが発見された。彼女は初聖体の名前をアスセーナといった。果てしなく広がる墓地のようなその場所に、ハゲワシが死臭を嗅ぎつけてはるか遠くから飛来し、親をなくした子供たちの泣き叫ぶ声や負傷者のうめき声があたりを満たしていたが、そんな中で必死に生きようとしているその女の子が悲劇の象徴になった。泥の中に黒いカボチャのように突き出している女の子の頭部が何度も映像として流されたので、彼女は一躍有名人になり、誰もが名前を知っていた。テレビの画面に映る彼女の姿をわたしたちはよく目にしたが、その映像の後ろにはいつもロルフ・カルレがいた。彼はそのニュースを知って、あそこへ行けば自分が三十年前に失った過去が見いだせるかもしれないと考えて現場に駆けつけたのだ。

最初は地下で嗚咽《おえつ》の声がし、綿畑が揺れ動いて、綿の花が泡立つ波のように揺れた。地質学者たちは火山活動がふたたび活発になったと知って、何週間も前から測量器具を運び込んでいた。ずっと以前から、噴火が起これば、その熱で火山の側面に積もっている万年雪が溶け出す恐れがあると指摘されていたが、老婆の繰《く》り言くらいに考えて、誰も耳を貸そうとしなかった。渓谷に住む村の人たちは、大地のうめき声に耳を塞《ふさ》ぎ、いつもの生活を続けていた。しかし、不吉な十一月の水曜日の夜、長々と続く咆哮が世界の終末を告げ、溶け出した万年雪が泥や岩を押し流して土石流となって村を襲い、何メートルもの大地の吐瀉物で地面が覆い尽くされた。最初の恐怖からようやく立ち直った生存者は、家や広場、教会、白い綿畑、暗い感じのするコーヒー農園、種牛を飼育していた牧場などが跡形もなく姿を消しているのに気がついた。かなり遅れて、ボランティアの人たちや兵隊たちが生存者の救助に駆けつけたが、彼らの計算では、二万人以上の人間と無数の家畜がスープのようにどろどろした泥の下に埋もれていた。森林や川も壊滅的な打撃を受け、見晴らす限り泥の海が広がっていた。

ロルフ・カルレとわたしが明け方ベッドで休んでいるときに、テレビ局から電話がかかってきた。わたしは眠い目をこすりながら起き上がり、コーヒーを作ったが、その間彼は急いで服を着替えていた。いつも持ち歩いている緑色のズックのバッグに必要な器具を詰め込むと、これまでと同じように別れを告げた。悪い予感はしなかった。わたしは台所に腰をおろすと、コーヒーを飲みながら、彼は明日になれば戻ってくるはずだから、それまで何をして過ごそうかと考えた。

彼は真っ先に現場に到着した。他のジャーナリストたちがジープ、自転車、あるいは徒歩で泥沼の縁まで行き、そこから各々が知恵を絞って先へ進んでいるときに、彼はテレビ局差し回しのヘリコプターで一気に泥の海を飛び越えたのだ。テレビの画面には、助手がカメラを回して撮影している現場の情景が映し出されていたが、膝まで泥に埋まった彼は、マイクを手に持ち、親とはぐれて泣き叫んでいる子供たちや負傷者、死体、廃墟と化した家の間を進んでいった。テレビからは落ち着いた声で中継している彼の声が流れてきた。何年もの間ニュースに登場する彼を見てきたが、戦闘や大災害があるとどのような障害も意に介さず、恐れ気もなく現場へ行って粘りづよく取材したものだった。危険が身に迫り、まわりでは苦しんでいる人が大勢いるというのに、好奇心旺盛な彼はまったく動じる気配を見せず、平静さを保っていたが、そんな彼を見てわたしはいつも感心したものだった。恐怖などまったく感じていないように思われたが、いつだったか本人が自分は決して勇敢な人間じゃないと打ち明けたことがある。おそらくカメラのレンズが不思議な働きをして、彼を異質な時間の中へ引き込んで行くのだろう。そうした時間の中に入り込んでいるからこそ、目の前の出来事に直接関わることなく取材することができたのだ。わたしは、彼があれほど平静でいられるのは、事件に対して架空の距離を置いているからにちがいないと考えるようになった。

ロルフ・カルレは最初からアスセーナのそばに付き添っていた。彼女を最初に発見したボランティアの人たちや彼女になんとかして近づこうとした人たちをフィルムに収めた。彼のカメラは悲しそうに目を見開き、くしゃくしゃの髪をした色の浅黒い女の子の顔を執拗に追い続けた。女の子の埋まっているあたりは泥が深く堆積していて、近づくと身体が泥に呑み込まれる危険があった。ロープが投げられたが、彼女はつかもうとしなかった。まわりからロープにつかまるんだという声が飛んだ。彼女は片方の手を抜き出して伸ばそうとしたが、その手はすぐ泥に呑み込まれた。ロルフはバッグと残りの器具を投げ捨てると、助手が手にしているマイクに話しかけながら泥の中をゆっくり進んだ。

「名前はなんて言うの」と彼女に尋ねた。その子は、アスセーナ（白百合の意）という花の名前を口にした。「動くんじゃないよ、アスセーナ」とロルフ・カルレは言った。彼は腰まで泥に埋まり、その子の気を逸らしたい一心で何も考えずにしきりに話しかけながら先へ進んだ。あたりの空気が泥と同じように重く感じられた。

　そちらからだと近づけないと分かったので、いったん後戻りし、もっと足場のよさそうなところを捜して迂回することにした。やっとのことで彼女のそばに行くと、ロープをつかみ、そのロープを彼女の腕の下にまわして泥の中から引き出そうとした。彼が目を細めて笑うと、子供のような顔になるが、いつものその笑顔でにっこり笑いかけながら、もう心配しなくていい、ぼくがそばについているからね、すぐにここから助け出してあげるよと話しかけた。彼はロープを引っ張ってくれと合図した。ロープがぴんと張ったとたんに、女の子は悲鳴を上げた。もう一度ロープを引っ張ると、肩と腕がのぞいたが、何かの下敷きになっているのか、それ以上はどうしても引き上げることができなかった。誰かが、ひょっとすると両脚が瓦礫の下になっているのかもしれないなと言ったが、彼女は瓦礫だけでなく、兄弟も自分にしがみついているのだと説明した。

「必ず助けてあげるから、心配するんじゃないよ」そう言ってロルフ・カルレは彼女を励ました。中継点でトラブルがあったにもかかわらず、テレビを通して彼の声の震えが伝わってきたので、以前にもまして彼が身近に感じられた。女の子は何も言わず彼の顔をじっと見つめた。

　ロルフ・カルレは最初の数時間、彼女を救うためにありとあらゆる手を尽くした。棒とロープを使っていろいろやってみたが、その度に泥に埋まった女の子は耐え難い拷問を受けているような悲鳴をあげた。棒を組み合わせて挺子《てこ》にしてみたらどうだろうと考えてやってみたが、それもうまく行かず、結局その案も捨てざるを得なくなった。二人の兵隊の助けを借りて泥の中から彼女を引き出そうと試みたが、やはりうまく行かず、そのうち兵隊たちは他にも助けを求めている人が大勢いるからと言って彼を残して立ち去った。女の子は身動きが取れず、息も苦しそうだったが、自分の運命を受け入れる知恵を先祖から受け継いでいたせいか、絶望しているようには見えなかった。一方、ロルフ・カルレの方は何としても彼女を死の手から救い出してやると心に決めていた。車のタイヤが運ばれてきたので、それにつかまれるよう腕の下に入れてやり、自分は自分で泥の深くなったところに板を渡し、その上に乗って彼女のそばに行けるようにした。泥に埋まった瓦礫を闇雲に取り除くわけにはゆかなかったので、二度ほど地獄のような泥の中に潜ったが、結局苛立たしい思いで泥まみれになって浮かびあがっては、ペッと石ころを吐くくらいのことしかできなかった。水を汲み出すにはポンプが必要だと考えて、ラジオを通してポンプを送るように要請したが、輸送手段がないので、明日の朝まで待ってほしいという返事が返ってきた。

「そんなに待てるものか」とロルフ・カルレは大声で叫んだが、ああいう大混乱の中では彼の声に耳を貸すものはいなかった。何時間も待たされたが、そのうち彼も時間の流れが止まり、現実がもはや自分の手に負えないものになっていることを認めざるを得なくなった。

子供たちを診察するためにやってきた軍医が彼女を診察して、心臓はまだ大丈夫だから、あまり身体を冷やしさえしなければ明日の朝まではもちこたえられるだろうと言った。

「頑張るんだ、アスセーナ、明日になればポンプが届くからね」とロルフ・カルレは彼女に言った。

「わたしをひとりにしないで」と彼女が訴えた。

「君をひとりになんかしやしないよ」

コーヒーが運ばれてきたので、彼は少しずつ飲ませてやった。温かいものを飲んで元気がでたのか、彼女は自分の生活のことや家族、学校のこと、さらには火山が噴火するまで暮らしていた小さな世界のことを話しはじめた。歳は十三歳で、村の外にはまだ一度も出たことがなかった。ロルフはあてにならない楽天主義にしがみついて、何もかもうまく行く、ポンプが届けば、水を汲み出し、瓦礫を取り除き、アスセーナをヘリコプターに乗せて病院に送ってやるんだと自分に言い聞かせた。彼女はすぐによくなるだろうから、そのときはお見舞いに何か持っていってやろう。だけど、人形など喜ばないだろうな。何がいいかな、服なんかどうだろう。これまで大勢の女性と関わりを持ってきたが、誰ひとりそういうことを教えてくれなかった、つまり女心に疎《うと》いということなんだ、そう考えて思わず噴き出しそうになった。時間つぶしに、これまでニュースの狩人としてあちこち旅したり、思わぬ冒険に巻き込まれたときの話をしてやった。種が尽きると、彼女の気を紛らせるために、思いつくままいい加減な作り話をしてやった。時々彼女はうとうとまどろんだが、彼は自分がそばについていることを分からせると同時に、襲ってくる不安と戦うために暗闇の中でひたすらしゃべりつづけた。

その夜は長かった。

現場から何マイルも離れたところで、わたしはテレビに映るロルフ・カルレとあの少女をじっと見つめていた。家でじっとしていられなくなって、番組編集のために彼と何度も徹夜したことのある国営テレビ局へいった。そこへ行くと、彼のそばにいるような気になれたし、あの決定的な三日間に彼が体験していることを感じとることができた。わたしは、共和国議会の議員、軍の将軍たち、北米大使、石油会社の社長など市内に住む重要人物たちのもとに駆けつけて、泥水を汲み出すためのポンプを手配してほしいと頼んだが、はかばかしい返事は得られなかった。そこで、どこかから援助が得られるかもしれないと考えて、ラジオとテレビを通して至急ポンプがいるのだと訴えた。その一方で、通信衛星から常時送られてくる災害情報の映像を見るためにニュース編集室に足を向けた。テレビ局の人たちがニュース番組を作るためによりインパクトの強い絵を捜している間、わたしは深い穴に閉じこめられているアスセーナの映っている映像を捜した。画面に映る災害の情景は平面的で、それを見ているとロルフ・カルレのいるところがひどく遠く感じられたが、わたしは彼と一緒にいて、彼のようにあの子の痛みを感じ、彼と一緒になって挫折感と無力感を味わっていた。連絡の取りようがなかったので、念力で何とかこちらの意志を伝え、彼を励ましてやることはできないだろうかと夢のようなことを考えた。気持ちを集中させ、懸命になって念を送ったが、頭がぼうっとしただけで、何の効果もなかった。その間時々悲しみが襲ってきてわっと泣き出したり、百万年前に死んだ星から送られてくる光を望遠鏡で見ているような気持ちに襲われたりした。

その朝一番のニュースには地獄のような情景が映っていた。雪解け水で一夜のうちに新しく何本もの川ができ、人間や家畜の死骸がその川に押し流されていたのだ。泥水の中から何本かの木や教会の鐘楼が顔をのぞかせていたが、何人かの人がその上に避難し、救援隊がくるのを辛抱強く待っていた。

何百人という兵隊と市の救援ボランティア・グループが瓦礫の山を片づけて生存者がいないかどうか確認していたが、その一方でぼろぼろの服をきた幽霊のような人たちがスープをもらうために長い列を作って並んでいた。ラジオの放送網が、両親をなくした子供たちをあずかりたいという家族の方々からの電話が殺到しておりますと報じていた。飲料水、ガソリン、それに食糧が不足しはじめていた。麻酔薬がなくなって手術ができなくなった医師たちは、せめて血清と鎮痛剤、抗生物質だけでも回してほしいと訴えたが、道路はほとんどが分断されていた上に、行政の対応がひどく遅れていた。その間も、水に浸かった遺体が腐敗し、生存者の間に疫病が流行《はや》る危険が出はじめた。

ゴムのタイヤにしがみついて泥の中から顔を出していたアスセーナはぶるぶる震えていた。身体を動かすことができず、極度の緊張を強いられていたせいで、ひどく衰弱していた。それでも、意識ははっきりしていて、マイクを向けられるとはきはき応対していた。ただ、そのしゃべり方は、みんなに迷惑をかけて申し訳ないと謝っているような感じだった。ロルフ・カルレの顔は不精髭に覆われ、目の下には隈《くま》ができていて、いかにも憔悴しているような感じがした。遠く離れていたが、今の疲労はそれまでとまったくちがう性質のものだということは一目で分かった。彼はカメラのことなどまったく忘れていた。もはやレンズを通してあの子を見ることができなくなっていた。送られてくる映像は彼の助手が写しているものではなかった。他のレポーターがアスセーナをあそこで起こっている恐ろしい事件の痛ましい象徴のように考えて、ずっとカメラを回し続けていたのだ。夜が明けると、ロルフはふたたび少女を墓穴のようなあの場所に閉じこめている障害物を取り除く作業をはじめた。ただ、道具を使うと彼女を傷つける恐れがあったので、すべて手作業だった。軍の配給でトウモロコシのスープとバナナが手にはいったので、彼はそれをアスセーナに食べさせたが、すぐにもどしてしまった。医師が急いで駆けつけてきて、熱があると診断したが、抗生物質は壊疽《えそ》にかかった人にしか出せないので、大した治療はできませんよと言った。聖職者もやってきて、彼女に祝福を与えた後、聖母マリアのメダルを首に掛けてやった。午後になると、小糠雨《こぬか》が降りはじめた。

「空が泣いているわ」アスセーナはそう言うと、泣きはじめた。

「恐がらなくていい」とロルフが元気づけた。「今は力を蓄えて平静さを保つんだ。心配することはない。ぼくがそばにいて、なんとかしてここから出してあげるからね」

その情景を撮影するためにレポーターがふたたびやってきて、同じ質問を繰り返したが、彼女は答えようとしなかった。その間も、テレビと映画のスタッフや巻いたケーブル、テープ、フィルム、ビデオフィルム、高感度レンズ、テープレコーダー、音声制御器、ライト、反射スクリーン、電池、モーター、交換部品の入った箱、電気技師、音声技師、カメラマンなどが到着し、おかげで世界中の何百万台というテレビにアスセーナの顔が映し出されることになった。そして、ロルフ・カルレはテレビに向かってポンプを送ってほしいと訴え続けた。器材が運び込まれたおかげで、国営テレビ局にそれまでよりも鮮明な映像とはっきりした音声が送られてくるようになった。突然、現場との距離が縮まり、アスセーナとロルフは乗り越えることのできない一枚のガラス板で隔てられているだけで、すぐそばにいるような感じがして、かえって辛い思いをすることになった。現場の様子がリアルタイムで追えるようになった。彼が女の子を何とか助けだそうとしたり、苦しい状況に置かれている彼女を励ましてやろうとしている様子が手に取るように分かった。二人の話が断片的に聞き取れたし、聞こえない部分は推測することができた。彼女はロルフにお祈りを教えてやり、彼は彼でいろいろな話をしてやっていたが、その話は白い蚊帳《かや》のかかっているベッドの上でわたしが話してあげたものだった。

二日目の夜になると、彼は母親に教えてもらったオーストリアの古い民謡をうたって寝かしつけようとしたが、彼女はまったく眠気を感じていなかった。二人はほとんど一晩中しゃべっていたが、体力が衰え、お腹を空かせ、寒さに震えていた。ロルフ・カルレは長年の間心を閉ざして、自分の過去をけっして人に語ろうとしなかった。しかし、今回の事件でその閉ざされた心の水門が少しずつ開き、ついに記憶の奥底の秘められた個所に隠されていたものすべてがどっとあふれ出し、さらにそれが彼の心を眠らせていたさまざまな障害物まで押し流していった。むろん彼女にすべてを話したわけではない。彼女にしても、海の向こうの世界や自分が生まれる前の時代のことは何ひとつ知らなかっただろうし、戦時中のヨーロッパのことなど想像することもできなかったにちがいない。だから彼は、敗戦や餓死した囚人を埋葬するためにロシア人に捕虜収容所につれて行かれたときのことは話さなかった。薪のように積み上げられた裸の死体は壊れやすい陶器のような感じがすると説明したところで、彼女に理解できるはずがなかった。それに、死にそうになっているあの子をつかまえて、火葬炉や絞首台の話をどう切り出していいか分からなかった。素裸で針のように細いヒールのついた赤い靴をはき、恥ずかしさのあまり泣いていた母親の姿を見た夜のことも話さなかった。彼女に話さなかったことは沢山あったが、いずれにしてもあの数時間の間にそれまで記憶から消し去ろうとしてきたものすべてがはじめて蘇ってきた。アスセーナの恐怖を自分のものとして引き受けることになったおかげで、そのつもりはなかったのだが、自分自身の恐怖と向き合わざるを得なくなった。少女が閉じこめられているあの呪われた穴のそばにいるうちに、ロルフは自分自身から逃れられなくなり、幼い頃の身体が震えるような恐怖が突然蘇ってきた。アスセーナの年頃、いやそれよりももっと幼い時代まで退行して行き、彼女と同じ出口のない穴の中に閉じこめられたような気持ちに襲われた。地面に首まで埋められた彼の目の前を父親のブーツと脚が動きまわっていた。父親は腰のベルトをはずすと、怒り狂った蛇のしゅーしゅーいうような音を立ててそれを振り回した。頭のどこかにまだ記憶が残っていたのか、あのとき叩かれた個所が痛んだ。彼はふたたび洋服ダンスの中へ戻っていった。父親が言いつけを守らなかったとひとり決めして、罰として彼を中に押し込めて鍵をかけたのだ。彼は暗闇の中にいるのが恐ろしくて、固く目をつむり、自分の心臓の鼓動を聞きたくなかったので両手で耳を塞ぎ、獣のように身体を丸めぶるぶる震えながら何時間もじっとしていた。いろいろな思い出が何の脈絡もなく次々に浮かんできたが、その中に姉のカタリーナの姿が現れた。知的障害者で、心根のやさしいカタリーナは生まれつき障害のある自分の存在を父親に気づかれまいとして、人目を避けるようにして暮らしていた。彼は食堂のテーブルの下に潜り込んで彼女のそばににじり寄っていった。二人は白の大きなテーブルクロスの陰に隠れて抱き合ったまま人の足音や話声にじっと耳を傾けた。カタリーナの体臭が、自分の汗やニンニク、スープ、焼きたてのパンなどの香ぐわしい薫り、腐った泥の妙な臭いなどと一緒になって記憶に蘇ってきた。彼の手を握りしめ、おびえたように息をあえがせている姉のみだれた髪が頰に触れたが、その目には驚くほど純真な光がたたえられていた。カタリーナ、カタリーナ……そのとき目の前に旗のようなものが浮かんできた。それは経帷子《きょうかたびら》を思わせる白のテーブルクロスにくるまれた姉のカタリーナだった。そのときはじめて、姉の死を悼《いた》む気持ちと彼女を見捨てたという自責の念に駆られて涙を流した。自分はこれまでジャーナリストとして数々のスクープをものにし、おかげで人に認められるようになったし、名声も勝ち得たが、そうした自分の行動はすべて幼い頃に感じた恐怖を覆い隠すためのものでしかなかった、あまりにも苛酷な現実を直視することができないので、レンズの背後に身を潜めていた、ただそれだけのことでしかなかったのだということに思い当たった。自分の勇敢さを試そうとするように危険きわまりない場所に踏み込んでいったが、あれは夜になると自分を責めさいなむ怪物と戦うためのトレーニングだったのだ。しかし、とうとう真実の瞬間が訪れ、もはや自分の過去から逃避し続けることができなくなった。泥に埋もれているアスセーナは彼自身だったのだ。彼女の恐怖は彼がおぼろげに覚えている幼い頃に経験した恐怖とよく似ており、その恐怖が彼の喉首をぐいぐい絞めつけた。すすり泣いている彼の目の前に灰色の服を着た母親が姿を現した。船でアメリカ大陸に旅立って行く息子を見送るために桟橋までやってきたのだが、それが最後の別れになった。母はあのときと同じように膝の所でワニ皮のバッグをしっかり握りしめていた。お前の涙を拭きにきたんじゃないよ、戦争が終わって、死体を埋めなきゃいけないんで、ショベルを持つようにと言いにきたんだよ。

「泣かないで。わたしはもうどこも痛まないし、元気にしているわ」明け方にアスセーナがそう言った。

「君のために泣いているんじゃない。身も心も痛んでいる自分のために泣いているんだよ」ロルフ・カルレはほほえみを浮かべてそう言った。

震災で大きな打撃を受けた渓谷に三日目の朝が訪れ、雲間から淡い光がのぞきはじめた。視察にやってきた大統領は、今回の地震が今世紀最大の悲劇であることを伝えようとして戦闘服を着ていた。国民はひとり残らず喪に服し、友好関係にある国々からは援助の申し出があり、現在国内には戒厳令が敷かれている。軍隊は盗みをはじめその他の犯罪行為を発見した場合は、その場で容赦なく射殺してもいいという許可を得ている。さらに大統領は、遺体を掘り起こすことはもちろん、多くの行方不明者を発見することも不可能な状態にあるので、この渓谷全体を墓地とみなし、司教たちにここで犠牲者の霊を弔うための荘厳なミサを執り行ってもらう予定であると付け加えた。彼は被災者でひしめき合っている軍の野営テントへ行き、あてにならない約束をして人々を励ました後、仮設病院に足を向けて、長時間にわたる勤務で憔悴している医師と看護師にねぎらいの言葉をかけた。その後すぐアスセーナのもとに案内させた。彼女の姿は世界中のテレビに映し出されていたので、今や有名人になっていたのだ。大統領はいかにも政治家らしく物憂げに手をあげて挨拶すると、君の勇敢さは祖国の鑑《かがみ》だと言ったが、彼の感動したような声と父親のようなしゃべり方をマイクロフォンは正確に伝えてきた。ロルフ・カルレが横から口をはさんで、ポンプを一台回していただけないだろうかと言うと、大統領はわたしが何とか手配しましょうと答えた。深い穴のそばにしゃがみ込んでいるロルフの姿がしばらく映っていた。午後のニュースを見たときも、彼はまだ同じ格好をしていた。水晶の玉をのぞき込んでいる占い師のようにテレビの画面を見つめていたわたしは、一晩で彼の自己防御の壁が崩れさり、苦しみに身を任せるようになった、つまり傷つきやすい人間になったことに気がついた。あの女の子は、彼自身でさえ近づくことができず、わたしにも見せることのできなかった彼の魂の秘められた部分に触れたのだ。ロルフは懸命になってあの子を慰めようとしていたが、実のところアスセーナに慰められていたのは彼の方だった。

ロルフはある瞬間に自己防御のための戦いを放棄し、自らも苦しみながらあの少女の死を見届けてやろうと決心したが、わたしはその瞬間をこの目で見ることができた。彼女は、自分は十三年間生きてきたけれど、男の子から愛されたことはなかった、恋も知らずにあの世へ旅立つのは悔しいのと漏らしたが、そのときはわたしもあの場に居合わせた。彼はその言葉を聞いて、ぼくは誰よりも君を愛しているよ、自分の母親や姉よりも、これまでこの腕で眠らせてやったどの女性よりも、ぼくのよき伴侶である妻よりも君を愛している、君に代わってその穴に入れるんならどんなことでもする、ぼくの命と引き換えに君の命が助かるというのなら、喜んでこの命を捨てるつもりだとはっきり言った。テレビを見ているわたしの目の前で、彼はあのかわいそうな少女の上にかがみこんでその額に口づけしたが、自分でも名づけることのできないやさしさと悲しみの入り交じった感情で心が千々に乱れていた。あの瞬間に二人は絶望から救われ、泥沼を抜け出して、ハゲワシやヘリコプターの上まで飛翔し、腐敗と嘆きの広大な泥の海の上を二人して飛んでいるのが、わたしにははっきりと感じとれた。二人はついに死を受け入れる決心をしたのだ。ロルフ・カルレはもはやこれ以上苦痛に耐えられないだろうと考えて、彼女が一刻も早くあの世へ旅立つようにと心の中で祈った。

わたしはポンプを手にいれ、ある将軍とコンタクトをとって、次の日の夜明けに軍用機で現地へ送ってもらう手筈を整えていた。けれども、三日目の夜、石英水銀灯の容赦ない光と無数のカメラのレンズで煌々《こうこう》と照らし出されたアスセーナは、最後まで自分を支えつづけてくれた友人の目を虚ろな目で見つめたまま息を引き取った。ロルフ・カルレは浮き輪をはずし、彼女の瞼を閉じてやると、数分の間胸にしっかり抱きしめ、その後手をそっと離した。彼女は泥沼に浮かぶ一輪の花のようにゆっくりと沈んでいった。

あなたはわたしのもとに戻ってきた。けれども、もう以前のあなたではなかった。よくテレビ局まであなたについていって、二人一緒にアスセーナのビデオテープを見るわね。あなたは彼女を救うためにしてやれるはずだったのに、あのとき思いつかなかったことはないだろうかと考えて、画面を食い入るように見つめている。いえ、ひょっとすると自分の裸の姿を鏡に映すように画面を見つめているのかもしれないわね。カメラは洋服ダンスの中に放り込んだままだし、あなたは文章を書いたり、歌をうたうこともない。窓の前に座って何時間もじっと山を見つめている。わたしはそばにいて、あなたが自分の内面への旅を終えて、昔の古傷から癒されるのを待っている。あなたが悪夢の世界から戻ってくれれば、また以前のように二人で手をつないで散歩できるわ。

そして話がそこまで進んだとき、シェヘラザードは朝の光が射すのを見て、つつましやかに口をつぐんだ。

——千一夜物語より——

# 解説

木村榮一

ここに訳出したのは、チリの女性作家イサベル・アジェンデの短篇集『エバ・ルーナのお話』である。底本には、Isabel Allende, *Cuentos de Eva Luna*, PLAZA & JANES Editores S. A., Barcelona, 1990を用い、また適宜英訳 *The Stories of Eva Luna*, translated by Margaret Sayers Peden, Hamish Hamilton, London, 1991を参照した。

作品のタイトルからも分かるように、この短篇集はすでに紹介した長篇小説『エバ・ルーナ』の姉妹篇、もしくはあの長篇小説からこぼれ落ちたさまざまなお話の余滴をあつめたものである。むろん、この短篇集は独立した作品としても読めるが、『エバ・ルーナ』に出てくる人物がここにも何人か登場してくるし、内容的にもつながりのある作品がいくつかあるので、長篇を読んでおいた方が面白味が増すかもしれない。ガブリエル・ガルシア＝マルケスやマリオ・バルガス＝リョサの例を見ても分かるように、長篇小説を得意とする作家の場合、短篇になるともうひとつ冴えを見せないことがある。丸谷才一の見事な比喩を借りれば、そういう作家にとっては絵画で言うカンバスが小さすぎて、構想がおさまりきらないにちがいない。ただ、アジェンデに関していえば、もともとエピソードをつないで長篇小説に仕立てあげるタイプの作家なので、短篇で破綻をきたすことが少ないのか、そういう心配はないようである。この短篇集は、最初に原文で読んだときから、これは面白いと思ったが、今回日本語に起こしてみて、改めて、やはりこの人は天性の語り部だと感心させられた。

現在カリフォルニアに住んでいる彼女はあるところで、作品を書くために、必ず新聞に目を通して、面白い記事が見つかると、切り抜いてスクラップブックに貼りつける、また、人の噂話やテレビ、ラジオのニュースにも注意を払い、祖国チリに住んでいる母親と絶えず連絡をとってさまざまな情報や噂話を仕入れていると語っている。現代のシェヘラザード、イサベル・アジェンデの秘密はその辺にありそうだが、ここで少し物語について考えてみよう。

朝起きると、たいていの人はまず新聞に目を通し、テレビをつける。通勤電車の中では、必要な資料に目を通したり、本を読んだり、ぼんやり考えごとをしたり、時には居眠りをすることもある。勤め先で仕事をし、休み時間になると雑談やゴシップに花を咲かせ、仕事が終ると帰宅するが、日によっては友人、知人と食事をしたり、飲みに行くこともあるだろう。家に帰れば帰ったで、家族としゃべったり、テレビを見たり、小説や雑誌、コミックスの類を読んだりして就寝し、日曜日には映画を見たり、好きなことをして遊ぶ。別に何の変哲もない毎日だが、そういう一日を振り返ってみると改めて、新聞、テレビ、映画、雑誌、小説、コミックス、スポーツ紙、雑談、ゴシップなどを通してわれわれは物語、もしくは物語の原型となるものにたえず接して生きているのではないだろうかという気がしてくる。アーシュラ・K・ル＝グウィンはそうした人間の営みについて「物語は言語の中心的機能なのです。もともとは文化の産物とか芸術ではなく、社会において機能している正常な精神の根本的作用です。話すことは物語ることを学ぶことです」（『世界の果てでダンス』、篠目清美訳、白水社）とのべているが、言葉を通して語ること自体が物語るという行為と直結しているのである。言い換えれば、どのような事件、出来事も言葉を通して語られたとたんに（それが映像、あるいは絵を伴っていても、実体は変わらない）、物語に変容してしまう。たとえ自分の身に実際起こったことであっても、言語化されて、時間が経つとともに、それは一個の物語と化す。そのもっとも分かりやすい例が、話し上手な人の体験談だろう。最初のうちは生々しい印象が災いして聞き辛かったものが、繰り返し語られてゆくうちに全体が整理され、余計な枝葉が切り落とされて一篇の短篇小説のような物語に仕上がってゆくというのは、われわれがよく経験するところである。あるいは、スポーツ紙を考えてみてもいい。ひいきにしている野球チームが勝つと、テレビ中継ですでに見ているはずなのに、プロ野球ニュースでもう一度再確認、再体験し、さらに翌日になると駅のキオスクでスポーツ紙を買い込むことがあるが、あれは前夜の試合が一夜のうちに言語化されて、一個の物語になっているからにほかならない。いや、われわれが物語の世界に浸っているのはなにも目が覚めているときとは限らない。眼球が動いているレム睡眠の状態で人が見る夢は断片的で、支離滅裂なのだが、眼球が静止した状態で起こされると、その人は正確な夢、すなわち物語を報告するといわれている。この話を紹介した後、ル＝グウィンはタイムズ・リテラリィ・サプリメントに掲載されたライアム・ハドソンの論文の次の一節を引用している。

睡眠中、われわれは恣意的な映像体験を持つ。また自分自身に物語を語りかける。恐らく最初の映像のまわりに二番目の映像を織り込むということらしい。突飛なものとわれわれが知覚する映像をより道理にかなったものと思われる枠組に植え込むのである。もし私が睡眠中にドイツの城《シュロス》の屋根に乗っているワニの像と対面したとすると、まだぐっすり睡眠中の私はこの信じがたいことがいかにして起こったのか説明するもっともらしい話を自ら創造する。ここで話は合理的解釈という操作を行なっているのである――全く知覚できないものを何とか知覚できるようなものへ写すという操作である。この操作の過程において、最初の像の特性は変造される……。

われわれがあることについて考えていると意識せずにする思考は、われわれの体験を物語へと移し変えることで成りたっている。われわれの体験が物語という形に適していようといまいと無関係に……眠っていようと起きていようと全く同じである。われわれはつねに自分自身に物語を語りかけている……論証されているよりはるかに整然とした物語を。

人間はどうやら寝ても覚めても物語の世界にとっぷり浸って生きているようである。先の引用で興味深いのは、われわれが睡眠中に見る突飛な映像を「より道理にかなった枠組に植え込み」、その「信じがたいことがいかにして起こったのか説明するもっともらしい話を自ら創造する」という一節である。つまり、まったく脈絡を欠いた二つの映像を結び合わせるために「整然とした物語」を作り出すということは、われわれが無意識のうちに無秩序、あるいは混沌を秩序づけようとしていることを物語っている。この行為は実を言うと、われわれの日常的な行為である物語るという行為ときわめて密接に関わっている。辻邦生は『小説への序章』(中公文庫)の中で、「物語が成立するためには、物語の対象となる出来事を目撃する人」が存在しなくてはならないとしたうえで、次のように述べている。

さらに正確にいうと、ナラシオン（物語るという行為）を成立させるこの目撃者は、ある関心をもって、物語の対象となる出来事を見なければならない。もし関心がそこに生れなければ外界はわれわれにとって無秩序（もしくは「われわれによって求められない秩序」）であるほかない。いまわれわれが小説をナラシオンの芸術にふくめるとすれば、小説もかかる関心の対象がなければ成立しない。われわれは外界をこの関心によって秩序へと構成し、その秩序づけられたものを対象とみなすのである。

辻邦生はさらに続けて、トルストイの『アンナ・カレーニナ』を例に挙げ、人の人生は混沌としているが、その「流れのなかに、あたかもアンナの事件を一滴落すことによって、この混沌から『余りにも真実』な現実の生きいきした形象がゆらめき出て、明確な形に結晶してゆくのに似ている。（……）小説のみならず単なる物語においてさえ、この中心となる対象があって、はじめてわれわれの視野に一つの全体をつくるのだ。この関心の対象は時間的にも空間的にも必然的な自己の領域を区切るが、このようにして切りぬかれ秩序づけられた全体をわれわれは『物語的全体』と呼ぶ。物語的全体は一つのまとまりをもち、それだけで独立した閉鎖的な世界を構成している」と述べている。

明晰で、詩的な比喩にとんだこの美しい文章は説得力に富んでおり、なるほどとうなずかされるが、ひとつ気になるのはふだんわれわれが行っている語り（ナラシオン）が果たして『アンナ・カレーニナ』をはじめとする小説と同列に並べて論じられるものだろうかという点である。むろん、筆者が小説の原初的な形態として物語（ナラシオン）をとらえていることは僕にもよく分かっている。しかし、問題は筆者が人に語って聞かせる話の例として橋の落下を挙げていることである。確かに、ことが橋の落下なら、その原因や結果についてさまざまな推測をまじえつつ、その出来事を秩序立てて話すことができるだろう。しかし、橋の落下というのは、どう考えてもヴァルター・ベンヤミンのいう情報のことではないかという気がしてならない。ベンヤミンは、「情報の価値というものは、情報が新しかったわずかな時間を超えて存続することはない。その瞬間だけに有効なのであり、その瞬間に全面的に身を委ね、時を移さず己れの立場を説明しなければならないのだ」（サバテール『物語作家の技法』、渡辺洋・橋本尚江訳、みすず書房）と述べているが、橋の落下もまたそういうものではないだろうか。ナラシオン、すなわち語るという行為のうちには、情報の伝達以外にもいろいろなものが含まれていることは言うまでもない。ベンヤミンは「物語作者」というエッセイの中で、物語一般に触れて、口から口へと語り継がれてゆく物語が現在では衰微していると述べ、次のように書いている。

物語の衰微のあとを辿って行くならば、そのもっとも初期の兆候は、近代の初めにおける小説《ロマーン》の台頭である。小説が物語から（そして狭義での叙事的なものから）区別されるのは、小説が本質的に書物というものに依存しているという点である。小説の普及は書籍印刷術の発明をまってはじめて可能となる。口から口へと伝承されるもの、この叙事詩の財産は、小説を存立させているものとは、まったくちがった性質のものだ。小説は口伝えの伝統から生まれるものではなく、また、その伝統のなかに合流することもないという点で、他のすべての散文芸術の形式——童話《メールヘン》、伝説、いや短篇小説《ノヴェレ》までふくめて——とは対照的なのだが、とりわけ小説がきわ立った対比を示すのは、物語ることにたいしてである。物語作者は、その語ることを経験からひき出してくるが、それは自分自身の経験であることもあるし、報告された経験ということもある。そして、それをまた、かれの話に耳をかたむけるひとびとの経験とする。小説は、それにたいして、自己を切り離してきた。孤独のなかにある個人こそ、小説の生れる産屋《うぶや》なのだ。かれは自己の最大の関心事についてさえも、範例となりうるような発言をおこなうことはもはや不可能であり、他人の助言を受けいれることも、また、他人に助言を与えることもできない。小説を書くとは、人間生活の描写を通じて、公約数になりえぬものを極限までおし進めることにほかならない。

（『文学の危機』、高木久雄、佐藤康彦訳、晶文社）

ベンヤミンは小説にたいしてまことに手厳しい裁断を下しているが、このエッセイを読むかぎり彼はどうやら近代社会、とりわけ市民社会にたいして強い嫌悪感、反感を抱いていたようである。その一方でレスコフを初めとする物語作者を称揚しているわけだが、もし彼の言うように『ドン・キホーテ』からフローベールの『感情教育』にいたる近代の小説が孤独な密室の作業から生まれ、「範例となりうるような発言をおこなうこと」も、「他人の助言を受けいれること」も、「他人に助言を与えるともできない」というほど面白くないものであれば、なぜ現在もこれほど多くの人々に愛され、読み続けられているのか理解に苦しむ。まさか、小説好きの人間はひとり残らずやり場のない孤独感にさいなまれていて、ほかの孤独な人間の語りを聞きたがっているというわけではあるまい。

ベンヤミンはこのエッセイのなかで、小説は口承の伝統から生まれたものでもなければ、その伝統のなかに合流するものでもないという点で、童話、伝説、短篇小説をも含む「他のすべての散文芸術の形式」とは対照的であると述べている。たしかに、口承文化が保たれて行くためには、前提として集団的な意識がなければならない。個人を重視する近代の市民社会において、口承文化が衰退して行くのは仕方のないことであるし、その意味からすれば、口承文化が今も生き生きした形で保たれているのは、未開社会であると言えよう。

森明雄は『カメルーンの森の語り部』（平凡社）の中で、未開社会に生きる人々の日々の暮らしと彼らの中に息づいている口承文化をさまざまな具体例を上げながら記述しているが、ここには実に数多くの物語が納められている。現代社会ならマス・メディアを通して伝えられるさまざまな情報から、民話、伝説、噂話、神話、英雄物語に到るまでその内容は多岐に渡っている。中でも、十七章の「ソルシエリー（呪術）」と二十一章の「勇者」を僕はとりわけ面白く読んだが、勇者にまつわる話を見ると、まず近頃は昔のように勇敢な人間はいなくなったという前置きがあって、比較的最近の出来事が次々に語られてゆくのだが、読み進むうちに細部はともかく基本的な骨格は大半が猛獣や野生動物を相手にした武勇談で、動物の種類を替えさえすればどこの国にもありそうな民話だということに思い当たる。また、この本の五十二ページには次のような一文が見える。

エソノ君（筆者注―作者が調査を行った村の若者）が子供のときに聞いて印象に残っている祈りがある。もちろん、もうとっくに死んだ古い世代のキリスト教徒の祈りである。彼の祈りは、祈りだすと一時間以上かかったという。祈り始めると、彼は知っている限りの一番古いことから語り始めた。メコオーの祖先たちの村は年代（時代）と共にどんどん場所を変えていったし、人々も入れ替わっていった。彼は、まず、村の変遷を時代ごとに語っていく。人々が何処からやって来、何処へ着き、どういう風に生きてきたのか。森で遭遇した数々の苦難を語り、人々の変遷を語った。一族の拡大と繁栄を語り、さらに現状を語る。そして、その後、自分たちがここに至り、生きていることを神に感謝する言葉をつけ加えた。それから、やっと「アーメン」と終わった。

ここで言及されているのは言うまでもなく創世神話であり、エソノ君の話がもし本当だとすれば、彼が子供だった頃は部族の創世神話が、キリスト教の影響を受けながらも、まだ生き生きと息づいていたことになる。以上のことから考えると、神話や昔話、伝説、民話といったものは、時代や社会の変化の影響を受けながらも、その中核となるものが驚くほど強い生命力で生き延びていることが分かる。つまり、部分的な変化を受けてはいるもののその骨格、枠組はさほど変わっていないのである。現代文明社会では口承文化が完全に滅びたように言われているが、必ずしもそうとは言い切れない。現代の文明社会における口承文化の担い手は、小学生から大学生に到る学生層で、彼らの間では今も世界中で現代風に色づけされたさまざまな口承伝説が語り伝えられている。誰でも、小・中学校時代に、何々小学校、何々中学校の七不思議といった話を一度は耳にしたことがあるはずである。一時大流行した口裂け女の話などもその典型的なもので、このような恐怖伝説は世界中いたるところに無数にある。ロルフ・ヴィルヘルム・ブレードニヒが編集した『悪魔のほくろ――ヨーロッパの現代伝説』（池田香代子・真田健司訳、白水社）にはヨーロッパに流布しているこの手の恐怖伝説が数多く納められているので、興味のある方は参照されたい。ブレードニヒは解説の中で、「わたしたちは伝説ということばを、信憑性を要請しながら語られ、口伝えによって広まった異常な体験や事件や現象の語りや報告、と理解している。むかしの伝説の多くは、超自然の存在と人間との遭遇をテーマとし、禁忌の侵犯を語り、また特異な自然現象や遺跡の由来を解きあかす。伝説風の語りではたいてい前代未聞のこと、異常なこと、謎めいたことが核になっている。こうした現象を説明しようとして、語り手は俗信や神話を源泉として創作するのである。そうすることによって人間にとって不気味なもの、つまり説明がつかないために不安をかきたてるものは、人びとの世界観に組みこまれ、ある程度、邪が祓われることになる。死、悪魔や悪霊、英雄、人間を助ける者や害をなす者が、むかしの民間伝説の立役者である」と述べているが、口承伝説の起源として神話を挙げている点が興味深い。民話、伝説の起源に神話が影を落としているとするのは、ブレードニヒだけではない。宗教学者のミルチャ・エリアーデは「どの民族の民話の中にも、宗教的価値や機能を失って叙事詩的ないし幻想的性格を残した神話や神話的題材が数多く含まれている」（『神話　人類の夢と真実』、大林太良、吉田敦彦訳、講談社）と述べている。

また、河合隼雄は『昔話の深層』（福音館書店）の中で、神話、伝説と昔話を比較して、「神話や伝説は、時とともにその特定の場所や国、文化などとの結びつきの意味を失い、結局は昔話へと変化してゆくこともあると考えられる。昔話はこのように異なった時代や文化の波に洗われて、その中核部分のみを残しているとも言える」と述べている。すなわち、神話、伝説といったものは、時代や社会状況の変化に応じてさまざまに姿を変えながらも、その中核になる部分を残して生き続けて行くものだと考えられる。時には、この中核になる部分が、実際にあった出来事を歪曲することさえあるが、それほどまでにこの中核となるものは強い生命力を備えているのである。この点に関して、ミルチャ・エリアーデが興味深い例を挙げているので、以下それを紹介しておこう。

非常に稀なことではあるが、時として、歴史上の事件から神話への移行の現場に立ちあえることがある。大戦の少し前、ルーマニアの民俗学者コンスタンチン・ブライロイウ（Constantin Brailoiu）は、マラムレシュ（Maramouresh）村で不思議な譚歌《バラード》を記録する機会に恵まれた。それは悲劇的な愛を歌っている。婚約中の若者が山の妖精に魔法をかけられてしまう。結婚式の数日前、嫉妬にかられた妖精は、若者を岩壁のてっぺんから突き落とす。翌日、牧人たちが木かげに彼の死骸と帽子をみつける。彼らは死骸を村まで運び、婚約中の娘が彼らに会いにくる。自分の婚約者が死んで動かないのをみると、娘は神秘的な引喩に満ちた葬式の哀歌、素朴な美しさをもった典礼書の哀歌を歌いはじめる。以上が譚歌の内容である。集められるだけの異伝《ヴァリアント》を記録してしまうと、民俗学者はこの悲劇が起こった時代についての調査を行なった。人々は、これは「むかしむかし」起ったとても古い物語だと答えた。しかし、調査を進めるうちに民俗学者は、このでき事はたかが四十年程前のものにすぎないことを知った。彼は、この悲劇のヒロインがまだ生きてさえいることを発見したのである。彼は彼女を訪ねて、本人の口から直接この話を聞いた。それはとてもありきたりな悲劇だった。彼女の婚約者は、ある晩うっかりと足をすべらせて谷底へ落ちたが、その場では命だけはとりとめた。山里の人々が叫び声をききつけ、彼を村まで運んだが、その後間もなく若者は息をひきとった。埋葬にあたって、婚約中の娘は、村の女たちと共にいつもの儀礼的哀歌を繰り返し歌ったが、山の妖精のことなどには少しも触れなかったということである。

このように、歴史上実際に起ったでき事が消し去られ、それが伝説上の物語（嫉妬深い妖精、婚約者の殺害、死体の発見、嘆きなど、「許婚の神話」のテーマに富んだ物語）に変貌をとげるには、たとえ主要な証人が生き残っている場合でさえ、ほんの数年で充分なのである。この村のほぼ全員が、この歴史上の事件が起った時に生きていた。しかし、その事実は、それだけでは彼らを満足させなかった。結婚式の前日における婚約者の悲劇的な死は、何か、単なる事故死以上のものであったのだ。それは何か神秘的な意味をもっていて、その意味は、神話的カテゴリーに統合されない限りは顕わにならないものだったのだ。この事故の「神話化」は、譚歌《バラード》の作品に限られていたのではない。人々は、この婚約者の死について自由に散文的に話す時でさえ、嫉妬深い妖精の話を語っていたのだ。民俗学者が事実通りの話を村人たちに指摘すると、彼らは、その老婆が記憶を失っているのであり、彼女はあまりの苦しみのせいでほとんど気が狂ってしまったのだと答えた。真実を語っているのは神話であり、現実の歴史はもはや虚偽にすぎない。神話は歴史に、より深くより豊かな響きを与え、そこに一つの悲劇的な運命を顕わしているのだから、神話こそが最も真実なものではないか、と彼らは答えたのである。

この例は、集団的思考の弁証法を明らかにしていると同時に、民間文学の創造の要を示している。歴史上の事件や人物は、その史実性を失って神話の永遠の祖型を見出すに到るまで変貌をとげたのちはじめて、集団的記憶の中に定着するのである。

（エリアーデ著作集、第十三巻、『宗教学と芸術』、中村恭子編訳、せりか書房）

婚礼の直前に新郎になるはずだった若者が不慮の死を遂げるという悲劇的な事件を目にしたマラムレシュ村の住民は、なぜあの出来事を事実としてありのままに語ろうとしなかったのだろう。言うまでもなく、そうすればあの出来事が集団的記憶から失われるからである。集団の記憶にとどめておくためには、たとえ事実を改竄《かいざん》してでも永遠の神話的祖型に当てはめる必要があり、しかもいったんその祖型にはめ込んでしまえば、事実のほうは後方へと退いてゆく。事実として語られた出来事は時の風化作用に耐えられないので、あの事件も当事者の女性と証人である村人がいなくなれば、忘れ去られてしまうだろう。けれども、譚歌、あるいは民話として語り伝えてゆけば、その後もずっと生き続けてゆくことになる。つまり、村人たちはあの悲劇的な事件をありのままに語れば、たちまち忘却の淵に沈んでしまうだろう、とすればたとえ妖精の話を付け加えたり、細部を歪曲、誇張してまでも人々の記憶に残り、語り継がれるようなものにする必要があると考えた。だからこそマラムレシュ村の住民は、事実よりも真実を、すなわち神話を選び取ったのである。

ここで『エバ・ルーナのお話』に話を戻すと、作者はここに収められている「終わりのない人生」の冒頭で、お話、短篇が生まれてくる経緯について次のように語っている。

「お話にはいろいろな種類がある。話しているうちに生まれてくるものもあるが、誰かが言葉にして語る前は、とりとめのない感動、ふとした思いつき、あるイメージ、おぼろげな記憶といったものがやがてお話になる。中にはまるでリンゴのように最初から完全な形で生まれてくるものもあるが、そういう話は何度繰り返してもその意味が変わることはない。現実に題材をとり、インスピレーションで仕上げをしたお話もあれば、インスピレーションのひらめきから生まれ、話しているうちに現実そのものになるようなものもある。また、記憶の奥底に秘められているお話もある。そういうものは生命組織のようなもので、根を張り、触手を伸ばし、付着物や寄生植物をまとう。時間が経つとともに、それは悪夢の種になって行く。時々記憶から生まれてくる悪魔を祓うために、物語として話さなければならなくなる。」

先にも述べたように、イサベル・アジェンデは、新聞やテレビ、ラジオのニュース、あるいはさまざまな噂話や耳にした情報などを丹念に集めているが、こうしたものはあくまでも情報の仕込でしかない。そうして溜めこまれた数々の情報がやがて時間を経て発酵し、「とりとめのない感動、ふとした思いつき、あるイメージ、おぼろげな記憶」に変わって行くが、この段階ではまだお話や短篇と呼べるような形をとってはいない。まだ形を持たない、とらえがたい混沌としたもの、無秩序の中から一個のまとまりのある物語が生まれてくるプロセスは神秘的としか言いようがない。しかし、こうした混沌、無秩序の中から起承転結のある物語を生みだすためには、まず無形のものに形を与えることのできる型なり器が必要だろう。語り手、あるいは作者はお話、もしくは短篇を書くにあたって、まず中心になる話題を決め、よけいな枝葉を切り払ったり、細部を膨らませたり、もともとなかったものを付け加えたりしながら語って行くが、その操作を行うときに、無意識の内にある型なり器に合わせて話を作り上げて行くのではないだろうか。先にエリアーデの文章を引用した意図はそこにある。つまり、人々の記憶に残るようなお話なり短篇を残そうとすれば、マラムレシュ村の住民たちが若者のあの悲劇的な事件が忘れ去られることがないよう、当然のごとく細部を歪曲したり、妖精をはじめいろいろな細部を付け加えて、あの事件を神話的祖型という鋳型の中に流し込んだわけだが、お話の語り手や作家もまた現実に題材を求めながらも実際に語るにあたっては、直感、もしくは無意識の導きにしたがってエリアーデの言う神話的祖型、あるいはユングの言う元型のようなものを型、器として用いているような気がしてならない。

翻訳作品というのは考えてみればまことに奇妙なものである。作者と読者の間には、言語や国はもちろん、気候風土や生活習慣、いや、時には時代までもまったく異なるといったように、大きくて厚い壁が立ちはだかっている。そうした壁があるにもかかわらず、読者が胸を躍らせ、わくわくしながら翻訳された本を読むというのは、奇妙といえばまことに奇妙な光景である。書き手と読み手は共同体どころか、それぞれに何ひとつ共有するもののない異質な世界に生きており、しかも密室の中で書き、読みしているのである。では、いったい何がこの両者を結び付けているのだろうか。人間の喜怒哀楽は洋の東西を問わずすべての人間に共通するものであると言えば、確かにその通りで、それはそれとして認めつつも、同時にやはり神話的祖型、あるいは元型のようなもの（僕自身は、この祖型、元型のようなものは柔軟で可塑性に富んだもので、基本的な要素はいくつかあるものの、それ以外はどのような内容でも盛り込めるものではないかと考えている）が背後にあって、それが距離と言語の差、時代、文化的差異を越えて作者と読者を結び合わせているのではないだろうか。ただ、神話的祖型なり元型というのはあくまでも、型、器でしかない。したがって何度か繰り返して使われると、たちまち古びて生命力を失ってしまう。この柔軟で可塑性に富んだ型、器に新しい話、物語を盛り込むことによって、器、つまり祖型そのものも新しい生命を得て蘇ってくる。

ミルチャ・エリアーデは、現代文学の中にも神話的祖型に基づいて書かれたのではないかと思われる作品が数多くあると述べている。ただ、ここで気をつけなければならないのは、作者がそうした神話的祖型によりかかって創作したのではないということである。というのも、そうした祖型によりかかれば、祖型そのものがたちまち生命を失ってしまい、陳腐でお決まりの物語、お話に堕してしまう。そうではなく、語り手なり作者が無意識のうちに神話的祖型を用いたとき、あるいは語って行く上でどうしてもそうした型に話をはめ込まざるを得なくなったときに、祖型は新しい生命を得て蘇ってくる。そのことはここに紹介した『エバ・ルーナのお話』を取りあげてみても分かるはずである。ここに収められている二十三篇のお話、短篇はいずれも愛をテーマにした物語である。イサベル・アジェンデはさまざまな形をとって現れてくる愛の姿を物語にして、読者の前に差し出しているが、創作しているときの作者は神話的祖型のことなど考えもしなかったにちがいない。にもかかわらず、ここに収められた短篇には愛の神話のさまざまなヴァリエーションが繰り広げられている。僕たちがこれらの作品を読み、心をうたれたり、忘れがたい印象を受けたりし、あるいはいくつかの作品がいつまでも記憶にとどまるとすれば、それは彼女がこれらのお話の題材を現実のうちに求めながらも、それを神話的祖型という鋳型に流し込んだからにほかならない。

＊

この翻訳は、「二つの言葉」から「無垢のマリーア」までの前半部を窪田が、冒頭の部分と残りの後半部を木村が担当し、必要に応じて二人で意見を交換し合った。訳文の統一は主として木村が当たった。この訳ができあがるまでには、編集部の藤原氏と山本さんにいろいろとお世話になったので、ここでお礼を申し述べておかなければならない。

〔一九九五年〕

## 追記

先に出版されたイサベル・アジェンデの『エバ・ルーナ』に続いて、上記の作品の姉妹篇もしくはその余滴とも言える短篇集『エバ・ルーナのお話』が、フリーの編集者藤原義也氏のお力添えで、今回装いも新たに白水社のUブックスで再版されることになり、われわれ訳者は心からよろこんでいる。

今回も前作同様、訳者はそれぞれ訳文全体をテキストと照合しながら見直し、適宜修正を加えたが、ぼくの方はその作業を進めているうちにいつの間にかアジェンデの見事な語り口に引き込まれ、修正することも忘れて夢中になって読みふけっていることに気づくことしばしばで、改めてこの作家は天性のストーリー・テラーなのだと感服した。彼女がここで語っている数々の物語の世界にとっぷり浸って時が経つのを忘れていただければ、訳者としてはそれ以上の喜びはない。

以前、国書刊行会から出版した訳書の解説では触れられなかったその後の作者の足跡を、Uブックス版『エバ・ルーナ』の解説で紹介したが、この作品ではじめてイサベル・アジェンデの作品を手にされる読者もおられるだろうから、その方々のために以下簡単に彼女の足跡をたどってみる。彼女は一九八八年に再婚したが、その相手であるウィリアム・ゴードンとは二〇一五年以降別居しており、彼女は現在カリフォルニアで子供や孫と一緒に暮らしながら、執筆にいそしんでいる。ゴードンと再婚したあと、娘が難病におかされ、長い闘病生活の末に亡くなるという不幸に見舞われたが、その悲しみを乗り越えて、以後も精力的に創作活動をつづけ、話題作、問題作を次々に発表している。その作品はスペイン語圏の国々はもちろん、アメリカ合衆国をはじめ、フランス、ドイツ、イギリスといったヨーロッパ諸国でも大きな反響を呼び、海外の数々の文学賞に輝いていることはよく知られている。類まれな語りの才能に恵まれたアジェンデは八十歳になった現在も創作意欲に衰えを見せず、旺盛な執筆活動を続けている。中には、彼女の小説は大向こう受けを狙って書いたものだと酷評する人もいるが、彼女はそういう批判的言辞を意に介さず、物語を通して読者を楽しませたいという一心で今なお執筆に励んでいる。

以下に、彼女がその後発表した主だった作品を挙げておこう。

Paula（1994）『パウラ、水泡なすもろき命』（菅啓次郎訳、国書刊行会、2002）
Hija de la fortuna（1999）『天使の運命』（木村裕美訳、ＰＨＰ研究所、2004）
Retrato en sepia（2000）
La ciudad de las bestias（2004）『神と野獣の都』（宮崎寿子訳、扶桑社海外文庫、2004）
El Zoro（2005）『ゾロ：伝説の始まり』（中川紀子訳、扶桑社海外文庫、2005）
Inés del alma mía（2006）
El cuaderno de Maya（2011）

二〇二二年八月

木村榮一

本書はイサベル・アジェンデ『エバ・ルーナのお話』（木村榮一・窪田典子訳、国書刊行会、一九九五）の再刊です。
なお、本書中には今日の人権意識に照らして不適切と思われる語句を含む文章もありますが、作品の時代的背景に鑑み、また文学作品の原文を尊重する立場から、そのままとしました。

――編集部

著者紹介

**イサベル・アジェンデ**　Isabel Allende

1942年、ペルーのリマで生まれる。生後まもなく父親が出奔、母親とともに祖国チリに戻り、祖父母の家で育つ。FAO（国連食糧農業機関）勤務の後、雑誌記者となるが、1976年、父親の従兄弟にあたるアジェンデ大統領の政権が軍部クーデターで倒され、ベネズエラに亡命。1982年、一族の歴史に想を得た小説第一作『精霊たちの家』（河出文庫）が世界的ベストセラーとなり、『エバ・ルーナ』（87。白水Uブックス）、『エバ・ルーナのお話』（89）など、物語性豊かな作品で人気を博した。1988年、再婚を機にアメリカへ移住。以後、カリフォルニアに住み創作活動を続けている。その他の邦訳に『パウラ、水泡なすもろき命』（国書刊行会）、『天使の運命』（PHP研究所）、『神と野獣の都』（扶桑社）、『日本人の恋びと』（河出書房新社）など。

訳者略歴

**木村榮一**（きむら えいいち）

1943年、大阪府生まれ。神戸市外国語大学卒業。同大学名誉教授。著書に『ラテンアメリカ十大小説』（岩波新書）、『翻訳に遊ぶ』（岩波書店）、訳書にイサベル・アジェンデ『精霊たちの家』（河出文庫）、J・L・ボルヘス『エル・アレフ』（平凡社）、フリオ・コルタサル『遊戯の終わり』（岩波文庫）、マリオ・バルガス＝リョサ『緑の家』（岩波文庫）、フリオ・リャマサーレス『黄色い雨』（河出文庫）他多数。

**窪田典子**（くぼた のりこ）

鯖江市生まれ。神戸市外国語大学卒業。

編集＝藤原編集室

本書は1995年に国書刊行会より刊行された。

白水uブックス　243

エバ・ルーナのお話

著　者　イサベル・アジェンデ
訳　者© 木村榮一
窪田典子
発行者　及川直志
発行所　株式会社 白水社
東京都千代田区神田小川町3-24
振替　00190-5-33228　〒101-0052
電話　(03) 3291-7811（営業部）
(03) 3291-7821（編集部）
www.hakusuisha.co.jp

2022年10月15日　印刷
2022年11月10日　発行
本文印刷　株式会社精興社
表紙印刷　クリエイティブ弥那
製　　本　加瀬製本
Printed in Japan

ISBN978-4-560-07243-1

乱丁・落丁本は送料小社負担にてお取り替えいたします。

# 白水uブックス

# 白水uブックス

- u194 スウィム・トゥー・バーズにて　オブライエン／大澤正佳訳（アイルランド）
- u195 文盲 — アゴタ・クリストフ自伝　クリストフ／堀茂樹訳（フランス）
- u196 ピンフォールドの試練　ウォー／吉田健一訳（イギリス）
- u197 ある青春　モディアノ／野村圭介訳（フランス）
- u198 裏面 — ある幻想的な物語　クビーン／吉村博次、土肥美夫訳（オーストリア）
- u199 クローヴィス物語　サキ／和爾桃子訳（イギリス）
- u200 彼らは廃馬を撃つ　マッコイ／常盤新平訳（アメリカ）
- u201 第三の魔弾　ペルッツ／前川道介訳（オーストリア）
- u202 死を忘れるな　スパーク／永川玲二訳（イギリス）
- u203 ミス・ブロウディの青春　スパーク／岡照雄訳（イギリス）
- u204 けだものと超けだもの　サキ／和爾桃子訳（イギリス）
- u205 南十字星共和国　ブリューソフ／草鹿外吉訳（ロシア）
- u206 ケイレブ・ウィリアムズ　ゴドウィン／岡照雄訳（イギリス）
- u207 冬の夜ひとりの旅人が　カルヴィーノ／脇功訳（イタリア）
- u208 天使の恥部　プイグ／安藤哲行訳（アルゼンチン）
- u209 ギリシア人男性、ギリシア人女性を求む　デュレンマット／増本浩子訳（スイス）
- u210 不在の騎士　カルヴィーノ／米川良夫訳（イタリア）
- u211 木のぼり男爵　カルヴィーノ／米川良夫訳（イタリア）
- u212 まっぷたつの子爵［新訳］　カルヴィーノ／村松真理子訳（イタリア）
- u213 ビリー・ザ・キッド全仕事　オンダーチェ／福間健二訳（カナダ）
- u214 平和の玩具　サキ／和爾桃子訳（イギリス）
- u215 劇場　ミハイル・ブルガーコフ／水野忠夫訳（ロシア）
- u216 四角い卵　サキ／和爾桃子訳（イギリス）
- u219 黄泥街　残雪／近藤直子訳（中国）
- u220 カフカの父親　ランドルフィ／米川良夫ほか訳（イタリア）
- u221 ドーキー古文書　オブライエン／大澤正佳訳（アイルランド）
- u222 カッコウが鳴くあの一瞬　残雪／近藤直子訳（中国）
- u223 カモメに飛ぶことを教えた猫〔改版〕　セプルベダ／河野万里子訳（チリ）
- u224 蒼老たる浮雲　残雪／近藤直子訳（中国）
- u225 ヴィレット 上　ブロンテ／青山誠子訳（イギリス）
- u226 ヴィレット 下　ブロンテ／青山誠子訳（イギリス）
- u227 サンアントニオの青い月　シスネロス／くぼたのぞみ訳（アメリカ）
- u228 旅に出る時ほほえみを　ソコローワ／草鹿外吉訳（ロシア）
- u229 フラッシュ　或る伝記　ウルフ／出淵敬子訳（イギリス）
- u230 赤死病　ロンドン／辻井栄滋訳（アメリカ）
- u231 見えない人間 上　エリスン／松本昇訳（アメリカ）
- u232 見えない人間 下　エリスン／松本昇訳（アメリカ）
- u233 ビルバオ－ニューヨーク－ビルバオ　ウリベ／金子奈美訳（スペイン）
- u234 光のない。［三部作］　イェリネク／林立騎訳（オーストリア）
- u235 小悪魔　ソログープ／青山太郎訳（ロシア）
- u236 やんごとなき読者　ベネット／市川恵里訳（イギリス）
- u237 詐欺師の楽園　ヒルデスハイマー／小島衛訳（ドイツ）
- u238 年月日　閻連科／谷川毅訳（中国）
- u239 地獄の門　ルヴェル／中川潤訳（フランス）
- u240 マーティン・イーデン　ロンドン／辻井栄滋訳（アメリカ）